U0629038

有一种力量，叫文学；
有一种美好，叫回忆；
有一种感动，叫青春；
有一种生命，在鲁院！

鲁迅文学院·百草园文集

红杏花开

李 辉 ◎ 著

HONG XING HUAKAI

知藏出版社

把世道人心放在种种欲望之中
进行考验审查，
用充满理想主义的方式
举起批判欲望的大纛。
用文字把欲望推向"荒诞"。

图书在版编目（CIP）数据

红杏花开 / 李辉著 . -- 北京：知识出版社，
2017. 8
（鲁迅文学院百草园文集）
ISBN 978-7-5015-9584-6

Ⅰ . ①红… Ⅱ . ①李… Ⅲ . ①中篇小说—小说集—中
国—当代②短篇小说—小说集—中国—当代 Ⅳ .
①I247. 7

中国版本图书馆 CIP 数据核字（2017）第 211567 号

红杏花开   李 辉 著

出 版 人　姜钦云
责任编辑　易晓燕　张　慧
装帧设计　君阅书装
出版发行　知识出版社
地　　址　北京市西城区阜成门北大街 17 号
邮　　编　100037
电　　话　010-88390659
印　　刷　北京一鑫印务有限责任公司
开　　本　787mm×1092mm　1/16
印　　张　16
字　　数　280 千字
版　　次　2017 年 8 月第 1 版
印　　次　2020 年 2 月第 2 次印刷
书　　号　ISBN 978-7-5015-9584-6

定　　价　43. 00 元

C目录
ontents

福　娘

1

　　早上起来，老婆子还好好的，知道一五一十地做饭，知道管茂堂今天干的是力气活，特地给他煮了两只鸡蛋。管茂堂乐滋滋地瞅着老婆子烧火做饭，心里道八十岁的人了，晓得吃喝拉撒就不错啦。

　　吃过早饭，管茂堂嘱咐老婆子好生看家，然后推起独轮车离开菜园瓜屋出坡干活。这架独轮车是大集体时代的物件，跟随管茂堂三四十年了，样子比管茂堂还要邋遢些，这里绑着几圈铁丝，那里摽着一截木棍，走起来东摇西晃，吱吱嘎嘎地响。管茂堂不管出坡做活，还是赶集走亲戚，只要出门就推上它，看到柴草拾柴草，看到废品拾废品。他离开儿子们单过才五年光景，菜园小屋那里已经积下两大垛柴草和一大堆废品。

　　今天管茂堂的活计是翻地，地是老四进福家的。他们老两口离开儿子们单过以后，管茂堂轮流给五个儿子家干活，一天一轮。起先是五天一轮，轮了几轮，儿子儿媳们发现不对，春耕夏收时节，三秋大忙时节，一轮时间只能帮助一两户，太不公平了，儿子儿媳们讨论了几天，改为一天一轮，这才觉得大体公平起来。进福家的这块地是麦茬子，打算种胡萝卜，胡萝卜种弱芽细，不容易往外拱，所以进福家要求用锨翻，土块拍碎耙细。

　　老婆子是小晌午时过来的。起先管茂堂没有看出那是自己的老婆子，只看到一个矮墩墩的影子从河道里冒出来，沿着堤坝往这边跑，好像是在抓鸡撵兔子，跑不多远就忽地扑倒在地上，爬起来再跑。当发现跑过来的是自己的老婆子时，管茂堂的泪水哗就下来了，老婆子准保又糊涂起来，把时辰看成了偏晌午，喊他吃饭来了。管茂堂大老远就喊起来："你这个死老婆子，你跑到地里来做啥，俺的脑子又没坏，还不知道回家吃饭？"

　　老婆子竟咧开嘴巴呜呜哭起来，刚想开口说话，一个跟跄趴到了地上。管茂堂又急又疼，没命地跑过去，老婆子吃力地坐起来，呜呜地哭号着说："光福家跑啦，光福家跑啦！"管茂堂的脑袋嗡地胀成了大抬筐，他知道老婆子的话不能随便相信，但脑袋还是一下胀大了。

　　管茂堂把老婆子抱进车篓子，拾起小车往回跑，跑到村口，把老婆子抱下车，让她自个儿回家去，他推起小车继续往村里跑。跑进村子不多远，他就看到光福家胡同口聚满了人，管茂堂两眼一黑，险些一头栽倒下去。老天爷，原来光福媳妇真的跑了，这可要了老命了！这人到底是咋回事，夫妻这么多年，一直过得好好的，孩子快上初中了，咋说跑就跑了呢！管茂堂跑到胡同口，人们给他闪出一条道，吆喝说："老家伙你跑什么，猪肉还没下锅呢，酒盅还没摆下呢！哎哟哟，还推着小车，想推两篓子肉回去哩！"管茂堂又羞又气，人家的儿子遭了大难，他们还嘻嘻哈哈地说风凉话，真是自己养的自己亲，不养的顶着虎狼心。

　　一跑进胡同，管茂堂就看到光富家院门口也聚着一群人，不过他的心一下放下了，他看到了光福媳妇，光福媳妇好好地待在那里。光福家在卖猪。管茂堂这才记起，光福家这几天又有一窝肥猪要出圈，猪贩子天天过去磨叽，管茂堂晓得光福两口子吃不上亏，多少年里他不记得他们吃过亏，但他还是挂在心上，遇上个人就打问一番，盼望行情往上涨。

　　他放下小车，问一个看热闹的老汉光福家卖了个什么价，老汉回说八块五，天价哩。管茂堂嘿嘿嘿地笑了，心里已经拨起了小算盘，光福家这窝猪是十六头，均扯每头猪二百五十斤吧，起码要赚一万五千元，抵得上十亩地的收成了！他兴冲冲地凑到跟前去，看看自己能够帮着干点什么。

管茂堂把院里院外的猪屎铲除干净，归拢到院门旁边的粪堆上，这才推起小车离开。从光福家回菜园瓜屋，沿着胡同出村，过十几片平展展的田地，翻过堤坝走过几十步宽的小河，往北拐几百步就到了。管茂堂一过小河就看到了老婆子，老婆子站在篱笆院门口朝西北方张望，脚一踮一踮的，不时地打着手势，气鼓鼓地对他道："你不下地干活，跑哪里偷懒去了，饭也顾不得吃了，俺正要去西北洼找你哩！"管茂堂心里道老婆子的糊涂劲过去了，恢复成平常里的老婆子了，他担心老婆子因他不干活生气，再把脑子气糊涂过去，赶忙解释说："俺没偷懒，俺扎了一上午地，只歇息了几小会呢。"

老婆子说："你骗谁啊，把俺当痴巴啦，去西北洼翻地，你咋从南边回来？"管茂堂苦咧咧地答道："俺没诌事，俺干了一上午，快要累死了！"老婆子说："走，咱这就去地里看看，你要诌事，这顿饭就甭想吃了！"管茂堂急了，"你去过了，天傍晌的时候你去过了！"老婆子说："啥？俺去过了？你说俺去过了？"管茂堂说："是是，你是去过了。"老婆子说："老天呀，你咋胡说八道起来了，俺就是个痴巴，你也不该这样骗俺哪！"管茂堂后悔心下一急说了实话，一时半刻无法收场了，他过去握住老婆子的手，小声道："福他娘，咱屋里说吧，俺的腿要站不住了。"老婆子说："耍也累着了？金贵得你够呛！"说着甩开他的手数落着往屋里走，"你说你变成个啥人了，孩子们让你干点活，你偷懒耍滑，还回家胡诌乱扯，驴腔诌到马胯上！孩子们养了那么多的猪，种了那么多的地，没黑没白地干，一家就两个劳力，累到啥地步了，俺想起来就肉疼哩！"

管茂堂知道说不清，不敢继续分辩，一味点头承认错误。老婆子把饭菜拾掇上炕桌，又煮了两只鸡蛋。因粮食不多，小院里就养了两只母鸡，一天顶多能吃两只鸡蛋，老婆子显然把早上煮过鸡蛋的事忘记了。她抓起一只鸡蛋，啪地敲破，三把两把剥净，撂进管茂堂的饭碗里，接着抓起了另一只。管茂堂讨好地说："那只你吃，别都给俺了。"老婆子说："你吃一只也多了，以后吃鸡屎吧！"说着剥好鸡蛋，又撂进他的碗里。他拾起来放到老婆子碗里，说："福他娘，你身子不济，最该补的是你，吃了吧。"老婆子叹了口气，"俺吃什么，整天横草不拿，竖草不拈，想出去拾把麦穗，你死活不让，蛋皮也吃瞎了。"说完又叹口气，把鸡蛋抓回管茂堂的碗里。管茂堂把鸡蛋抓出来："老婆子你听俺说，俺跟孩子们不指望你干啥，只巴盼你身子棒棒的，没病没灾，俺们就烧了高香了。你要是病倒了，只能躺在炕上，俺也没法帮孩子们干活了，孩子们还得花钱给你买药吃，你想想哪头合算？是不是这么个理？"

老婆子说："俺的身子好着哩，不用你们胡操心，你吃就吃，不吃就留下一顿吃。那些年清水煮青菜，地瓜干也吃不饱，身体也没出啥毛病，现今白面管够，吃腻了还想个大米饭，再补怕是就要拉油了。"

管茂堂说："是嘛，俺也觉得要拉油了，那滋味可不好受，以后鸡蛋俺只能吃一只，你不要再害俺。"他把鸡蛋放回老婆子的碗里，老婆子接着又抓回去，"你别给俺耍嘴了，你下地干活，俺蹲在家里看蚂蚁上树，不一样。快吃了吧，上午啥也没干，中午别歇息了，吃了饭抽袋烟快走吧。"

2

管茂堂磨磨蹭蹭地吃完午饭，在老婆子的监视下走出屋子，推上小车拖拖拉拉地往西北洼走去，他只得去地里再歇息了。搁在从前，他中午根本用不着歇息，不管上午的活计多苦多累，中午回家填饱肚子，抹抹嘴巴叼上烟锅就走出去，多少年里不知道苦累是啥滋味。现在倒好，他的身子就像一堆豆腐渣，这里痛，那里麻，浑身没点好地方，躺倒了就再不想起来。

老四进福家这块活计比较紧手，管茂堂干到天黑才收工，推上小车往村里走去，要去老五家问明天的活计。管茂堂有点后悔，中午老五全福在光福那里帮着卖猪，他该顺便问一下的，那样他就不用多走这些路了。

全福家也住在大街东边，老三光福家往前数三趟房子就是全福家。全福家院子里亮着电灯，八成还在做活计，他们家也是一院子猪圈，活计天明天黑做不完。管茂堂推开院门，看到全福跟小孙女在屋门口的水泥地上玩，全福手脚着地学狗爬，小孙女骑在他脊梁上，一手撕着他的头发，一手拍打着他的腮帮子，嘴里驾驾地呼喝着，全福嘴里学着狗叫，转着圈子爬，一只手翻上去护着小孙女。小孙女是个超生的孩子，虽说罚了重款，还是个女孩，但家里人亲得要命，管茂堂也亲得要命，几天不见就想得慌。小孙女一看是爷爷进来了，滚下全福的脊梁往这里跑来，全福忙站起来连声招呼："别摔着，别摔着！"小孙女张开胳膊，"爷爷，抱。"管茂堂倒退了几步，"不敢，爷爷身上有土。"小孙女不管土不土，一个踮脚钩住了他的脖子，他知道自己站不住，便使劲往后倒去，结结实实地倒在了地上，脑袋嗡一声响，眼睛里火星乱蹦。小孙女趴在他的身上，全福把她抱起来，扑打着她的衣服，拢了拢她的头发，对管茂堂说："爹你真是的，咋连个小娃娃也撑不住。磕着了没有？"管茂堂说："没有，没有，吓着孩子了吧？"全福说："没事，幸亏脑袋担在你的膀头上，要是磕在水泥地上就毁了！"管茂堂扶着圈墙站起来，凑过去摸了摸小孙女的手，"爷爷身上不干净，今儿不抱了，明儿使劲抱，中吧？"全福说："爹你有啥事吧？"管茂堂说："没事，就是问一问明天俺干啥。"全福说："去家南锄那块春玉米地吧，别那么没死没活地干，一天干不完也不要紧。"

领到了活计，管茂堂出门拾起小车就往村外走去，眼睛里还晃动着小孙女的小脸蛋，心里道还是小孩子可爱，愿意抱就抱，愿意亲就亲，跟他们说什么也中。大孩子自然也可爱，就像自己的五个福，四五十岁的大孩子了，怎么看怎么可爱，但不论怎么可爱，也不如小不点时候可爱。管茂堂就想到了五个福的小时候，五个福小不点时，也乐意把他当马骑，乐意听他学狗叫，他比孩子们还乐意，一说骑马，他双手一扑就撑地上了，一说狗叫，他嘴巴一张就叫唤起来。有时候三更五更的，孩子睡醒一觉，爬到他身上骑起来，一耳光一耳光地拍打着催他快叫，他便睡眼蒙眬地叫唤起来，这时候孩子往往要撒一泡尿，小孩子撒尿的时候，是不能随便惊动的，他就停止了叫唤，连喘息声也停止了，温乎乎的尿水射到脸上，有时直接射到嘴上，他便悄悄把嘴张大，让尿水射进嘴里，一口一口地咽进肚子。他隔三岔五就要喝一回孩子的尿水，从孩子出生到十几岁，喝完大福的喝二福的，一直喝到老五全福的。他觉得孩子的尿水比鸡汤鲜美，比茶水解渴，可惜喝完全福的再没得喝了，不说尿水，连看一眼都难了，熊孩子们撒尿时，要是他这个爹在旁边，他们就遮着盖着。唉，还是小不点时喜欢人啊。

管茂堂磕磕绊绊地拐进菜园地，发现小屋子黑漆漆的，老婆子显然没有点灯，自打搬进菜园地电灯改成油灯，老婆子又像回到生产队的时候，油灯能不点就不点，管茂堂说了她多少回也不管用。他敞开篱笆院门，打眼一看老婆子坐在屋门口的地上，好像在抽抽搭搭地哭。他忙跑过去蹲到她脸前问："福他娘，你咋啦？哪里不好受？"老婆子小声小气地泣哭着："你跑哪里去了，进福让人打了，你还不快去看看。"管茂堂酸酸地道，"俺方才去过进福家了，没人打他，孩子好好的，咱们进屋吧。"他把老婆子扶起来，搀进屋子，抱上炕去，回身点上了墨水瓶火油灯，屋子里黄黄地亮起来。老婆子满脸泪水，一嘴鼻涕，他找出毛巾给她揩抹干净。老婆子静静地任他拾掇，嘴里不住地喃喃着，"进福让人打了，你还不快去看看。"管茂堂敷衍着她，"俺去看了，进福没事，你放宽心吧。"说着他走到锅灶那边，伸手试了试锅盖的温度，锅盖凉凉的，他呆了一下，过去把老婆子推到炕里边去，让她躺在铺盖卷上，"俺去做饭，你别动弹，掉下炕就毁了。俺说你这身子得养吧，你还不服气，你看看，饭也不知道做了，俺干完活还得做饭给你吃。"

做熟了晚饭，老婆子还躺那里嘀咕，"进福让人打了，进福让人打了。"管茂堂只好走出去，蹲院门口抽了一锅烟，回屋对老婆子说："福他娘，俺方才去看过了，你说得对，进福是让人打了，不过就挨了几巴掌，俺把打咱孩子的人使劲揍了一顿，他再不敢欺负咱孩子了。"老婆子不吱声了，一把一把地抹眼泪。管茂堂把饭菜拾掇上炕桌，把老婆子扶起来，把筷子放她右手里，老婆子便木木地吃起来。老婆子犯糊涂的时候相当听话，叫她待哪里她就待哪里，叫她干啥就干啥，只是脑子不会拐弯，脸面不会改变颜色，永远是木木痴痴的模样。收拾好饭桌，管茂堂放下蚊帐，帮助老婆子脱掉衣裳，老婆子躺那里一动不动了。管茂堂吹熄窗台上的油灯，把豆腐渣样的身子放倒，闭上眼睛睡。这时他又想起老婆子咕哝多遍的话，进福让人打了。进福是老四，前头有大福，后头有全福，中间是光福，她为啥偏偏说进福被打了呢？莫非这是真的？管茂堂拍了拍自己的脑袋，睡吧睡吧，糊涂人的话你听她做啥！可脑子不听话，静不下来，万一真被打了呢？万一是老婆子碰巧看到了呢？或者是老人们过来串门说给她听的呢？管茂堂翻了几个身，脑瓜越来越清醒，他翻身坐起来，穿好衣服走出门，抄近道往村子匆匆走去。

　　进福家住在村东南角，两个孩子在屋里看电视，进福两口子在猪圈里就着电灯出猪粪。这两年猪价喜人，家家户户养母猪，进福家养了八头，水光溜滑的南屋也养上了猪，不但猪圈里点上了电灯，还撑上了蚊帐，挂上了吊扇，地面一天一打扫。因院子被猪圈占满，进福两口子只能使用小铁车出粪，从狭窄的过道里推出院子，倒在门旁的粪堆上。管茂堂知道进福无事，但还是仔细打量了一番，问进福今儿跟人吵嘴了没有。进福说没有，倒是险些吵起来，一窝猪仔拉肚子，西沟王麻子说吃他的药两天就能止住，这都三天过去了，还是拉，真他妈的气人。管茂堂心想母子连心，一点不差，进福在这边生了这么点气，老婆子大老远就知觉了，心疼得受不了了。他劝进福不要生气，这个兽医不行，再换一个就是。进福说知道，问老爹那点麦茬地三个工日能不能翻完，翻不完就早点说，他两口子去帮帮。管茂堂说能翻完，不用他们搭工夫。说完进院里去找了个铁锨，走进猪圈帮他们装粪。

3

　　帮着进福家清理完猪圈，打扫好卫生，才夜里十点多钟，管茂堂回家先进屋看了看老婆子，老婆子香香地睡在蚊帐里，他出屋从水缸里舀了两瓢水洗了洗臭烘烘的手脚，摸黑回屋躺上炕去，捶打了几下腰就睡过去了。好像睡了没多一会，就感觉有人在推他的脚，他睁开眼睛，看到老婆子黑魆魆地站在炕下边，一只手伸进蚊帐不住地推他，他正要说话，只听老婆子道："起来，快起来，俺娘来了，你快出去借两碗白面。"管茂堂汗毛直竖，打起了哆嗦。他知道老婆子又进了糊涂阵，可还是不由自主打起哆嗦。

　　这次老婆子没有很快从糊涂阵里走出来。管茂堂安抚她到天明，从蛇皮袋里挖了一瓢面端给老婆子看，说："白面借回来了，你想给娘擀面条，还是烙单饼，随便做吧。"老婆子不叫唤了，娘的事不知丢到哪里去了，安安静静地坐那里卖呆。管茂堂做熟早饭吃了，嘱咐老婆子一番，推起小车去南边给全福家锄玉米地。身子在地里，心思在家里，在老婆子身上，日头刚刚正晌，他就拾起小车赶回家里。老婆子坐在院门口地上，淡漠地看着他，嘴巴没有动一动，眉眼也没有动一动。管茂堂把她扶到炕上，然后做饭吃饭，饭后他躺在铺盖卷上歇息，老婆子静静地坐在一边。下午收工回来时，老婆子跟中午一模一样，只是坐在了小屋门口。半夜时分，老婆子又闹了一会，说是二福病了，催他去赤脚医生那里买药吃。他去院门口蹲了一蹲，回屋说药买到了，给二福吃下了，二福病好了下地干活去了。天亮后他睁开眼睛去看老婆子，看到的还是一副木木痴痴的糊涂样，管茂堂苦咧咧地说："老婆子你这遭咋这么拖拉，快些好起来吧，求求你快点好起来吧。"老婆子却是糊涂到老的样子，管茂堂今天巴望明天，明天巴望后天，后天巴望后后天，接续巴盼了三四个月，老婆子始终糊涂着，不曾清醒过一会儿。三两天就得找一回事，这次说这个孩子病了，下次说那个孩子挨打了，再一次说爹娘饿坏了，翻来覆去就这几个人，就这么点子事，说得最多的是光福媳妇跑了的事。白天还好说，管茂堂胡说几句就能糊弄过去，若是他不在家，她会坐在院里或者屋里，边哭边念叨，直到管茂堂回家。麻烦的是黑日，尤其是下半夜，管茂堂干了一天的活，睡得正香，忽然被老婆子闹腾起来，好歹把她哄好睡下，他却再也睡不着了。好在老婆子不胡乱跑，从没走出过菜园地，他可以比较放心地出坡干活，直到这年的老秋，老婆子开始离开菜园，他的心才悬吊起来。

老秋以后，管茂堂的活计是刨风化石，地点固定在四里地外的东石坑。他一镐一镐地把风化石劈下来，捣碎拍细，就变成了黄灿灿的风化砂。风化砂是垫猪圈的好东西，夏天吸潮，冬天保暖，猪们趴在上面非常舒坦。这天半上午时下起了毛毛雨，毛毛雨不耽误干活，只是活计不能住手，一住手就害冷，他便决定中午不回家了，干到过午两点左右，下午就不用过来了。估摸到了两点左右时，看看沙堆差不多够量，他便推起小车回家。他吹着手跑进屋里，以为老婆子害冷，坐在屋子里了，屋子是通着的，这边是锅灶，那边是小火炕，一眼就能望透。他没有看到老婆子。是不是老婆子的脑子里哪个孩子又出事，还没等到他回家，自己跑村子里去了？他跑出院子张望，没有望到老婆子，便加快脚步往村里走去，趟过浅浅的河水，翻过矮墩墩的堤坝，他一眼就看到了老婆子，老婆子坐在靠近村边的麦地里，就像一截黑黑的木桩。其实他看不清那是他的老婆子，但他断定那就是他的老婆子，不然下着这样的毛毛雨，谁会一动不动地坐在野地里。

把老婆子背回家安顿在被窝里，管茂堂想，像今天这样晚回来就不行了，以后千万要按点回家，老婆子不是糊涂成了石疙瘩，也知道天晌日头西的。谁知不是这么回事，是老婆子的糊涂又进了一步，不管老头子回不回家，她发起急来就走出去了，十几天里走出去三回，都是朝着村子去的，第三回她走进了村庄，管茂堂找到她的时候，她正一户一户地找光福。管茂堂告诉她光福找到了，牵着她回家，老婆子不听他哄，这是她头一回不听哄，倒拖着身子不回去，嘴里咕念着："没找到，没找到，俺还没找到。"管茂堂没办法，只好把她领到光福家，怕光福两口子担心，管茂堂没说实话，说是来村子办点事，顺脚过来坐坐。老婆子看到了光福，脸上出了点喜色，安安静静地不动了。坐了一会，管茂堂看光福家准备吃饭，便牵着老婆子离开。

这天晚上管茂堂好长时间睡不着，事情明摆在眼前，他不敢单独把老婆子放家里了，村里坡里的走几回，挨一下冻，摔几次跤，也不算啥大事，这要是走进井里去呢，跌到湾里去呢，倒在河里爬不起来呢？管茂堂不敢往细处想，一想就冒冷汗，后怕得要命。他来来回回寻思，办法只有一个，他蹲在家里守护着老婆子，等来年开春暖和后，他可以带着老婆子下地，才能继续帮孩子们干活。盘算妥当，他看了看躺在身边的老婆子，"唉，你这个老婆子，说是让你吃点好的，别落下毛病，你都当成耳旁风，现在咋样，你的罪遭上了，你遭罪还不算，孩子们的忙俺一点也帮不上。俺才八十岁，一顿饭两海碗，你要是好好的，俺估摸要干到九十岁呢。"

第二天早上，天还黑乎乎的，管茂堂就来到村里找大福，大福是老大，啥事情都要先说给他听。大福家也是十几亩田地，一院子猪圈，大福还当着村干部，虽说是个委员，杂七杂八的事情也不少，是五个福里头最忙的，所以去晚了怕他不在家。大福的宅子起得最早，占了个好位置，正好在十字大街上。管茂堂到的时候，大福家的铝铁大院门还关着，他便蹲在门旁边抽着烟等，耳朵里听着肥猪的呼噜声，猪仔的吃奶声、玩闹声，他心里更觉愧疚得慌，孩子们日甚一日地忙，他却半道上过来撂挑子了。

大福家两口子起来了，听到大福啰啰啰的唤猪声，厨房那边响起剁菜声，管茂堂又等了一袋烟，这才动手拍门，大福在里边问谁，管茂堂说："是俺，你爹。"大福过来敞开院门，"爹，起这么早，有事吧？"管茂堂说："也没什么事，没什么大事。"大福说，"那就屋里坐吧。"管茂堂点点头往屋里走去。他早就想好了，事儿得一点一点说，慢悠悠说，说急了容易把孩子吓着，以为娘老子得了要命的病。坐进客厅的沙发后，他先问了下在县城里工作的大孙女大孙子的身体情况、找女婿和找媳妇的情况，然后慢慢转到老婆子身上去，"大福，你娘的脑子不好使了。"大福说："爹，这是老年痴呆症，咱以

红杏花开

前拉呱儿过，没法子治，要不就住院看看？"管茂堂说："白花那个钱干啥，又能吃能睡，啥毛病没有，就是担心她胡走，不知走到哪里去，爹只得窝家里看着她了，你给兄弟们说说，风化砂自己去刨吧，别误了事。"

大福把事儿听明白了，发话说："爹，老三娶上媳妇后俺就跟你们说，不要干了，不要干了，你们就是不听。现在你干上头了，他们抱上指望了，你再猛不丁提出不干，就不是一句话两句话的事了。爹你先回去，我挨个给他们说，说好了过去告诉你。"管茂堂说："这几天咋办？你娘离不得人。"大福说："这个好办，报个病号就行了，别说俺娘痴呆的事，俺娘痴呆不是一天两天了，个别兄弟媳妇会不相信，以为是你不想干了，就说是你自己病了吧，拉肚子下不来炕了。"管茂堂说："不能这么说，不能跟孩子们胡说，再说他们会担心的，硬送俺去医院就更坏了。"大福说："你不这么说，你想让弟兄们闹意见？俺跟你说过多少回了，你们那些年光顾着老三家，已经造出不少矛盾了，要不是我这个老大铺排，弟兄们早吵起来打起来了。"管茂堂心里乱起来，大福的话在情在理，应该照办，可心里还是忍不住乱。

4

管茂堂回家想了一下，觉得说自己生病不合适，便决定这几天照常出坡，带着老婆子去刨风化石。吃过了早饭，他找出老婆子的棉袄、棉裤和棉猴帽儿，老婆子乖乖地任他穿戴，他跟老婆子说着话，"对了对了，这么听话就对了，咱们去东石坑看看呀，碰巧了捉只小兔给你要。"

几天风化石刨下来，情况相当好。他先刨下一些干燥的风化石，细细地捣碎，厚厚地铺在背风处，把老婆子安排在那里坐下，棉被围拢起来，老婆子静静地看着他干活，一坐老半天。歇息的时候，他就陪着她说话，给她喂点水，把鸡蛋或者馒头放她手里，她要是饿了，抬起手就往口里填，要是不饿，饭食抓在手里一动不动。她知道累，坐久了就自动站起来，默默地站他跟前看他刨风化石，再不就朝着坑上边望，一望就是老半天。老头子时刻在身边，她胡说八道的次数少了，头三天里只发作了五回，只有一回一时糊弄不过去，她说她要去看看老五全福，他说全福出门去了，老婆子不听，他又说全福正睡觉，吵了觉孩子会生病的，老婆子还是不听，他只好领她走出石坑，指点着远处公路上的一辆汽车说："你看到了吧，全福就在那客车里，给你买好吃的东西去了，回来咱就去看，好吧？"老婆子不作声了。

　　要不是怕村里人误会，说老管家的儿子儿媳不孝了，这么冷的天，让老爹带着这个老娘出坡干活，管茂堂打算带着老婆子多做些日子，做到交九时再说。第六天傍黑，他去大福那里打问，大福说他这几天连着开会，挤空子去找弟弟弟媳们，不是这个出门就是那个不在家，不行这几天啥也不干了，专门办这事。管茂堂说："不要着急，千万别误了村里的事，俺领着你娘干活挺好的，她糊涂得不那么厉害了，弄不好出去透透气有好处。"他安慰好大福回到家里，一边做饭一边对着炕上的老婆子絮叨，"你这个老婆子，这遭给孩子添大麻烦了，大福还当着干部，为了你的事，会也不想去开了。你要是听话，要是还知道亲儿子，就赶紧给俺好起来吧。"

　　管茂堂本来是自言自语，打发时间，可说着说着来了情绪，说到大福当干部的事情上去了。大福这个委员，已经当了三届了。头一届时，大福就猜测能够选成村支书，起码是个村主任，家里人都这么看。在柳树底村，姓管的是个大族，足足占了八成，为保险起见，大福又揣着香烟挨家挨户拜望了，大家都咬钢嚼铁地点头投大福的票，痴巴傻子也不会撒开肚皮向脊梁。结果公布，大福只是个委员，村主任是姓林的，村支书是姓刘的，村子里姓林的只有九户，姓刘的多些，是十七户。大福早就知道他俩请了酒的，花了钱的，他认定他们是白请白花，没想到他想错了，人们认钱不认人。第二届他也花了钱，一票一百，选出来的还是林主任，还是刘支书，大福的票远远落在他们后头，原来是大福的钱花少了，人家是一票三百元。第三届时

红杏花开

大福犯了犹豫，家族势力完全不指望了，要想当成主要干部，票钱必须超过林主任和刘支书，但他的财力无法跟他们比。林主任杀猪多年，家底殷实。刘支书是个工程贩子，这边买了那边再卖出去，挣钱相当容易，加上两个人做了两任村领导，存折已经无法估算。大福的门路只是养猪，当委员时也跟着贪点占点，但跟林主任和刘支书比起来，还不如大猪身上的一根毛。最终大福决定拼一把，当上主任支书就不愁了，一年就挣回来了。大福打探清楚，这次林主任和刘支书是一张票五百元，大福咬咬牙增加一百，一个选民六百元。他想这遭是有把握的事情了，计票结束，林主任和刘支书依然高居榜首，他比他们差了三百多票。大福的脸当场黑了，好歹按捺着没有骂出声来。当天晚上他就打听出来，林主任和刘支书一户另分了两条泰山烟，烟是镇里酒店白送的，他疑心五百元的票钱也不用自己掏腰包，但他们是主任支书了，他这个委员不敢乱发言。管茂堂想想就替大儿子屈，对族里人满肚子意见，上数几辈他们是一家人哩，几个钱就把自己卖了，把祖宗踩烂泥里去了。搁他身上，外人花多少钱也买不去他的票，先把自家人写头里，之后才能挨上花钱的人。这个林主任和刘支书，花了钱他也不一定投他们。不说别的，单说对待老人这一项，这两个干部就太出格。林主任最过分了，把爹娘撵出家门不算，还时常攮着杀猪刀找上门去，撵着爹娘满村跑。刘支书好一点，可他的媳妇不好，光公公婆婆的铺盖，就让她丢出去了七回，这说明刘支书也不咋的，要是好好管制，媳妇会这样无法无天？保不齐背地里向着媳妇哩。

管茂堂便不再找大福过问，让他一心一意地挣钱，一心一意地当干部，老爹老娘这块事，慢慢地跟弟弟们商量。这天他忽然想到，应该挖一个洞，让老婆子住进去。他便沿着壁面往里凿，半上午时，一个半人高一人深的洞子就凿成了，他钻进去蹲了一会，感觉暖腾腾的，比家里头还要舒坦。他铺上干沙，铺上棉被，把老婆子抱进去，乐滋滋地说："咋样？老头子脑瓜够灵光吧？"老婆子显见也满意，比以前更安静了，时常呼呼地躺里边睡，收工时拉她出来，她还倒退着不想动弹。当天晚上，他去河滩里割了两捆茅草，就着油灯打出一个半拃厚的草帘子，削出几个槐木橛子，第二天把草帘子钉在了洞子外，进去试了一下，又暖和了几分。起初他担心老婆子嫌黑不乐意，谁知老婆子不嫌，一样老老实实坐在那里，安安静静躺在那里。管茂堂心里乐开了花，这样就算大雪封地，大风刮上天去，老婆了也冻不着了。

大福来菜园地的那个黑日，管茂堂差不多把那事忘光了。老两口刚刚吃过晚饭，管茂堂坐在炕上对着老婆子抽烟，准备抽袋烟就睡，大福推开屋门走进来，老婆子的眼珠一下亮了，脸上从未有过的生动起来，嘴里说着福、福、福，老远就伸出了手去，抓住大福的手往炕上拽。大福坐在炕沿上，对娘说："娘，我不上炕，说几句话就回去，还有事。"老婆子还是往里拽，管茂堂苦笑说："你看看，还是你们亲，多少天里，对俺认识不认识的，一见儿子就活起来了。"大福说："爹，老年痴呆症都这样，你别当成个事。"老婆子拉不动儿子，手缩回去了，身子朝儿子挪去，紧紧挨在一起。

大福对爹说："爹，俺跟弟弟弟媳们谈过了，往后你就不要再下地了。"管茂堂说："好，好，不下了，在家守着你们这个痴娘吧。"大福说："爹，弟弟弟媳们问起来，你不要光说娘的事，就说主要是你的身子不中了，不是头痛就是肚子痛，捏不动锨镢了。也不怪弟弟弟媳们，你也知道，咱村里痴呆症五六个，都没被人单独照顾，也活得好好的。"管茂堂张了张嘴巴，"大福，你给俺说实话，你弟弟弟媳们是不是不大情愿？"大福说："爹，你不要问得这么细，在俺这个老大眼里，弟弟都是好弟弟，弟媳都是好弟媳，你也不要生分哪一个，心里有数就行了。"管茂堂说："让俺心里有啥数？"大福顿了顿，"那俺就再说得深一些，弟弟弟媳们的意思是，你们偏向老三偏向得过了头，不中用了撑出来……"管茂堂发起了急，"大福，他们咋还倒腾这些事呢，光福是个独胳膊，再说俺们不是让他两口子撑出来的。"大福说："爹，你让我把话说完，他们的意思是，独胳膊是该特别照顾，可现在媳妇也有了，儿子也人高马大了，日子比谁也不差，应该特别照顾照顾老人了，你和俺娘呢，也应该偏向偏向另外几家了，可你们没有这样，老三家养老没多出一斤粮，多出一毛钱，你的活计轮流干，没有给他少干一天。现在你提出不干了，钱粮五家平摊，爹你想想，弟弟弟媳们咋能没意见？也怪我这个老大没能耐，找不出理由说服他们，但不管咋样，你不要再下地了，他们别扭些日子也就过去了。"

大福说完跳下炕，老婆子还依偎在他身上，没有防备，也许是不知防备、不会防备了，一下子闪倒在炕沿上，她一伸手抓住了大福的袖子，多少天里，她是第一次这样麻利，简直麻利得惊人，她抓住大福的同时又麻利地坐了起来，嘴里啊啊啊地叫唤着，往回拉大福。大福说："娘，你松手，我有事。"老婆子不管，一味啊啊啊地拉。管茂堂趴在大福耳边说："你说你要出去撒尿，撒完就回来陪她。"大福便照学道："娘，俺出去撒泡尿，撒完就回来。"老婆子的手松开了，脸上露出笑模样，大福这才脱身走出去。

5

大福回家后，老婆子坐那里盯着屋门口等，管茂堂坐她旁边抽烟，烟锅子磕打了三回，他把事情想通顺了。他们老两口偏向光福家的事，儿子儿媳们有点言差语错是对的，平心想想，他们是帮衬得有些过头。光福二十岁上没了右胳膊，爹娘就把他当成了小孩子，活不让他干，心不让他操，什么事情也向着他，只说花钱一项，光是娶媳妇就花了三万八千块钱。媳妇娶好后，老两口又接连给他们干了八年活，那时候老婆子身板硬朗，脑子也没出毛病，老两口睁开眼睛就干活，若是折合工钱，八年不是个小数字。眼下光福家帮衬出头了，理应偏向另四个福家了，这四个福家的日子就容易吗？大福两个孩子在城里打工，挣钱有限，花钱无数。二福家也是一个闺女一个儿子，闺女在省城上大学，儿子在镇里上高中，二福月月往外汇钱，汇钱汇得头皮发麻。老四进福的儿子上高中了，开始花大钱了，小闺女又是个超生的孩子，日子也富裕不到哪里去。老五全福的孩子还没到花大钱的时候，可他三个闺女一个儿子，两个超生的孩子，四个孩子中上中学的有两个，小学的有两个，眼看着就上高中上大学了，一想就冒虚汗。现在来看，还就老三光福家从容些，孩子才上小学，钱只进不出，可光福是个残疾，老两口不敢看那条瘪塌塌的袖筒子，一看就掉眼泪，恨不能饭也不用他自己吃了。

管茂堂觉得他不能当吃饱蹲，不能就这么撂挑子了，半道撂挑子，对四个福家是不公平的，再说光福家也不能就这么撇下不管了，就说眼前，做爹的忍心看他一只胳膊去刨风化石？管茂堂就这么决定了，给老婆子多带点衣裳被褥，继续去东石坑刨风化石。疙瘩解开，管茂堂心里舒坦起来，睡了一个好觉。天亮后做饭吃了，把老婆子打点进车篓子，另一边的车篓里塞进了一套被褥、一身棉衣，他兴冲冲地往东石坑走去。到了地方，他把壁洞上的草帘子解下来，继续往里掏挖，又挖进去一人深，洞子里更加温暖清净了。十几天时间干下来，忽然落了一场雪，雪倒不大，只是天气冷起来了，北风呼呼地刮着，刀子样往骨头里刺。他发现老婆子害冷了，主要是在来回的路上，千裹万裹，脸盘没法包裹，眼睛得看事，鼻子要喘气，嘴巴可以包起来，但老婆子不懂事，一包起来她就往下撕，哇啦哇啦地叫唤。老婆子冻得鼻青脸肿，眼泪鼻涕齐流，张大嘴巴朝着天哭。

管茂堂犯了难，只好临时蹲在家里，等待天气好转。他也知道，天气好转几乎是不可能的。寒冬腊月的天，只能是越转越坏，一天比一天冷。五天过后，吹了一天南风，不那么冰凉刺骨了，他把老婆子包裹起来去干了一天。半夜时分又刮起了北风，火炕上也有点受不了了，天明起来，他拎着尿罐出去倒，小跑着倒进门前菜地，又小跑着回屋，面皮僵僵似乎冻住了。

就在这个早上，管茂堂想出了主意：搬回村子里去，五个福家轮流住。住进儿子家，他白天耽误不了出坡干活，黑夜还可以在院子里干，真是再合算不过了。老婆子呢，儿子媳妇可以看护她，孙子孙女可以看护她，如果碰巧都不在家，老头子外头的活计就停一天，在院子里干。还有一样好处，老婆子日日夜夜守着孩子，就不会三天两头找事了，根据那天晚饭后她见到大福的情况，说不定能渐渐从糊涂阵里走出来哩。

管茂堂饭后便领着老婆子往村里走去，嘴里跟老婆子絮叨着："老婆子哎，你说咱俩当初是咋想的呢，非要离开孩子们，住到这野地里来。细说也不怪咱们俩，咱俩谁也没想到你那瘫症能够好利落，要是知道你很快就会好起来，咱们会一直住在孩子家，也不用费工费钱地去菜园起屋了。"

　　老婆子的那场瘫症，是发生在五年前的秋天。那几天他们在家西的大田里收玉米，光福在家看孩子。老婆子管着砍玉米，砍成一堆一堆，他和光福媳妇掰棒子，一篮子一篮子地装到手扶车上去，掰满一车，光福媳妇就摇开拖拉机嗵嗵嗵地送回家去。老婆子七十五了，但干起活来不次于他这个大男人，砍玉米这活算重的了，腰板要对折下来，左手抓住玉米秸，右手攥住砍刀照准玉米根使劲砍去，本应该时常直直腰，歇一歇，老婆子不，一口气要砍出几十步去，想歇息时腰直不起来了，一腚坐到了地上，气儿还没喘匀又弯腰撅腚地往前砍去。光福媳妇拉着玉米棒走后，她的心也跟着回去了，估摸时候该回来了，她便一眼一眼地望去，要是光福媳妇还不回来，她就撂下砍刀，跑地头那里骑上自行车，狼撵着似的跑回去找。她这自行车，也是为光福媳妇学会的。年轻时他们家没有自行车，有了自行车时，老婆子说她老了，动也不敢动了。光福媳妇进门后，她把那个老字丢到了脑后，发疯样学起了自行车，摔摔打打地学习了半个多月，歪歪扭扭地骑着走了。一学会骑她就忙不迭地上了路，光福媳妇出门，她就尾随上去。那几个月里，她不知摔倒了多少回，脸上是新伤压旧伤，没好过一天。

　　收到玉米的第二天下午，光福媳妇运送到第三趟上，该回来的时候没有回来，老婆子一会儿也不等，跑地头上骑上车子就走。管茂堂一边掰棒子，一边望着她叹气，光福媳妇自打进门，一心一意过日子，没显露过丁点要走的意思，板上砸钉子的事了，但管茂堂不敢说出嘴，更不敢阻拦老婆子，万一光福媳妇真存了那个心呢，那可就毁啦。老婆子骑车八年多了，始终不那么麻利，尤其起步的时候，每回都要费好大劲。这回也是这样，她一上一上地十几次才坐上去，东摇西摆地骑去，拐弯时重重地晃动了一下，眼睁睁骑沟里去了，车子和人同时倒在沟里。管茂堂摇了摇头，继续掰玉米，却发现老婆子没动弹，心里道难道摔伤了？不会吧，车子那么慢，沟也不深，伤不着的吧。他又掰了一个玉米，老婆子还是一动没动，他觉得不对了，起身往那里跑去，跑到近前一看，老婆子的眼睛紧紧闭着，他的脑袋嗡一声响，连声唤着老婆子，一边去试鼻息，眼泪唰唰流下来，抱起老婆子往村里跑去。没跑多远，光福媳妇开着拖拉机哐啷哐啷地过来，问："娘怎么了？"管茂堂把老婆子放进车斗里，说："你娘害渴回家喝水，拐弯时摔倒了，快去镇医院。"他爬进车斗，把老婆子抱在怀里，一声接一声呼唤。光福媳妇松开脚闸开始往回倒车，嘴里说："俺娘真是的，害渴让俺捎水就是了，还用自己跑回去。"拖拉机跑进大街，管茂堂吆喝说："错了，孩子，镇子得往南走。"光福媳妇说："爹你这么去就治病了？两手空空谁理睬你，咱得回家让你五个儿子操持钱。"管茂堂这才想到钱的事，心想幸亏儿媳妇提醒，还是年轻人脑子好使。

<h1 style="text-align:center">6</h1>

光福媳妇把拖拉机停到自家门口，跳下车拍打院门，"光福，光福，你出来，咱娘病了。"光福敞开院门，媳妇说："你快去找大哥，让他们拿钱送娘去医院。"光福看到爹怀里的娘，脸立时黄了，"病得不轻？"媳妇说："磕倒了，摔坏了，你快去找大哥吧。"光福说："反正多半报销，咱先使上吧。"媳妇说："你昏头啦？家里的钱不是昨天买饲料啦？别说废话，快去找大哥！"光福看了看媳妇的眼睛，拔腿往胡同外跑去，管茂堂对着他的后背喊："快点跑，快点跑啊。"又低头去看老婆子，一下一下晃动，"醒来老婆子，快醒来，你不是最舍不得花钱吗，一花钱就心疼吗，孩子们要给你花钱了，花大钱了，心疼儿子你就快点醒来，醒慢了这钱可就花上了，后悔也不中用了。"

几袋烟的工夫，光福领着弟兄们跑过来，媳妇们也跟过来了，黑

红杏花开

着脸看了看车斗里的娘，纷纷说怎么摔成这样，怕不是摔的吧，是累瘫了吧。二福咳嗽了两声，沉沉地对光福媳妇道："大哥大嫂不在家，只能我这个二哥出头了，不过我给大哥打电话了，老三媳妇，你也有点太那个了吧，走，咱们屋里说几句。"光福媳妇说："在这里说就中。"二福说："你想让我当着病成这样的娘给你说？也行，只要你脸上架得住。"光福媳妇说："娘病成这样了你还磨蹭，还不赶紧往医院走！"二福说："不进屋说几句，这医院怕一时三刻去不成，娘的户口可是站在你们家，要是耽误了，就不是几句话的事了。"光福媳妇说："进去说就进去说。"说完转身走进院门，剩下的儿子儿媳们全跟了进去。管茂堂对老婆子说："你看看，孩子们犯难了，肯定是手里没闲钱哩，这样急急火火的，你让他们去哪里倒腾，快点醒过来吧，俺求你了。"

不大会儿，儿子儿媳们走出门来，脸比先时更黑了，光福两口子黑得最厉害，像墨汁染了似的。二福对管茂堂说："爹，我们这就走，很快就到了，正赶上忙时候，一家陪一天，先从我家开始。"说完揭开拖拉机座盖拿出摇把子，光福媳妇对他说："车辘轮不好了，路上别再捎人。"二福没吭声，弯腰摇开机子，把摇把子撂进座盒，啪地盖上盖子，坐上去挂上挡跑去。

医生说是中风，得赶紧抢救。怕哪样来哪样，管茂堂腿弯一软蹲到地上。护士推来两瓶药水挂在铁架子上，针头扎进老婆子的胳膊，药水默无声息地滴答起来。办好住院手续，管茂堂依照医生吩咐，跟二福一起把老婆子抬起来，跟着医生走进不远处的病房。管茂堂让二福回去，"回去吧，屋里屋外都是活，这里俺一个人就行，回家说给哥哥弟弟们，都不要过来了，也不要挂记，你娘就这么着了，七十五岁，就是死了也是喜丧。"过了一会儿，二福出去买了一箱方便面，嘱咐爹爹仔细照顾老娘，他家好多玉米棒还堆在地里，那地方耗子成堆，棒子不敢过夜，他挤空子再过来。

管茂堂就一个人照顾老婆子，开头几天，老婆子不吃不喝不动弹，他的活计就是打完了吊瓶，走几步路去喊护士，想睡就贴着老婆子躺下。有点麻烦的是老婆子的拉尿，老婆子啥也不知道了，拉尿却一点不耽误，管茂堂闻到异味后，才知道是拉尿了，赶紧替她收拾。好在病房里都是些七老八十的病人，怎么收拾都行，味道多大也没事。十几天过后，老婆子会活动了，但仅限于左半边身子，也不是愿意咋动就咋动，另一半身子仍僵在那里，木头样知无觉。还有就是能够说话了，却呜哩哇啦的，一个字也听不清楚。管茂堂问医生能不能回家治疗，医生一眼就看穿了他的心思，说不用担心，现在报销比例这么大，一年也花不了多少钱。老婆子呜哩哇啦起来，管茂堂说："你哇啦什么，想拉？"老婆子摇头。管茂堂说："鼓着尿了？"老婆子摇头。管茂堂说："害渴了？"老婆子摇头。管茂堂说："你要把俺糊涂死，到底想咋？"老婆子也急得够呛，嘴里呜哩哇啦着，右手抬了抬，指向了房门。

管茂堂说："噢，你身上不好受，想找医生过来看看？"老婆子使劲摇头，手缩回来，拍了拍胸口，又指向房门。管茂堂这才明白过来，"老婆子，你想回家？"老婆子的脸盘这才舒展开来，点了点头。管茂堂叹口气，"老婆子，咱不能回去，你也晓得，咱村里那些得了这号病的人，半道出院的都没好利落，多半死掉了，住到底的人大多成了好人。咱不能回去。"老婆子连连摇头，脸皱成了麻团子，呜哩哇啦地叫唤。管茂堂说，"你消停吧，好好待在这里治疗，这遭俺说啥也不能听你的。"老婆子撒起了泼，左手拍打着床铺，左脚乱踢乱蹬，眼睛瞪得老大，直着脖子哭叫。管茂堂任她闹，就是不松口。不料老婆子还有办法，她不吃饭了，不吃药了，嘴唇抿得紧紧的，牙齿咬得死死的，管茂堂只好用汤匙把她牙齿撬开，她的脑袋像拨浪鼓似的晃动起来，嘴巴又闭上了。拉屎撒尿，她一次次把他推开，把秽物弄得到处都是。他只好给大福打电话，让儿子们过来想办法。

儿子们坐着拖拉机过来了，管茂堂有了撑腰的，要他们管管自己的娘，做娘的躺在那里挣着身子叫，"呕、呕、呕"，管茂堂给儿子们说："你娘是说'走、走、走'，你们看咋办吧。"大福沉吟说："这得听医生的。"儿子们走出屋子，不多会儿走回病房，大福对管茂堂说："爹，医生说就这样了，回家慢慢恢复也好，你说回去还是再住段时间？"管茂堂说："医生不是说三五个月包好吗？"大福压低了些嗓门，"爹，医院恨不能去大街上拉人，他们还愿意你走？我托了个熟人才套出实话。"管茂堂恍然大悟，"那咱们快回吧，现在就回！医院咋这样呢，病人的钱也往狠里挣，天生没良心呢还是让狗吃了。"

他们把老婆子送回家，儿子儿媳们唉声叹气地离去。老五全福磨磨蹭蹭挨到最后，瞅了瞅外屋，轻轻关上房门，凑爹跟前小声道："爹，你以后不要干活了，就待屋子里伺候我娘。"管茂堂正要张嘴，躺在那里的老婆子哇啦起来，头使劲地摇动。他看了看老婆子，对全福说："你娘这病误不了俺干活，吃饭喝水拉屎撒尿，一天三时伺候就行了。"全福说："你们真是的，给他们干了这么多年，还没干够？"管茂堂说："全福，你三哥顶着个残身子，你三嫂又比他小了十几岁，俺和你娘捧着心过日子哩。"全福说："那你们就干吧，干到喘不动气吧。"说完不满地走了。管茂堂对老婆子道："你瞅瞅，儿子儿媳个个孝心，就怕累着咱们。"老婆子点点头，歪着嘴巴笑了。管茂堂又说："福他娘，这些日子家里肯定积下不少活，把光福两口子忙毁了，俺的手脚也痒痒了，吃过了午饭俺就下地，中吧？"老婆子接连点了三下头。

管茂堂估计得没错，老婆子躺炕上养病，一点也不耽误他出坡干活。老婆子却平静不下来，一得空就跟他叫唤，意思是她躺到多会儿是个头，老这样还不如吃包耗子药算了。她操心的事情更多了，问光福媳妇眉眼儿咋样，见没见偷跑的迹象。问今天干了什么活计，这块活计啥时候能干完。问猪价跌了还是涨了，听没听到下跌的话风。问完光福家的，又问另四个福家的，一天三时，问起来没完。他自然拣好听的给她说，其实也没啥不好听的，一些针头线脑的事，都给他压肚子里了。比如光福媳妇嫌弃公公婆婆屋子里的味道，他很早就看出来了。出院回家他就注意了，老婆子拉了尿了，他首先把玻璃窗关严，房门拉紧，然后才开始拾掇，尿桶盖上塑料膜，麻绳扎紧，出坡时捎到小河里去洗刷干净。两天后他又生出新门道，比着老婆子的裤子做出两条宽大的塑料短裤，给老婆子穿在内裤外边，塑料裤的裤腿口绑在腿上，这样就脏不到外衣和被褥了。屋里的味道当然消除不掉，尤其门窗关久了时，味道稠糊得像粥，干活回家一进门，脚跟不稳会让他顶个倒栽葱。管茂堂就小心了再小心，门窗尽量不开，心虚地留意着光福媳妇的眼色。儿媳的不乐意早就表现出来了，眉头皱皱着，没点笑模样，能不说话就不说话。有时儿媳不在家，管茂堂赶紧推开窗子，儿媳不知啥时回家了，突然在院里说："爹，你四敞大开的，猪圈里的屎尿味好闻？"有时候门窗关着呢，外屋灶间里做饭的媳妇也丢过去几句："爹，你把房门拉严好不好，不怕油烟呛着你们？"管茂堂往往要发半天呆，祷告老天让老婆子快快好一点，能够拄着拐棍扶着墙走路，肚子里有事时赶紧去茅房。

7

这天傍晚，管茂堂干活回家，发现厨房里锅凉灶冷，他以为儿媳一时没腾出空，饭要晚些时候做。他回屋查看老婆子拉尿了没有，只是尿了，他忙给她擦抹出来，换上新的内裤和塑料裤，外屋还是没啥动静。他的心跳了一下：莫非媳妇偷跑了，光福带着孩子追她去了？他等不下去了，过去敲了敲东间的房门，没有回音，他一把推开，发现两口子躺在炕上，光福歪躺在窗台边，媳妇躺在被窝里，被子盖过了眼睛。管茂堂知道不对了，仓促找话道："孙儿呢，咋没见他在家？"光福说："窝家里熏死啊，去他姥姥那里了。"

管茂堂站也不是，退也不是，想训斥儿子几句，当着媳妇的面又没法开口，一时竟没有话说了。儿子坐直了身子，黑着脸说："爹，你看咋办吧，那个熏走了，这个熏病了，你看看该咋办吧。"管茂堂没想到情况这般严重，立时吓坏了，"媳妇熏病啦？"光福说："熏病了！她见天恶心，见天呕吐，刚才苦胆水都吐出来了，吐了一盆子，再有几回就吐死了。"管茂堂不知咋办是好了，说句"俺晓得了，做饭吃吧，别饿着"，便脚高步低地回到西间。

光福的脾气是让老两口惯出来的，想生气就生气，想发火就发火，一条胳膊没了后，笑模样也跟着没了，有时猛地丢出一句话，把爹娘噎得喘不上气，真想结结实实揍他一顿，再看看他那只空荡荡的袖子，什么气儿也没了。光福的脾气可以不管，但他今天的话可得好好听。管茂堂拧上一锅烟，一口一口吧嗒着。其实眼跟前的事也不复杂，村子里前有车后有辙，一个是儿子们家轮住，一个是找地方另立新家。比较起来轮住好一些，可以时刻见到孩子，干活也方便，担心的是另四个媳妇也跟光福媳妇这样，受不了做娘的这个味道，又说不出口，背地里活受罪。管茂堂连着抽了三锅烟，只想透了一点，光福这里必须离开，麻溜地离开。甭说媳妇呕吐得那般严重，光福的话那般清楚明白，就是画着圈儿给个意思，这里也不能住下去了，把媳妇住病了住恼了住跑了，那他只有抹脖子上吊了。

外屋光福没好声地喊吃饭，管茂堂用秫秸托盘把饭菜端过来，先把老婆子喂饱，自己吃了几口也饱了，收拾收拾出门来到大福家，把情况跟大福两口子说了，自然没有说是光福两口子的意思，说是老两口的主意，让大福给拿个主意。大福两口子猜出来了，媳妇说："他们把你们当牛马使了这么多年，骨头都要榨干了，不行了就想往外撇，天下哪有这么便宜的事！"大福拍打着沙发扶手说："太不像话了，太不像话了，我这就去找他们！"说着起身往外走去。管茂堂急忙拦住他，拖着哭腔说："大福哎，甭说光福两口子没有往外撇俺们，就是往外撇了，咱也得顺着他们，打断骨头连着筋，光福那个可怜样子，不敢让他再吃屈了。别的话咱不说了，只说说俺们是轮住合适还是单住合适就行了。"媳妇说："起屋单住得让光福家出钱，轮住先从他们那里开始，一家五年。"大福把媳妇呵斥住了，沉吟了一下，对管茂堂说："爹，这事我做不了主，得跟弟兄们商量，你先回去吧，商量好了我们就说给你。"管茂堂说："你这就去找他们，今晚就把事情定下来，俺在这里等着。"

大福拗不过爹，气哼哼地出去了，一锅开水的工夫就转回来了，另外三个福和三个福的媳妇也过来了，一进客厅就七长八短地数算起来，就像大集体那时候开控诉会，比着声儿地揭批光福两口子的短处。这个说，他小时候往爹娘嘴里撒过多少泡尿，爹娘都觉得蜜甜，现在爹娘屋里出点味道就闻不得了，还有没有一点良心。那个道，爹娘没日没夜、累死累活地给他们干活，手里没有一分钱，多少年不添新衣裳了，地里出的家里挣的全是他们的，这笔账得跟他们算清楚。管茂堂好说歹说，让他们住声，半天后嚷嚷声才稀落下来，他才能够开腔说话："孩子们，你们都是好孩子，别跟那么个残疾人计较了，咱快说说俺们是轮住还是单住吧。"孩子们一个一个发言，意见跟大福媳妇差不多，去村外起屋，费用全部归光福家，轮住也先从他家开始，一轮起码五年，无论是单住还是轮住，不准再给光福家干一点活。管茂堂连连摇头，摇出了满眼泪花，"孩子们，俺说过了，别跟光福过不去了，就当他是个不懂事的娃娃就中了，俺说给你们，不管是单住还是轮住，俺们不能再在光福家住一天。"老爹话音未落，大伙一齐张开了嘴巴，大福摇了下手止住，对爹说道："爹，弟弟弟媳们的意见你也听到了，我看你一时也听不到心里去，你看这样好不好，你回去寻思寻思，也让光福两口子拍拍胸膛问问心，仔细寻思寻思，咱们明天再商量，中吧爹？"管茂堂看今晚难出头绪，只好点头答应。

管茂堂回到家里，见光福那屋拉着窗帘，开着电灯，却静悄悄没一点声音。他走进自己屋里，关严房门，摁亮电灯，掀开被子看老婆子拉尿没，老婆子一脸急样，那只会动弹的手一抓一抓，哦哦哦地招呼他靠近。他爬上炕坐她跟前，"啥事福他娘？"老婆子呜里哇啦起来，那只手困难地移动着，指一指外屋，又指一指自己，指一指老头子，然后指向窗户，指了三四下。管茂堂想莫非老婆子从他脸上看出什么了，还是光福两口子过来说话了？不管咋样，该是让她知道的时候了，看看她愿意轮住还是单住，便对老婆子道："福他娘，俺给你说了吧，好多天了，小孙子让咱这屋熏得淌眼泪，光福两口子吃不下饭，见了饭就恶心，不敢住这里难为孩子了。"老婆子更急了，拍打着炕席，连三并四地哇啦，管茂堂问："你是说快些搬出去？"老婆子使劲地点头。他就把轮住单住的好处坏处摆出来，让老婆子挑选，老婆子想都没想就连连说："按裤按裤按裤！"管茂堂说："为啥喜欢单住？"老婆子嘴里哇啦着，手比画着，管茂堂猜了几回才猜出意思："你是说哪家孩子也不能熏着？"老婆子使劲点头。管茂堂也点了头，"那就这么定了吧。"

　　第二天天还不亮，管茂堂就把大福吆出门外，把单住的决定说给他，让他问问支书和主任，去河东自家菜园起屋中不中，中的话今天就下手盖。屋子仿着村里大多数老人屋的样子，瓜屋大小就行了。大福说："爹，我大小是个干部，你让我的脸往哪儿搁？"管茂堂说："这号事早就没人笑话了，刘支书和林主任不也这样？再说俺会给村人说清爽的，不会把屎盆子往孩子头上扣。大福哎，爹娘奔八十了，那屋住不几年就拆了，破费了钱财你爹你娘闭不上眼睛哩。"大福说："爹，既然你说到这一层，俺们只能依你了。"大福摸出手机跟刘支书和林主任说了说，又挨个打给四个弟弟，吩咐他们今天什么也不准干，全力以赴给爹娘起屋，现在就开上拖拉机动手。

8

　　管茂堂牵着老婆子离开菜园地没多会儿，老婆子就冻得哼哼唧唧哭起来，过了小河堤坝，密匝匝的村落出现在眼前了，老婆子的哭声一下止住了，转头朝他吐出一个字："福？"管茂堂笑眯眯地点头，"对，福，咱们去福家，你的福家。"老婆子的步子突然加快，险些把他拽趴下，嘴里嚷着，"福，福，福，福福福。"管茂堂乐坏了，瞧这架势，老婆子天天守着孩子，糊涂病没准就跑没影了呢。他后悔老婆子的瘫病好了时没有马上搬回去，要是及时搬回孩子家，老婆子恐怕不会接着得上糊涂病。跑进村落，老婆子的步伐又快了一码，感觉老头子是个累赘，手使劲从他手里抽出来，直着脖子往前跑，跑近十字大街时，管茂堂提醒说咱们去大福家，老婆子似乎没有听到，继续往前跑，显然是要去光福那里了，她是从光福家搬走的，自然对那里最熟。他跑上去把她扳转回来，老婆子不乐意，身子挣脱着，嘴里叫唤着，直到走到大福家门口，她才认出这也是孩子家，推开院门往屋里跑去。

　　大福两口子正在客厅里吃早饭，问爹娘吃过饭没有，没吃的话就在这里吃。他们的话还没说完，老婆子就一屁股坐进沙发里，伸手从盘子里抓起一条焦黄的舌头鱼，转手递到大福脸前，"吃鱼，吃鱼，吃鱼。"大福推出去，"娘，你吃吧。"老婆子的手又伸出去，一下塞到大福的嘴巴上。管茂堂对大福说："你快吃了呗，吃了她就消停了。"大福说："你看看她那手，咋吃。"管茂堂正看她那黑鸡爪子样的手，不想她另一只手也抓起一条鱼，朝着老头子塞过来，他赶忙张嘴接了。媳妇在一边说："还知道远近，不是太痴呆。"管茂堂说："她这就是痴呆了，以前在一起吃饭，好东西哪回不是先递给你。你们吃饭吧，俺领她去里屋坐坐。"大福说："饱了，收拾吧。"媳妇便一样样往下端。老婆子不动弹了，乖乖地坐那里，直直地望着大福笑。管茂堂对大福道："大福，爹合计了，住在外头，你娘在家里不保险，领到坡里去又不抗冻，还是轮住吧，哪一头也踏实了。"大福说："俺早就说轮住，脸面上好看，你们也舒坦，你们就是不听。我这就去跟他们说说，马上开始轮住。"媳妇说："这么个呆娘，谁能看得了她？"大福呵斥说："你闭嘴，该干吗干吗去！"

大福出去后，媳妇直板板坐那里，脸上一阵青一阵白，管茂堂知道媳妇在担心婆婆，便宽慰她道："大媳妇你放心，你娘挺规矩的，有时候俺出去干半天活，走时她坐在炕上，回去时还坐在炕上。"媳妇说："话是这么说，这么大个家业，她要是放一把火烧个精光，是骂她还是打她？这个心谁放得下。"管茂堂心里叹气，媳妇就是媳妇，就是搬下头来待承她，也跟公公婆婆隔一层，他便更加小心地应对，以免媳妇心中怄气。

大福小晌午时才回家，一进客厅就青着脸说："这个老大我是没法子当了！"管茂堂睁大了眼睛，"孩子们还能不愿意俺们往回搬？"大福说："我从二福家开始，一个门一个门地去说，来回跑了三四遍，说了三四遍，到头来赚了一身不是！"管茂堂说："是不是担心你娘玩火啥的？"大福说："也有担心这事的，不过这块事我给顶回去了，我给他们说，自己的亲老子，就是把屋烧光了，人也烧毁了，这老也得养！"管茂堂猜不着了，"那是为啥？"大福说："四个弟弟家有两种意见，二福进福全福三家，坚决要从光福家轮起，一轮五年，光福家就是不同意!"管茂堂吃惊道："大福，这么多年了，他们还跟光福两口子过不去?"大福说："爹，这事也不能全怪那三个弟弟家，光福家的便宜占得太大了。"管茂堂喃喃道："俺以为你们早就丢开了，动不动就聚堆喝酒吃饭，俺以为你们早就好成小时候那样了。这样吧大福，你是老大，又是好孩子，就从你这里轮起吧，轮完你这里再说，说不定轮完你这里，俺跟你娘就到那边去了，就不用再犯难了。"媳妇抢过话去："不中，要轮先从老三家轮，轮到这里俺啥话没有!"大福抓起身边的笤帚打过去，"你不说话能憋死? 爹，这个头我早就想带了，也给弟弟弟媳们说过了，他们死活不答应，说什么'就数你是个孝顺的，俺们都成白眼狼了? 你要是把爹娘接家里去，俺们就把他们抬老三家去，老三两口子要是耍横，就掐着他们的脖子把爹娘花在他们身上的钱沥出来。'爹，这事得慢慢来，你给我几个月时间，我保证说服他们，菜地你们也住了五年了，不差这几个月。你抽空也去老三家坐坐，探探他们的口风，看看他们愿意先从他们家轮，还是愿意出一笔钱，两样尽他们挑选行吧。"

管茂堂想想也只能这样，就说"俺这就去老三家。"起身牵起老婆子走出屋子。老婆子一看老头子是牵她离开，不知是害冷，还是恋着大福，哼哼了一句什么转身往屋子跑去，三个人也跟着跑回来，老婆子早已坐进沙发，没事人似的笑吟吟地看他们。管茂堂又去牵她，这回她晓得提防了，手候地缩到了背后，管茂堂找到她的手捉住，往上拉她，她身子往后倒着，就要拉起来了，她的另一只手抓住了沙发，管茂堂拉不起她了，幸亏媳妇过来帮忙，把她沙发上的手掰扯开，两个人推着拥着把她弄出屋子。大福一边哄着她："娘，爹还要办事，办过了事再回来，往后你愿意啥时来就啥时来。"出了院子，老婆子更不干了，挣着嚷着要回去，媳妇及时关上了院门，她一看不见了大福，就哭号着去抓老头子的脸，"福，福，福。"管茂堂的脸让她抓了两把，抓出了满眼的泪水，他更紧地拽住老婆子，模糊着眼睛大步走去。

管茂堂没有去老三光福家，他决定哪儿也不去了，他要领着老婆子回菜园瓜屋。他怪自己考虑得不细致，光想着老婆子住在儿子家就消停了保险了，他没有想到老婆子会玩火什么的，细说也不是没想到，一起根他就想到了，只是想得不周全，他以为老婆子好好坏坏糊涂了三年多，没有玩过一次火，没有毁坏过一件家什，她去了儿子家，头脑甚至会更加清楚明白，一根草也舍不得弄坏的。他没想到痴子就是痴子，几年里点一把火就天塌地陷了。就这样吧，在菜园瓜屋住下去吧，一年三百六十多天，寒冷日子也就三五十天，说过去也就过去了。想想大集体那时候，衣裳薄得透风，肚子里是青菜地瓜窝窝头，也没觉得遭了多大的罪。现在肚子里油水足，棉衣想穿多少就穿多少，比比过去简直天上地下了，咋就娇贵成这样了呢，老婆子要是脑瓜好使，一定会嘲笑他抢白他的，你这个死老头子，带着俺给孩子家干点活还怕冷，你说说，为孩子俺多会怕这怕那过？不是身上掉下的肉就是不疼，为这点事跑去难为孩子们，你真是老没人样了！

9

管茂堂牵一会驮一会把老婆子弄回家，寒冷把老婆子脑瓜里的大福冻没了，她已经不挣着抗着要回去了，哆里哆嗦地任老头子往家弄。管茂堂把她安排到小炕上，赶紧生火烧炕，烧了一会儿，去炕上试试老婆子的被窝热乎了，老婆子还蜷缩在那里发抖，但已经停止了哭泣，他才动手做午饭。

饭菜刚刚拾掇进锅里，只听老婆子尖叫了一声，撩开被子忽地坐起来，朝着灶门口的老头子叫唤，"你坐那里干啥，二福肚子痛成啥样了，你还不快去给他买药吃！"管茂堂摇头苦笑，"你这个老糊涂虫，一舒坦就找事，咱刚打村子里回来，孩子们都好好的哩。"老婆子看他坐这里不动弹，更加发急，拍打着炕席哭嚷起来，"痛坏了，二福痛坏了，你快去买药，快去买哇！"管茂堂嘟囔说，"俺正烧着火，咋出得去，真着急你就下来烧火，俺就出去买。"老婆子真的出溜下炕了，管茂堂心下一喜，莫非她知道做饭了？老婆子几大步抢过来，捞住他的胳膊往上拉，"你快去，快点去，全福痛坏了，受不了

红杏花开

啦!"管茂堂说:"好好好,这就去,俺这就去。"老婆子嘴里的二福变成了全福,弄不好是更糊涂了。他往旁边挪挪身子,把老婆子按坐在马扎上,故意让火烧出了灶门口,看老婆子管不管,老婆子全当没看到,对着忽忽燃烧的火焰念叨,"全福,爹去买药了,你别痛了。"管茂堂叹口气,把麦草拨拉进灶膛,把老婆子扶到炕上坐下,拿被子围起来,告诉老婆子他去买药。

正是正午时刻,天气反倒更凉了,太阳像个冷森森的冰盘子,把万千冰针不断地泼洒下来,直往人骨头里扎。管茂堂一出篱笆门就重重地打了个哆嗦,只一会儿工夫,就感觉身子被冻透了,他悄悄地潜回院子,溜到窗根下往里望,发现老婆子仍坐在那里,怀抱着枕头轻轻抚拍着,念经样跟枕头说着话,"不痛,咱不痛了,爹买药去了,吃上就好了。"管茂堂贴墙站到一边,轻轻地吹手跺脚,心里头想到了带着老婆子出坡的事。这种鬼天气,老婆子坐热炕上都害冷,在外头咋能受得了。眼前的老婆子就是个孩子,得呵着、护着、管着,除非没有一点法子,不能让她吃屈遭罪了。

管茂堂回屋哄好老婆子,继续烧火煮饭,吧嗒着烟袋寻思法子。不行就狠狠心把这个冬天熬过去吧,五个孩子家也不差他这一个劳力。这念头一冒出来他就摇起了头,他好胳膊好腿,无病无灾,一顿两大碗饭,不干活活着做啥呢,跟死了有啥两样哩。锅烧滚了,锅里坐着一铝壶水,一竹盘馒头,一瓦盆白菜豆腐,一滚锅就该住火的,不然馒头白菜就浠漓了烂糊了。管茂堂的心思在老婆子身上,继续机械地往灶膛里续草,锅盖上热气蒸腾,锅里边铝壶跟锅底的碰撞声越来越烈,他没看到也没听到,他看到的是自己的老婆子,听到的是自己跟自己的说话声。锅底下的水烧干了,铝壶停止了蹦跳,传出吱吱吱的干锅声,管茂堂烧火的手停住了,他停止烧火不是因为烧坏了锅,而是想出了办法,他要试一试,把老婆子拴在家里行不行。

这天下午管茂堂没有出坡。他把蛇皮袋里的衣服倒出来,挑拣出几件破旧的裤子,铰铰嘶嘶地制作出一堆布条子,搓出一根擀面杖粗细、十几步长短的布绳子。他先绑在自己手腕上试了试,挺舒服的,使劲拽拽也不觉怎么痛,他放到地上拿脚踩住,用力地扯拽,绳子只是抻长了一点，怕是牛犊子也拉不断的。他拎着花斑蛇样的布绳子，满屋里看来看去，寻找固定绳子的处所，最后选择了窗棂子。这个木格子窗是老屋上拆下来的，看上去破旧不堪，其实还挺扎实。他选了一根最扎实的，把绳子的一头拴上去，脚板蹬着窗台拉了一拉，便转身对向老婆子。老婆子一直坐在炕头上，看一眼这里，看一眼那里，一声不吭。管茂堂说："唉，你要是这般乖顺，就不用拴起来了。"他抬起她的左手放在他的大腿上，往她的手腕上结扣子，"听话福他娘，俺把绳子拴这里你耍，把绳子拴手腕上太好耍了，不信俺拴好了你看看。"他把绳子拴系结实，把老婆子的手放回去，"你瞅瞅，是不是真好耍？"老婆子抬起拴了布绳子的手，低头看了一眼，手吧嗒放下了，头还低在那里，眼睛空空地望着炕席。管茂堂按了按眼窝，退下炕去，去院里把尿桶拎过来放在炕下边，对老婆子说："福他娘，俺下地去干活，你在家跟绳子耍，这个桶是拉尿的，千万别出屋，出屋你也出不去，把手拽下来那可就坏了。"

这个下午，管茂堂在院子里一直待到天黑尽，发现老婆子发作了三次，显然比以前密集了。头一回是他出门不久，老婆子坐炕上望望这里望望那里，忽然对着窗户吆喝起来："大福，天黑了，回家吃饭了。"吆喝了十几声，发现大福没回家，便转头朝着屋门叫唤道："福他爹，大福没回家，你快去找找。"也是连着叫唤了十几声，不见老头子出现，她抽抽搭搭地哭起来，一边蹭下炕来，拖着布绳子往屋门口走去，走到灶门口时绳子扯直了，左胳膊朝后高高抬起来，她转过身去，眼睛瞅了瞅左胳膊，没有瞅出个子丑寅卯，便又转身走去，胳膊又一下倒竖了上去，她又转回身，呆痴痴瞅了一会，抬起右手一把一把地撕扯起了左胳膊，那意思分明想把胳膊撕断，摆脱束缚。

管茂堂趴在门缝上紧紧盯着，默默祷告老天快让老婆子住手，回到小炕上去。老婆子没有住手，撕扯得越发狠了，直到手头没了力气，撕扯的速度慢下来，胳膊软软地耷拉下去。管茂堂以为这就算过去了，不料她又狠命往前挣去，倒竖的胳膊咯吱咯吱响，窗户那边也嘎噌噌地响，管茂堂正想推开房门进去解救时，或许老婆子感觉到疼

红杏花开

痛了，只见她身子一松，软塌塌坐到了地上。管茂堂又求助起了老天爷，求老天爷帮忙快快让老婆子回到炕上去。这回他的祷告起了作用，老婆子打了几个寒噤，竟自动站起来走回去，爬炕上去了，一上炕她就躺在了枕头上，不知道盖被子，只知道团拢着手脚打哆嗦，但这也比在天寒地冻的外头强多了。

老婆子第二次发作，是在半下午时候，这次她嘴巴一咧就哭起来，说是光福家的媳妇跑啦，跑掉好几天了，咋找也找不到了。她在炕上撒泼打滚地哭，呼天抢地地哭，折腾了半个多钟点，半个多钟点后她跳下炕，一开步就让绳子绊倒了，她没有往起站，就在那使劲儿往前爬去，爬到锅台边她就停住了，一停住就呼呼睡了过去，睡没多会她慢慢睁开眼睛，慢慢坐起来，痴痴地望着锅台，几袋烟过后，她起身回到了炕上。

最后一次发作，是日头落山的时候，老婆子忽然跳下炕，耷拉着头来来回回走动起来，嘴里唠叨着，"俺要去看俺娘，钱咋没了呢，咋没了呢，俺娘想吃油条，俺得给她买几根油条。"来来回回总是这几句话。天已黑严了，管茂堂想看个究竟，仍站门外头盯视着，看到底会不会发生凶险事，直到老婆子走累了，想上炕却上不去了，贴着炕帮坐到了地上，他才推门跑进屋子，把老婆子抱炕上去，脸紧紧贴在她的脸上，他忘记了自己的脸已经成了冰，两张老脸刚刚贴在一起，老婆子就哇的一声大哭起来。

10

最初几天，管茂堂还不能放心，人在东石坑刨风化石，心时时刻刻留在菜园瓜屋，担心老婆子摔倒跌破脑袋，布绳子缠绕胳膊上越勒越紧，她拼命挣扎着往外走把胳膊拧断，吓死人的影像老在眼前晃动，看看风化砂堆差不多大了，立马推起小车往回跑。他提心吊胆看到的，大都是老婆子坐在炕上或躺在炕上，只有一回躺在锅灶旁边，微微打着寒噤，说明她待在那里没多会。几天后他的心也不是完全放下，只是不那么紧揪着高悬着了，收工路上也不再那般没命地奔跑。老婆子隔三错五要出点事，这天擦破了腮颊，那天蹭破了额头，改天崴了脚脖子，出事最多的是碰破了鼻子，血水抹得到处都是，脸面像一朵又红又黑的怪花。再就是拉尿，老婆子很少使用尿桶，好在她晓得脱裤子，身子是干净的。他回家后首先得把老婆子的脸盘揩抹干净，去灶膛里抹一指头锅底灰摁在冒血的地方，接着把棉布绳子解下来，放她自由活动，然后才开始打扫屎尿，把屎铲尿桶里去，尿水有的渗地下去了，有的还汪在那里，便撒上一层干土，过会儿再清扫起来。

晚上的事情更麻烦了，老婆子哪晚也要闹几回，起码一两回，事儿还是老一套，不是要看看她的福，就是她的福出这样那样的事了，有时候也记起她死去的娘。管茂堂觉得把她绑了一天，委屈她了，所以在晚饭时候，或者八九点来钟时候，估摸孩子们还没有睡下，他就牵上老婆子回村里一趟，孩子家里站站坐坐，让她高兴高兴，算是对她的奖励，也算弥补一下他这个老头子的罪过。难对付的是十点以后，他正在热被窝里睡得香甜，老婆子突然叫唤起来，咋哄也哄不好了，他只得愁眉苦脸地起身穿衣服，去屋外头站一阵，回屋把老婆子安抚好，他才能接着睡。有些时候，老婆子说得怪吓人，说孩子被猪咬了，脸咬得稀烂，血水淌了一地，催促他快些背孩子去医院。管茂堂越听越瘆人，不管半夜不半夜的了，拔腿往村里跑去，一个门一个门地看过才放心。最缠人的，是老婆子要亲自去看孩子，他说孩子们正睡得好好的，叫起来要冻坏的。老婆子就呜呜哭起来，往炕下边蹭去，他只好抱住她，指着窗户说："你看你看，孩子们都在院子里耍呢，看到了吧？"老婆子不说看到没看到，一味扭动着身子要下炕去，嘴里福福的哭喊着。管茂堂只得苦着脸给她穿衣服，抓起手电筒牵她下炕，敞开屋门，手电光照到了不远处的几棵杨树，对老婆子说："这回看清楚了吧，想看就好好看看，使劲看看，孩子们在那里捉蚂蚱哩。"老婆子的邪劲上来了，说啥她也不听，咋骗也骗不过去，只管咧着嘴巴哭，哭声在寒冷的深夜里格外大，也格外怕人。管茂堂没有办法，只能牵着老婆子回村，挨门挨户地去看哪个孩子家还

红杏花开

亮着灯，当然找不到一家，结果只好拍打院门，把孩子喊出来让做娘的看一眼，做娘的哭声一住，赶紧牵上她回家。

管茂堂发现，老婆子对村庄不大认识了，不管白天还是黑夜，进了村子不再兴奋，该哭了哭，该闹了闹，不再一进村就往老屋那里奔。有时候对孩子家的胡同和院门口也不大认识了，管茂堂带她走到孩子大门边了，她还直着脖子往前走，管茂堂把她拽住，说你孩子家到了，你还往哪里走？她的腿脚仍一抬一抬地要往前去，孩子敞开院门出现在眼前，她的眼珠才亮起来，乐滋滋地看着儿子，不时地去儿子身上脸上摸一把。有几次连儿子也不大认识了，儿子清清楚楚站在眼前，她竟竭力挣脱着往前走，福福福地叫唤着要去看儿子，管茂堂对儿子说你叫娘，儿子叫了一声娘，老婆子还不认识，管茂堂对儿子说再叫再叫，多叫几声，儿子便一声一声地叫，老婆子好歹清醒过来，知道眼前的这个人是自己的儿子，不再瞎折腾。

管茂堂又犯了愁，这么样继续下去，老婆子身板扛不住，他这个老头子也要折腾坏了。孩子们也跟着遭洋罪，正舒舒服服睡着哩，半道从热被窝里喊出来，一头扎进刀子样冷的屋外头，那是个什么滋味。光福那个混蛋，那个越活越孩子气的混蛋，对他发过好几回脾气了："爹，这个时候你带她来干吗？一个痴子还不好糊弄？她要来你就带她来，她痴了难道你也痴了？"另四个福懂事，不但没有说过歪歪话，还让做娘的快点看，看好后快些回去睡觉，小心冻感冒了。管茂堂心里越来越不好受，光福说得不差哩，他连个痴子也糊弄不住，真是太不中用了。这天中午他干活回家，看到老婆子睡在炕上，还把他的枕头搂在怀里，弄不好睡梦中她又回到了年轻时候，把枕头当成娃娃了，他的心里一动，扎个草人当儿子的想法进入脑子。

午饭后他便动手扎草人，仍把老婆子拴在屋里，他不能让她发现这个儿子是老头子造出来的，他得偷偷摸摸地干。他抓着剪刀斧子来到屋西边，屋西边是两个草垛，一堆杂七杂八的零碎。早先老婆子嘲笑过他，中用不中用的都往回倒腾，家里眼扑扑成破烂市了。后来看看，缺个什么物件，往往都能从那堆破烂里找出来，老婆子便没话了。眼前又派上了大用场，扎一百个草人，也不用去外头寻摸一点东西。他先从草垛上扯下几抱麦草，又从那堆破烂里翻捡出一堆长长短短的细绳子，然后便蹲在草垛边对着太阳捆扎起来。半下午的时候，一个儿子样高大的草人便出现在地上了，他又砍削出一根木棍，从草人头顶插进去，一直插到草人的一只脚底下，然后他从草人脊梁处伸进手去攥住木棍，让草人站起来，前后左右活动了一下，草人没有乱晃更没有散架，他便回屋取来儿子的帽子和衣服，穿戴在草人身上，抓住木棍走了几步，草人的衣服呼啦啦动，老婆子应该糊弄住了。研究了一会，感觉草团子脸太假，应该再想想法子，吧嗒了一锅烟就有了，回屋翻出一本陈年挂历，挑选出一张四五十岁的男人像，把脑袋抠铰出来，用细铁丝绷在了草人头上，这才觉得没大问题了，就看老婆子认不认了。

他把草人用塑料布蒙住，回屋一边做饭一边等待老婆子找事儿。老婆子坐在炕上，无所事事地望着窗户，对锅灶这边的事不听也不看。吃过晚饭，老婆子仍规规矩矩坐在那里。管茂堂早就发起急来了，这个老婆子，成心跟俺过不去咋地，整天叫福福福的，让人没个安生时候，现在他有了办法了，儿子时刻等在那里，一要就能站到眼前来的，她却好像没那回事情了。

他在炕下边走来走去，一眼一眼地看着老婆子，看有没有要发作的迹象，始终没有，老婆子望望这里，瞅瞅那里，似乎要永远这么安静下去了。管茂堂竟引诱起来了，对老婆子说："福他娘，孩子该回家吃饭了吧？孩子们去河里洗澡了，这时候还不回家，你咋不去找找？光福媳妇跑了好几天了，恐怕找不见了，你还不晓得？"老婆子仍木在那里，开头还看看他的嘴，后来看也不看了，望望这里，瞅瞅那里，玩她自己的。管茂堂住了嘴，老婆子是不是糊涂得更甚了，孩子们也从她脑子里消失了？

11

这晚老婆子发作了两回，一回是三星偏斜的时候，说是全福该吃奶了，孩子爬哪里去了呢。管茂堂已经睡着，是穿着衣裳睡的，一听这话他一翻身坐起来，点燃窗台上的油灯，披上棉袄跑出去，抓着草人走进屋子，底气不足地对坐那里的老婆子道："老婆子，你看看，全福回家了，你快些喂奶吧。"老婆子出溜一下跳下炕，他赶紧把草人往后挪了挪，防止老婆子抓坏了。老婆子没有动，一脸疼怜地望着草人脸，显见把吃奶的事情丢开了，她抬手摸了摸草人的腮颊，又拽了拽草人的衣袖，笑吟吟地坐在了炕沿上。第二回发作是三星落地以后，情况跟上回大同小异，老婆子很简单就糊弄过去了。管茂堂心里喜一阵凉一阵，喜的是往后不用往村里跑，孩子们用不着深更半夜出屋挨冻了，凉的是老婆子糊涂到了这步田地，自己的孩子也认不得了。

草人百试百灵，管茂堂去掉一块心病，对草人一天比一天珍惜，他在草垛上掏出一个洞，草人派完用场，赶紧拿塑料布仔细包裹起来，安放到草垛洞子里去，用几捆茅草堵严。这天夜半时分，他忽然想到了无孔不入的老耗子，披着被子跑出去，敞开洞子，把草人抱回屋子，让它站在房门旁边。打这以后草人不再离开小院，白天站在屋门外，夜晚老婆子睡下后，他悄悄把它挪到屋门内，老婆子需要时，再把它抱出门外，一层层打开塑料布，抓着它走进屋子走到老婆子跟前。这天中午，老婆子又念叨起了孩子，管茂堂去屋外把草人抓进来，还没走到老婆子跟前，老婆子就一步抢过去，一把把草人搂进怀里，脸在草人脸上来回蹭动，几下子就把草人糟蹋坏了，先是两条胳膊掉下来，接着脑袋也成了一团糟，老婆子一看儿子成了这个样子，哇一声大哭起来，捧着草人脑袋不知咋办好了。管茂堂把老婆子拎起来，任她在屋里哭闹，抱起草人去屋外修理，完后才把老婆子哄住。接受这次教训，当天管茂堂又造出一个草人，老婆子可以随便亲随便搂了，弄坏了这一个，接着把另一个顶上去。这天过后管茂堂又发现，老婆子说光福媳妇跑了的时候，他把草人推她面前，她总要稍稍犹疑一下，不是十分确定这就是她的老三媳妇，管茂堂便又做出一个草人，一个女人样子的草人，果然老婆子不再疑惑，一见女草人就停止了哭叫。

福娘

事儿过分顺手，管茂堂倒觉得有些对不住老婆子了，觉得老婆子可怜，让老头子骗得好苦，所以晚饭前后，老婆子若是恰巧发作起来，他就牵上老婆子去村里一趟，让她见一见真儿子真媳妇。腊月二十二这天晚上，老两口刚吃过晚饭，老婆子坐那里嘀咕起来："生日蛋不见了，进福的生日蛋不见了，是不是老耗子抱走了。"管茂堂赶忙过去给她加衣服，嘴里说道："正好俺也想去孩子们家看看，打工的孙子孙女都回家了，上学的孙子孙女也都回了，咱们过去亲亲他们，使劲热闹热闹。"替老婆子穿戴整齐，他自己也加了一件棉袄，便牵上老婆子打着手电走出小屋，往村子里走去。

村子那边已经有了年味儿了，炮仗声这里那里地响着，管茂堂似乎闻到了浓浓的火药香，看到了孙儿们捏着炮仗往天上甩的情景，他的步子越迈越快，快要走出菜园地时，脚下不知被什么绊了一下，趔趄了几下才好歹站住了，却把老婆子拖倒在了地上，老婆子呜呜哭起来。他忙把她拉起来，手电一照，老婆子额头破了，鼻子破了，满脸是血，他抱起她跑回屋子，搓两个纸团塞住鼻孔，抓一把锅底灰往她额头上摁，摁了几回血止住了，老婆子的哭声也止住了，也不再提生日蛋的事，头耷拉那里有想睡的意思了。管茂堂扯开被褥，扶老婆子躺下，一锅烟没抽完，老婆子早已响起细细的鼾声。他坐炕沿上又抽了一锅烟，到底没抵挡得住回村的诱惑，悄悄拾起棉布绳子，伸到被子里绑在老婆子的手腕上，然后轻手轻脚地走出屋子。

村街上亮着一溜电灯，腊月二十起，村街水泥杆上的电灯就开始亮了，一直要亮到正月十五。除了明晃晃的电灯，大街上再没其他的年味儿，年味儿在各家各户的屋子里院子里，差不多每个院落都开着电灯，孩子们的笑闹声一阵接一阵，叭叭的炮仗声接连不断地响。管茂堂先去大福家。大福家的孙子孙女初中毕业就出去做工，见面一年比一年少，今年是一整年没见到了。他走进大福家一问，两个孩子都没有回家，这个年不回家了，孙子找到了一家好工厂，过年期间一天挣三天的，孙女的事儿更好，她谈上了一个有钱的男朋友，一块去海南过年了。大福两口子高兴得闭不上嘴，儿子知道钱中用了，闺女的这门亲事要是成功，这辈子就不愁钱了。管茂堂也明白这是好事，但

红杏花开

孙子孙女过年也见不上，心里高兴不起来。他意犹未尽地离开大福家，来到二福家。二福家的孙女上大学，孙子上高中，见一面也不容易。二福两口子坐在炕上看电视，管茂堂心下又空了一节：莫非这里的娃儿也没回家？急忙问了过去，二福两口子说在里屋上网，回家没几分钟就扑到电脑上了，除了吃饭上茅房没见出过屋子。管茂堂走进里间，果然看到孙子孙女并着头趴在炕上，眼睛直绷绷盯着电脑，电脑上在演动画剧，喊喊喳喳地响。管茂堂摸了摸他们的脚他们才知道爷爷过来了，转脸一人叫了一声爷爷，脸又回到了电脑那边。管茂堂忍不住说起了话，问他们几时回的，几时回去，外头冷不冷，饭菜咋样，考了第几名。问起来没了头。外屋二福媳妇说睡觉了，明早还得早起迎福神，管茂堂才恋恋不舍地离开。

　　剩下的光福进福全福三家，娃儿不几天就能见到，管茂堂打算进去坐坐就离开，别误了明早迎福神。迎福神是大事情，最好是早睡早起的，谁家福神迎接得不早不晚，正赶上福神爷打天空路过的当口，这家的日子这一年就顺。管茂堂来到老三光福家院门口时，院子里也开着电灯，但院门已经关上了，他贴着门缝听了听，里边没什么动静，正要转身离开，隐约听到了说话声，他又把耳朵贴上了门缝，这回听到的好像是哭声，儿媳妇的哭声，他的心一下提到喉咙口，憋住气细听，却什么声儿也没有了。他动手拍门，不住手地拍，光福敞开院门，管茂堂急问："你跟媳妇吵嘴了？"光福说："你快进来看看吧，老母猪躺窝里不动了，弄不好这窝猪仔瞎了。"

12

　　他跟着光福来到西屋窗外的猪圈门口，揭开厚厚的草帘子，挑开保温膜，弯着腰走进去。猪圈里生着六盆炭火，开着一个电暖风，非常暖和。老母猪躺在猪窝里边，肚子鼓老高，哈达哈达地喘气，光福媳妇蹲在母猪旁边，一手抚摸着猪肚子，一手抚拍着猪脑袋，泪珠接二连三地往下掉，对着公公哭声道："爹，这是咋回事呀，生不出来猪仔了!"管茂堂蹲下来,把手心贴到母猪肚子上,媳妇说:"爹,你先烤烤手。"管茂堂转回身子,就着火盆烤手,烤了一会放脸上试试,热乎了,又转过身子,手心贴上母猪肚子。媳妇说:"咋样啊爹?"管茂堂问:"拖了几天了?"媳妇说:"三天三宿了!"管茂堂说:"西沟王麻子看过吧?"媳妇说:"看过了,一天一趟,一趟打四个吊瓶!"光福插嘴说:"一头猪仔钱让他挣去了,我看他就是故意拖拉,钻钱眼里去了!"媳妇抢白说:"啥时候了还说些没用的,干啥吃啥,你是兽医,你愿意人家的猪一治就好?"光福咕哝说:"话是这么说,可也不该拖拉起来没个头。"管茂堂说:"来,咱们把它扶起来走走。"媳妇说:"它走不动了,这几天白黑扶着它走,今儿咋扶也扶不起来了。"管茂堂说:"躺多长时间了?"媳妇说:"四个钟头了,你看有事没事?"管茂堂说:"俺伺候这么多年母猪,这个症状没遇到过。"

管茂堂的话没说完,媳妇嘴巴一咧哭了起来,光福恨声恨气地说:"哭哭哭,就知道哭,这几天你哭了多少回了,要是能把猪仔哭下来,俺也陪你哭,哭多少天都中!"媳妇眼睛使劲一抹,说道:"一窝猪仔,你算算是多少钱,老母猪也保不住,这账就没法算了!"管茂堂说:"媳妇,办正事吧,这么躺着不中,得让它走,光福,你拽尾巴,媳妇,你揪耳朵,俺掀肚子。"光福就抓住了猪尾巴,媳妇攥住了猪耳朵,管茂堂的一只手伸到了猪肚皮下面,"预备,起!"说着他另一只手拍打起了猪屁股,媳妇说:"停停,爹,你想拍死它啊?"管茂堂说:"媳妇,这个当口不能疼它,疼它是害它,来,起!"管茂堂一手掀着,一手紧连着拍打,光福两口子扯拽着,母猪哼哼着活动了,四条腿哆哆嗦嗦要站起来了,管茂堂说:"加把劲加把劲,使劲使劲!"母猪颤巍巍站了起来,管茂堂说:"别松手别松手,拽着它往前走。"他们拽着它走了三四步,光福说:"拽不住了拽不住了",话音未落,母猪咕咚倒在了地上,呼呼大喘。

媳妇摸着猪耳朵,抽抽搭搭哭出了声。管茂堂喘息着说:"歇一歇再弄,走一步也好,站一站也好。"他掏出烟袋要抽一袋烟,媳妇说:"爹,不能抽烟,对猪仔不好。"光福说:"抽几口吧,没大事的，这窝猪还不知怎么样呢。"媳妇说："那就去圈门口抽吧，弄开一点缝，把头伸出去。"管茂堂就说不抽了，也不是饭，一顿两顿不抽也没啥。他们歇了一歇，又把母猪弄起来，这回刚弄起来母猪就麻袋样倒下了，接着又弄起来，又倒下去，接连弄起来四五回，再也弄不动它了。媳妇把泡沫保温盒搬到猪头旁边，揭开盖子，里面挤满了方的圆的铝饭盒，她抓出一只圆盒打开，是红糖水，她一手扶着猪嘴，一手捏着汤匙往猪嘴里喂，细声道："喝点红糖水吧，你不是最喜欢红糖水吗，张口，张口呀。"母猪不张口，她只好贴着嘴角倒进去，糖水就从下边淌出来。光福说："就这样了，听天由命吧，你两天没合眼了，爹在这里，你回屋去睡吧。"媳妇哽哽咽咽地道："几沓子钱眼睁睁要没了，俺哪有心思睡。"管茂堂说："你看看你熬成个啥样了，眼睛红得要冒血，快睡去吧，光福你也去睡吧，这里你们放心，俺比你们会料理猪，放心睡去吧，有事俺叫你们。"媳妇对光福说："你也熬夜好几天了，自个去睡吧，俺不困。"光福说："那俺去了，睡一觉来换你。"媳妇说："去吧，男人就是心大，什么事也不能误了睡觉。"

　　管茂堂试探地揉搓着猪肚子，帮助它活动，对媳妇说："老三媳妇，你要是不放心俺，就倚着圈墙闭闭眼吧，身子比钱要紧哩。"媳妇说："俺不困。"她抓起抹布擦了擦猪嘴，把猪嘴下边湿了的稻草划拉起来撂在旁边，水泥地面擦抹干净，抓两把干稻草铺上，抚摸着猪嘴巴小声说："你不害渴是不？害饿了是不？那咱们就吃饭，好哩，咱们吃饭。"她把糖水盒放进保温盒，打开一铝盒小米粥，舀了一匙子端着，另一只手把猪嘴角扒开一点，"来来，先喝点粥润润嗓子，这粥滑溜溜的，香喷喷的，可好喝了。"她把米粥倒在猪嘴上，"快咽，快吧嗒嘴，快呀。"她一连倒了三匙子，猪嘴一动不动，米粥堆在嘴角上边，慢慢往下滑。她泪眼婆娑地问道："不可口是吧？米粥是昨夜十二点熬的，肯定变味了，那咱们就换一道饭。"她用匙子划走猪嘴角上的米粥，磕打进圈门口的垃圾桶，看了看保温盒里的饭盒，拿不定主意，就低头问猪："你想换个啥吃？咱们还有西红柿鸡蛋汤、豆面花生粉骨头汤、香菜碎肉蛤蜊汤、生油大枣麸面汤、桂圆栗子核桃汤、大姜葱花白米汤，整整六样呢，你说咱吃个啥？先吃个骨头汤？对咧，骨头汤补钙，咱缺钙了，没力气下崽了，好好，那咱就补钙。"媳妇打开骨头汤饭盒，豆香花生香骨头香飘散开来，她舀起来尝了一下，扒开猪嘴角说："来，张口，俺倒上你就快点咽，喝了这个就有力气了，你知不知道，你肚子里的孩子早就着急了，再不快些生出来就憋坏了。"她把骨头汤倒进猪嘴，"咽啊，咽啊，快点咽啊。"母猪似乎没有听到，只管微闭着眼睛，嘴巴似张不张地喘气。她又倒进去一匙子，眼巴巴地盯着，不住嘴地哭说着："咽啊，快点咽啊，你别吓唬俺呀，不为你自己，你还得为你的孩子哩，孩子憋坏了，你咋这么不懂事呢。"

这个夜晚，光福媳妇一直没住嘴，也没有停手，一样一样地给母猪喂食，这样不吃再换另一样。其实她不是不困，也不是不累，有时候眼睛一闭，一头趴在猪脸上，抬起头来，使劲摇一摇才能接着喂食，那么小的匙子好像也端不动了，常常把稀饭倒在猪眼睛上。管茂堂觉得心疼，过一会就招呼一下，让她去墙根闭闭眼，媳妇权当没听到，管茂堂就不再多言，一心一意揉搓猪肚子。下半夜时，他也有些扛不住了，困意如潮水样一波一波地涌来，一波比一波沉重，眼睛一闭磕一下头，他便戴上棉帽子，去猪圈门口弄开个小口子，把脑袋和一只手露出去，抽一锅烟。

半包多烟末快要抽完时，母猪的喘息突然粗重了，肚子一起一伏，腔巴子那里一鼓一缩，明晃晃的黏水沥沥拉拉流出来。两个人同时跳起身来，管茂堂按摩的速度快了许多，俯身盯视着猪腔沟，说："猪仔能不能生出来就看这一霎了，媳妇，快把家什预备过来！"媳妇把一大一小两只保温盒搬过来，小保温盒盛的是接生器械，她哆里哆嗦地查看了一遍，眼睛盯在了猪腔沟上，肥嘟嘟的猪腔沟仍一鼓一缩、一鼓一缩，媳妇恨自己帮不上，攥拳瞪眼地说使劲，使劲，使劲！母猪果然加劲起来，咧开大黄瓜嘴叫唤起来，肚子不再往上鼓，抖动着往里收缩，腔沟里不鼓不缩了，缝隙渐渐增大，增大，一个圆溜溜的东西出现了，慢慢往外鼓突，圆实粉嫩的小猪脑袋徐徐露头了，这时母猪突然泄了气，叫唤声停止，腔沟里的肉团又缩回去了。

媳妇抽泣着说："没力气了，它没力气了。"管茂堂说："别担心，让它歇一歇，再一回合就差不多了。"

母猪歇息了几分钟，又开始发力，头一昂一昂地叫唤着，腟沟子缓缓开裂了，粉嫩的肉团出现在夹缝中，渐渐变大，母猪使出浑身力气，直着脖子嚎叫，腿脚拼命踢腾，身子筛糠一样地颤抖，猪仔光滑的头皮涌到门户边了，母猪又突然停下了。媳妇哭出了声，"这咋办，这咋办！"管茂堂贴到猪肚子上听听，正要说话，母猪又开始了，这回它的动静小了许多，门户开合了几下就不动了，但它没有停歇，它分明不想再停歇了，一阵过后还没完全过去，接着就开始下一阵，糟糕的是一阵比一阵弱，三四袋烟过后，只剩下哑哑的哼哼声和微微的哆嗦了，终于它停止了努力，不哼也不动了。媳妇脸蛋蜡黄，哽咽不止，"它哭了，淌了一脸泪。"管茂堂叹息说："畜生也有灵性，啥都知道的，就是不会说。"媳妇抓起一块抹布给它擦泪，哽咽地道："猪婆子，俺知道你吃苦了，俺知道的，再熬一会，使一使劲，把孩子们生出来，你就舒坦了，光剩下享受了，你想想，一窝孩子围着你吃奶，多舒坦多享受啊。"

13

管茂堂一直想不明白，那天晚上老婆子是怎么把窗棂子拽断的。窗棂子是没有那么坚硬结实，但比老婆子的胳膊还是硬实得多，老婆子的胳膊没有断，手腕子也没有断，窗棂子却活生生断掉了。老婆子拖着那根十多步长的棉布绳子，拖着半截窗棂子，沿着他俩踩出的那条小路走进村里。老婆子是沿着那条小路进村的。小路上不仅有窗棂子拖划的痕迹，还有零星的血点儿。这说明老婆子一出门就开始摔跤，说不定是几步一摔，出屋不远就已经头破血流了。但老婆子的右腿是在哪儿跌断的，从哪里开始贴着地面爬行，管茂堂又搞不明白了。靠近村落的地方有一摊大的血迹，但进村不远也有一摊大的血迹，两摊血迹都不是断腿的地方，可能是她走不动了爬不动了，坐在那里歇息，血水是从手上和脚上流出来的。老婆子的手腕子始终在流血，棉鞋棉袜子过河的时候就掉光了，脚底下的血口子也是密密麻麻的。老婆子进村后始终在爬着走，始终没有找到儿子们的家门。十几条胡同里，到处都是鳞鳞爪爪的血迹，老婆子到底爬了多少遍，是一条胡同一条胡同挨着爬的，还是想到哪里爬向哪里，这一点又无法断定了。老婆子最终停在了光福家院门外，大概也不是认出了老三的家门，而是被电灯光引过去的，被老母猪生娃的惨叫声引过去的。

凌晨五点多钟时，老母猪大动起来，在惊天动地的嚎叫声中，第一个猪娃儿嗞溜出来了。光福媳妇连哭带笑地接在手里，抠破猪娃小嘴巴上的薄皮，抠出嘴里边的黏液，猪娃吱吱吱地啼叫起来，啼叫声是那么响亮、那么中听，媳妇又紧接着铰断脐带，用棉绳扎住，揭去猪娃身上的亮皮，擦抹干净，放到母猪肚皮上，帮助它含住奶头，猪娃拱动了几下，很快就埋头吸吮起来。管茂堂担心地说："不知奶水咋样，吃不上初奶就毁了。"媳妇说："奶早就下来了，足足的，你看它吃的，都吃到嘴外边去了。"管茂堂这才放心，转身去照顾老母猪。母猪安详地躺在那里，眨巴着毛茸茸的大眼睛，头一歪一歪的，想看看它的孩子，但只是安静了一小会，第二次剧痛又开始了。小猪的叫声把光福吸引出屋子，他眉开眼笑地走进猪圈，问下了几个，媳妇说："才一个，快过来蹲下，这就要一个连一个了。"母猪一口气下出十七个，一个个吃得鼓鼓的，躺在大保温盒里舒坦坦地睡觉了，母猪还没有下胎盘。两口子盯着猪腚沟，不住嘴地说着："再下几个，再下几个，再下几个。"管茂堂嘲笑说："差不多了，十七个差不多了，喂点水吧，眼下它有心吃喝了。"媳妇端过来食品盒，管茂堂搬起猪脑袋让它嘴巴朝上，媳妇倒进去一匙子糖水，母猪吧唧吧唧喝了下去，媳妇便端起饭盒往里倒，不几下就喝光了，媳妇又往里倒骨头汤，没几下也光了，母猪连着喝光四盒饭食，不再张嘴，闭上眼睛拉起了呼噜。管茂堂说："好了，没事了，你们回屋躺会儿吧，俺也回去了。"媳妇说："爹，今早在这里吃吧，俺多炒几个菜，你跟光福好好喝喝。"管茂堂说："不了，你娘还在家里，那个糊涂蛋说不定以为俺在外边耍，正发脾气哩。"

管茂堂一出院门就看到了老婆子。老婆子趴在粪堆旁边，一只手直直地伸出去，好像要抓住什么东西，拴了绳子的手紧贴在大腿上，断了的右腿也是直直地伸展着，左腿弯在那里，冷不丁看上去，就像一只断胳膊少腿的大黑蜘蛛。管茂堂扑过去，跪倒在老婆子面前，伸手一试，老婆子早已成了冰块，但他还是连着晃动了几下，轻轻呼唤了几声。他捏起手电照看，老婆子的脸上白花花一层厚霜，老婆子，你到底是先走了。他抹了几把眼睛，起身要去告诉光福两口子，走了几步又站住了。今天是小年，又是接近迎福神的时辰，不能让孩子们哭号地遭罪。他把干柴样的老婆子抱起来，弯腰驮在脊梁上，往胡同外走去。走了两步才觉出还拖着那根棉布绳子，便又把老婆子放下，按亮手电解绳扣，棉布绳子被血水泡透，跟手腕子冻结在了一起，怎么也解不开，他只好住了手，再次把老婆子驮上身，一只手护住老婆子，一只手把绳子缠在腰间，把半截窗棂攥手里，慢慢往村外走去。

　　过年是大乐子，管茂堂不忍心给孩子们添堵，也不舍得老婆子离开家门，永远不回来了，回家后他前想后想，决定暂时把老婆子的事瞒下，让她躺屋子里装病，等消停过了元宵节，再慢慢告诉孩子们。

狗日的狗

1

吕学英走向村十字街口时，陈光德正在街口的屋山下杀狗，灰突突的狗皮的图样醒目地悬挂在屋山石灰墙上，大狗光溜溜地仰躺在黑黝黝的案板上，陈光德抓起匕首状的单刃尖刀，刺刺啦啦地挑开狗肚皮，一股十分复杂的腐烂味散发开来，看热闹的几个人捏着鼻子乱叫唤："这是条什么狗，比大粪坑还大粪坑！"陈光德朝他们龇牙一笑，把黏糊糊的狗肠子撕扯出来，归拢归拢扔进身边的街沟，然后摘下鼓满脓包的肝脏，撂进机动三轮车的保温箱里，密匝匝地压上冰块。三轮车里搁着两只泡沫保温箱，还摆着七八个粗铁丝笼子，笼子里盛着三条大狗、四条小狗，大狗分别装在三个笼子里，小狗因为太小集中在一起，小狗也就两三斤重，样子像个小布娃娃，正在里边蹦来跳去地玩耍。三轮车上还挑着两只猪嘴样的电喇叭，隔不多会，电喇叭里就传出陈光德的吆喝声："收狗啦，收狗啦！大狗、小狗，活狗、死狗，恶狗、病狗，统统收购！价格合理，老少不欺，快弄出来卖啦！"

陈光德三两天来一趟，先慢悠悠地在村子里转一圈，吆喝一圈，然后便去十字街口安营扎寨，夏天驻扎在王茂荣屋山下，太阳晒到屋山的荫凉地时他的工作也差不多结束了，冬天又改换到王茂荣家院门口，那地方阳光从早上晒到晚上。停好油脂麻花的三轮车，放好长方凳样的肉案子，随之便开始交易，牵来活狗往铁丝笼子里塞，送来死狗赶紧开膛破肚进行拆解，若是半死不活的也要立马宰杀掉，尽快收拾进保温箱。手头没有活计时，陈光德就给看热闹的村人散烟，文一阵武一阵地说笑。小伙子才三十几岁的年纪，样子也不是十分精明，却跟什么人都能说上话，和老人说个老人话，和小孩说个小孩话，对男人说个男人话，对女人说个女人话，对村子的情况溜熟，似乎比村里人还要熟上三分，体己上三分。就连对他有些看法的吕学英，如果四只眼睛碰了面，也会挤出些笑模样，随着陈光德说笑上几句。

吕学英不是对陈光德有看法，而是对这路买卖有看法。三四年前，来村子里收狗的人不止一个，动不动就"狗狗狗"地吆喝起来了。吕学英的那张脸就成了苦瓜，胸口压上了老沉的石头，就像狗贩子可以明目张胆地抢劫似的，慌忙跑出屋子拴紧院门，想想不行，又把几条狗招呼进屋子，关上屋门，让它们趴在她身边，不准走动，不准出声。自己的狗似乎是保险了，吕学英又想起了别人家的狗，尤其是那些熟悉的狗，见了面就扑上身亲热的，现在她想象着它们中的一条或者是几条，因为生病了，吃饭吃多了，家里人看不惯了，被主人生生地弄出家门，卖给狗贩子。吕学英不敢继续往下想，可脑子不听使唤，非要接着想下去不可，她很快就想到被卖掉的狗去了狗肉摊、狗肉馆的情况，种种恐怖景象就活现到了眼前，更加心惊肉跳、坐立不安，她一遍一遍地骂狗贩子。吕学英恨狗贩子，更恨那些卖狗的人，狗贩子做的是买卖，她干瞪眼没办法，而那些卖狗的人是狗的主人哩，是狗的爹爹妈妈哩，怎么能那样对待自家的孩子。对于那些亲戚邻居本家，凡是说得上话的，她不知道说过多少回，狗通人性，等于是家里一口人，不能说丢就丢，结果没起丁点作用，得到的净是嘲笑。陈光德出现后，其他狗贩子很快没影了，来来去去就他一个狗贩子。逢到刮风下雨天，摊子不好摆，电喇叭声传不远，他就直接摆到宽宽敞敞的村部走廊里，苏支书亲自在高音喇叭里做广告，比电喇叭里吆喝得更细致。若是碰上寻事找茬的主儿，就更显出陈光德的分量了，村里的七八个村干部、五六个地痞小混混，胳膊肘子都拐向了外人，如此三五回七八回，村民们再不敢把他当作外乡人，毛病尽他挑价钱任他定，即便觉得吃亏不小，嘟囔几句也就罢了。好在陈光德懂事明理，从不仗势欺人，只要村人不胡搅蛮缠，不给生地瓜啃，话轻话重都行，玩笑大点深点都没事，所以人缘相当不错，甚至比那几个横行霸道的混混好。在吕学英这里，最初也跟大伙相仿，觉得陈光德比以前的狗贩子好，如果不是干了这一行，一定是个好人。可自打她的花豹丢失后，印象一下恶劣起来，觉得那笑是奸笑，热乎乎的问候声里藏着刀子，眉里眼里肚子里全是鬼八卦，横看竖看不顺眼了。

　　花豹突然不见了后，吕学英没日没夜地找了两个月，其实现在仍在寻找，只是不那么天不顾地不顾。吕学英认定这事跟陈光德相关。她也晓得这样想太无理，既没有亲眼瞅见，也没有听别人说起过，凭啥把事儿栽人家身上呢。可她说不服自己，而且花豹刚刚丢失，就一下怀疑到陈光德那里去了。陈光德也认识花豹，十分认真地估过价，说是能换一百二十块钱，劝吕学英出手，再淘换个小的回去，养大了又是一笔钱，既看门又挣钱，这样养狗最划算了。一百二十块钱，在吕学英手里不是小数，在多半村人手里也不是小数。这么贵的价钱，窝藏花豹的人是不会留下吃肉的，一定是偷偷卖给陈光德了，陈光德又把它卖给狗肉摊或狗肉馆了。因为寻找花豹，吕学英打听到好多偷狗的事，有人说陈光德本身就是个狗贼，白天走村串巷踩好点儿，晚饭过后，跟他媳妇开上三轮车就出去了。这样说来，花豹很可能就是他偷走的。吕学英愈发厌恶起来，那电喇叭声更听不得了，一听就头皮发麻、手脚发凉，眼睛一阵一阵冒黑光，各种各样害狗的事情，看到过的连同听说过的，过电影般出现在眼前。她看到她的花豹被拖出笼子，一棍子敲在头上，花豹立马倒在地上，还在喘着气呢，就被吊在了横杆上，一刀一刀剥起了皮。她看到花豹被活活地吊了起来，人们用铁爪掰开它的嘴，一勺一勺地灌辣椒水，花豹徒劳地挣扎着，无助地呜咽着，直到肚子胀得老大，被辣死撑死方才罢休。她看到人们烧开了一铁桶水，那铁桶有一搂粗一人高，水里掺着各种佐料，人们揭开桶盖，把懵里懵懂的花豹投进滚开的水桶里，花

红杏花开

豹胡蹿乱跳直着脖子哭叫。吕学英觉得自己就要昏死过去了，她找出一团棉花，把两只耳朵严严实实地塞住，电喇叭声是挡住了，恐怖景象反倒更加清晰起来，花豹的哭叫声也更加清晰起来。她只好把狗锁在屋子里，自己远远地躲出去，去最远的田地里做活计，拼命地做活计，做到天黑才回家。

这天上午就是这样，陈光德的电喇叭一响起来，吕学英就把五条狗唤进屋子，锁上屋门院门，请左右邻居费心听着声儿，扛起锄子往巷外走去，往十字街口走去。依照吕学英的心性，她是不会打十字街口那里走的，即便十字街口是必经之路，绕道的话要绕出去很远很远，远出去十里八里，她也不会从那里走。她不想见到陈光德，更不想看到笼子里的那些可怜巴巴的狗，何况陈光德常常在那里杀狗。可一走出巷子，吕学英的脚板就不由自主地朝着街心去了，她想看到自己的花豹，想看看陈光德有没有收购到她的花豹。花豹丢失已经十个月了，在她内心深处，知道花豹找不到了，永远也不会回家了，但她仍然不放过任何机会，只要听到狗叫声，望见狗的影子，不管路有多远，坚决要跑过去看一看。万一呢，万一是她的花豹呢，不过去把它领回家，那就差不多是杀人了。自然，奔过去的结果都是失望，好在她没抱什么希望，这打击也就不是太严重，她只是呆呆地站在原地流泪，默默地抽泣一会也就过去了。这一次也完全一样，尽管她的眼睛始终盯在三轮车的狗笼子上，大老远就仔细地辨认起来，但她根本就没有想到会看到花豹。

2

陈光德处理完狗内脏，就开始拆解大狗的躯体了。太阳已移到东半天，沥青街面烤得油汪汪的，风儿也躲得无影无踪，陈光德待在屋山阴影里，也早已是满脸满身的汗水，擦干一层又冒出一层，万千蚯蚓样往下淌。他咕嘟咕嘟喝光一瓶矿泉水，散了一圈烟，自己也叼上一根，顺手抓起那把一尺长的大砍刀，放磨刀棍上应景样来回蹭了几下，接着便夸张地拉开砍杀的架势，将砍刀高高举过头顶，对看热闹的人大声道："闪开了，都闪开了，溅上一身血可别嫌腥！"围观的人都离得挺近，听过了陈光德的话不但没有往远处躲，反倒故意往前凑去，嘻嘻哈哈地说着："活了这么多年，鲜狗血还真不知是啥滋味，今天就尝个稀罕吧。"其实他们清楚这个稀罕尝不到的，这条狗不知死掉几天了，血水早就凝固成一体，怕是一滴半滴也淌不出。方才徐保民攥着尾巴拖着它过来，大伙看得清清楚楚，狗毛湿漉漉的，夹带着泥土，两只耳朵快要烂掉，腐臭味直攻鼻子，显见是从土里扒拉出来的。人们还羡慕地跟徐保民开了几句玩笑，意思他和陈光德关系就是铁，搁别人弄这么一个烂东西来，顶多也就换个三元两块。说是这样说，但人们晓得不敢跟徐保民攀比，什么事情也不敢跟这个人攀比。自打陈光德做稳了这个独头买卖，混混头儿徐保民就干起了二道贩子，但他不花钱买，而是吆五喝六地四处神游，发现活狗下手抓，碰上死狗就捡起来，打听到埋掉的就扒出来，平常积攒在家里，陈光德来了就弄出来，顺便给陈光德撑腰护场子。

果然陈光德的砍刀"咔"地下去，发了紫的狗肉分到两边，没有见到一丝血水，只微微溅起些许碎骨屑肉，腐烂味却是更浓更厚了。徐保民学着陈光德的样子惊惊乍乍地道："大家还是远点吧，这是一条疯狗，咬死过好几个人了，疯狗可不是闹着玩的，闻着味就传染上了！"喜欢开玩笑的花雀儿马上接腔道："如果传染你是第一个，赶紧回家把自己绑起来吧，别在这里胡啃乱咬祸害到我们！"花雀儿是个外号，因为她身材娇小，喜欢笑闹，还因为四十多岁了，老喜欢打扮成二十岁的样子，整天花枝招展，搽脂抹粉，嘴巴通红，晃动着一条马尾巴，场面上基本少不了她，村人就送了她这么个绰号。跟徐保民一样，花雀儿也是这个摊子的常客，原因是她也靠上了这个行当，惯常家里都有七八条狗，一天到晚地撒在村里坡里，基本不用自己喂食，狗长大后便卖给陈光德，再去别人家讨要小狗，或者赶集花三五元钱买一个。

花雀儿的话还没说完，徐保民就眨巴着眼睛说："坏了坏了，方才我就觉得不对劲，原来是传染上疯病了，我不能独自吃这份亏，得找个做伴的，到那边去成家立业。"说着他就装出发疯的样子，瞪大眼睛，咧圆嘴巴，汪汪地叫了两声，龇牙咧嘴地朝花雀儿凑去。花雀儿乱摆着手说："别闹别闹，要闹找你那些野鸡闹去！"徐保民说："找野鸡不赶趟了，在这里我就看中你了。"大嘴朝着花雀儿的脸啃去，花雀儿嬉笑着往旁边躲，徐保民一把攥住了她的马尾巴，嘴巴忽地啃过去，咬在花雀儿的鼻子上。花雀儿抓起马扎跑开，抹了两把鼻子，又朝着地上呸了两声，笑骂道："你嘴里什么味，几年没刷牙了！"徐保民说："刷它们中啥用？花嫂你要说中用，咱天天给你刷！"花雀儿走回来坐到原处，故作生气地说："别看老娘孩子都上大学了，你就是给老娘提鞋，老娘也嫌你指头脏！"徐保民说："花嫂说的是，俺只配给你擦屁股。对了对了，你以后拉完屎就等在那里，等俺过去给你慢慢地擦，俺保证擦得干干净净，把那地儿擦成一朵花，舒坦得你打哼哼！"

　　两个人的玩笑越开越不像话，年纪大的人摇起了头，王茂荣老汉摇得最厉害。花雀儿是茂荣老汉的本家媳妇，没出五服的，这要搁在别的地场，他横竖要说她几句，女人没个女人样，不怪别人耍活宝。在这里这个话他说不出口。陈光德利用他家地盘做买卖，没有亏待他家，狗肉没少吃，烟卷没少抽，况且是苏支书亲自发的话，单这一项脸面也够大的了，因此这个摊子他觉得自己也有一份，不能找不痛快，自己拆自己的台。再说徐保民不是善茬，一句话不对，大天白日就会去你家草垛上点火，光着屁股蹲你家炕头上去。茂荣老汉猜想，花雀儿跟他打情骂俏，也是讨好他的意思，单说她散养的那些狗，没有徐保民的笼罩，怕是一条也剩不下。茂荣老汉就努力忍着，一口一口地抽烟。徐保民纠缠起来没档了，话越来越粗，手越来越野，都野到花雀儿的胸脯上去了，花雀儿却只是佯作生气，挥一下手挪一下坐物的，不知道恼。茂荣老汉实在看不下去了，就吭吭地干咳了几声，没话找话地道："保民哪，你过会儿再要，现在你给大爷说说，你拖来的这条死狗，真是疯死的啊？"

　　徐保民不知是计，当即把花雀儿放开了，对茂荣老汉说："王大爷，你大侄子多会说过瞎话？你没见我拖它过来，远远地拽着尾巴稍，紧紧地捂着鼻子，快要吓死了的那个样子？"茂荣老汉顺着他的意思道："看是看见了，俺以为你是让那烂味熏的，俺也熏得够呛哩。"担心徐保民还要回头去跟花雀儿胡闹，茂荣老汉不敢住嘴，继续搜肠刮肚地找话，"大侄子，这号死狗以后不要倒腾了，钱是好东西，可钱跟命相比，还是命值钱，是不是？"徐保民说："老大爷，你是越老越糊涂了，手里没钱，你得穷死饿死，哪还有什么命？你说是命值钱还是钱值钱？"茂荣老汉不敢住嘴："看你这孩子说的，不捣鼓这些病狗死狗，咱就能穷死饿死了？咱以前也没有捣鼓过，不是活得好好的？"站那里拾掇狗的陈光德插话说："王大爷，你不用替保民操心，他的脑瓜比你好使，疯狗传染没那么容易，他比谁都清楚！"茂荣老汉正要接话，徐保民就开口说道："我清楚个啥，我就清楚它能换钱，只要换来钱，天天吃香喝辣当新郎，我管他娘那个大脚的。"茂荣老汉搭不上腔了，着急地注意着徐保民，盼望他已经忘记跟花雀儿胡闹的事。不想花雀儿主动出头了，她把乱了的衣服扯拽过来，马尾巴重新扎过，对陈光德说道："大兄弟，你今儿吐点实话，你贩出去那么多病狗死狗，就没听说过毒死人的事？"陈光德说："花嫂，见火无毒，你没听说过？什么疯狗狂犬，放在开水里滚三滚，啥事儿都没了！"

这时吕学英走到了十字街口，眼睛睁大到了极限，哆里哆嗦地朝三轮车走去。距离狗笼子二三十步时，她的眼睛就已经圆了、直了，铁笼子里的三条大狗坐在里边，一边伸着舌头哈达哈达地喘气，一边四处张望着，分明在奇怪为啥把自己关在这里边，主人什么时候过来领自己回家。吕学英发现，其中一条花狗，好像就是花豹，她的眼睛突地睁大了，快步往前走去。她很快就看清楚了，那条黑白相间的花狗跟花豹一模一样，腿儿直直的，高高的，毛发短短的密密的，油亮亮地贴伏在身上，大耳朵耷拉到眼角上，使两只大眼睛更加温和水灵。只是高大了许多，粗壮了许多，原本指肚大的十几朵花点儿也大了许多，顶大的有鸡蛋大小了。吕学英的胸膛里乱跳起来，趔趔趄趄地扑向三轮车，两手抓在笼子上，哽咽地道："花豹，花豹，你是花豹吧？快跟俺说你是花豹吧？"笼子里的花豹早已站立起来，尾巴迟疑地晃动着，两只眼睛盯着吕学英，吕学英的话音尚未落下，它便突然大动起来，忽地竖起身子，前爪扑在笼子上，嘴巴抵在笼子上，呜噜呜噜地叫唤，尾巴接二连三地摇动。吕学英哭倒在笼子上，"花豹，豹儿，你去哪里了，到底去哪里了，你把俺想死了，把俺害死了！"花豹更加兴奋，依然呜噜呜噜地叫着，用凉丝丝的鼻头触吕学英的手，触触这只手，再触触那只手，然后伸出大舌头呱唧呱唧地舔起来，舔舔这只再舔舔那只，怎么也舔不够了。

3

吕学英想说话，想跟她的花豹说话，把积攒了十个月的话一股脑地说给花豹，可她太激动了，一个字也说不出，出嘴的是哽咽是哭泣，话儿就夹杂在哽咽里哭泣里，歇斯底里地倒给花豹。她说："花豹花豹，你知道你离开家门后俺遭的是啥罪？那天傍晚俺干活回家，不小心让你钻出院门跑出去，俺回家歇息吃饭的心情都没了，就锁上院门跟过去找你，俺飞快地跑出巷子，大街上不见了你的影子，俺的心立时提了起来，火烧火燎地沿着大街跑去，边跑边往两边的巷洞里望。不是俺心狠，想把你们永远关在屋里院里，俺知道你们喜欢自由，喜欢出去玩，俺也乐意让你们自由，出去随便玩，可如今外边太不清净，想卖你们吃你们的人太稠了，所以俺才把你们看得紧紧的，没有俺牵着护着，坚决不让你们出门，你们哪一个一跑出院门，俺的心就忽地沉进冰水里，以为再也回不来了。好在你们隔三错五地淘气，一闪空就跑出去，却从没出过什么闪失，玩够了就自动回家了，要么是俺把你们找回来。你这次跑出家门，俺虽说担心得要命，紧三火四地寻找，可没想到再也见不上了。俺找到半夜，村里村外全找遍了，这才晓得花豹你危险了，要么是跑进人家院子里，贪财的人把你窝下了，要么是正在好好地玩耍着，不提防让狠心贼捉去了。俺哭起来，其实俺一直在哭，在心里边哭，是担心你的那种哭，万分着急的那种哭，后半夜不一样了，后半夜的哭变成了绝望，变成了撕心裂肺的疼。俺从村里找到村外，村边的小河菜园树林找遍了，俺走进了黑乎乎的野地里。这时离村庄远了，声儿再大村里人也听不见了，俺就由着心性放声大哭起来，一边大声呼叫：'花豹，花豹，回家啊！你在哪里，跑哪去了，快点回家哇！'俺一圈一圈地寻找，一圈一圈地喊叫，天亮时俺把村里的田地走遍了跑遍了，俺的嗓子喊哑了，根本就发不出正经声音了，但俺不知道。俺的腿脚跑麻了跑僵了，不知疼也不知痒了，俺也不知道。俺只知道使劲地走、使劲地跑、使劲地喊，想象着你突然出现在俺眼前，亲亲热热地拱俺，亲亲热热地舔俺，亲亲热热地一起回家。小晌午时，俺被一块小石头绊倒，再也站不起来了，这才知道腿脚累坏了，俺就想趴在那里一边歇息一边喊你，喊了几声没出声，这才晓得嗓子也早就不行了。俺只好躺那里默默地哭，急巴巴地四下张望，盼着你突然蹦蹦跳跳出现在眼前。"

吕学英看出来了，笼子里的花豹也是积攒了满肚子的话，但它不会说，也不是不会说，是说出来怕吕学英听不懂，所以它的话也是放在心里说了，用亲昵的拱动和舔舐来传达。其实吕学英听懂了，花豹的每一个动作，每一声喘息，吕学英都清楚明白。花豹连三连四地道："俺知道，俺知道你会着急的，俺咋会不知道。咱家里的六条狗，包括俺在内，丢了哪条也受不了的。俺们都是些没娘的孩子，是断奶没断奶时被人家丢出来的，有的人怕俺们再找回家去，把俺们远远丢到野地里，是你把俺们从大街上野地里抱回来的，你见一个抱一个，抱回家当成了小宝贝。甭说俺们丢了，就是有个小病小灾，你也受不了，这样的事俺们经见多少回了，俺们乍有点头疼脑热，懒得动弹，不爱吃饭，你就天塌地陷了似的，饭吃不下，觉睡不着，家里坡里的活全没心干了，整天守在俺们身边，喂药喂饭喂水，细声细气地跟俺们说话，泪水动不动就掉下来。俺明白的，俺知道的，可俺没有办法，那天俺跑出去耍，想要一会就回家，不想不多会就中了人家的圈套，眼睁睁让人家捉回家去，拴在不见天日的地方，一直养到现在，养大了身子才牵出来卖给了这个陈光德。你比俺们清楚，现在捉拿俺们的法子太多了，首先是各式各样的电棍，只悄悄往俺们身上一戳，俺们就哼不出声也动弹不动了；再是花花绿绿的怪药，有的老远一闻，俺们就昏晕过去，有的看上去闻过去是好食物，可吃下去没多会，肚子里就刀戳针扎地疼起来，不几下就痛死过去了；还有各种各样的生擒活拿，大街小巷里发现了俺们，便从口袋里掏出好食物，引诱俺们走到跟前，突然抡起在掩背后的棍棒，狠狠地敲在俺们脑袋上，俺们当即昏死过去；或者抛到俺们跟前一块肉，肉里包着钓钩，钓钩连着一根丝线，俺们把那块肉一吃下去，就得乖乖地让人家牵着走，话也没法说了，一发音就痛得要命。反正是，只要一遇上那路人，俺们这辈子就甭想回家了。那天俺让那人捉去拴在家里，你找俺的声音俺听到了，俺直着脖子大声回答你，连哭带嚎地回答你，说俺在这里，俺让坏人算计了，俺好想你，好想回家，你快点过来把俺带回家吧。可村子里的狗太多了，它们跟着瞎掺和，俺一叫它们就叫，俺是一个狗叫，他们是十个八个二三十个一齐叫，把俺的回应淹没了，混杂到它们的声音里去了。俺气得要命，急得要命，可干气干急没办法，乖乖地让人家拴那里，一天一天地熬日子。俺这几个月也遭了不少罪，除了想你想回家，还得受那户人家的折磨，他们根本不把俺当狗待，开口就骂抬脚就踢，主要饭食是麸皮，啃剩的骨头也没俺的份，加工成细粉喂鸡喂鸭喂兔子，有时候干脆把俺忘记了，三两天什么饭食也没有，水也没有，俺饿得吃草啃土咬铁链子，渴得嘴里冒火舌头都要烧化了。遭了这么些天的罪，俺好歹长大成狗了，又弄到这里来替他换了钱。"

吕学英把手指头伸进铁丝笼子，以便让花豹舔舐得容易些，过瘾一些，花豹如获至宝，兴奋地呜噜了一声，抬起双爪捧住吕学英的手指，更为欢快地舔动起来。吕学英的手指轻柔地活动着，抚摸花豹湿漉漉的鼻头，温乎乎的大舌头，凉滋滋的牙齿，一边继续跟花豹说话："现在好了，咱们不怕什么了，俺马上带你回家，带你回家。"花豹说："咱们快走吧，俺不光想你，还想念那五个兄弟姐妹，还有你的那个大孩子和大孩子的爹，他俩一回家就跟俺们玩，咋也玩不够，他们一准想念俺了吧！"吕学英说："好好，咱们这就回家，这就回。"说着她抬起身子，撩起衣襟擦眼泪，眼泪却怎么也擦不干，她索性不管了，顶着满脸泪水转回身子，对肉案子边的陈光德说道：

"大兄弟,那条花狗就是俺的花豹,快些打开笼门吧,花多少钱买的俺给你。"

4

陈光德早就注意到了吕学英。别看陈光德的注意力在肉案子上,在旁边那一堆看热闹的村人身上,其实他的眼光在四面八方,时刻留意着往这里走动的人,看是不是送狗来了。如是送狗来了,他便赶紧停下手中的活计,眨巴着眼睛看那狗,热情地跟狗主人打招呼,然后便开始给这条狗挑毛病,小了瘦了光骨头啥的,再不就是病了是烈性传染病别人根本就不敢要啥的,慢慢地跟狗主人磨价。如果是空手而来,他也会招呼一声,但手里的活计不会停下。吕学英走近摊点时,案板上只剩下两扇肋骨了,陈光德一砍刀剁下去,想就这空儿跟吕学英打招呼,招呼声已经进入喉咙眼了,突然发现对方的神情不对劲,眼睛直直地盯着狗笼子,腿脚也是直直地对着狗笼子,失魂落魄地扑到狗笼子上去了。陈光德的招呼声咽回肚子,没当回事的样子,继续拾掇着狗肋骨,继续跟旁边的人说笑,甚至把肋骨放进车斗里的保温箱时,他也没很当回事的样子,仅仅是瞥了趴在笼子上的吕学英一眼,回来继续砍剁剩下的肋骨,找话跟身边的人说。身边的这十来个人倒无心说什么了,他们呆呆地看一眼哭软了身子的吕学英,呆呆地看一眼若无其事的陈光德,随后便你看我我看你的看起来,喊喊喳喳地嘀咕起来。吕学英把事儿挑开了,直接挑到陈光德脸上了,十几双眼睛便一齐投向了陈光德。

陈光德开口了:"大嫂子,你看明白了这条狗是你的?"

吕学英喜泪婆娑地道:"看明白了大兄弟,真是俺的花豹。"

陈光德说:"那你等一下,等我把这几块肋巴骨装箱子里去。"

吕学英不好意思地道:"你麻利点大兄弟,狗在笼子里急坏了,也热坏了。对不住了大兄弟,你好歹做成一桩买卖,到头来白搭上了工夫。"

陈光德笑了笑，连说："没事没事，只要这条花狗真是你的，我白送给你都可以。"吕学英说："那咋行，你是花钱买的，又不是路上白捡的，就是白捡的，也得给你几个感谢钱。"话还没有说完，她就转身回到狗笼子边，把两只手的指头都插进了笼子里，让花豹尽情地亲热，嘴里抚慰说："豹儿，再等一会，等一会就回家了。现在你跟俺说说，往后还敢不敢自己出门了？不敢了吧？"花豹羞愧不已，不好意思吭声，只管埋头贪婪地舔舐手指头。

陈光德把几块排骨砍剁成小块，放进保温箱，抓起一团碎布揩抹出两只油手，摸出香烟一一散出去，自己也点上一根，慢慢走到车斗边，靠着车前挡板歪站在那里，对吕学英道："大嫂，看清楚了？"吕学英抬起身子，"大兄弟，看清楚了，快开笼门吧，俺把花豹送回家就回来给你钱，多少钱？"陈光德沉吟道："大嫂子，这条花狗，恐怕不是你的花豹。"吕学英说："咋会不是？不会错的。花豹你也认识的，丢失的这十个月里，俺又向你问过好多回，每一回都给你描画一遍，你瞅瞅是不是不错？"陈光德说："大嫂子，正因为我认识花豹，我才说这条狗可能不是花豹，只是模样差不多罢了。"吕学英乐呵呵地道："大兄弟，保证没错的，丁点不会错的，快开笼门吧，你看它着急得这个可怜样子！"陈光德摇了摇头："大嫂，笼门好开，先看清楚了再说，你再仔细地看一下。"吕学英道："你这个大兄弟，咋么不相信俺的眼睛？你瞅瞅"——她转过身去，把手指头伸进笼子，花豹立时抢过去舔动起来——"大兄弟，别人的狗会这么亲热吗？这回相信了吧？"陈光德摇了摇头，比先时摇得更重了，"大嫂子，急不急不差这一霎，千万不能搞错了。"吕学英苦笑一下，退后两步，对着笼子招呼道："花豹，豹儿，走了走了，咱们回家了。"花豹兴奋地撒了一个欢，撒腿往外跑，一头撞在笼子上，它还不歇气，继续上蹿下跳，哼哼唧唧地寻找出来的地方。吕学英对陈光德道："你看看，这还有错吗？错不了的，肯定错不了的，快点开门吧，别耽误了你做买卖。"陈光德牙疼似的默了半响，苦巴巴地道："大嫂，我说实话吧，这条狗跟花豹看上去好像不差，模样和情况都对路，可它真不是花豹，我不能给你。"吕学英发起了急，"你凭啥说它不是花豹?"陈光德道:"没别的，我只是不想让你花屈钱。"吕学英笑了，是开心的笑，"大兄弟，你的好心俺领了，可俺的心境你不晓得，这个钱俺愿意花，俺花得高高兴兴，花多少都乐意哩!"

陈光德连连摇头，不再跟吕学英搭腔，默默回到那一小堆人前，默默地掏出烟卷散烟，一边散烟一边摇头，完后坐在马扎上，唉声叹气地抽烟。吕学英急颠颠地跟过来，满脸疑惑地问:"大兄弟，你这是啥意思?这个钱俺愿意花，你咋不理俺了哩?"陈光德苦咧咧地道:"嫂子，我说过了，我不愿意你花屈钱，这条狗不管是不是花豹，你就当没找到算了。"吕学英说:"大兄弟，别的话甭说了，你就说多少钱吧，要不领花豹回家，俺这辈子还怎么过?"花雀儿接腔道:"大兄弟，俺这妯娌是出名的狗娘，你就别替她心疼钱了，让她领回去吧。"茂荣老汉也帮腔说:"哭天抹泪的，快让她领回去吧。"徐保民看了看陈光德的眼色，道:"陈哥，乡里乡亲的，这桩买卖你权当没做，只把本钱收回来就成了，多少钱买的只管说，俺学英嫂子肯定没二话。"

陈光德欲言又止，犯难地道:"大伙没明白我的意思，我的意思是，这条狗我不是当肉狗买的，自然也不是当肉狗卖，我是当品种狗买的，是替一位公司经理买的，那位经理托付我好几个月了，三天两头打电话，嘱咐说只要是好品种，多少钱都替他买下，另外再给我一笔辛苦钱。我见人就打听，天天打听，今天在前村总算是碰到了。"不等他把话说尽，吕学英就接过话头去，"俺明白了大兄弟，你花了大钱，是不想让俺破费这份钱，不要紧的，你说吧，多少钱俺也出。"陈光德嘴唇动了动，"大嫂子，还是算了吧，是不是花豹还说不定，就算一定是花豹，你也不该花这个钱，不是花豹就更亏了。"吕学英催促道:"大兄弟，别说三说四了，说钱吧，花豹急毁了。"陈光德呻吟道:"大嫂子，我是花了三千买的。"吕学英的眼睛一下直了:"三千?"陈光德说:"对，三千，我磨破了嘴唇，人家也没降下一块钱。"其他人的眼睛也直了，张大嘴巴说不出话，瞅瞅陈光德，再瞅瞅吕学英，来来回回地瞅。吕学英咬了咬嘴唇，"大兄弟，你不是说过，花豹最多换一百二十块吗?眼下它是长大了，可就算长成一头牛犊，也不该值这么多钱吧？"陈光德苦不堪言地道："大嫂子，我说过了，这条狗我是当品种狗买的，我觉得它不会是花豹。你整年养狗，贵重品种的价钱不会没听说吧？三千块算个什么，三万块三十万块也不稀奇哩。你说对不对？"吕学英说："对，俺也听说过的，可花豹它不是贵重狗吧？贵重品种谁舍得撂出家门？大兄弟你也见过好多回，也没说过是贵重品种。"陈光德道："说的就是这个嘛，这条狗不一定是花豹，极可能不是花豹，大嫂子，这事别费心了，火天毒日头的，快回家歇着去吧。"

吕学英痴痴地站了一会，喃喃道："大兄弟，俺家的日子你不知道，孩子上大学，月月往那里打钱，孩子爹在县城打工，身子不济，也挣不下多少钱，俺在家里养猪种地，养猪这几年净赔钱，地里的出产也不大值钱，逢上旱年涝年，剩下的也就是吃食。大兄弟，不怕你笑话了，俺家是饥荒摞饥荒，这三千块钱真拿不出。"陈光德叹口长气，"唉，大嫂子，帮人一把，胜烧十年高香，我要是个像样的老板，这几千块钱就替你使上了。我这个小买卖，一条大狗也就赚个十元八块，你给算算，三千块得多少条狗？所以我劝你别花这个钱，也省着让我为难，你说对吧大嫂子？"别人也都跟着劝说起来，茂荣老汉道："侄媳妇，咱日子原本就紧巴，不要再胡花乱花了。"花雀儿道："丢了就丢了，还要花钱往回买，你说你图个啥？黄种黑种，没见过你这一种！"只有徐保民没有开腔，一直望着陈光德笑，似笑不笑的那种笑，这时正经八百地说道："你们站着说话不腰疼，不知道学英嫂把狗当孩子养？自己的孩子眼瞅着让别人弄走，你们心里是啥滋味？学英嫂，甭听他们的，老陈的话也不要听，主意你自己拿。"徐保民的话说到吕学英心里去，她感激地朝他点点头，望了望笼子里眼睛始终围着她转的花豹，转身对陈光德道："大兄弟，开笼吧，俺回去给你拿钱。"陈光德苦不堪言地道："嫂子，能不能不要这样？你的心境我明白了，可狗毕竟是狗，钱终归是钱。"吕学英说："开笼吧。"陈光德说："嫂子，就这么定了？"吕学英点点头，"俺回家拿钱。"陈光德说："嫂子，那你回去拿吧，回头我把花豹送家里去。"吕学英说："不用，俺自己领回去就行。"陈光德咽下口唾沫，怪不得劲地道："嫂子，你没明白我的意思，我的意思是，我信得过你，只是眼下还不能放它出来。"吕学英的脸红了，想说什么没有说出口，回头看了一眼花豹，转身往家里走，没走几步就跑起来。

5

吕学英还没走远，人们就议论起来，说这条狗是个什么种类，怎么值三千块钱，跟土狗也看不出有什么两样。意思是对这个价钱有点怀疑。花雀儿干脆说出了嘴，拖着长腔道："陈光德，一百二的货你一口说成三千，这遭你可发了大财了！"陈光德赶忙说："花嫂，这种玩笑不能开，千万不能开，伤人心的。"茂荣老汉说："小伙子，那家人不容易，男人拖着一条腿，走个路都费劲，稍好点的活计也没他的份，挣钱不容易咧，能不能照顾一点？"陈光德说："大爷，俺的亲大爷，三千块已经照顾到家了。跟大爷说实话，这条狗送到那经理家里去，我说三万他给三万，一个子儿也不会少的，另外还有辛苦费，起码也是一千两千，你说是不是照顾到家了？"茂荣老汉立马就明白过来了，连连点头称是，"大侄子，你是个好人，是个好人。"花雀儿撇嘴道："是个好人，好到天上去了，好到老天爷的钱袋子里去了。"

徐保民给陈光德使了个眼色，"老陈，咱去那边说个话。"陈光德的眉头不由得皱了一下，跟着徐保民走去。两个人走到老王家院门前，徐保民对陈光德道："陈哥，这么说是发了一笔横财？"陈光德笑眯眯地说："在咱哥们手里，三千块还不是一笔横财？"徐保民冷笑道："你狗日的可真够黑的！"陈光德认真地道："保民，咱哥们起早贪黑，伤神费脑，还不是为了那俩钱？票子送到眼前都不捡，咱不成土鳖了？"徐保民也认真起来，"老陈，这不好吧，知道的人说你心狠手辣，认钱不认人，不知道的还以为是我撺掇的，也吞了一份昧心钱呢！"陈光德说："保民，今儿你咋小心起来了？这事就是咱俩合伙的，就是你背地里操纵的，挣一分兄弟你有五厘，咱们怕哪样呢？怕那娘们把咱们法办了，还是怕她抡棍子攮刀子放黑石头？"徐保民嘿嘿嘿笑了，"你这个陈哥，硬是不想让我在村子里做人了！"陈光德也嘿嘿嘿地笑起来。

几根烟的工夫，吕学英回到十字大街，手里攥着五百块钱，其中两百是借来的。家里统共三百二十块钱，吕学英哪天都要找出来数几遍的，往回走的路上她就开始考虑借钱了。从儿子上高中开始，她每年都要借几回钱，有时是十多回，亲戚朋友邻里百家，差不多都登过门了。借了这么多年的钱，也没有把她的面皮借厚，反倒是越借越胆小，越借越打怵，三十步二十步的路，往往要走上好半天，磨磨蹭蹭走到院门口了，突然又打起了退堂鼓，急匆匆往回走，如此来来回回不知走多少次，才能推开人家的院门。所以她把借钱的事放到第二步，首先跑回家里，把那三百多块钱找出来，清点了两遍，确定是三百二十块，没有多出一毛一块。她毫不迟疑地抓起电话，找到在县城和水泥的丈夫，把花豹的事儿简单地说了，问丈夫手里有没有积蓄，或者工友手里能不能借到，可以的话就赶快打到银行卡上，省下她低三下四地四处拜门子了。那边的丈夫一听急了，吵架般地大声说道："你钱没地方花了，要拿出去打水漂？什么品种狗，什么公司经理，全是一派胡言！那个狗贩子压根就不是东西，他偷狗的事你听到的还少啊？你顶多给他二百块，一分也不多给，二百块他也赚大了！他要跟你磨叽，你就问问他花豹是从谁手里买的，一下不就露馅了！"吕学英让丈夫点醒了，丈夫的话在理，陈光德一定是胡说的，他要再胡说下去，她就问他花豹是打哪里买的，看看他的脸往哪儿搁！但她觉得二百块钱有点少了，就征求丈夫意见道："他爹，找到花豹是大喜事，就给他三百块吧，咱家里正好有三百，不用出去借。"丈夫火溜溜道："傻娘们啊，要是家里正好有三千，你是不是就直接给他了？只给二百，家里有三千五千，也只给他二百！"吕学英说："好好，俺听你的。"可她扣上话筒，还是觉得二百块太少了，就捏着三百块钱出了门，走出院门口，她觉得三百块也太少了，人家给找到花豹，喜从天降的事，即便人家没花本钱，是凭空捡的，她凭良心感谢人家，三百块钱也不多。她走走停停地走出胡同，终于把自己说服了，决定再加上二百块，她站那里思谋了一会，忙三忙四地跑了三个门，手里的钱凑成了五百元。

吕学英把五百块钱递给陈光德。打人不挠脸，骂人不揭短，她没好意思说实话，红着脸撒谎道："大兄弟，俺家里就三百块钱，另二百是借的，再也借不到了，你行行好，让俺把花豹领回家去吧。"陈光德瞥了那五百块钱一眼，不笑也不恼地道："大嫂子，你这不是诚心折腾我吗？你没钱往外拿，我就有钱往里垫了？你也发发善心放过我，还是趁早算了吧。"吕学英继续恳求，"大兄弟，俺会记着你的好，记一辈子的，花豹下辈子托生人，也会感念你一辈子的，你就让俺领回家去吧。"陈光德咽下一口唾沫，没法再说下去的样子，苦着脸退后几步坐到马扎上，一根一根地分烟。吕学英跟到他脸前，"大兄弟，俺求你了，这样吧，等俺有了钱，三千块钱俺给你，中不中？"陈光德点上烟，深深吸了一口，道："大嫂子，你是想让我上吊还是投井？从现在开始，这事别再提一个字，我也不会再回一个字，再提就没意思了，就是真的在折腾我了。"吕学英呆住了，她木木痴痴地望着陈光德，想依照丈夫的套路使出那个撒手锏，问花豹是从哪家买的，还未出口又担心陈光德脸上架不住，她自己也会难为情，越寻思越开不了口，脸就红得更重了。

徐保民发话了，有些悻悻地对吕学英道："学英嫂，你心里应该有个数，陈哥三千块给你已经是大亏了，他卖给那个经理是三万哩，要是耍点花枪，三十万恐怕也卖得上。陈哥够意思了！"吕学英那话又跑到了喉咙眼，脖子憋得老粗老粗，她喘息一声，到底把话说出口了，却是对着徐保民说的："保民你不晓得，花豹不是品种，顶多值二百块，不信你问问这个大兄弟，他是打哪里买的，领咱们去瞅瞅虚实，不就啥都清楚了？"徐保民像噎着了似的，眼睛一瞪一瞪地说不出话，把脸转向了陈光德。陈光德不乐意了，是大不乐意了，他忽地站起身子，气哼哼地对吕学英道："嫂子，我把你当嫂子，不想你没把我当兄弟，当成奸商奸人了！我没法扒出心来让你看，要不我就一刀子下去，扒出来让你瞧瞧是黑是红！不过你说一千道一万，卖狗的那个人我不能告诉你，我要是告诉了你，你就会把人家当成偷狗贼，我就没脸见人家了。这样吧嫂子，我也只有一个法子了，这狗，我横竖不给你了，你出三万三十万三百万，我姓陈的也不给你了！"吕学英也牛上来了，"你说了不算，花豹是俺家的，俺一定要领回去！"陈光德朝向众人，其苦万状地道："大伙瞅瞅，是不是在明睁眼欺负人了？"徐保民起了高腔，"学英嫂，你这不是不讲理了吗？太不讲理了吧？你要知道，谁也不是好欺负的。"茂荣老汉开口道："大侄媳妇，俺老汉听明白了，谁也不容易，你也别花那个钱了，平平心回家去吧。"花雀儿也插进了嘴，"买卖买卖，想买掏钱，不想买就走人，人家没逼你反倒劝你别买，跟人家胡搅蛮缠个啥。"

　　陈光德的脸阴沉得像锅底，"大伙别说了，说多了伤和气。我收摊吧，今儿收一条花狗，我赚大了，放假慰劳慰劳自己吧。"他抓起肉案子哐地摔到车斗里，吕学英怔了一下，跑过去把肉案子搬下来，"你不能走，要走把花豹留下，开笼门，先把花豹放出来。"陈光德喘口粗气，又把案子搬上车，吕学英又要往下搬，陈光德不让她搬了，四只手便在肉案子上争夺起来，两只手往下拉，两只手往上推，三轮车剧烈地晃动起来，笼子里的四条脚板大的小狗没见过世面，一齐吠叫起来。陈光德有了撒气的地方了，他从车斗底下抓起一根拇指粗的钢筋，狠狠地朝笼子里的狗戳去，叫唤的是几条小狗，钢筋戳到的却是大狗，是花豹，戳在了花豹的脖子上。花豹惨叫一声，惊恐地躲到笼拐角上去，战战兢兢望望陈光德，又疑疑惑惑地望向吕学英。吕学英生气地道："你咋打它？"陈光德已经把钢筋放下了，这时又拾起来："我打它咋啦？它是我花钱买的，我想咋弄就咋弄！"说着钢筋又戳进了笼子，戳在花豹的肋骨上，略为往回一收，又戳了上去，一收，又戳了上去。花豹哀鸣不止，哆哆嗦嗦地往小里蜷缩着，直勾勾地望着吕学英，不明白主人就在身边，怎么会发生这样的事情。吕学英攥住了钢筋，夺了几下没有夺下，身子扑倒在钢筋上，哭声道："好人，你住手吧，俺给你三千块钱。"

6

　　根据多年的借钱经验，吕学英以为她厚下脸皮，费些口舌，能够借到三千块钱。可她想来想去还是决定先回家给丈夫打电话。不管有指望没指望，她觉得跟丈夫的口最容易开，先时丈夫没有答应，那是他不知道事儿有多严重，知道后保准就会替她想办法了。电话一通吕学英就哭出了声，哽咽好久才说出话来，"他爹，陈光德咬定花豹是品种狗，非要三千块，他拿花豹不当狗待，狠心狠肺地用钢筋戳它，花豹一个劲儿地哭，有钱你快打卡上吧，没有就快去转借，俺拿上卡去供销社等你。"电话里的丈夫喘了一会儿气，说道："那你给他三百块吧，不是家里正好有三百块吗，你全拿给那个狗日的吧。"吕学英哭道："俺给他的是五百块，他连瞅都没瞅一眼哩！"丈夫的话音一下大到了天上去："什么，你给他五百块？你让那狗贩子灌什么迷魂汤了！我他娘的整天在这里发愁，孩子上学钱，毕业找工作钱，楼房钱娶媳妇钱，我都快愁死了，你却在家里大把大把地花。好吧，你有钱你就花吧，我他娘的要跳楼去了！"电话啪嗒一声断掉了。吕学英还举着话筒站在那里，好像电话没有挂掉，丈夫还在里面继续说话，她一边听着丈夫说话，一边就看到在城里搬砖和水泥的丈夫，人家嫌他拖拉着一条废腿，自己的活干不上去，还影响大工师傅的进度，干不多天就请他离开了，丈夫便点头哈腰、满脸堆笑地找别的活干，干不多天又离开了，就这样换了一家又一家，一年里换的地方数不清，有那么几回，只干过几下人家就不用了。直到花豹出现在眼前，眼巴巴地等着她的花豹出现在眼前，她才扣上话筒，快步走出了家门。

　　吕学英没有想到，她连续进出了二十几个家门，一块钱也没借到。不知怎么，好像全村人都晓得，她借这么多钱是为了往回买狗。人们说："你要是遇上了难肠事，碰到了过不去的坎儿，俺们手里就是再紧巴，也不好意思让你空着手出门。你这算咋回事？狗丢了，你该设法讨要，该文文该武武，弄不回来也就算了，你倒要花钱往回买，花那么多钱往回买，脑子是不是让狗啃坏了？俺们的脑子可是好好的，俺不能紧巴出钱来让你往那上面花，要那样你男人回家会跟俺们拼命，街坊邻居也会把俺骂死的。说来说去，俺们是为你好！"二十几户人家，意思都差不多，她这样做是不对的，是吃了糊涂药喝了迷魂汤，他们借给她钱更是不对的，等于往火坑里推她。

吕学英知道无望了，但她没有住脚，继续一家一家地走，一家一家地絮叨花豹的事，同时心里也在寻思着别的法子。小晌午时她回了十字街口一趟，央求陈光德不要离开，她的钱就要借够。陈光德点头应承，说他向来以诚信为本，说话算话，吐唾沫见坑，保证不见她就不离开村子。吕学英接着借钱，出一家进一家，她没有意识到，自己的腿脚半点也不犹豫了，甚至连考虑也不考虑了，只要是个家门就走进去，脸不红心不跳地开口借钱。就这样她走进了光棍汉刘金田的家门。刘金田打光棍主要是缺了半只耳朵，他在年轻时第一次相亲让姑娘咬残了耳朵，落下外号"独耳朵"，也落下了不规矩的名声。刘金田发现吕学英走进门来，有些着三不着四的样子，忙不迭地让座让水，吕学英说她站站就走，就站那里把借钱的事儿说了。刘金田关上屋门，趴在门缝上听了一会，确信外头无动静，这才趴在吕学英的耳朵边小声道："大妹子你不是外人，大哥有话不瞒你，你不能花那么多钱买花豹，大哥知道陈光德打谁家买的，是俺亲眼瞅见，只花了一百六十块。"吕学英说："打哪家买的？"刘金田又往前凑了凑，嘴巴就要伸进她耳朵里了，"大妹子你别怪俺，那个人的名字俺这会不能漏，过后琢磨琢磨看情况再说。"吕学英说："不用说了，俺不想去跟那人理论了。"刘金田说："大妹子，俺只说那人姓啥中吧？后边的字过后再说中吧？"吕学英说："俺不听了。"说着就往屋门口走去，刘金田跟过去，"大妹子你不是借钱吗？俺手里没那么多，你再凑两户就够了，俺的钱闲着也是闲着，使多少日子也行。"吕学英说："俺不借了，花豹俺不买了。"她打开屋门走了出去，脸上一阵青一阵白，一径往十字街口走去。

十字街口那里，王茂荣家的屋山影子只剩两三步宽了，六月的天，荫凉地也是热的，火辣辣地烤人。大街上的村人反倒增加了许多，好多屋山下树荫里都站了人，那些好奇心重的，为了靠陈光德他们近些，摇着蒲扇站在蒸笼样的日光里，脸上的汗水抹了一把又一把。先前的那一拨占据了有利地势，集中到了那一小块阴影里，正在听陈光德讲制作狗肉的事，人们显然对这码事不太感兴趣，有一嘴没一嘴地插着话，眼睛动不动就朝街南边瞥去，朝吕学英家的方向瞥去。陈光德似乎把那档子事忘记了，一手抓着瓶装矿泉水，一手擦抹着汗水，讲了一桩又一桩，持续不断地往下讲。吕学英再次返回时，他正讲到笼子里那四只小不点儿狗的各种吃法。陈光德说："这种小不点儿狗也有依照老办法杀掉剥皮吃的，但眼下的主要吃法是涮火锅，火锅自然是特别制作的，类似于大水壶，先倒上半壶水，然后把小狗放进去，盖上盖子，打火开始烧水，起头的火必须是文火，让小狗在里边慢慢地折腾，使劲地拉尿，里边的小狗没声了时，再加大火力，直到狗肉透熟。再一种是把小狗捆绑起来，拿泥巴包裹成长方形大面包的样子，只留一个很小的气孔喘气，放在火上慢慢地烤，起先也是文火，这个文火比涮火锅还文，最好是暗火，把泥巴一点一点烤热，这个过程要拿捏住，小狗活得时间越长越好，死掉后再引燃明火，一气把泥巴烧干，泥巴干透狗肉也就熟透了。第三种文明做法是腌制，把小狗放进坛子里，放进几斤大蒜、大姜、大葱、辣椒、芫荽、八角、茴香等佐料，再倒上烧酒酱油和醋，直到没了小狗的身子，然后压上盖子绑牢绑紧，小狗渴了只能喝烧酒酱油醋，饿了只能吃大蒜辣酱八角等物，这样里攻外杀，小狗咽气时那肉要啥滋味有啥滋味了。第四种文明吃法是生吃，这个生吃当然不是吃生的，意思是吃最鲜美最环保最有滋味的，做法是预先用化学水把小狗毛发褪光，活生生固定在餐桌支架上，食客愿意吃肉就动手割肉，愿意吃肝就去摘肝，愿意吃脑子就去剜脑子。"陈光德正要接着讲下去，花雀儿打断他道："今晚要做噩梦了，快住嘴吧，人家给你送钱来了。"陈光德笑道："好吧，小弟住嘴，如今的人太会享受了，新鲜吃法还有不少，等花嫂把我请家里炕头上去，细细地给嫂子说。"

7

陈光德站起身子，迎着吕学英怪不得劲地道："大嫂子，我好心没办出好事情，倒给你添麻烦了。"吕学英肚子里烧着火，那火噼噼啪啪的，快要把肚皮烧破了，单等来到陈光德脸前烧个痛快。看到陈光德无可奈何的讨好样子，吕学英的火烧不到外边来了，但也按捺不下去，她停住脚步，平了平心道："大兄弟，俺要说的话你别不乐意听，好好的一个人，你咋这样做呢，花豹明明是从这个村里买的，花了一百六十块，要送到狗肉摊、狗肉馆杀肉吃，你却说是打外村买的，破费了三千块，是给啥个经理买的。大兄弟，你睁着眼说瞎话，俺没法跟你说叨了，这是那五百块，俺给你搁这里了！"她把手里的钱丢到三轮车斗底下，接着就去拔狗笼子门上的插销。花豹兴奋得摇头摆尾，眼睛亮亮地盯着笼门口，单等笼门一开就往外窜。陈光德把吕学英拉开了，身子挡在了笼门上，黑沉着脸道："大嫂子，你都对我这样了，一点面子也不给了，我还是叫你大嫂子。大嫂子，糟蹋人不是这个糟蹋法，你说我是从这个村里买的，那个人是谁你指出来，我要跟他当面锣对面鼓，让村委会公断，让法院派出所公断，看看扣这个屎盆子是啥意思！"

吕学英说："俺不是亲眼见到，是听别人说的，俺说不出名字，俺只知道这是实情！"陈光德说："大嫂子，都是红嘴白牙，别人说的是实情，我嘴里出来的就是假话了？这算什么道理？请老少爷们说说，这算什么道理？"徐保民马上跟说道："学英嫂，细说起来，老陈他是外人，咱不会撇开肚皮向脊梁，可你的话咱还是听不下去，觉得不大对头。"花雀儿道："又想当狗娘，又把钱袋子捂得老紧，净寻思自个儿的去了。"茂荣老汉道："大侄子，大侄媳妇，你们看这样中不中，大侄子你把价钱往下压压，大侄媳妇往上涨涨，好说好商量，这样中吧？"吕学英立马道："不中！五百块够多的了，俺不能再涨了！"陈光德道："一分不涨了是不是？"吕学英说："一分不涨了。"陈光德笑了，是那种皮笑肉不笑的笑："好好好，咱们买卖不成交情在，你还是我的好嫂子。"他散出一圈烟，自己点上一根，眯缝着眼抽了一会，对着笼子里的花豹叹了口气，"唉，花狗啊花狗，按理我得感谢你，你让我挣到了一笔大钱，顶我一年的收成哩。可我这人你还不摸底，我最看重的是人情，因此所以呢，你又让我得罪了人，好心当成了驴肝肺，我有理讲不出有冤无处诉，对不起了没办法了，只能拿你解解气了。"陈光德抓起了那根钢筋，吕学英知道他要干什么，忽地扑过去攥住钢筋，一边拼命争夺，一边大声嚷叫，"你这个黑心人，花豹不会说不会道，也没做错什么，凭啥打它！"陈光德牢牢攥着钢筋，睁大眼睛道："大嫂子，请你放手，钢筋是我的，狗更是我的，你无权干涉！"吕学英喘吁吁地道："我啥也不跟你说，就是不准你动花豹，我要领走花豹！"

陈光德让吕学英抢夺了一会，手里的钢筋使劲晃动了一下，发现吕学英的手有所松动，一掌把她推了出去，吕学英倒退了四五步，一屁股坐到地上。陈光德的钢筋已经伸进狗笼子，咚一声戳在花豹的脑袋上，花豹惨叫一声，刚刚龟缩到笼子旮旯，第二下又跟了上来，依然戳在脑袋上，花豹咧开大嘴狰狞地嘶鸣了一声，正要接着狂叫，转头看了看吕学英，嘴巴又疑惑地闭上了，万分委屈地哼哼着。吕学英没有站起，而是连滚带爬地蹿到陈光德跟前，伸出手去抓钢筋，陈光德连忙跑开了，跑到了三轮车那一边，一钢筋戳在了花豹的脊梁上。因为吕学英就在身边，花豹没有发作，甚至哭叫声也是弱弱的，仅仅是脊梁骨深深塌陷了一下，接连地打着哆嗦，哀哀地看着吕学英。吕学英疯了似的追过去，"天杀的，你住手，你戳俺吧，俺让你戳！"陈光德又迅捷地跑到了车这边，一钢筋戳进狗笼子，"我戳你干吗，我又不想找麻烦，我戳我的狗，天王老子也管不着吧。"说着又是一下，戳完抽出钢筋跑开。花豹已经不躲不叫了，抖抖索索地歪那里等着挨戳，以为这人接二连三地整治它，是女主人的意思，自己犯下了什么错，必须接受这份惩罚。两个人就一前一后围着三轮车转起了圈子，陈光德比吕学英年轻二十岁，又是个壮实的男人，圈子就转得轻松自在，钢筋戳得又快又准。吕学英不只是岁数大的女人，身子又瘦

红杏花开

棱棱的，转了十几圈就不行了，陈光德不紧不慢地戳花豹三四下，她才跌跌撞撞地追过去，陈光德已经及时闪开了。

大街上的人早已围拢过来，一张张半圆的嘴巴，一张张兴味盎然的汗脸，在正午暴烈的阳光下格外醒目，眼睛却没有闲着，紧张地围着那两个人转圈子，不时地吆喝一句半句："快追快点追，再加把劲就追上来了！这个狗东西真抗打，越打越不吭声了！"似乎是受到人们的鼓励，陈光德的腿脚越来越轻便，动作越来越灵巧，铁丝笼子空格只小狗嘴巴那么大，他的钢筋一戳就进去了，准确地戳击在花豹身上。吕学英哈达哈达地喘着气，磕磕绊绊地奔跑着，力气明显不行了，随时要倒下来的样子，第二十几圈上，她终于扑通倒在了地上，爬起来再跑。跌倒到第十几回上，她眨巴了一下眼睛，躺在那里喘了几口气，而后忽地立起身子，一下扑到笼门子上，两只手一齐出动，紧三火四地拔那插销。她的动作再快也快不过陈光德，陈光德三两步窜过来，一下就把她扯开了。吕学英豁出去了，双手推在陈光德的胸脯上，死命往外一推，陈光德倒退了两步，吕学英接着把头一低，朝陈光德肚子上撞去，陈光德急忙往后倒退，退得不是太麻利，对方的脑袋已经挨到身上了，他又想往旁边闪，这样动作快些，又可以把吕学英闪到地上去。吕学英没有让他闪动，头顶挨到他胸膛的同时，她伸出胳膊抱住了他，双手紧紧扣在了一起。陈光德挓挲着双手说："你想干什么，想要无赖是不是，老少爷们看好了，是她先动的手，我至今也没动她一指头。"吕学英往紧里抱着，哭号着说："快点开笼门，把花豹放出来，要不俺就这么抱着，抱你一辈子！"陈光德扭动着身子挣脱了一会，"老少爷们作证，我没办法了，只得动手了，可我不是打她，只是想弄开她的胳膊。"他把两手伸到背后去，抓住了吕学英的手腕子，使劲往两边拽去，怎么也拽不开，他又抓住吕学英的手指，死命地掰扯，却是掰开这根合上那根，那双手始终勾连在一起。陈光德冒了大汗，浑身瓢浇雨淋般，哼哧哼哧地粗喘着道："你松手，我要动真格的了，可别说我打你！"吕学英道："你打吧，我让你打，我知道你早就想打了。不答应放花豹，你就是把俺打死，死二百回，俺的手也不会松！"陈光德火溜溜道："放花豹容易，只要你赔偿我的钱，我开车送你家里去！"吕学英说："俺赔你钱了，赔了你三倍的，对你这种人，俺不该多给你那么多，多给你一块也多了，一毛也多了，不行俺就只给你一百六十块！"

8

这时徐保民看那俩人没完没了，陈光德有点没法招架的意思了，已经给自己使过三回求助的眼色，便对花雀儿和茂荣老汉几个人道："都是自己人，咱们过去拉拉架吧。"花雀儿和茂荣老汉点点头，几个人起身走过去，花雀儿抱住吕学英往外拉，徐保民在陈光德背后掰扯她的手指头，没几下就把吕学英撕扯开了，把她架到屋山那边，吕学英不住地挣扎，花雀儿又把她捆抱起来，徐保民紧紧抓住她的手腕子。茂荣老汉皱着眉头道："侄媳妇你糊涂了？那狗不是人家打你家里偷的、手上抢的，是人家花钱买的，那就等于是人家自己的，你咋好这样对待人家哩？"花雀儿面红耳赤地道："老亲世邻的，你不害臊俺都替你害臊。光德要不是爱面子，又是出了村子，早把你这个胡搅蛮缠的女人打趴下了！"徐保民的脸也不好看了。这个人一般不变脸，不管是在要横还是要愣，是在爬墙还是揭瓦，脸色很少变化，反倒还笑眯眯的，什么都不在话下的样子。他闷声闷气地抽了几口烟，把多半截烟吐地上去，拿脚碾碎，盯着吕学英的眼睛道："学英嫂，废话咱不说了，给我一点面子，讲点道理好不好？要狗就出钱，不要就尽着人家拾掇好不好？"吕学英不回话，也不看徐保民，只管扭动着身子往外挣脱。徐保民抬高些声儿，"学英嫂，小弟的面盘不够大是不？学英嫂应该明白，你家里那么多狗，小弟动过一根毛没有？这么多年里你一个人在家，小弟找过一回碴没有？丢过一回东西没有？"

陈光德也有点累了，他点上一根烟，盯着吕学英他们抽了一会，然后捡起地上的钢筋，就像这根钢筋是一把剑，使用了那么多下，刀尖刀刃有点钝了，他横在眼前来回瞅了几下，从车斗子里抓起一只破手套，上上下下地打磨钢筋，眼睛对着笼子里的花豹冷笑。吕学英一看，又奋力挣脱起来，"放开俺，不用你们管，不用你们管！"徐保民攥得更紧了，"你歇歇吧，原来小弟在你眼里狗屁不是，那就在这里待着吧，等陈哥玩够了就放你回家，以后你家的日子俺可就不操心了。"吕学英哭叫一声，猛地低下头去，一口咬在徐保民的手腕上，徐保民哎哟了一声，手立时松开了，另一只手攥住腕子上的两排伤口，连连地捽打着，"好好好，下口咬了，我老徐觉得自己够狠的，这遭见识到更狠的了。"吕学英早已扑向陈光德，没鼻子没脸地撞过去。陈光德没有防备，刚才他听了徐保民的那番话，以为一定能把那女人镇唬住，他再加几把火就大获全胜了，因此一点防备也没有，慢悠悠地把钢筋伸进铁笼子，一下就被撞出去了七八步，结结实实地倒在地上。吕学英掉转身子，拔开笼子上的插销，把铁板笼门欻地提上去，花豹欢叫着蹿出笼子，立起身子扑到吕学英怀里，吕学英一把抱住它，泪水哗哗流出来，脸在狗脑袋上来回蹭动。花豹也使劲地往她脸上依偎，不过瘾，挣脱出脑袋，呱唧呱唧地舔食起来，先舔脸，再舔脖子，又去找手，找了两下没有找到，它不耐烦再找，又回头舔起了脸和脖子。吕学英哽咽道，"花豹，走，咱先回家，回家再亲。"花豹不听话，它还没有亲够，爪子扣在吕学英的身上，哼哼哧哧地舔动。

陈光德从车斗里抓起狼牙套。陈光德出门收狗总带着两套家什，一套用来杀狗，主要是肉案子以及各种刀具，另一套是抓狗的。那根钢筋是杀抓两用，有些病狗还有不少力气，担心不能顺利下刀，他就对着狗脑袋敲一下，让它晕过去。这个狼牙套是专门用来抓捕的。有一些狗特别狡猾，在交易成功除掉锁链往笼子里塞的时候，会突然掉转身跑开，主人的话也不听了，陈光德就动用狼牙套捕捉它们。也有说狼牙套是用来偷狗的，来回路上顺手牵羊。这个狼牙套的手柄是纯钢套管，类似于鱼竿，只有半米长，可一摁按钮，却能伸长到八米距离，顶端弹跳出一个圆形活套，是拿钢丝绳拧成的，钢丝绳上密密麻麻地焊接着小锯齿。这个套子也是半自动装置，一把它套在狗脖子上，它就会飞快地收缩，收缩到骨里肉里去。

因为过于仓促，陈光德没有套住花豹的脖子，而是套在了花豹的嘴巴上，也可以说是花豹的脸上，套子紧紧地箍缠在狗眼的下方。在套住狗嘴的同时，陈光德把手柄延长到两米左右，接着往后一拉，花豹就脱开吕学英扑通翻倒在地上，吕学英也被带倒在地上，她抬头一看，尖叫着扑过去，想解救花豹。陈光德摆动起套子，花豹急忙爬起来，哼哼唧唧地呻吟着，乖乖地跟着手柄头跑。吕学英披头散发地追去，可花豹跑得太快，她追不上它。为了减轻疼痛，花豹只能随着手柄的指挥跑，稍微慢点便疼痛难忍。陈光德却轻松得不行，他只需站在原地，抓住手柄慢慢转圈就成了。吕学英跟跟跄跄追了几圈，看看追不上，她便转身朝着陈光德扑去，就要扑到身上时，陈光德往旁边轻松一跳就躲开了，吕学英反倒扑到地上去。扑了几回，吕学英的手蹭破了，两只手心都在冒血，一会后膝盖也蹭破了，鼻子和腮颊也蹭破了，浑身上下已经没了人样儿。知道没法挨近陈光德，她返身又去追花豹，花豹跑得更快了，在快速跑动的同时，一眼一眼地去看吕学英，以为自己又犯下了什么新错，这是一个更为严重的惩罚措施，但它又不能十分确定，因为根据以往经验，千错万错，主人也不会这般对待它，所以它一边尽力地随着手柄头奔跑，一边满腹疑惑地去看主人。

　　吕学英又扑倒在陈光德跟前，这回她没有急着站起来，而是跪了下去，头重重地磕在地上："年轻人，你长点人肠子吧！"

　　陈光德离吕学英站远一些，继续牵引着花豹奔跑，对着外围的村民们道："老少爷们都看到了，是谁不长人肠子？我放着大钱不挣，原本给她，这是不长人肠子？到了这个地步，我也没好话说了，你想跪那里赖我，让我赔钱折本，门儿也没有，愿意跪你就跪吧。狗是我的，我想怎么就怎么，整死了我剥皮卖肉，遛断腿、遛破五脏我杀掉了卖肉。"

　　吕学英仍跪在那里磕头，"行行好，长点人肠子吧，求求你了！"

　　周围的人都呆了，半天后才有声响传出，花雀儿喃喃道："疯了，疯了，真是疯了。"茂荣老汉跑进场子，捉住吕学英的胳膊往上拉，"侄媳妇，起来，不兴这样的，有话起来说。"他把吕学英拉起来，吕学英又扑通跪下去，拉起来四五回跪下去四五回，茂荣老汉不拉了，对着陈光德道："小伙子，有话说话，你先把狗装回笼子，中吧？"陈光德说："大爷，你不是没听清楚，我还有啥话说？人家还能听我说什么？"茂荣老汉说："小伙子，人的腿不是好跪的，你懂不懂？"陈光德说："大爷，请你那边歇着去，不该操的心不要操。"手里的手柄转动得更快了。花豹有点跟不上了。如果不是嘴巴上的套子，多快它也跟得上的。花豹在运动时必须张大嘴巴散热，现在嘴巴上捆了钢丝，上面的小锯齿咬在骨头上，别说张嘴，就是跑慢了也疼得要命。

吕学英依然跪在那里磕头，"俺求你了，俺求你了，俺求你了！"

徐保民走到陈光德身边，压低嗓门道："老陈，事别搞大了，压压价吧。"陈光德小声道："柴禾搭上工夫搭上，鸭子眼瞅熟透，这时候压价不亏死了？如今这年头，三千块钱能别住谁？这娘们就是太小气，再一把火就拿下了。"徐保民说："老陈，别忘了你是出了村的。"陈光德一笑道："甭说她单丁独户，就是八枝九族五百户，有你老弟站这里，我怕哪个？不行咱就去找村委会评理，找法院派出所评理。"徐保民说："老陈，我不想站这里了，我觉得有点站不住了。"陈光德说："那你就找地方歪着去，这点事儿我还扛得住。"徐保民还想说什么，张了张嘴没说出来，摇了摇头阴沉着脸走开了。陈光德对大家拱手道："老少爷们，在这个大嫂子眼里，反正我不是人了，屎盆子也拨拉不开了，我就要个更热闹的给老少爷们看，请老少爷们捧场。"他一手遛着花豹，渐渐靠近三轮车斗，伸手抓出一个手电筒样子的东西，举到大家眼前说："老少爷们看好了，这就是公家人使用的电棍，大伙有的见我使过，有的还没有见，现在请大伙看看它多么神奇、多么好玩。"他的身子转向了花豹，花豹也在忙里偷闲地看电棍，看一眼电棍，看一眼吕学英，显然它想问一问吕学英这是个啥东西，吕学英跪在那里干什么。陈光德回头对大家道："看看，这个狗东西也没见过，想尝尝是个啥滋味了。"

9

陈光德似笑不笑，熟练地收缩着狼牙套手柄，另一只手里的电棍不紧不慢地往花豹凑去。就这时吕学英忽地跳了起来，她这一跳比狗还快，比豹子还快，简直就是一道闪电，一下就到了陈光德跟前，一拳就把陈光德手里的电棍打掉了。或许是休息过一阵的缘故，吕学英的动作是那般麻利、那般快捷，陈光德刚刚回过神来，他攥了手柄的手就被吕学英抓住了，吕学英使劲地抓着抠着，另一只手捏成了拳头，连三并四地击打那只手。陈光德一手牢牢攥住手柄，一手奋力招架着，大呼小叫地道："你敢打人，你竟敢打人！大伙看到了，她打人了，要把我打坏了！她先动的手，没有办法，我只能自卫了，请老少爷们作证！"说着陈光德的那只手也变成了拳头，往吕学英手上和胳膊上打去，一拳下去，吕学英的手就被击打出去老远，但她是两只手，陈光德是一只手，出拳再快也打不开，这只手被打出去，那只手又跟上来了，打到陈光德的手上。只是吕学英的拳头软弱，而且越来越软弱，陈光德的拳头生硬，越挥越勇。吕学英的手上胳膊上青一块紫一块，破皮的地方又流出血水，陈光德的那只手毫发无损。

花豹此时终于明白了，吕学英跟这个男人不是一帮的。花豹也不是真正明白了，是两个人的打斗给它指明了方向。花豹担心自己再犯错误，又默默地观察了一会，才确定他们俩真不是一帮的，那个男人是主人的对头，之前它受的那些苦楚，恐怕也不是主人的意思，是这个男人使坏。它忍受着剧痛放慢脚步，瞪着眼睛考虑逃脱的办法。它稍稍停顿了一下试了试，那个男人马上觉察了，手柄攥得更紧，用力往前方摆动。它朝着那个男人伸了伸头，锯齿套立时往眼睛那边勒去，往头顶那里勒去，钻心撕肺地痛，脸上的套子更紧了。它便知道往哪个方向挣脱了，但它没有急着挣脱，反倒装出乖顺的样子，随着竿头继续跑，它撒开四蹄，使出了所有力气，觉得快得不能再快时，它突地顿住了脚步，同时疾速往后退去，它听到了锯齿扎进骨头的咔

红杏花开

哧声，疼痛翻江倒海四处泛滥，血水汨汨地淌出来，染红了钢丝套，顺着脸颊往下淌，吧嗒吧嗒落到地上。套子依然箍缠在脸上，只是稍微向下移动了一点，花豹没有停顿，接着呜了一声。由于嘴巴不能张开，这声音不大，却闷雷一般沉重，随着这声闷雷的出现，它脑袋往前一伸，接着又死命往后一挣，鲜血淋漓的钢丝套啪啦落地了，花豹的长嘴刹那间变了样，沿着眼睛下方，皮毛整个儿脱落下来，只剩下血淋淋的肉和白花花的骨头，眼珠毛骨悚然地鼓突在那里，血水万千小溪样流动，下半页的脸皮没有完全脱落，还皱巴巴抹布样耷拉在下嘴唇上，登时被染得血红。

望着活鬼样的花豹，陈光德一时呆住了，吕学英也呆了一呆，接着便松开陈光德，哭叫着扑过去。这回花豹没有理睬吕学英，就跟她不在这里一样，花豹摆脱钢丝套后，立马张开它狰狞可怕的大嘴，狂吼着朝陈光德扑去。陈光德打了个寒战，嘴里说我的亲娘，拔腿就跑，他刚刚跨出一步，花豹就飞扑上来了，一口咬在他的大腿上。陈光德哭叫一声倒在地上，连喊救命，花豹又一口咬在他的膀头上。陈光德鬼哭狼嚎地往前爬去，"救命救命老少爷们快快救命！"眼睛急急寻觅着那根电棍。他没看到电棍早已被茂荣老汉捡过去，几个人传看了一会后，花雀儿把它藏到了马扎下，徐保民黑着脸抓起来，一挥手撇进了街边的脏水沟里。陈光德没有找到电棍，忽然想到了仍抓在手里的钢管手柄，精神振作了些，他不顾死活地坐起来，不顾死活地抡起手柄，没鼻子没脸地打去。花豹显然也是不顾死活了，钢管手柄啪啪打在身上，它不闪也不躲，只管狂叫着寻找下嘴的地方，一口又咬在陈光德的手腕上。陈光德大哭起来，嘶哑着喉咙喊救命。也许是因为陈光德的击打，花豹的这一口下得挺重，将整个手腕咬在嘴里，而且没有撒口，呜呜地往重里咬着，要不是吕学英及时赶过来，这只手肯定就废掉了。

吕学英抱住了花豹，紧紧地往怀里抱着。可她怕再怎么紧抱，花豹也会挣脱出去，花豹没有那样做，它害怕伤着吕学英，也担心这是一道命令，一道错误的命令，它不能生硬地违抗命令，只是提醒主人说服主人，所以它只是试探地动作着，烦躁不堪地呜噜着，嘴巴一下一下地拱吕学英的脸，请她赶快松手，那个男人不能轻易放过。陈光德握着钢管手柄站起来时，花豹一下就发现了，它更快地拱动着吕学英，呜噜声变成了呜呜的告诫，夹杂着对陈光德的威胁。吕学英发现时钢管手柄已经落到头顶上了，就要击打在花豹的脑袋上了，她想都没想身子就倏地覆盖过去，把花豹盖在身子底下，钢管手柄重重地落在她的脊梁上，她直挺挺地趴了下去，身子抽筋样痉挛着不动了。花豹从她身下飞了起来，是的，是飞了起来，凌空飞了起来，风一样朝着陈光德扑去，因起跳过于匆忙，这一下它扑了个空，落到了陈光德旁边去，花豹就是花豹，它脚爪稍一沾地又腾空而起，十分准确地扑打到陈光德的胸脯上，陈光德摔出去十几步远，四仰八叉倒在地上，花豹也紧接着随了过去，在他胸脯上呜地撕咬了一口。陈光德没了人声，躺那里手脚并用乱打乱踢，知道这遭没命了，死亡的恐怖潮水样涌过来。之后花豹掉头跑了开去，跑到吕学英的身边，围着吕学英转圈子，嘴里不断地呜噜着。吕学英身边已围满了手忙脚乱的人，有的掐人中，有的试鼻息，有的摇晃她的身子，小声嘀咕着，"这狗通人性，真通人性。"突然花豹朝着这些人狂吼一声，许多人吓得坐在了地上，剩下的拔腿跑开了。花豹舔了舔吕学英的脸，一口咬住了她的头发，拖拉着她往南跑去，往他们家的方向跑去。人们很快明白过来了，呼啦追了过去，茂荣老汉喊叫："停下，你这个畜生，快停下，把人拖毁了！"徐保民喊叫着说："打120，快他娘的打120！"花雀儿埋怨他道："你不是带着手机吗，不舍得那毛钱怎么的，还不如这个畜生哩！这个畜生，到底是畜生，刚才还夸奖它通人性，转头就要把它主人折腾死了！"

　　十字街口只剩下陈光德一个人，还有他的三轮车，车斗笼子里的两条大狗，四条小不点儿狗。陈光德惊魂未定地站那里，木呆呆地望着大群村人跑远，消失在一条胡同里。他收回目光，似乎这才感觉到了痛，浑身哪儿哪儿都痛，针扎刀刺一般，痛进了骨头里。他打起了哆嗦，虚汗呼呼地往外冒，其实他早就哆嗦上了，虚汗始终没有停止，只是他眼下才意识到。他咬牙切齿地查看几处伤口，好在都没有伤到骨头，只是一洞一洞大小不一的咬伤，滋滋地冒着血水，胸脯那里的伤口最重，也只是撕裂了一下。他便决定给苏支书打个电话再去医院打针治疗。他断定吕学英肯定没事，脊梁上挨了那么一下，肯定没事的。他甚至猜测她是装的，想狠狠地讹他一笔。他草草地处理了一下伤口，把腿上手腕上的伤口包扎起来，将胸脯上膀头上的伤口捆绑起来，然后摸出手机。他要告诉苏支书，他让吕学英的狗咬了，咬得遍体鳞伤、血肉横飞、筋断骨碎，他这就要去住院了，给支书说一声的意思是，上头来人时说个公道话，他眼下不方便过去，所以先口头说个谢谢了。

　　不料苏支书没接，陈光德又拨，还是不接，他接着再拨，却听吧唧一声掐断了。他对着手机发愣，考虑苏支书在开会还是在什么私密场所，正要再试一试时，猛然发现一个东西出现在街南头，他意识到可能是花豹，很快便看出正是花豹，花豹几乎四蹄腾空，如弹头样朝这里射来。陈光德叫了一声娘，跳上三轮车驾驶座，捏住钥匙一把拧开马达，一下挂到四档，哐唧哐唧往前跑去。跑出一段他回了一下头，发现花豹已经追到了十几米，咧着大嘴，咧着那没了皮子的大嘴，另一块血糊糊的毛皮还晃动在下嘴唇上，魔鬼一般越追越近。陈光德油门也加到了最高，耳边的风呼呼地刮，三轮车如同吃了兴奋药的病牛，浑身颤动着往前奔。但他再也不能加速，再也无法再快了，发了疯的花豹却是一步比一步快，一步比一步猛，很快就追到车后边了，追到陈光德的身边了，它一面奔跑着，一面观察着陈光德，一看就是在寻找下嘴的地方。陈光德清楚，这一口下去，无论咬在什么地方，他就再也无能为力了，饿了半天的这个畜生，说不定会撕巴撕巴活吃了他。

老马迷途

1

当小轿车拐进舒泰大酒店的院子时，马光宝发现姚经理已经等在那里了，车门还没有开利索，手已被姚经理亲热地接了过去，姚经理圆溜溜的面盘高兴成了一朵花："对不起马哥，太对不起了，小弟知道得太晚了，让哥哥受委屈了，今天小弟先自罚三杯！走，咱哥俩上去再细聊！"

姚经理领马光宝走进三楼的一个大房间，大手一挥招呼上烟上酒上菜，仍然把唐小雨撇一边，单独跟马光宝对谈，其实是他自己唱独角戏，基本没有让马光宝插嘴的意思。姚经理说："做哥哥的太低调，低调得没了边儿，悄没声地来到小弟身边，却不显山不露水，辛辛苦苦挣那三毛两毛，哥哥咋不想想，这样一来弟弟怎么对得起哥哥呢，怎么有脸见马秘书呢！当然这也怪弟弟，弟弟有眼不识泰山，大哥来这么多天了，见这么多面了，弟弟却无知无觉，连一声大哥都没有叫过，过会儿弟弟还要自罚三杯！"姚经理说："好在现在弟兄相认了，一个锅里搅勺子了，往后当然要一碗肉汤分着喝，一根骨头平半啃，只可惜眼下公司刚刚起步，挣钱没有开销多，场地是租赁的，小车是报废的，要不是咱们国家人多，工人也招不到，没法儿让哥哥舒适起来，目前待遇只能是勉强过得去。"姚经理说："等公司发展起来时，要让哥哥住别墅，给哥哥发年薪，起步一百万，年底还要分红利！"

烟酒菜陆续上来了，烟是中华烟，酒是茅台酒，菜是海参鲍鱼等物，姚经理的话题便转回到酒桌上，"咱弟兄今儿啥也不谈了，就是喝酒、喝酒，一定要喝好喝倒，把浪费的弟兄感情找补回来，再更上一层楼！"马光宝自以为酒量不小，六十度白干一斤没事，跟姚经理比起来，简直不值一提。姚经理自罚了六杯，然后一杯接一杯，接连敬了马光宝三杯，马光宝担心他喝醉，破费钱财又遭了罪，便捂住杯子不再让唐小雨倒酒，说是够了喝够了。姚经理说："哥哥，亲哥哥，什么叫够了？想替弟弟省酒是不？你这是打弟弟的污脸哩，弟弟我再自罚三杯！小唐倒酒！"唐小雨倒一杯，姚经理干一杯，一连干掉三杯，又开始向马光宝敬酒，马光宝怕他再自罚三杯，不敢推辞了，敬一杯喝一杯，接连五杯酒下肚，姚经理啥事儿没有，马光宝坐不住了，头大起来，肚子里闹腾起来，硬着舌头说够了够了。姚经理说："大哥又在骂我了不是？该骂该骂，弟弟领罪，再自罚三杯！"马光宝忙伸手去盖姚经理的酒杯，一下把杯子碰翻了，接着自己也瘫倒在了桌子上，人事不知。

马光宝醒过来的时候，窗玻璃上的日光已经红彤彤的，他发现自己躺在一张大床上，身上盖着红被子，红得耀眼，身下铺着白床单，干净得出奇，屋子里暖腾腾的，跟五六月差不多，一定是住在大酒店里了。他下床拉开房门，门外是一间大客厅，另外还有三道门，还有一条小走廊，走廊尽头还有一道门。这种房子他只在电视里见过，一定花钱不少，又让姚经理破费了一笔！这时背后响起唐小雨的声音，"马大哥，你酒醒了？"马光宝转过身子，看到唐小雨毛着头从走廊那边走过来，连忙笑道："唐主任，你也在这里睡了一觉？"唐小雨说："马大哥，一觉你又睡回去了？叫小唐，小雨也行，记住了吧？你醉得那么厉害，我怎么能离开？你渴了吧？我给你泡茶喝。"马光宝急忙阻拦，"小唐，咱们回公司喝吧，酒店里住不起的！"唐小雨咯咯地笑起来，"马大哥，这里是滨海小区，公司给你租赁的房子，以后这里就是你的家了！这几天你住在这里熟悉熟悉，初八上班直接去办公室。我给你带回一些酒菜，还有两万块钱在包里，缺什么随时告诉我。"马光宝惊呆了，红头涨脸地道："小唐，你听俺说，办公室进也就进了，这个房子俺不能住，两万块钱不能花，俺消受不起哩！"唐小雨说："马大哥，你是不是嫌轻了，这样的话姚经理要给你买房子，姚经理说一百平方米二百平方米的房子他还买得起。"

第二天天还不亮，马光宝就赶到汽车站，坐上了回村的第一趟大巴。昨天上午，唐小雨去库房通知他进办公室工作，姚经理在舒泰大酒店请他吃饭，他一下就想到了自己的老婆王俊英。大侄子发迹后，马光宝打工回家，王俊英天天跟他磨叨，抬腿就往大哥家里跑，现在看到底让她给跑成了。他要回家弄弄清楚，是大哥大嫂点头了呢，还是王俊英直接找的大侄子，然后他要告诉大侄子，他五十二岁了，从库房装卸工猛地提拔进办公室，已经够出格的了，别的待遇千万推辞掉。马光宝回到家里时，王俊英正坐在炕上补袜子，她听到男人进屋了，却装作啥也不知道，埋头坐那里补袜子，攥一针抽一针，放在头发里磨磨针，再攥再抽。只是脸色阴沉得可怕，就要打雷下雨的样子。马光宝疑心情况不对，试探地开口道："他妈，大哥大嫂松口了？"王俊英没住手，继续补袜子，只是动作大起来，线拖得老长。马光宝再问："大侄子回来探家了？你上门找他了？"王俊英一针攥错了地方，一针又攥错了地方，突然她怒火冲天，把袜子针线团拢团拢，死命砸到马光宝身上："去你娘那个腔沟子的，老娘也他娘的不干了！"她一伸手指着马光宝的鼻子，"马光宝，你还是不是人？这二年里，俺的腿跑断了，嘴唇磨碎了，舌头呱嗒烂了，让人家搡了一遭又一遭，骂了一回又一回，俺也是个人哩，甭说事情没指望，就是有指望，俺也不去贴那冷屁股了！马光宝你给我听好了，你不是油盐不进吗，你不是躲出去大年也不回家过了吗，从今往后俺不催你不逼你，只要你找到好差事挣来大钱，家还是你的家，不然的话你爱上哪去上哪去。马光宝，你听见了没？我让你拿架子，我让你躲个够！"

这么说，是大侄子瞒着老家人自动关照的了？他找到大侄子的手机号，去院子里给大侄子打电话，手机一拨就通了，只听大侄子说道："喂，哪一个？"马光宝说："大成，我是你叔哇！"大侄子说：

"什么叔，你叫什么名字？"马光宝心里道，你看这孩子，几年不见，亲叔的声音都听不出来了。那边又说话了，"你怎么回事？是不是拨错了？我很忙，我挂了。"马光宝说："别挂别挂，大成，我是马光宝啊！"大侄子说："啊，叔啊。有事吗？"马光宝说："没事没事，就是想跟你说个话。"大侄子说："是不是遇上什么困难了？"马光宝怕侄子担心，赶紧说："没有没有，叔挺好，家里都挺好，叔就是想听听你的声儿。"马光宝还想说下去，说自己已经得到关照，只是关照得太过了，侄子得给姚经理说说，提拔进办公室就顶了天了，大侄子打断了他的话，"啊，那就改天说吧，你干那苦累活，注意别伤着骨头筋，我在开会，再见。"

电话里吧唧一声，马光宝知道那就是挂断了，可他不相信侄子挂了，叔侄俩多少年没说话，还没有正式开说呢，就这么挂了？大侄子的话也不对头，不像跟亲叔说话，像跟不认识的人说话，不认识的人也不该这么说，不认识的人该客客气气，起码要让人家说上几句。记忆里大侄子很会说嘴，马光宝教育他好多回，外人跟前说嘴也就说了，对自己人不准这样，有事说事，没事就闭嘴。现在他倒希望侄子说说嘴，虚里套里地丢几句，面子上给叔叔个台阶下。马光宝木木地举着话筒，转不过这个弯子来，只是确定了一点，大哥家的人，还有自己的老婆王俊英，不晓得他进了办公室。

2

美净是个小公司，统共三十几号人，年节里又是淡季，所以初八上班的主要是几个干部。马光宝攒满了劲，决心埋头苦干，工人干十二个小时，他要干十四个小时，以报答姚经理给的高待遇。可几天下来，主任唐小雨天天说没他的事，几天后唐小雨让他看报纸，说看报纸也是工作，脑子里装满知识才能管理公司。马光宝就看起了报纸，上班后拖完了地，煮开了水，便坐在唐小雨对面看报纸。他肚子里揣着工作，老想看到跟工作有关的事，看一个故事无关联，看一个还无关联，像是老天爷要安慰他似的，这天他突然看到一个大黑题目：小小火腿吃出三条人命。他的眼睛一下睁大了，站起来提了提裤腰，眼睛凑近了看去。故事里说，一家四口，三口人吃了火腿肠，不多会就发作了，疼痛难忍，救护车还没到就死掉了，只有女主人，舍不得吃那火腿肠，幸免于难。经过调查，那火腿肠是病死猪肉制造的。

马光宝立时想到了美净公司，他在库房干活时，听工人们说过好多次，美净公司的许多肉食品是用病死牲畜做的，多半是病死猪肉。当时他听了这些话，一点也没往心里去，自己就是个装卸工，这些事跟自己无关，但主要原因是他觉得病死猪肉没问题。早年间，生产队饲养室死了猪，对村里来说就等于过年了。他小时候愿意跟着爹爹赶集，主要原因是去吃死猪肉。集上专门有一个死猪肉摊，一张张矮趴趴的饭桌子，饭桌子上摆着一方一方的死猪肉，肉皮黄黄的，味道香香的，马光宝老远就咽唾沫了。爹爹拍拍他的脑袋让他坐下，摊主招呼："养了个好儿子！多少钱的？"爹说："两毛钱的！"摊主便拎起小秤，割一块肉丢进秤盘，把这块肉剁成小块，马光宝便捏起肉块，蘸着碗里捣成细末的咸盐，一块一块地吃起来。大集上吃死猪肉的滋味，马光宝现在想起来还是无限向往。

马光宝面对报纸，依然觉得病死猪肉没问题，大概是吃多了，或者是胃口不合。他重视起来是因为跟自己的工作挂上了钩，既然不允许拿病死猪肉加工食品，也就是说拿病死猪肉制作食品是不对的，肉多好多香也是不对的，他重视这事就是工作了。他一时激动起来，眼神亮亮地道："唐主任！"唐小雨正趴在那里写着什么，眨巴下眼睛说："怎么啦大哥，怎么又叫起唐主任了？"马光宝把报纸推过去，"小唐，你看看，快点看看！"小唐扫了一眼，"我看到了，怎么啦？"马光宝说："人们说，咱们公司也拿病死猪肉做食品，是真的吗？"

唐小雨把笔放下了，"你听谁说的？"马光宝说："好多人都说过，有人说得还很难听，说公司净用病死猪肉，货断了没办法了才用好猪肉。还有人说，粗加工车间全是领导自己人，外人不准进，不是担心带进去细菌，而是怕外人撞见在那里鼓捣坏猪肉。"唐小雨摇了摇头，沉沉地道："马大哥，你别听他们胡说，咱们公司不会收购病

红杏花开

死猪肉。这不是一件小事，传出去会影响销售的，主管部门还会追究我们的责任。再听到这样的话，你要堵一堵他们的嘴，就说我们把关很严，别说病死猪肉，就是白条肉里检出病菌，我们也拒绝收购。马大哥，姚经理白手起家，没什么靠山，我们要帮他。"

马光宝使劲地点头。没想到唐小雨把这件事看得这般严重，马光宝感觉替公司办了一件事，他要沿着这件事走下去，真正开始工作。他首先要告诉那些偏听偏信的人，以后不要随口胡说，损害公司的名声。然后他要经常下去，及时制止人们胡说，顺便把只收好猪肉的事宣传下去。

农历十四号这天上午，马光宝正在打包车间搞宣传，唐小雨打电话让他快些上去。他想肯定是病死猪肉的事，这几天他们谈得最多的就是这事。不料他没有猜对，他一进办公室，唐小雨就乐呵呵地说："马大哥，咱们给你买衣服去。"马光宝说："买啥衣服？"唐小雨说："我们要出远门，没事咱们走吧。"马光宝说："去哪里呀？"唐小雨说："去省城，过了十五，你带我和姚经理去给马秘书拜晚年。"马光宝顿时定住了，眼睛直愣愣地望着唐小雨，一动不动。唐小雨说："怎么啦马大哥？难道你不想带我们去？"马光宝点了点头，又急忙摇晃了几下，仿佛就要哭起来。唐小雨拉着马光宝走进里间，两人面对面坐进沙发里，小声说："马大哥，为啥不愿意带我们去？"马光宝说："不是不愿意，俺愿意。"唐小雨奇怪地说："那怎么又点头又摇头呢？马大哥，啥事尽管说，别把我当外人。"马光宝说："没啥事，也没啥事，就是、就是……"唐小雨说："马大哥，是不是马秘书嘱咐过，不要随便带人去找他？"马光宝说："不是，不是。"唐小雨说："马大哥，不管啥情况，你带我们去都没什么的。我们就是去给他拜拜年，抬手不打笑脸人的，我们公司的发展，马秘书能够过问下更好，不便过问也没事。马大哥，你的心境可不敢让姚经理知道，要不他会伤心死。"

马光宝和大哥马光福家的嫌隙从分家开始，也可以说从爹娘轮番吃住以后，邻居们经常跟马光宝下舌，说爹娘在大哥家一天三顿饼子馒头，鱼肉只能闻闻味儿，真是可怜死个人了。马光宝向爹娘讨问，爹娘说，没那事，就算那样也不打紧，天天饼子馒头就是过年了。马光宝转头去找大哥，大哥向他诉苦，说是一家不知一家，俺这里馒头都快吃不上了。马光宝没有办法，日子疙疙瘩瘩过下去。第三年的春天，爹爹得了瘫症，马光宝担心大哥大嫂伺候不好，跟王俊英商量让爹娘住自己家，等爹病好了再轮住，王俊英说："俺凭啥？大哥大嫂凭啥？要是爹娘只生你一个，俺保证没二话。"转年秋上，马光宝的儿子患了肺炎，从乡医院转到县医院，住院住到第五天上，马光宝忽然记起来，昨天中午是爹娘往自己家里搬迁的时辰，拖了时间大嫂可能不乐意，就嘱咐王俊英好生照看儿子，查过房后他便坐车赶回家里。要不是亲眼所见，马光宝死也不会相信，昨天中午十二点整，大哥大嫂已经把老爹抬到了他这个弟弟的院门口，老爹无助无奈地躺在席子上，躺了一个下午、一个晚上，又多待上了多半天，老娘怕人笑话，始终躲在院门旁边的玉米秸丛里，直到小儿子回家才走出来，扑进小儿子的怀里号啕大哭。

大侄子发迹以后，马光宝每次回家，王俊英都要心急火燎地催促他："他爹，你就别拿龙捉虎地端架子了，再说他们是哥哥嫂嫂，千错万错，没有你戳点的份，只有尊着敬着才对！"马光宝不作声。王俊英说："你得去找哥嫂赔不是，和好，求他们帮衬咱！"马光宝默默地卸下脊背上的铺盖卷，把口袋里的钱掖进大衣橱里边，摸出香烟抽烟。王俊英告诉他，老马家四十几户人家，大哥大嫂安排过好多好多了，有工作的调工作，没工作的找工作，外姓也安排了不少，她让马光宝快些打点上礼品过去，两人是亲弟兄，礼品不用多厚重的。马光宝轻轻摇了摇头，"我不去，我用不着帮衬。"王俊英眼一瞪说："什么，你闺女不用找工作？儿子日后不用找工作？你才五十多岁，也得找吧？"马光宝说："我有工作，我闺女也有工作，儿子还早。"王俊英说："你那也算个工作？哥嫂安排的那些人里，好多人一个月挣你一年的！闺女就更不算什么工作了！上了那么好的大学，到头来站在厂子里开机器，一站就是十几个钟点，孩子遭的是啥罪？俺一想起来就憋得慌，直想掉眼泪哩！"

马光宝不能把家里的事说给唐小雨，家丑不可外扬，这是祖辈规

红杏花开

矩。两人在商城里买完衣服，唐小雨领着他去饭店吃饭。唐小雨喝红酒，他喝白酒，唐小雨一杯红酒没喝完，他那瓶白酒已经下去多半，半道上他突然哭出了声，"唐主任，俺对不住姚经理，大侄子那里俺不能领你们去。"唐小雨脸上一阵红一阵白，喃喃道："你终于说出实话了，马大哥，你能不能告诉我，为什么不愿意领我们去？"马光宝说："不为什么，真的不为什么，真的。"唐小雨说："马大哥，以姚经理的家底，那样对待你可以了吧？"马光宝说："当然可以了，顶了天了。"唐小雨说："马大哥，你逼我说白话了，说出来你别不乐意，你嫌待遇低了，可以明白提出来，我去给姚经理说。"马光宝的脸一下子白了，"唐主任，你咋说到这上头去了？那俺就说了实话吧，俺不想领你们去，是、是、是俺不尊敬俺哥俺嫂，也没把大侄子当亲侄子看，哥哥嫂嫂大侄子不乐意了，你们去了，俺怕得不到大侄子的善待哇！"

原来是这样，唐小雨怔怔地望着马光宝，脸上的白没有了，只剩下了红，"马大哥，对不起，是我多心了，实在对不起。马大哥，自打大年夜我们听说了你的身份后，姚经理对你做了些了解，你跟马秘书家的关系姚经理知道一些。你别担心，只管带我们去就是。"马光宝说："不能去不能去，大侄子拿腔端架子，俺的脸就没地方搁了。"唐小雨的眼睛也红了，她端起酒杯："马大哥，我敬你，你不用喝，一滴也别喝。大哥，你这个大哥我交定了，以后，有啥心事先跟我说，好吗大哥？"马光宝说："好好，俺没别的心事，就这一样，不能领你们去，让俺再回库房那里吧。"唐小雨说："大哥，你只管放心，不管结果如何，你都是我的大哥，姚经理那里有我。"说完她把满杯红酒一口干了，接着便低头咳嗽起来，咳嗽出了满眼的泪水。

3

从省城回来后马光宝就忙起来了。不是他一个人忙，唐小雨也忙，姚经理也忙，但马光宝觉得自己最忙，简直一下忙到天上去了。

第二天上班，地没拖几下，姚经理和唐小雨就风风火火地过来了，唐小雨对他说："马大哥，地不拖了，换上衣服，咱们去见县委书记。"县委书记是县里最大的官，马光宝在电视里见过，从没想到自己还能面见这么大的领导，他有点打怵，也有点紧张，但还是高高兴兴地跟着去了。姚经理和唐小雨也有点打怵，有点紧张的样子，主要表情也是高高兴兴。十几天里，姚经理和唐小雨天天领他出去见官，书记见过了，县长见过了，副书记副县长见过了，又见了好多局长副局长，到底见了些什么官，马光宝的脑子里搅成了面糊，只记得官儿的办公室像电视里的宫殿，官儿坐在大办公桌后面，他们仨坐在斜对面的沙发里，姚经理先向官儿介绍马光宝，说这是马秘书的叔。官儿向马光宝点点头，马光宝也急忙向他点点头，看到官儿没笑没说什么，他也没笑没说什么。然后就没他的事了，坐在那里一碗碗地喝茶。起头他抽过烟，茶几上摆着香烟，摆着大烟碟子，他就捏出一根点上，唐小雨偷偷捅了他一下，低声说："领导办公室禁烟"，领导的耳朵也不是平常的耳朵，这么小的声音他都听见了，对马光宝点头说："抽吧抽吧，这屋空间大，通风条件也好，尽管抽，你们也可以抽。"但马光宝再没抽过，瞪大眼睛听姚经理和唐小雨轮番对领导说话。在他的印象里，那么多的领导，统共没说过几句话，脾气跟他差不多，不喜欢说话，只坐那里听姚经理说，听唐小雨说，每次姚经理也说的不太多，说美净公司眼下的情况，发展比较缓慢，但他们准备要大发展的，大发展一事就转给了唐小雨，唐小雨就把事情说远了，她描绘的那个大发展，好像是另一个公司，一个老大老大的公司。领导听着，时而点下头，时而唔一声，时而哦一声，最后轻轻敲着桌子，说："我知道了，好好干吧，希望你们为藏马经济发展做出大贡献。"这时候往往是十一点左右了，姚经理就真心实意地请领导出去吃点饭，吃饭时继续向领导汇报。酒店里就不一样了，开头领导不想多喝，说酒这东西不是好东西，往小里说坏胃，往大里说坏党风，不能多喝的。姚经理一个劲儿地敬，唐小雨一个劲儿地敬，马光宝也跟着敬，领导便一杯一杯地喝起来。三四杯酒落肚后，领导的话多了起来，很快成了说话的主角，掉过头来敬他们仨，对马光宝说："哥哥，咱俩喝一杯吧，肚皮外的话不说，所有感情都在这杯酒里了！"对姚经理说："老弟啊，美净这样具有科学发展观的企业不扶持，我们还扶持什么？为了明天的辉煌，咱们干一杯！"对唐小雨说："哎呀，大美女啊，我看出来了，你是美净的大总管呢！有这样的美女大总管，美净何愁飞不起来？怎么样，能不能换上白酒，陪哥哥干一个？"喝到面红耳赤时，领导更不像个领导了，这个当口，他们往往跟唐小雨开起了玩笑，说谁要娶到这个大美女，那得连烧三年高香；说他要娶到这样的妻子，整天挂裤腰带上也不累。

　　十几天过后，见官的事就不那么紧锣密鼓了，那份忙转到了公司这边来。唐小雨趴在电脑上打字，说是给相关部门写材料，整天噼里啪啦的，写完一本又写一本。姚经理厂里厂外地跑，买回好多二手机器，招来三百多号工人，空着的厂房陆续被派上了用场。马光宝有时跟着姚经理出去跑，有时去厂区那里帮忙，累了才回办公室歇息一下，喝着茶水看唐小雨敲字。唐小雨真是了不得，打字的时候眼睛可以随便看，一点不耽误跟他说话。这些天她最愿意说的话就是："马大哥，你可给美净立大功了！"马光宝心里有点得意，嘴上说，"你都说好多遍了，比起姚经理给的大待遇，俺做这点子事算个啥？"唐小雨说，"姚经理说，等资金到位，马上给你买房子。"马光宝立时慌了，"千万别千万别，小雨，你快给姚经理说说，他要再给俺提高待遇，就是想要俺的命了！"唐小雨默了一下，幽幽地道："马大哥，你知道吗，我这些天时不常地想你的事。"马光宝说："俺就这么个庄户人，有啥好想的。"唐小雨说："我在想你到底是从哪里来的。"马光宝惊讶地道："小雨，你这么年轻脑子也不好使了？我是从磨旺来的嘛，塔山乡磨旺村。"唐小雨摇了摇头，"我不是这意思，好了，不跟你说这个了。马大哥，说个私房话，往后，姚经理给你什么，你就接着，我是认真的。"马光宝说："我说的也不是场面话呀！就算立功，也得算俺大侄子身上，仔细说来，大侄子也没费多大的事，不就给县里打了几个电话吗？"唐小雨说："那个电话是随便打的？没有那个电话，姚经理想见个局长都难。"马光宝说："可总归是个电话，搭上一点唾沫，几块钱电话费。"

那天他和唐小雨、姚经理来到省城那个大院门口，不多会就看到大侄子晃晃荡荡地走过来了，他头皮一紧，直想掉头跑开算了。大侄子上来就说："叔你来也不打个电话，这是省委机关，我正在开会呢！"马光宝心里叫苦不迭，在公司里时他就说该打个电话，可姚经理说不用打，唐小雨说不能打，结果让侄子为难了，这可不能全怪大侄子哩。他急忙向大侄子介绍姚经理和唐小雨，意思是外人在场，可不敢随便发脾气。侄子的脸色也没见出多好看，伸出手去和他俩握了，"我很忙的，你们有什么事吧？"姚经理赔笑说："没事没事，就是来给马秘书拜个晚年，家乡出了这么个大领导，我们感到无限光荣！"大侄子说："什么领导，为人民服务罢了。咱们去里边坐坐吧，我马上要回去开会。"姚经理揽着他往前走，走进大门旁边的屋子时，大侄子打了个电话，打完电话就像换了一个人，对他们嚷嚷起来，"我请过假了，这回痛快了。整天开会开会，真是烦死了！"说着跑过来按住马光宝的肩膀，"怎么样叔叔，好不容易来一趟，多住几天吧？好啦，这事过会再说，咱们先研究午饭的问题，吃不上饭，喝不好酒，小康社会那就危险了！姚经理，唐主任，我看中午还是我来安排吧，哎呀，老乡见老乡，两眼泪汪汪啊！"马光宝早已高兴起来，原来方才大侄子是因为开会的事闹心，不能好好接待叔叔，现在闹心事拿掉了，马上恢复成那个会说嘴的大侄子了。只是跑了这么远的路，好不容易见一面，没给侄子带一口零嘴，他有点不大乐意。大侄子喜欢吃零嘴，跟他这个叔差不多，最喜欢吃小死猪肉，馋虫上来时，就要赖皮跟他赶集去吃小死猪肉，日久习惯了，他赶集就带一点小死猪肉，给大侄子送一份去。大侄子上初中时，不好买小死猪肉了，他就买好猪肉骗他，不知骗了他多少回。大侄子对他越来越亲热，他的心就越来越不好受，一直纠结到离开省城。他暗暗打定主意，尽快回老家一趟，请俞东起买一个小死猪做熟，冰冻一下捎给大侄子。俞东起是村里的猪屠子，买小死猪不难。不料回家后他就忙了起来，顾不上小死猪肉的事了，马光宝便又决定，等闲下时多给大侄子捎些去，心下这才安静一些。

4

马光宝时常想起小死猪肉的事，却把公司不准使用病死猪肉的规定忘光了，也不是忘光了，是趟在心底波澜不惊了。碰到家是农村的工人，马光宝还向他们打听能不能搞到死猪肉，最好是十多斤的，二三十斤的。弄得人们发半天愣，回过神来后赶紧走开。这天下午，他问到了库房装卸工大头赵。大头赵知道马光宝的脾性，但毕竟现在是官了，不敢直接回答他，首先探问道："马主任，你问小死猪做啥？是不是偏方治病？"当时他们正在抓紧打扫卫生，时间有限，马光宝便点头说是。大头赵瞅了瞅四周，嘴巴伸到了他的耳朵边，嘀咕道："还用去农村找？粗加工车间不有的是？"马光宝说："你不胡诌？"大头赵说："你小声点，小声点，我不骗你，真不骗你。"

马光宝好高兴，决定下班后就去粗加工车间买一块小死猪肉，今晚就去城里的烧肉店加工冷冻，明天就请第一趟班车捎进省城，中午大侄子就可以吃到焦黄喷香的小死猪肉了。想象着大侄子吃小死猪肉时那个兴奋的样子，马光宝开心地笑出了声，就在这时他猛然记起公司里的章程，笑容便凝冻在脸上了。公司里宣传了再宣传，办公室墙上写得明明白白，他也为此费过不少唾沫，病死猪肉还是出现在公司里了。平常还好说，用一点也就用一点了，可眼下是什么时候，姚经理和唐主任在各级领导面前保证了再保证，美净出的是绿色食品，绝对不用病死猪肉，要是小死猪肉的事传进领导耳朵，领导就会怀疑姚经理和唐小雨在撒谎了。最严重的是，明天瞿副县长来视察，那么大的官，眼睛一定是很尖的，人家知道后一定不会扶持了。

姚经理领着人在大门口挂标语，马光宝提着扫帚跑过去，把姚经理拉到一边，着急道："姚经理，大头赵说咱们收购了小死猪，你快去查查，谁收购的训他一顿，小死猪就分给工人吃了罢。"姚经理说："大头赵说咱们收了小死猪？"马光宝肯定地点了点头。姚经理的脸黑了，"我这就过去查办！对了马大哥，你回办公室告诉唐主

老马迷途

任，把所有汇报材料再打印一遍，你给我送下来。"马光宝说好好，转身跑到办公室，帮着唐小雨打印材料。材料一共十二份，打印好后快到下班时间，他担心误了姚经理的事，连跑带跳地蹿下楼来，一看姚经理正在最后那排厂房前头检查花坛，马光宝就奔过去，把材料递给姚经理，姚经理接过去卷成筒敲打着另一只手，"马大哥，那事我调查了，没影的事，放心吧。"马光宝说："什么事？"话一出口他就记起来了，便接着道："没影的事？"姚经理往前走去，走出几步才开口说："大头赵以为你是变相考验他，就故意给了你个假消息，让你空着急一场。不过我也去那边调查了，一两病死猪肉也没发现。马大哥，谢谢你为公司操心！以后再出现类似情况，要像今天这样及时告诉我，先不要对别人说，以免别人当了真，坏了咱们公司的名声。"马光宝说我记住了，心里又空落起来，公司里没有小死猪肉，老家一时三刻也回不去，大侄子吃上那肉不知要到哪天了。

第二天早上七点整，天还乌蒙蒙的，全体员工就到齐了。首先分发工作服和工作帽。工作服是大袍式样，工作帽是医院里的那种，工作服的胸口上印着四个红字：绿色美净，工作帽上印着两个字：健康。一时间厂区好像变成了医院，白生生的人到处晃动。姚经理给大家讲："瞿县长九点钟到，咱们八点钟就要各就各位，因为原料有限，咱们八点五十分开工，如果原料依然不足，大家就要见机行事，瞿县长走到跟前时就干起来，走过去后就停下来，记住了吧？"大伙七零八落地说记住了。姚经理便扭头去大门口布置。姚经理昨天从洗浴中心雇了十个高挑个儿俊俏脸蛋的姑娘，现在十个姑娘已经聚在门口，她们穿的是大红旗袍，头发随意披散着，手里一人一把鲜花。姚经理让她们一边五个站好，教导她们排练起来，口号就八个字，姚经理动不动说错，马光宝感到好奇，难道姚经理紧张了？瞿副县长又不是不熟，紧张个啥呢，光马光宝就陪他见了四回，一回办公室，三回酒场。马光宝觉得，他见过的领导里，瞿副县长是最喜欢跟百姓亲近的，头一回喝酒，就跟他扳脖子搂腰，捏住姚经理的鼻孔灌酒，跟唐小雨胳膊缠一起喝交杯。

领导就是领导，瞿副县长他们的小车九点准时到了公司大门口，门口左边的五个姑娘首先动作，鲜花一举，齐声喊叫："领导辛苦!"右边的姑娘们随即跟上，也是鲜花一举，齐声喊叫："欢迎光临!"接着便一递一接地喊叫起来。三辆小车徐徐停下，头一辆车里钻出来的是两个记者，女的在电视里常见，马光宝觉得是老熟人了，男的是头一回见，这个男记者四十多岁，中等个，胖乎乎的，穿着老社会那样的对襟褂子，头顶亮光光的，周边的头发也不厚实，女人样卷曲着披散下来，使那张白脸更白了几分。姚经理抢向前去跟他握手，"史记者，辛苦辛苦!以后美净的发展就仰仗您了!"史记者咧嘴笑笑，"互相支持，互相支持。"姚经理又跑那边去跟女记者握手，这边史记者把手里的机子扛到肩上，对准了第二辆车子。第二辆小车的车门开了，下来一个大学生模样的小伙子，胳膊窝里夹个小皮包，转身拉开了后边的车门，手撑在车门顶上，跟史记者年龄相仿的瞿副县长下车了，跟簇拥在身前的人们一一握手，马光宝也伸过去握了一个，以为瞿副县长会跟他开个玩笑，但瞿副县长没有玩笑，而且像不认识似的，握了一下手就转向别人了，然后慢慢往门里走去，姑娘们的鲜花往他身边举去，喊声更加响亮："领导辛苦!欢迎光临!"瞿副县长挥动着手臂，微笑着往前走去，后面的人紧紧跟着。

走进大门，瞿副县长大步流星往厂区走去，姚经理引导着走进第一排厂房，这排厂房就是精加工车间，在这屋里，加工好的肉材变成了香肠火腿等各类产品。瞿副县长沿着甬道慢慢往前走，这时最忙的是史记者了，他扛着肩膀上的机器，一会在瞿副县长前头，倒退着走，一会又转到了旁边，大冷的天脑门上渗出了细密的汗珠。瞿副县长走到一位姑娘跟前停住脚步，主动握手，庄重地对姑娘道："你们用最朴实的双手，创造出了最健康的食品，我代表藏马县八十万人民感谢你们，你们辛苦啦!"说完继续往前走去，十几步后又握住了一位小伙子的手，问道："小兄弟，我们听说，由于种种外部因素的制约，你们的报酬不是很高，但你们没有叫过苦喊过累，为什么呀?"小伙子道："一想到我们的产品是最好的，对人民身体健康是最有益的，我们的工资就是再低，心里边也是甜的!"瞿副县长用力握了一下小伙子的手，"小伙子，藏马县人民感谢你!美净公司的客户们感谢你!"

　　快要走到厂房尽头时,瞿副县长站住了,史记者忙跑到前头,把机子对准了瞿副县长。瞿副县长轻轻咳嗽了几声,对着史记者说道:"食品问题,已经成为一个大问题。非健康食品、亚健康食品,乃至垃圾食品,给人民群众造成了不同程度的危害,甚至夺走了许多宝贵的生命!我们县委县政府高度重视,紧抓不懈,加强管理,严厉打击,但此类违法乱纪现象仍屡禁不止,原因何在?那就是受利益驱动,一切围绕着金钱打转转!在此时刻,我们美净公司公而忘私,眼睛里看到的不是金钱,而是人民群众,心里装着的不是钞票,而是人民群众的身体健康!多年以来,美净公司坚持绿色有机的长效发展理念,把人民的身体健康放在第一位,别的企业用一块钱的成本,美净要用五块、十块甚至二十块,正因为如此,美净始终在艰难困苦中跋涉,工资维持在较低水平,大家可能还不清楚,企业家姚伟同志,一直在负债经营!幸运的是,社会有识之士的呼声越来越高,我们县委县政府也做了专门研究,我们要动员全社会的力量,向可歌可敬的美净伸出援手,政府专项资金要向美净倾斜,我们还要向市政府、省政府、国家发改委等部门申请扶持资金!我们要把美净打造成健康食品的龙头,带动全县食品业在市场的海洋里畅游,打造成绿色有机食品的航母,冲风破浪,昂首腾飞,冲出亚洲冲向全球!"

　　说到最后,瞿副县长的眼睛湿了。瞿副县长的有些话马光宝听不懂,看到瞿副县长这个样子,动了真情,他也莫名其妙地流下了激动的泪。

5

　　瞿副县长视察美净以后,马光宝又忙了起来,天天跟姚经理唐和小雨不是出去跑口,就是去拜望那些跟美净有关系的头头脑脑,公司办公室的墙上便陆续挂出了大大小小的镜框,镜框里的字有多有少,意思都是夸奖美净公司的,药监局夸奖的是:放心美食,造福千年。

卫生局的是：绿色美净，健康长寿。检疫站是：食品放心单位。质监局的是：质量信得过单位。这些单位不但送来了镜框，还奖励他们钱，国税局因美净利润奇低，但从没偷漏过税款，特奖励五十万元。环保局说美净不仅优化了地理环境，更丰富美化了人文环境，奖励五十万元。农业局说美净促动了农村养殖业的大发展，奖励五十万元。就连文化局、教体局这些看似无啥瓜葛的机关，马光宝通过跑口，也知道了跟美净有联系，文化局长说，没有文化的军队，是愚蠢的军队，没有文化的企业，早晚要倒闭垮台，美净所以越办越红火，跟重视文化建设密不可分。教体局长说，近几年来，校园食品中毒案件频发，美净给我们吃了定心丸，从下周开始，美净食品要全面走向师生餐桌。这些领导感激不尽，纷纷送镜框送奖金。最大一笔奖金是县政府给的，足足有五千万元，同时又送去了一个大镜框：百姓满意，政府放心。姚经理把它挂在了大门一旁。

马光宝见到俞东起，是这天下午三点多钟。马光宝他们仨从黄海大酒店出来，姚经理喝了三斤多白酒，脑子不好使了，非要坐前边开车不可，唐小雨好歹把他塞到车后边，要马光宝扶住他，姚经理晃动着不让他扶，说他没醉，他是装的，糊弄那些官老爷们的。他说："马大哥呀，我是一颗福星呢，以为一辈子就这么着了，抠抠搜搜弄几文小钱，饿不死也撑不着，老天爷把你送到了我身边"，给马光宝的话还没完呢，一下又说到唐小雨那边去了，脸却依然对着马光宝，"小雨哪，我心中有数，这些年委屈你了，你一边勤勤恳恳地帮我，一边时刻想着跳槽，我没怪你，反倒感激你，感激你重情重义，没有把脚一跺离开我这个可怜的小老板。现在怎么样，不想离开了吧，现在你提出离开，我就要强力挽留了，我姚伟眼下有这个资本了。"车子开进滨海小区，马光宝下车，稳了稳神慢慢往楼上走去，四楼楼梯走到一半，马光宝一下就看到了俞东起，俞东起也看到了他。

"二表叔？"

"俞东起？"

"真是二表叔！"俞东起欢叫一声，赶紧搀住了马光宝的胳膊，帮助他往上走，"二表叔，你可把俺害苦啦，俺在这里等了小一天呢!"马光宝也乐坏了,"东起呀,你是不是梦到我啦,我正有事求你哩!"俞东起说:"二表叔,有事你就开口,表侄子刀山火海也上!"马光宝乐呵呵地道:"屋里说,咱们屋里说。"俞东起把他搀扶进客厅坐下,又转身出去拎进来一个鼓鼓囊囊的蛇皮袋,拎进厨房放下,出来忙又掏烟敬给马光宝,"二表叔,你说发达就发达了!村里人还不相信,说啥你除非给他哥嫂下跪磕头,要不想发达得等下辈子!我跟他们说,俺二表叔福人福相,发达是早晚的事,这不真让表侄子说着了!对了对了,二表叔,你要让表侄子办个什么事?"

马光宝又兴奋起来,"我想求你弄个病死的猪羔子,做熟了捎给俺大侄子吃!"俞东起哆嗦了一下,"二表叔,你是说,给省里的马世才吃?"马光宝满脸是笑地说:"俺还有第二个大侄子?"俞东起低下头去,又慢慢抬起来:"二表叔,你把这般要命的私密事托付给俺,是没把表侄子当外人,可俺还是想问一问二表叔,你跟马光福家的仇恨到了要命的地步了?"马光宝说:"俞东起,你说到哪儿去了?俺跟大哥是亲兄弟,哪有什么仇恨?"俞东起说:"二表叔,你把话都说到顶了,还掩盖个啥?没仇恨到要命地步,咋会想着祸害他的孩子呢?"马光宝的脑子里打了个闪,酒意去了多半,"俞东起,我哪会祸害俺大侄子了?"俞东起说:"你给他吃病死的猪羔子,这还不是祸害他?"马光宝说:"你是说小死猪有毒?"俞东起说:"二表叔,你把俺当成个啥啦?你们公司猪肉来猪肉去,你会不知道病死猪有毒?二表叔,俺觉摸你这法子笨到了家,甭说现在马世才山珍海味也吃腻了,不会动这小死猪肉,动几回也不一定就毁了他,退一步说,真要一下毒死了,公安还不马上查到你的头上?"马光宝说:"你是越说越不着调了!不跟你说这个了!俞东起,小死猪有毒,我吃了好多年,我大侄子也吃了不少,咋灰星儿也没沾身上呢?"俞东起叫苦不迭,"你看,你看,我还把你二表叔得罪了!我比你小不几岁,也吃过不少病死猪肉,咋活得好好的俺没想过,眼下想想也不知咋回事,反正病死猪有毒,这是铁准的,我认识的杀猪的,现在都还在偷偷卖病死猪肉,常听说吃出事来,不是呕吐,就是拉肚子,有的还发了昏,医院送慢了就断气了!"

红杏花开

马光宝眼睛一瞪一瞪的，等俞东起说的告一段落，他便抢白说："你是胡说！你俞东起就会胡说！你那些年卖过多少病猪肉，毒死了多少人？"俞东起说："俺胡说干啥呢，有什么用处呢？俺早就不卖病猪肉了，吃过药打过针的猪俺都不收了！"马光宝的额头上渗出了汗粒儿，心慌意乱地自语道："不可能，不会的，咋会这样呢！真要这样俺险些把大侄子给害了哩！对了，俺给大侄子打个电话，听听是不是真的。"马光宝立马抓起话筒，拨通了大侄子的手机，电话里的大侄子说："哪个？"马光宝说："大成，我是叔啊。"大侄子快活地说："叔，你好吗？姚伟对你怎么样？敬到天上去了吧？不满意就给我说，我收拾他！叔，我爸我妈那里我去电话了，家庭内部矛盾，我爸我妈没放心上，你也不要过分计较了，对吧叔？"马光宝说："对对对，大成啊，叔想打听个事，听说现在的病死猪肉不能吃，是真的吗？"大侄子道："可千万不能吃，好多癌症患者就是吃病猪肉吃出来的！我一想到小时候吃过那么多，还净是小死猪，恨不得把胃挖出来消消毒，好在我体检了多回，没事。"

马光宝脸上的汗水流了下来，心里道大侄子有福，太有福了！要是他马光宝向别处买到小死猪肉捎进省城，大侄子稀里糊涂地吃了，不知不觉落下病根，他这个叔的日子就没法过了。

6

俞东起是过来请他帮忙的，他想给美净公司送猪肉。马光宝犯了难。他们两家是老亲，可俞东起没把他当亲戚待过，该短秤短秤，一次收购自己家的肥猪，一磅就昧掉了六十多斤，多亏王俊英大体有数，才没吃上大亏。马光宝知道，俞东起给美净送猪肉完全可以，给姚经理说说肯定答应，美净正在扩大生产，需要大批的猪肉呢。但这个话马光宝不能说，他担心俞东起送病死猪肉。原因简单得不能再简单，马光宝却怎么也说不出口，只反复强调美净公司有老关系户，猪肉要多少送多少，不能无缘无故辞退了。

俞东起急了，"二表叔，咱们是要紧亲戚，这事成了，表侄我还能亏了你？对了，今天给二表叔带了点酒肴，也带了点酒钱呢。"说着他从口袋里掏出了三沓钱，搁在茶几上。马光宝倒吸一口气，抓起钱往俞东起口袋里掖，"你这是干吗，说说话的事情，只破费几滴唾沫，能帮俺还能不帮，你把俺看成什么人了！"俞东起把口袋捏得紧紧的，"二表叔你听俺说，这钱跟送不送猪肉没关系，是侄子孝敬表叔喝酒的。"马光宝说："你睁着眼胡说起来了，送酒哪有这么个送法，金山银山也踢腾光了！"俞东起说："二表叔，那俺就说实话吧，这些年俺不办人事，对不住二表叔，这回是特地来找补找补的，送猪肉只是顺带的事，不管表叔让不让送，这酒钱一定留下！"马光宝说："东起，你总算说出心窝子话了，从今儿起，以前的事前勾后抹了，以后是好爷儿们！不过这钱我坚决不能收，你再推让，俺就不认识你这个表侄子了！"

俞东起一直缠磨到五点多钟，临去时他使起了心眼，把钱远远丢进了里屋，拉开门拔腿就跑。马光宝抓起钱没命地追，沾了路径熟的光，追出小区大门他就把俞东起抓住了，把钱塞进他的口袋。马光宝已经明白，俞东起真的是过来赔罪的，真心给他买酒喝，他现在也挣起了大钱，三万只当三百使。马光宝的心里便空落落的，觉得对不起这个浪子回头的表侄子，心说等过些日子看看，表侄子果真改头换面了，就给姚经理说说让他送猪肉。他跟俞东起对谈的两个小时里，已经画着圈儿嘱咐过好多话，俞东起好像也听出来了，这些话是对他说的，便拍着胸脯说他就是那个凭良心办事的人，这些年没收过一头病死猪，没卖过一分钱病猪肉！马光宝不敢相信他，心里道你还能自己脏自己，过些日子看准了再说吧。

他没料到俞东起第二天又过来了。这天上午，姚经理召集班组长以上的干部开会，宣布公司更名为"宇宙绿色有机食品总公司"，唐小雨任第一副总经理兼办公室主任，马光宝任第二副总经理，另外又提拔了两名副总，一名主管生产，一名主管营销。宇宙总公司的短期目标是：把公司周边闲置的六处厂区买下来，员工扩增到八百人以上，购置轿车两部，一部总经理专用，一部归办公室，副总以上领导

94

红杏花开

车接车送，公差一律使用专车，新购入卡车四辆，用于车间生产。长期目标是：副总以上领导享受专车待遇，总公司发展成集团公司，宇宙集团走向全国，走向全世界。姚经理说，这个长期目标也不长，最长不过两三年，要是顺风顺水，一年时间就能实现！干部们乐坏了，干部不多，巴掌声拍得极响，姚经理一压再压才停下来。

俞东起就是安排完新办公室过来的。他不是一个人过来，一起过来的还有王俊英。唐小雨敲门后把他俩一起领进来，"马总，大嫂看你来了，还有你的表侄儿。"马光宝一看有些呆愣，一时间不知说什么好了。俞东起睡一觉又跑过来，还把自己的老婆拉上，弄不好还是为猪肉的事来的。即便不是为猪肉的事，马光宝也觉得怪突然，因为他始终不去求大哥，王俊英闹得鸡飞狗跳，把男人的心戳得滴血，而今听说男人发达了，她一点过场不走，拾腿就跑过来了，她的脸皮有多么厚呢。王俊英进屋后就满脸喜色，这里瞅瞅，那里瞅瞅，碍着唐小雨的面才没有欢笑起来。唐小雨用快壶烧了几杯水，泡了三杯茶搁在茶几上，对两位客人道："嫂子，老俞，你们跟马总说话，我去那屋了。"说完她对马光宝点点头，走出屋子，顺手带上了房门。

俞东起惊叹说："二表叔，你干上副总了！昨天咱说了那么多话，表叔你风儿没漏一丝，嘴巴可真严，宰相肚里撑船，干大事的料子呀！"

王俊英也完全放松开了，露出了马光宝熟悉的真面目。她大腿一拍说："给俺也没放半个屁呀！俺还以为俺的那些话他都当成了耳旁风，还窝窝囊囊地在这里出土鳖力，挣那三百五百呢！"两间办公室她方才没看够，话还没说完就又伸着脖子瞅起来，还不时地伸手拍拍摸摸，嘴里不住地赞叹着，"啧啧，两间屋比咱四间还大，桌子这么宽这么长，坐物都是皮的，俺的老天，还两个电话，打电话肯定不花钱，过会俺给闺女打一个。"俞东起一直跟在她旁边，看她好像没了头儿，就笑着提醒道："表婶子，大老远地跑了来，这么多天不见了，跟俺表叔说个话嘛！"王俊英顿了一下，脸微微红了，她抬手抚了抚头发，朝着马光宝转过了身子，嘟囔说："一把年纪了，什么见不见的。"俞东起打趣说："二表叔，你可把俺表婶想坏了，为了让你喜上加喜，表婶去烫了发呢，你看是不是更年轻漂亮了？"马光宝早就看到了，王俊英烫了个卷毛头，就像戴了一顶黑帽子，马光宝不敢往上看，请他们坐下说话。

俞东起硬按他俩一起坐，对王俊英说："小表婶，俺表叔够可以了吧？在这里住几天吧，好好享受享受！"王俊英眉飞色舞地道："倒是真想住几天，可家里鸡鸭鹅狗的，一霎也离不开呢，等脚跟踩牢了再说吧。不过你在这里可得注意，县城离磨旺几十里地，放个屁也能闻到臭味，可得注意！"马光宝说："注意个啥？"王俊英说："女人呀！你们男人没个好东西，现今的女人也没个好东西，见腥就上！"马光宝说："你说哪去了，说哪去了。"王俊英："俺说哪去了？说你心里去了吧！我问你，刚才那个妖眉狐眼的女人，是不是你的仆人？"马光宝皱眉说："你胡说什么，人家是副总，比我还大！"王俊英愣了一下，"哦，俺知道了，俊俏女人提拔起来，靠的就是那点事！俺告诉你马光宝，俺不管她是仆人还是副总，只要俺听到一丝风声，俺就整烂你！"马光宝的脸黑了，知道王俊英一点没变，没法儿跟她对谈。俞东起打圆场说："二表叔，听出来了吧，这就是爱呀！小表婶，你就放一万个心吧，你就是给俺表叔个皇帝当，他的心也还在你身上！"王俊英戳了俞东起一指头，"你就替你表叔圆美吧！你以为俺不晓得，你就是个好东西啦？你们两口子打了一回又一回，为嘛事磨旺村哪个不清楚？俺给你说大表侄，表婶我最烦这个事了，以后一心一意挣钱，一心一意养家，一心一意跟老婆好，要再听到你在外边掐花采叶，今儿洗头明儿按摩的，俺就立马断了你跟这里的买卖！"

马光宝的眼睛睁大了，跟这里的啥买卖？

俞东起对王俊英说："你看你，天上一耙地上一耙的，都把俺表叔说糊涂了。二表叔，表婶是想你想大了，不知说啥是好了。"

王俊英说："俞东起你咋啦，在家里磕头作揖的，求着往这里送猪肉，俺烫个头你也嫌费工夫，眼下俺要开始办理了，你咋又打退堂鼓了呢？"

俞东起面红耳赤，苦笑着说："没有，俺心里还是急着……"

"这就对了嘛。是让你表叔这个官唬住了吧！"王俊英把脸转向马光宝，"他爹，表侄子说，昨天他过来求你，你推三阻四地没答应，这是真的？"

马光宝说："是真的，送猪肉的都是老关系，不好意思半道辞人家。"

王俊英有点生气了，"你这个人，就是吃了要脸要皮的亏，吃了半辈子了，还没醒过来？肥水不流外人田，这个道理没听说？你把生意揽给大表侄，大表侄还能亏你？就这么定了，明天就让大表侄送猪肉，就这么定了！"

马光宝说："你说定就定了？公司是人家姚总的呢！"

王俊英："你还想给我使心眼是吧？你这么大的官位，还做主不了这么点子事？你糊弄谁啊！真做不了主，俺去找姚总，看看他怎么推辞！"

马光宝担心王俊英去找姚总，事情无法收拾，只好给王俊英使眼色，意思是他有难言之隐，不好对着俞东起说。不料王俊英气哼哼地道："你格挤眼干啥，大表侄是要紧亲戚，你不必藏着掖着，一句话，成还是不成，不成俺这就去找你们姚总！"

马光宝没法搪塞了，咽下几口唾沫，苦巴巴地道："俺不让东起送猪肉，还有一层事，俺是怕他只想着挣钱，把病死猪肉送过来哩！"

王俊英对俞东起一笑说，俺的大表侄，让你把事儿猜着了！

俞东起也咧开嘴巴笑了，"二表叔，你当了大官就是不一样了，肚里想的跟嘴里说的不是一码事了。俺就想呢，有钱为啥不自己挣呢，见了财为啥往外踢呢，还哄俺说想吃小死猪肉，还要捎给省城里的大表弟吃！"

马光宝说："不是俺诚心哄你，俺是怕你脸上架不住。你也知道，你过去老弄病猪肉，弄就弄了，不该哄着瞒着当好猪肉卖……"

王俊英大声道："马光宝，你这是哪年的皇历了？"

马光宝说："咋，俺说的不对？"

"对你个头！俞东起，你自己说，这是哪年的皇历了？"

"起码六七年了，俺也记不清楚，反正自打俺知道了病死猪肉害人，上头不允许再倒腾了，俺就再没弄过一回，俺的话二表叔不信，小表婶的话你也不信，你就去问问村支书秦文高，问问乡里的工商所！"

马光宝被逼到了犄角旮旯里，觉得这个事没理由推脱了。王俊英常年待在村里，俞东起拾掇猪又不能躲在炕头上，弄不弄死猪她还能不知道？至于王俊英这个人，虽说是蛮横无理、胡搅蛮缠，可不会睁着眼胡说，说出的话完全可以信服的。可马光宝还是觉得不踏实，欲言又止了半天，想出了让俞东起发誓的绝法子，"东起，这么着吧，送猪肉的事俺答应替你说说，估摸姚总不会回绝，不过这不是一件小事，你要是挣钱挣红了眼，把病死猪肉送过来，毁了公司名声还不是大事，怕就怕吃坏了人们的身子，要是吃出人命来就更要命了！你别怪二表叔啰唆，给俺发个誓吧！"

王俊英眉开眼笑地看了俞东起一眼，"大表侄，麻溜发誓！"

俞东起的脸顿时变成了生铁，眼睛望着天，举起一只拳头说："俺发誓，给俺家二表叔送猪肉，掺杂进一分钱病死猪肉，天打雷劈，出门让车撞死，睡觉让呼噜憋死，抓猪让猪咬死，杀猪让刀子捅死……"

马光宝的脸黄了，赶紧把俞东起的拳头摁下来，"行了行了，你这个人，咋能发这样的毒誓，听得俺头皮发麻。"俞东起说："二表叔要还是不信，俺就一刀下去，把这颗心挖出来给表叔看！"王俊英满脸是笑地说："大表侄，你表叔说行了就行了，回去把你那小三轮换成大卡车，只管往这里拉吧！"

7

王俊英和俞东起离开后，马光宝的心里一直不踏实，下午下班时，把事儿跟唐小雨说了，意思是先听听她的意见。进入办公室以来，姚总对他最热乎，可他始终觉得跟小唐最近。唐小雨笑道："这事说大不大说小不小，你可以拍板，我也可以拍板，不过得向姚总请示，我来办吧，这就过去找姚总。"马光宝道："小唐，你没明白俺的意思，俺担心病死猪肉的事呢！"唐小雨说："大哥，我听明白了，嫂子作证，俞东起又发了毒誓，你还担心个啥？再说猪肉送来，咱们还要检查的嘛。"唐小雨出去没多会，姚总就跟着她过来了，"马大哥，你有事不跟我说，跟人家唐副总说，我这心里不是滋味咧！"玩笑过后他揽住了马光宝的肩膀，"马大哥，咱俩是弟兄，你的话就是我的话，我的话就是你的话，以后这种事你直接对分管部门下命令就成了！"

俞东起就给宇宙公司送起了猪肉。他果然买了一辆小卡车，载货量三吨，两天一趟，下午四点开进粗加工车间。这天的三点左右，马光宝就坐在质检科里等了，等到质检员回来，他详细地打听过以后，这才放心地离去。半个多月他雷打不动，即便在外头跟姚总和唐小雨攻关或者跑口，醉得脑袋耷拉到胸脯上了，他也得东倒西歪地回来，去质检科等质检员。半个月过后他的心才渐渐放下，心里眼里只剩下舒坦了，盼望着宇宙公司越办越红火。宇宙公司真的日甚一日地红火起来，两辆崭新的小轿车停那里了，四辆大卡车开始进进出出了，公司周边的六处厂区提前买到了手。起初县里的意思是租借，姚总带着唐小雨和马光宝跑了几趟，县里这才明白租借是不对的，对于起步艰难、前程远大的绿色企业，应打破常规，全力扶持，就把二百亩厂区卖给姚总了。这二百亩地皮值五个亿，几年后很可能是几十个亿。马光宝高兴得合不拢嘴，地皮丢不了也跑不掉，宇宙公司永远不愁了，说句丧门话，就算往后天天赔钱，赔它几十年也不打紧了。宇宙公司不只内里红火，外头的名声也是越来越大、越来越好，这份功劳要记在电视台的史记者身上。

这个史记者真是了不得，一件稀松平常的事情，由他拍到机子里编成片子演出来，就新鲜了十倍二十倍。这个记者还挺会来事，一个片子里就表扬一个主要人物，车间主任以上干部轮流表扬，更加鼓舞了干部们的干劲。马光宝头一次当主要人物，把史记者累得不轻。史记者照例把讲话稿给他，让他坐沙发里背熟。马光宝早就紧张起来了。上电视的事他记得清楚，已经上过十六回，可那都是混在人堆里，史记者的镜头挪来挪去地拍，镜头对过来的时候，他还觉得脸发木心发慌，不敢往前边看，现在镜头要对准他一个人，还要端起副总的架子说好多话，真是要了命了。讲话稿只半页纸，他背了半上午才记在脑子里，史记者让他坐到办公桌那里，告诉他，这个镜头是他正在办公，来了记者采访他，他百忙中抽出时间作答，为了突出他的繁忙，手仍停留在工作状态，仅仅是偏过头来说一些话。

史记者把他的姿势摆好，唐小雨的话筒竖到了脸前，史记者抓起机子扛到肩上，马光宝马上大声说道："我们宇宙公司……"史记者说："马总，不要急，我说开始，你才开始，声音太大了，小一点，跟平常说话那样就行。"史记者摆弄了一会机子，说："好，马总，开始。"马光宝便开始道："我们宇宙公司……"史记者说："停，马总，声音又小点了，再大一点。"马光宝便又大了一点，"我们宇宙公司……"史记者说："停，马总，表情不对，太僵硬了，要放松，使劲放松。"马光宝说："咋样放松？"唐小雨帮助说："要像跟我和姚总说话那样。"马光宝想了想，说："晓得了。"史记者说："好，开始。"马光宝马上开始："我们宇宙公司……"史记者说："停，马总，不自然了，平常跟姚总和唐总怎么聊天，仔细想一想，别急，慢慢想。"马光宝说："想好了。"史记者说："那就开始。"马光宝道："我们宇宙公司在县委县政府的正确……"史记者说："停，停，马总，这像和尚念经了，再想一想，在心里体会一下。"马光宝苦咧咧道："史记者，俺不是讲话的料，换个别人吧。"史记者说："马总，不要泄气，你蛮理想了，我采访过一个干部，稿子背了两天，片子拍了三天，马总蛮理想了。"

一直折腾到十二点，史记者才宣布胜利结束，饭局散场时两点多了，马光宝想回办公室躺一躺，房门刚刚关上，门口的保安就打来了电话："马总对不起，一个叫冯胜德的老头来找你，说是从你老家来的，马总见还是不见？"马光宝一听老家二字，忙说："见见见，我这就下去领他。"

保安一说冯胜德，马光宝就想起来了，不过冯胜德只比自己大两三岁，才五十出头，怎么变成老头了呢？马光宝一下去，就看到冯胜德真是个老头了，麻秆样的身子，腰弯了背驼了，脸上黑干寡瘦，皱纹密密麻麻，看上去就像七八十。马光宝握住他的手，就像握着几根干柴，"胜德哥，好几年没见了，好几年没见了！"冯胜德说："是哩是哩，以前常在一块耍，怪想的。"马光宝说："走，咱们先出去吃饭。"冯胜德说："俺吃过了，怕你麻烦，俺特地吃过了。"马光宝就领他往办公楼走去，"胜德哥，咋老成这个样子啊？"冯胜德说："别提了，儿子在城里买个房，饥荒要压死了，前年俺又得场大病，活下来就不易了。"马光宝说："咱庄户人都不容易。"冯胜德说："也有容易的，没门没路的才不容易，就像俺这块窝囊废，要啥没啥，真不容易。"马光宝觉得这话就像戳自己，脸热了一下，没说什么。

　　进了办公室，冯胜德从皮包里提出两瓶烧酒，另外还有两包红塔山烟。马光宝说："胜德哥，你这是干吗，快收起来，收起来。"冯胜德难为情地道："光宝，俺知道你啥也不缺，这两瓶酒两盒烟，你恐怕也不稀罕喝不稀罕吃，可俺拿不出贵重礼品，你就收下吧。"马光宝心里道，那就收下吧，走的时候再给他换上两瓶好酒两条好烟。他便拉冯胜德到沙发坐下，泡上一杯茶，"胜德哥，你是不是有事，有事就说，俺保证真心帮衬。"冯胜德说："光宝，俺就知道你还是那个光宝，心地善，不像你家老大，俺去给他送了几回烟酒，他漫墙给俺撇了出来。"马光宝说："不说老大不说老大，你不摸底，我哥他不是个坏人。胜德哥，你是手里紧巴了吧？"冯胜德说："哪能不紧巴，天天紧巴哩，不过俺不是来借钱的，借了钱还不上，俺借钱借怕了。"马光宝说："那俺还能帮上啥？"冯胜德说："光宝，俺现在干上了收猪买卖，买卖是个好买卖，可眼下咱那里收猪的人太稠了，小钱也挣不几个了。"

　　马光宝明白了："胜德哥，你是想往这里送猪肉？"冯胜德点点头，"俺是小本买卖，使电动三轮送，收够数了就送一趟，成吧？"马光宝说："成，成哩，不过这样也挣不到多少钱，你看这样好不好，俺给俞东起说说，你干脆让他捎过来得了，省下功夫你专心收猪，挣钱肯定就多了！"冯胜德的脸立马揪巴成了老核桃："光宝，俺先前收猪就是卖给他的哩，俞东起这个人太黑了，俺收一头一百斤的猪，花三十元，他只给俺三十五元，三四百斤的老母猪，俺花五十元，他只给俺六十元，几十斤的小猪就更不给钱了，二元也是，五元也是，顶了天给十元！"马光宝早已哆嗦起来："胜德，你、你、你收的是什么猪？"冯胜德说："死猪啊，也有没断气的，运气好的话，也能收到个会动弹的，这号的还稍稍值钱些。"马光宝的脑袋大了起来，眼睛一阵一阵发黑，"你、你是说，俞东起在家里收病死猪？"冯胜德说："咋，不是你们公司让收的吗？"马光宝险些一头倒下去，气息奄奄地道："俞东起跟你这么说的？"冯胜德说："他没这么说，这还用说吗？病死猪本小利大，俞东起挣大钱，你们公司挣大钱，就亏了俺们这些收猪的了。光宝，拉扯老哥一把吧，老哥不会忘了你。"马光宝再也听不下去了，他咬了咬嘴唇，尽量平静地对冯胜德道："胜德，这个忙我帮不上，你回吧，以后再耍，我有事，有要紧事，你快回吧。"冯胜德说："你咋啦，不帮就不帮，咋还撵俺走哩？"马光宝就要哭起来了："胜德哥，俺求求你，快点儿回家去吧，俺这心让你戳碎了！"

8

马光宝没心送冯胜德，关上房门就给姚总打电话。姚总说过的，听到这种事情要首先告诉他。即使姚总不嘱咐，出了这样的事，马光宝也得立马报告的。姚总和唐小雨今天在城里跟几个商人谈合作，跟商人谈事，不管中国的外国的，一般不用马光宝出面。姚总的电话不通。马光宝一连打了三遍，遍遍关机，八成洗澡唱歌去了，姚总喝酒后喜欢洗澡唱歌，只要客人点头，他就领着他们去洗去唱，进去后就把手机关了。马光宝转而给唐小雨打。唐小雨也说过好多回，遇上难事先给她说说，她的手机一打就通了，"马大哥，啥事儿呀？"马光宝哭声道："小雨，毁了，俺犯下大罪了！"电话里的唐小雨慌了起来，"马大哥，你不要急，什么事慢慢说。"马光宝说："俞东起给咱送病死猪肉，弄不好送过来好多好多了！"唐小雨的话音平静了些，"马大哥，这事你是怎么知道的？"马光宝就把冯胜德的话说给了唐小雨，唐小雨说："马大哥，冯胜德只是一面之词，不一定可信，我们得进行调查。你在公司等我们，哪儿也别去，我和姚总在市里，我跟姚总说一下，尽早赶回去。"

唐小雨的话把马光宝提醒了，是啊，冯胜德的一席话，他怎么想也没想就全信了呢？不错，冯胜德的脾性他知道，是个有一说一的实疙瘩人，可那是在三十岁以前，三十岁以后，马光宝就出外打工了，一年就见个三两回，冯胜德现在变化了没有，其实已经不清楚了，根据他只顾挣钱，四处收购病死猪的情况，这个人的心肠已经变坏了，嘴里的话不敢轻信了。接着他又想到了俞东起和王俊英，眼睛亮了一亮，俞东起拿自己的性命发了誓，命值钱，谁也不会拿命去换钱的！至于老婆王俊英，结婚二十九年，她没跟自家男人胡诌过事。想到这里马光宝的心情好了起来，断定冯胜德是胡诌八扯了，可心情刚好起来没多会又坏了下去：王俊英俞东起的话真实，就能证明冯胜德的话不真实了吗？马光宝的身心又掉进了苦海，怎么扑通也挣扎不出去了。他决定立即回村进行调查，暂时谁的话他也不相信了，只有依靠自己的眼睛了。姚总和唐小雨回公司起码得三个小时，那时他早就调查回来了，正好把底细告诉他们，省下了他们的工夫。马光宝给副总专用司机打电话，司机说在外头，一个小时内就能回去，马光宝不耐烦等待，去门口打个的就跑到汽车站，坐上了回村的大巴，晃晃荡荡出了车站。

大巴车到达村后头的过路站时，马光宝多出个心眼：村里人碍于脸面，短时间不一定问出实情，得找一个外村人问一问。公路北边就是肖家洼的地盘，不多会儿他就等到了一个陌生女人，便问询了过去："妹子，问个事，咱这里有没有收猪的？"那妹子站住了，"你是猪肉贩子啊？"马光宝赶紧顺话道："是，是，俺是猪肉贩子。"妹子道："这里的猪恐怕不好收。对了，你收的是什么猪？"马光宝说："病死猪，小不点的也行。"妹子道："那就更没指望了。这地方七八

老马迷途

十岁的老人多数干这个，骑个车子到处跑，有卖的就买，有丢的就拾，可这些猪都卖给前村的俞东起了，你不好往里插了。"马光宝眼睛里黑雾弥漫，俺的亲娘，俺的亲娘啊，这遭要了命咧！他还不死心，还残留着一丝侥幸，索性下了公路往肖家洼走去，见人就问，一连问了十几个人，问一个就发一回昏，俞东起什么样的病死猪都收，招了蛆虫的死猪他收，漂在湾里的死猪他也收，只要不是腐烂得没法治的死猪，他统统收购。

俞东起院门前的烂石场，往日里是用来杀猪的，如今起出一排水泥房子，房子二十几步宽、五六十步长，开着前后门，马光宝看到的是后门，一扇铁皮大门紧紧地关着，一边一条大狼狗，拴在两根生铁棍上。马光宝的步子慢了下来，眼睛瞅着狼狗，狼狗闭着嘴巴坐在地上，只用精锐的小眼睛瞪着他，铁皮门里边的狼狗却嚎叫起来，似乎也是两条，铁链子哗啦哗啦地响动着。在狼狗警觉的注视下，马光宝靠近了铁皮门，伸手拍打起来。铁门开了一条缝，挤出一张小伙子的脸，嘴上叨着烟卷，他打量了马光宝一眼，舌头把烟卷搅拉到嘴角去，问道："干啥的？"马光宝说："我找俞东起，快让我进去。"小伙子说："你是谁？"马光宝说："我是马光宝，俞东起送猪肉那地方的，找你们老板有急事。"小伙子眨巴了下眼睛，"俞老板不在，这里不能进，怕带进来病菌，你打电话给他吧。"说完铁门哐地关上了。马光宝便掏出手机找俞东起，一打就找到了，正要发话，俞东起的声音响了起来："二表叔，想大表侄了还是有啥指示？"马光宝火溜溜地道："见面再说，我在你家大门口，快过来接我！"俞东起说："好好，二表叔，我在村里办事，马上回家！"

手机刚刚揣起来，俞东起就从胡同头上过来了，摩托车开到马光宝跟前停住，他咧着个大嘴跟马光宝握手，马光宝一巴掌打开了，"俺跟你握手，俺还不如跟这个狼狗握握哩！"俞东起疑惑地道："二表叔，大表侄哪地方错了？"马光宝说："废话甭说，你把这个后门打开，看看你都收了些啥东西！"俞东起说："二表叔你咋啦？马光宝说，你开不开？俞东起为难地说，二表叔，这事跟你汇报过，咱要保持绝对卫生，没有医院的证明不准进。"马光宝破口骂道："卫生你娘那个狗臭屁！满世界都知道你收了些破头烂腔的死猪，打扮打扮送给俺们宇宙了，你还在这里卫生卫生，你咋一点不知羞臊哩！"俞东起惊慌地道："二表叔你可不能胡说，表侄我担待不起！这样吧表叔，俺这就陪你去医院查体，查完回来请表叔进去检查，要是发现半两病死猪肉，俺当场就用刀子捅自个肚子！"马光宝说："你把俺当成傻蛋了？查体回来，多少死猪你藏不起来？你不让进去，俺也不进了，进去看了现场俺会一头碰死！俞东起啊，你还是不是个人？"俞东起抓住了马光宝的胳膊："二表叔，咱家里去说，家里去说。"马光宝挥动着胳膊，"在这里说就中，俺也没有多话，事情说清楚就回！"俞东起往家门口拉他，嘴里苦苦哀告着，"二表叔，俺求你了，咱家里去说，自家爷们没有解不开的疙瘩哩。"

9

俞东起死猪不怕开水烫，任马光宝怎么骂，怎么数落，他一句不回，只管让他的二表叔抽烟喝水，消消气。马光宝早就渴了，嗓子里蹿火冒烟，嘴巴里干干涩涩，舌头伸拉不动，但他坚决不喝，他说俞东起的水也是脏的，是毒药，他怕喝了毒死。他哆哆嗦嗦地宣布："俞东起，你听好了，从今天起，俺们不收你的猪肉了！几十卡车猪肉钱，你要一分不落地赔出来！吃宇宙肉食吃出毛病的，你得花钱给人家治疗！"俞东起苦笑说："二表叔你是越说越远了，不过咱们自家人，关起门来打破头，走出门去亲破头，表叔说啥俺都听着。"俞东起走进里间，抓着个饱鼓鼓的皮包出来，把皮包轻轻搁在马光宝跟前，"二表叔，咱啥也别说了，再说就不好往回收了，这是二十万，预备收猪的钱，表叔要是嫌少，过后俺再孝敬。"马光宝说："俞东起，你想收买我？"俞东起又苦笑起来，"俺的亲表叔啊，别说的这么难听好不好，你老大老远地跑来，费了这多的口舌，俺不表示表示心里哪过得去？"

马光宝这回有了泻火的东西了，他忽地站起来，抱起皮包，举过

老马迷途

头顶，嘿一声砸在茶几上。俞东起沉吟道："二表叔，俺那就割肉放血了，从下一车开始，二表叔回扣百分之十，对得起你了吧二表叔？"马光宝简直要气死了，"俞东起，你以为俺寻了个由头儿，过来向你讨钱的是吧？"俞东起抓挠着头发说："二表叔，你咋这样哩，表侄子咋跟你说呢！俺也说句大白话吧，百分之十是天价了，再往上摆这买卖就没意思了。表叔肯定也晓得，这买卖打点的地方多哩，是个门口就得烧香，慢待了就是麻烦。只你们那里的活神就供着七八个，连管地磅的也不能拉漏哩！"马光宝打断他的话："俞东起，俺不听你胡搅蛮缠了，从眼下起，你的话俺半个字也不信了，你把几十车猪肉钱备齐，明天先去俺公司赔上，别的事赔完钱再说！你这摊屎把俺公司臭毁了，把俺们的客户害苦了，俺咋打扫也打扫不净哩！"

　　说起俞东起的这摊屎，马光宝的心里咯噔一下，这才真正意识到病死猪肉的后果，俞东起一口气拉去几十车，卡车载重三吨，俞东起往往要拉上四吨，有几次还超过了五吨六吨，就算平均四吨吧，一车就是八千斤，要制造多少万袋快餐肉，多少万根火腿肠，祸害多少万人的身体？马光宝不敢计算了，他抓起一个茶碗，死命摔在地上，拔腿往外跑去。他恨不能眨眼就赶回公司，公司里肯定还有俞东起的病死猪肉，还有没销售出去的各类产品，这些东西必须尽快销毁！批发商手里估摸也有存货，批发出去的各个商场商店饭店摊点估摸也有存货，必须尽快通知他们立马销毁！那些以宇宙产品为主菜的机关工厂学校啥的，天天吃宇宙顿顿吃宇宙，要麻溜告诉他们宇宙不能吃了，经过严格检查不是坏猪肉后才能接着吃。马光宝估计，他赶回公司通知过各路客户，客户们再通知他们的下家下下家，阻止人们晚饭时吃宇宙还来得及。但俞东起不让他走，马光宝说："你放手，不要脏了我的身子，嘴巴子也闭上吧，我的耳朵已经让你脏透了！"

　　两个人正在争执，房门咣一声响，王俊英出现在屋门口，马光宝睃了她一眼没说什么，摆脱俞东起的动作更大了，嗓门也更高了，而且一出口就捎带上了王俊英："俞东起，你们算些什么东西，病死猪坏身体你们晓得，吃得死人你们也晓得，偏偏还要变着法子往人们嘴里塞，你说你们算些什么东西！你给我滚开，再拦挡俺就动手了，打死一个偿命，打死两个够本！"王俊英站在屋门口，两手掐在腰上，冷笑说："大表侄，你放手，让他走，俺看看他从哪里出去。还想打人，俺让你打，大表侄你也让他打，看看谁给他的胆子，他能把咱们打成个啥样！"马光宝说："你以为我不敢打？"王俊英说："谁说你不敢了？色胆包天，有那小妖精架着，你什么事情做不出来？"马光宝说："俺没空跟你磨牙，你给我闪开！你闪不闪？我问你闪不闪？"王俊英鼻子里哼哼了两声，"有本事你就打啊，俺教教你，往俺脸上打，往俺奶房上打，一拳顶十拳！"马光宝说："王俊英你别逼我，我今天真想打你，一拳打死你！"王俊英挺了挺胸，"那你打啊，快点动手啊，俺就站在这里，你干吗光给嘴过年呢！"马光宝抢前一步，忽地挥起了巴掌，王俊英哆嗦了一下，马光宝的巴掌扇打在自己的肩膀头上，王俊英笑了，笑容还没有完全荡漾开来，马光宝的手再次伸了出去，一把攥住了她的手腕子，使劲一拖，王俊英一个趔趄进了屋子，一屁股坐到了地上。抬头看时，俞东起已经傻了眼，站那里不知如何是好了，马光宝早已跑进院子。王俊英从没吃过这样的屈，又是当外人的面，一时羞愤不堪，坐那里拍打着地面哭起来了，"你野心朝外了，不要老婆不要家了，你走吧，跟小妖精勾搭去吧，俺要死给你看，死到你和小妖精鬼混的床上去，临死一把火把你的家烧了，烧个精光！"

马光宝坐上大巴就给姚总打电话，这回一打就通了，"姚总，俺快到公司了，你们也快回来了吧？"姚总问："马大哥，你去哪里了？"马光宝说："姚总，你麻溜回来吧，这遭要了命咧！"姚总说："我们已出市区，很快就会回去。马大哥，你去哪里了？"马光宝说："俺回老家调查俞东起了，那狗杂碎收购的尽是病死猪哇！"姚总说："哦，马大哥，你是不是在客车上？"马光宝说是。姚总说："马大哥，不要再打电话，回公司等我们，事情不是你调查的那样，详细情况见面说。"马光宝还想说，电话吧唧挂断了，接着又打，那边不接了，他又给唐小雨打，唐小雨也不接，马光宝又给姚总打，电话关机了，再拨唐小雨，也关机了。马光宝没了辙，望着手机发呆。市里距县城三百多里路，姚总回来时早就吃过晚饭了，而这一顿晚饭，一定有千千万万的人在吃宇宙公司的食品，特别是本县的大小学校，恐怕多数人在吃宇宙公司的食品，听教体局的领导说，全托的孩子们都吃上瘾了，宇宙公司的贡献大上天去了。情急中马光宝忽然想到了电视台的那个史云鹏，对咧对咧怎么把史记者给忘了呢，请史记者编个话在电视上一演，这个传那个那个传这个，全县老师孩子就都知道了！

县电视台在城东海边上，马光宝熟门熟路地跑上四楼，推开新闻中心的木头门，一眼就看到史记者几个人围坐在那里聊天，马光宝急不可耐地喊叫起来："史记者，俺求救来了，你快在电视里吆喝吆喝，俺们公司的肉食品有毒，千万别再吃了！以前吃过的快去医院检查，看看吃出了什么毛病，赶紧治疗！"屋里一下静了下来，四五双眼睛都对向他，眼神直愣愣的，嘴巴张成竹筒模样，说不出话。马光宝更急了，"史记者，俺说的是真的，有一句假话，俺就不是人，你快点吆喝吧，晚了就来不及了！"四五个人动作起来，你看看他，他看看你，然后一齐看向史记者。史记者对他们说："弟兄们少安毋躁，少安毋躁，待我弄清真相再说。"说完史记者站起来，拉着马光宝往一道小门走去，嘴里慢悠悠说着："马总，有话好好说，不能着急。"他们进了里屋的小办公室，史记者请马光宝坐下，掏出香烟递给他，替他点上火，然后自己也点上一根，这才开口道："马总，具体怎么个情况，说出来咱们分析分析。"马光宝就把病死猪肉的事说了，史记者说："噢，噢，是这么个情况，那还真得快点儿吆喝才成。马总，姚总忙什么去了？"马光宝说："去市里了，快回来了。"史记者点点头，看着马光宝的眼睛，"马总，最近有没有不如意的地方，比如工作上啊，生活上啊，有没有小不痛快啊？"马光宝说："有，有，不是小不痛快，是大不痛快咧！"史记者微微摇了摇头，慢慢道："姚总这个人怎么回事呢，怎么能这样对待马总呢，马总，姚总哪地方言差语错，能不能给兄弟我说说？"马光宝说："不是姚总，是俞东起，是俺的大表佺俞东起啊！"史记者说："马总的意思是，这个不痛快，指的是今天这件事了？"马光宝说："是哩是哩，史记者，咱们快点儿吆喝吧。"史记者说："马总，不要急，来得及的，电视电视，一电就听到看到了，马总，不管发生了什么事，我也不便多问了，请马总稍等，我去里边处理一下，回来就办咱们的事。"原来那边还有一道小门，史记者推门进去，嘴上的烟没抽完就走了出来，对马光宝笑笑说道："马总，让你着急了，咱们走吧，我带上机子，去咱们公司那里吆喝。"马光宝说："史记者，就几句话，在这里吆喝就中了！"史记者说："不中，马总不知，不把宇宙公司的牌子拍进去，人们就会以为咱们是在胡吆喝，背上撒谎的恶名事小，影响了千百万人民的身体健康那可就严重了！"

10

史记者拎上机器，跟马光宝打的去宇宙公司，在大门口拍了一会大牌子，然后入办公楼进了马光宝办公室，史记者坐下来编讲话稿，马光宝不让他编，说这事他会说，他知道怎么说，直接开始就行。史记者说："好，听马总的，咱们直接开始。"他请马光宝坐进皮椅子里，摆弄好姿势，机器扛在肩膀上，马光宝揪心撕肺地说起来："老少爷们，我有罪……"史记者说："停，马总，对不起！"马光宝说："俺忘了，你还没有弄好机子。"史记者说："对不起马总，机子是弄好了，是机子里的电池没电了，实在对不起！"马光宝站起来："有些绝望地说，充电得老半天，这可咋办？"史记者说："不用充电，回台里换一块电池就行。"马光宝说："那你还站着干啥，还不快回去换？！"史记者说："对不起马总，我快去快回，保证误不了事，你放宽心等一下。"

史记者来回用掉四十三分钟，马光宝在办公室里不止转了四百三十圈。史记者十分惭愧，再次请马光宝坐好，把话念叨几遍搞顺溜，争取一遍成功。马光宝说顺溜了，早就顺溜了，史记者说那就开始，马光宝登时进入了角色，"老少爷们，我有罪……"史记者说："停，马总，语速太快了，听不清楚。开始。"马光宝又一下进入角色，"老少爷们，我有罪……"史记者说："停，马总，又太慢了。"马光宝心烦意乱地道："史记者，你马总个啥哩，别管这顾那的了，意思明白就中了。"史记者笑笑，抬起手腕看了下表，"好，听马总的，意思清楚就行了，开始。"马光宝心急火燎地道："老少爷们，我有罪，这个罪够枪毙，我让俞东起给宇宙送猪肉，俞东起坏了良心，送来的净是病死猪肉，把老少爷们坑苦了！"史记者果然没再喊停，让马光宝把话全部讲完，这才说："好，马总，很好，很好的，我这就用微机传回电视台，告诉他们十万火急，他们很快就会播放了。"马光宝看看墙上的钟表，离晚饭还有一段时间，但他的心落不下来，害怕半路又出岔子，晚饭前演不出来。

史记者传完片子，坐沙发里抽烟等电视台回话，马光宝坐不住，走来走去转圈子，一眼一眼地看钟表，房门突然开了，姚总和唐小雨走了进来，姚总抢过去握住史记者的手，使劲摇动，"史记者，好兄弟，谢谢了！"史记者说："不客气，割头弟兄，应该做的。"马光宝看到姚总和唐小雨，分明是难中的孩子盼到了亲人，泪水哗哗地流了出来。姚总抬起了他的手，紧紧握住，"马大哥，也谢谢你，谢谢你真心实意地为公司操心！"马光宝哽咽道："姚总，俺没脸见你了，没脸在宇宙公司待了。"姚总对史记者和唐小雨说："你们看，我们的马总多么让人感动！"说着他招呼他们围坐在沙发里，继续表扬马光宝。唐小雨轻声道："姚总，跟马大哥说说吧，别让他继续难受了。"姚总便把脸朝向马光宝，郑重地道："马大哥，你错怪那个俞东起了，病死猪是我让他收购的！""啥？"马光宝大惊失色，哆嗦着嘴唇道，"你咋能这样呢！怪不得乡亲们说你们是合伙的，投小本挣大钱，俺还以为他们冤枉你，往你头上扣屎盆子呢！"唐小雨抓住他的手往下拉他，"大哥你坐下，姚总还有话，先听他把话说完。"马光宝把她的手挥开，"俺不听了，俺还听个啥哩，俺啥也不听了，也不在这里干了！"姚总站起来，把马光宝抱住，连连拍打着，马光宝使劲把他推开了，"别这样姚总，你身上净是烂猪肉味，这个味道俺闻不惯呢！"姚总的眼睛湿了，"大哥，好大哥，请你坐下，听我慢慢说。"

马光宝就是不坐，姚总便站在他对面，潮湿着眼睛说出了真相。原来姚总对病死猪肉的事情深恶痛绝，比马光宝痛恨一百倍，多少年里，猪贩子肆无忌惮地收购病猪死猪，肉食加工厂阳奉阴违地购买病死猪肉，便让死猪肉浩浩荡荡地流向市场，涌向人们的餐桌，残害着人们的身体，夺去活生生的性命，姚总干瞪眼没有办法，他只能做到洁身自好，自己的公司不收一两一钱病猪肉死猪肉。开春以来，美净公司成为宇宙总公司，他想到的第一件事便是病猪死猪问题，他想到了一个笨办法，请猪商猪贩们严格把关屠宰健康活猪，同时大量收购病猪死猪，把健康猪肉送到公司里，将病猪死猪就地掩埋，也就是说，他在花大钱净化猪肉产品市场。这么做的不仅是俞东起，宇宙公司所有的猪商猪贩都是这样，都在收购病死猪，掩埋病死猪。宇宙公司的这一举措，掐断了病死猪的市场源头，引来了同行们的强烈抵制，他们不断地制造谣言，打举报电话，不择手段地诋毁宇宙公司的声誉，挖空心思地施加压力，姚总得罪不起抵挡不住，他考虑再三，只好通知猪商猪贩们秘密处理，也就是病死猪照常收购，但掩埋时要绝对保密，以造成病死猪流入市场的假象，消除同行们给予的强大阻力。说到最后，姚总连连摇头叹息，"唉，每当想到做善事也得偷偷摸摸，我的心便掉进了悲哀的苦海里！"

马光宝胸膛里的石头落到地上，身心骤然轻松起来，只是觉得对不起姚总，讷讷地望着姚总不知该说什么好。姚总对史记者道："兄弟，今晚想吃什么？"史记者说："姚总，我看这样，你跟唐总忙了一天，马总也跑了不少路，今晚就免了吧？"姚总说："免什么也不能免这个，咱们四个好多天没团聚了，天缘凑巧，今晚要好好聚一聚，那就听我安排吧，咱们去国旅大酒店，祝愿咱们的情谊像国际旅行，越走越远越走越深，永无止境！"

国旅在城中心偏西北方向，楼高二十八层，但早已满员了，姚总找了国旅老总，这才安排上了房间，四个人围着大圆桌坐下来。马光宝早就想好了，他给公司添了大乱，耽误了史记者好多时间，所以今晚他首先要自罚六杯，三杯向史记者赔罪，三杯向姚总赔罪。唐小雨刚把四个酒杯倒满，他便端着酒杯站了起来，"史记者，俺是个庄户人，啥也不说了，自罚三杯吧。"史记者连忙站起来，"马总，你要这样，我今晚一滴也不敢喝了！"姚总也站起来，"大哥，咱们听史记者的。"说着他端起了自己的酒杯，举到史记者眼前，"史记者，这三杯还是要罚的，我替大哥自罚。"说完酒杯一竖干了出来，"史记者，对咱们弟兄，'谢谢'俩字太苍白，不过我找不出更好的词儿，请允许我再用用这两个俗字吧，兄弟，谢谢了！"史记者说："姚总，你这样说来还是见外了，我最喜欢的四个字是'互相支持'，一切都在这四个字里了。"姚总说："互相支持，兄弟我记住了！"马光宝见出现了空档，手向酒杯伸去，唐小雨抬手挡了回去，另一只手在桌底下拍了拍他的大腿，他便忍住了自罚的冲动。姚总的三杯自罚完毕，马光宝的手又伸了出去，又被唐小雨挡住了，马光宝知道她是为他好，不愿他多喝遭罪，可他觉得不自罚过意不去，手便又往外伸去，这回唐下雨一手撕住了他的衣袖，一只手在他腰眼里重重地拧了一下，他觉得继续坚持就对不起唐小雨了，只好打消了自罚的念头。唐小雨站起来敬酒，马光宝这才注意到她倒给自己的也是白酒，马光宝知道她酒量不大，除非别人软磨硬泡，她坚决不喝白酒，今天她自动倒上了白酒，而且满满一杯，这一杯进去基本就醉了，马光宝正要替她说话，只见唐小雨脖子一仰，杯子扣在了嘴上。史记者鼓掌道："好，唐总今天也亮出真本事了，领导带头，咱也不敢落后。"说着也把杯中酒干了。唐小雨给史记者倒酒，又给自己倒，一下便倒满了，马光宝担心地道："小雨，你还能喝啊？"唐小雨没说话，端起杯子，对史记者道："史记者，好事成双！"话音未落，杯子当地碰过去，又一口干了。马光宝着急起来，怕唐小雨来三三不断，一次跟瞿副县长喝酒，她被逼无奈喝起白酒，敬了瞿副县长一个三三不断，东倒西歪地进了茅房，结果被人抬了出来。马光宝急忙站起来，端起酒杯跟史记者碰，杯子送到嘴边时让唐小雨抓住了，生硬地夺过去，对史记者说声三三不断，咕咚咕咚喝了下去。马光宝埋怨说，"你的酒量史记者知道，史记者也没难为你，你咋还这么个喝法呢？"唐小雨不说话，她已经说不出话了，脸盘红得像红布，眼睛红得要滴血，脑袋耷拉下来，一头趴在了桌子上。史记者对姚总说："姚总，来日方长，今天就到这里吧？"姚总沉沉地说："不，今天咱弟兄俩一定要喝够。马大哥，兄弟要劳驾你了，把小唐扶出去，打个的送她回家，好吗？”

唐小雨还知道走路，只是两条腿不会走，左右前后胡蹽达，身子软得像面条儿，时时刻刻往下弯。马光宝把她的胳膊搭在自己肩膀上，一手扯拽着她，另一只手箍住她的腰，架扶着她慢慢往前走，心疼地念叨着，“你这孩子，喝这么多干吗，罪是自己遭，别人替不了你。”唐小雨抽抽搭搭地哭了起来，马光宝叹口长气，“唉，难受了吧，那就哭一哭吧，醉酒那滋味俺知道，比生病还难受，哭一哭吧。”唐小雨果然哭出了声，一哭又哭大了，哭声呜呜的，身子打着哆嗦，手搂紧了他的脖子，头在他的耳朵边蹭来蹭去。马光宝心如刀绞，暗暗拿定主意，以后有他在场，她的白酒必须由他代喝。

11

第二天一上班，马光宝就过去嘱咐唐小雨，“小唐，以后不兴那样喝了，你年轻不知道，酒这东西是好东西，可喝大了伤身子的。”唐小雨点点头，轻轻叹了口气。马光宝又说：“以后俺替你挡着，俺不在的场合你别心软，他们咋样逼你也不喝白的，记下没？”唐小雨说：“记下了。”马光宝站起来，“那俺回去了，你要还不舒坦，就锁上门躺一躺。”唐小雨点点头，“大哥，那个姓史的今天还过来。”马光宝一下没明白过来，“哪个姓史的？”唐小雨说：“史云鹏。姓史的过来拍新闻，还是咱们俩陪他，还要去你的老家拍。”

史记者这回的片子叫作：一个大写的人。史记者说这回他要制造一枚核弹，起爆后震惊全国全世界，把宇宙公司砸进几十亿人的脑子里去。史记者一起手就拉开了大架势，光讲话稿就编写了三天，他写一份马光宝看一份，直看得热血沸腾、心花怒放，咧着大嘴嘿嘿笑。头一份是瞿副县长的。瞿副县长说：“宇宙公司不惜投入巨资收购病猪死猪，净化尚不健全的肉食品市场，全心全意地为人民服务，这是一种牺牲精神，这种可贵的牺牲精神值得全县人民学习，值得全省全国人民学习。但我们不能让一个民营企业为社会买单，眼看着他继续牺牲下去，在号召向姚伟同志学习的同时，还要给予大量资金奖励，帮助他们发展壮大，跻身于世界一流企业！"第二份是姚总的。姚总说："我觉得这件事没什么了不起，面对鱼龙混杂的肉食品市场，尤其面对人民群众的身休健康，日渐增高的社会呼声，我个人以为，只要不是利欲熏心到了极点，良心坏到了极点，是个人就会这么做的，不值得张扬，更不值得领导同志的关怀爱护，所以我要求一定秘密进行，不要搞得像个英雄人物似的。"第三份是唐小雨的。她的口气就跟姚总不一样了，一个劲地夸奖姚总，她说："姚总从开始办厂那天起，就把'绿色有机'四字放在第一位，宁愿赔钱，也要坚持科学发展观，制造绿色有机食品，姚总为人民健康而付出的代价，财务账上记得明明白白，单是为收购、销毁病死猪，就支出了两千五百七十九万三千余元！"第四份是马光宝的。马光宝说："我们公司制度完善，层层把关，奖罚分明，就拿采购原材料来说，要过六个关口才能进入第一车间，供应原料的人员，我们考察了再考察，选拔了再选拔，无一不是品德高尚，信誉良好！"第五份是俞东起的。俞东起说："俺杀了二十多年的猪，送了二十多年的猪肉，还是头一回遇上姚总这样的老板，哪个老板不是挣钱第一的，姚老板就是不把挣钱放第一，俺感动得偷偷掉眼泪呢，给他送猪肉，就是掺杂进一根病猪毛，俺的良心也过不去的"。第六份是城里一家庭主妇的。这位家庭主妇说："俺的娘呀，你说咱还敢吃什么，粮油是化肥农药泡出来的，水里游的地上跑的是激素啥的催起来的，更别说病死的家禽牲畜了，俺乡下的姑家表妹跟俺说，你们城里人的身子就是能抗，怎么毒都毒不坏，俺一做饭就愁得要命哪！如今好了，有了宇宙放心食品，俺啥啥也不愁了！"

讲话稿一一写好，接着就进入拍片阶段。史记者估计得三天时间，不料没用两天就全部完成。马光宝全程作陪，心里开了锅似的兴奋着，身子像上足弦的发条，抬腿就跑起来。唐小雨却累倒了累病了，显见没从那场醉酒里活泛过来，老是病恹恹的样子，打不起精神，到了拍片的地方，没精打采地安排一下，就找个地方坐着去了，如果不打搅她，她就一直那么木木地坐那里，有时候喊她好几遍，她还茫然地望着对方，似乎不知道是在喊她。史记者一宣布胜利结束，她就请了病假，在家休息几天。

老家的冯胜德再次找过来的那天，副总以上干部正在会议室开会，研究怎么向省里要钱的事。姚总购买、销毁病猪死猪的事迹在县电视、市电视、省电视陆续播出后，真的像一枚炸弹，仅仅十几天的时间，就收到了两千多万元的社会捐款，这是小头，大头在政府那边，好多机关单位伸出了援手，市财政厅拨来三千万元，县财政局给了两千万元，市里县里暂时就这么多了，下一步是向省里进军，主攻方向是省财政厅。姚总已经领着马光宝和唐小雨去省城跑了三趟，大侄子马世才也把话递过去了，财政厅已经有了专款扶持的意向，这次会议主要让大家开动脑筋，看有没有遗漏什么人物，机关的事就是这样，不留神遗漏了一个相关人物，甚至是个不起眼的人物，事情就可能彻底坏菜。他们从厅长往下数，算到办公室人员时，马光宝的手机响了起来，他忙跑到门口去接听，只听门卫说道："马总，上次来过的那个老头冯胜德又来了，蹲在门卫室里掉眼泪，马总见还是不见？"马光宝一时心乱起来，说过一会过一会，就挂断了电话。他的这个过一会很模糊，是过一会见呢，还是过一会再说见还是不见。他无意中说出来恰切的心里话。对于这个睁着眼胡说的冯胜德，他是真不想见，八辈子也不想见了，可他大老远跑了来，竟然还哭起鼻子，这就让人无法决断了。马光宝回到原座，心神不定地看姚总，姚总一下就看出来了，对他说道："马总，是不是有事？个人的事天大，我们的会也不急，去吧。"马光宝就离开会议室下楼。

冯胜德果然正蹲在门卫室里哭，一把一把地抹眼泪，看到马光宝进门，他的嘴巴一扁一扁地要哭出声，到底忍住了，跟着马光宝走出门，闷声不响地走进马光宝办公室，门还没有闭上，他就哭喊一声，"光宝弟呀，俺没法活了！"话毕冯胜德竟扑通跪在地上，大放悲声。马光宝慌了神，赶紧伸手拉他，"胜德，别这样，什么事慢慢说。"他把冯胜德拽到沙发里坐下，不待再问，冯胜德就哭诉起来。他说他向马光宝透露俞东起收购病猪死猪的事，不知怎么让俞东起知道了，俞东起再不收他的猪，这还不算个事。最气人的是，他的二亩麦子让人喷了药，全部枯死了；手扶拖拉机被推进了大湾，找到时已经锈得不成样子；快下崽的母猪吃了老鼠药，嚎叫几声蹬了腿；城里打工的儿子让人家开除了，另找一个地方，过不几天又开除了，连续进出了六个地方，今儿早上儿子又打回电话，说是又让老板撵了。冯胜德哭得上气不接下气，"大弟呀，求你给俞东起说个话吧，放过俺这个可怜虫吧。"

马光宝气得浑身发抖，"你别哭了，我马上给他打电话，他要再挤对你祸害你，我就不准他送猪肉了！不过你以后也别胡说他了，你险些把人家害了哩！"冯胜德说："大弟呀，俺还要再说一句话，你可千万别说出去了，你们被俞东起骗了，他那一车一车的猪肉，没几头好猪哪，那天你们去拍电视埋掉的病死猪，他又挖出来卖给你们了！"马光宝生气地道："冯胜德，你咋又胡说起来了，他踢你一脚你还他一拳，啥时候是个头！"冯胜德说："看来俺的话你是信不着了，这样吧，他往这里送肉时，你在路上截住他，看看他送的是什么猪肉，俺的话是实是虚！"马光宝的心思活动了，冯胜德的话万不能信，不过截车查看倒是个好主意，事情一下就一清二楚了。

12

冯胜德千恩万谢地离去后，马光宝抓起电话找到俞东起，把冯胜德的遭遇一桩一桩地数给他，问是不是他干的。俞东起赌咒发誓说不是他干的，他跟冯胜德干过架那是真的，一定是冯胜德的仇家借机浑水摸鱼，把事儿栽到他俞东起身上了。马光宝估计他不会承认，没有继续追问，转话道："不管是不是你干的，往后老冯家再出一点事，俺就认准是你干的，送猪肉的事你就甭寻思了！"俞东起说："既然二表叔把话说到这份上，这么信任大表侄，那俺还有什么二话，俺保证把冯胜德保护好了，谁再找他的麻烦，我跟他白刀子进红刀子出！"马光宝听着头皮发麻，"行了行了，别动不动就说这些吓人话！还有，送猪肉的事，没使什么坏心吧？"俞东起说："二表叔，你咋还不放心？是不是冯胜德说啥了？"马光宝说："没有，这回净说你的好话。"

马光宝决定截俞东起的猪肉车，是黑是白眼见为实，却直到三天以后，见到了库房装卸工大头赵的老婆，他才开始行动。拖拉了三天不是犹豫不决，而是担心俞东起吃冤枉受委屈，他必须想出一个办法，既查了车上的猪肉，车主人又浑然不觉。马光宝想了三天，脑子都要抠干了，也没有抠索出好法子。碰上大头赵老婆这天是上午九点多钟，马光宝去给唐小雨说事，一进办公室就看到了大头赵的老婆，四十多岁的一个庄户妇女，看上去要比大头赵大十几岁，马光宝不认识大头赵老婆，但听了没几句就知道这是大头赵的老婆，还知道了是为大头赵的事情来的。昨天大头赵干了十五个钟头的活，晚上没力气出去吃饭，回宿舍吃了一堆肉食躺下睡觉，没等睡实肚子就痛起来，抱着肚子翻滚到了床下，宿舍的人把他送到了县医院，医生说是食物中毒，生命危险，必须家属签字，并交纳押金。她带上家里的七百多块钱赶到医院，大头赵还在抢救，已经不会说话了，她签完字去交押金，医生说食物中毒不在报销范围，必须缴足五万块，她一下瞪了眼，请求医生让她天明了回家去借，医生好歹答应下来。下半夜时公公婆婆也跑过去了，公公说，儿子是让宇宙肉食毒倒的，这个钱应该宇宙公司出。天亮后她就过来了，求公司给五万块钱，就算借的也行，把大头赵救活了再还。大头赵老婆的这些话，是她翻来覆去地说，马光宝凑拢起来听的，她说几句，唐小雨就回几句，也是翻来覆去的，她轻言细语地对那女人道："赵大嫂，我的话你还没听明白，赵大哥在公司里出了事，公司会认真负责的，不过咱们公司是民营企业，也就是说是个人的，只有姚总点头才行。姚总现在在青岛，下午就回来，答应回来后就全力救助。我已经跟县医院说好，暂时不收押金，他们不敢停止抢救，不用非给现钱不可，赵大嫂，这回听明白了吧？"

马光宝脑子里轰轰直响，大头赵食物中毒，是不是病死猪肉制品的缘故？他当即决定，下午就出去截俞东起的车，在城西边的崇罗山里截，那地方人烟稀少，查出事来，影响不到公司的名声，要是没事，俞东起的面子也丢不到外头去。马光宝什么事情也没心做了，现在俞东起是一天一趟，还是下午四点到公司，马光宝一点钟就搭车过去了。

俞东起的卡车一出现，马光宝的心就狂跳起来，习惯性地提了提裤腰，跑下公路，高高举起了双手。卡车唰地停住了，俞东起推开车门跳下来，一把握住马光宝的手，"二表叔，怎么在这里搭车？咱爷们就是有缘分哩！"马光宝慌乱道，"不是搭车，不是搭车。"俞东起眨巴了下眼睛，"那为啥站这里拦车？"马光宝想丑媳妇脱不了见公婆，早办早痛快吧，就底气不足地道："大表侄，别怪二表叔小心眼，俺今儿想验验你的猪肉。"俞东起的脸黑了，"二表叔，你把俺当啥了，逮贼也没这么个逮法哩。"马光宝吭吭哧哧地道："大表侄，公司里的肉食吃坏了人，俺没别的法子了。"俞东起摸出烟来，捏出一根递给马光宝，"二表叔，先抽根烟吧。"马光宝接过来点上，难为情地望着俞东起，俞东起一口一口地吸，吸掉多半时把烟掷在地上，"二表叔，那就开查吧，俺不干涉你，在车里等着。"马光宝咧嘴笑笑，往车后头走去，手刚搭上后挡板，俞东起就在驾驶室里吆喝起来，"坏了二表叔，车子出毛病了，自动走起来了。"马光宝说："俞东起你想要滑头？"话音未落车子就跑了起来，俞东起继续吆喝，"坏了坏了跑起来了，这些天就犯这个毛病咧！"马光宝险些被拖倒在地，跟着跑了十几步才停住，停了一下就跟着跑起来，心里说不清是个啥滋味了，这还用查吗？根本就不用查了，车上是病死猪肉无疑！公司里有质检员，他是怎么蒙混过去的呢，难不成质检员质检科全都腐败了？狗杂碎也可笑，竟然开车逃跑了，他咋不想想，跑了和尚跑不了庙，逃了今日还有明日哩。

跑出二三百步时他才搭上车，不一会就到了宇宙公司所在的路口处，马光宝往前一看眼睛就直了，公司门口停放着一口黑漆漆的大棺材，棺材周边聚集着二三十个人，多半是白衣白裤白孝带，哭号声喊叫声隐约传来。马光宝心下一寒：莫非大头赵没救过来？他腿肚子里像灌了铅，一步一步往前走去，他看到了大头赵的老婆，那女人跪在棺材头上，一把一把地拍打着棺木，披头散发地哭。马光宝扶住大头赵老婆，哽哽地道："大妹子，俺兄弟他、他、他过去了？"女人哀号道："马总啊，你可得给俺做主哇，明明是毒死的，偏说是撑死的，医生也改了口，也不说中毒了，也说是撑死的，不能这样对待俺们哪！"人们一听他是马总，立马把他包围起来："你们的肉食吃死了人，咋能就这么算了！单说在公司里得了病，也得伸伸手哩，哪能一文不舍！门也不开，话也不听，太欺负人了！"马光宝站起来，抹了几把眼泪，"对不住了，对不住你们了，姚总不是这种人，一定是误会了，大伙跟我进去吧。"说完他走到栅栏门下，使劲地拍打起来。门卫室里的两个保安同时跑出来，马光宝生气地说："姚总没回来吧？为啥不让他们进去？"保安小声说："马总，姚总正在里边处理，怕他们进去捣乱。"马光宝说："乡里乡亲的，捣什么乱，大头赵是咱们兄弟哇！"保安眼泪汪汪，"马总，别让他们进了，惹姚总生了气，反倒对他们不利。"马光宝想想也是，便回头道："亲友们，对不住了，你们再等等，俺进去跟姚总说，俺们不会让赵兄弟屈死了再屈走的！"大头赵的老婆哭道："马总跟俺那口子一块干过活，是个好人，咱们听他的吧。"众人这才住了声，保安把栅栏门弄开一条缝，马光宝挤了进去。

13

办公楼里静悄悄的，好像什么事情都没发生。马光宝奔上二楼，敲响姚总的房门，不几下房门就开了，出现在眼前的是唐小雨，姚总坐在老板桌那里抽烟，唐小雨朝他点点头，他朝着姚总走过去，"姚总，你咋让他们站门外头呢！"姚总沉沉地道："他们刚过来，我给派出所打电话了，很快就会把他们弄走，不用担心，天塌不下来。"马光宝说："你让警察抓他们？"姚总说："没有办法，让他们闹出动静，处理起来就不那么简单了。"马光宝急了，"姚总你咋这样呢，咱把人毒死了，人家已经够冤枉的了，你咋还叫人抓他们啊！"姚总也有点急了，"马大哥，你可不能乱说，传出去可就麻烦了！大头赵是撑死的，这个他们说了不算，咱们说了不算，医院说了才算！他偷吃公司食品，没命地吃，我们不计较就不错了，他们反倒索要赔偿，真正想钱想疯了！”

马光宝哭起来，"姚总，大头赵不会偷吃东西，他吃的肯定是批发价，顶多贪图便宜多吃几根罢了。姚总，俺把你骗了，俞东起送来的肉，八成全是病死猪肉哪。"姚总惊恐起来，"马大哥，你越说越悬了，他怎么敢送那样的猪肉过来，根本不可能的！"马光宝就把截车查验的事说给了姚总，"姚总你说，没鬼他跑什么？他车斗子里保准全是鬼哩！大头赵保证不是撑死的，以前他也多吃过，俺也多吃过，撑不死人，他保证是毒死的！姚总，大头赵死得好苦，俺们被骗得好苦哇！"姚总愣怔了片刻，按捺着性子说："马大哥，你是责任心太强，都有点神经质了，你没有亲眼看到，怎么能够随便下结论？俞东起把你撂在路上，很可能是车子出了问题，如果真是这样，那不冤枉人家啦？但不管怎样，我要对他一查到底，请马大哥放宽心！"

姚总还要说下去，外面响起了敲门声，唐小雨过去拉开房门，史记者拎着机器走了进来，史记者好像挨了打，一脸的痛苦，他苦着脸跟唐小雨握了手，跟马光宝握了手，最后握住姚总的手，使劲摇了两下，沉痛地道："姚总，他们给台里打了电话，记者们都要过来，我好歹拦挡下，我本来也不想过来，可领导不允许，说这是爆炸性新闻，肯定会引起轰动，我不拍就让给别人，我只能过来了。"姚总说："谢谢老弟，谢谢老弟！"史记者说："别客气，互相支持吧。"姚总牵着史记者坐进沙发，"史记者，是外边误会了，医院已经确诊，大头赵是撑死的。"史记者说："唔，这样啊，就知道有蹊跷的，不过姚总，撑死人也是爆炸新闻，难得一遇的啊。"姚总说："兄弟，还真要出哥哥的彩啊？"史记者说："这次是大领导直接发话，不好推脱啊。"姚总说："好吧，不让兄弟为难，先让小唐陪你去厂区拍拍，完了后我再说个话，好不好？"史记者说："好的，听姚总的。"唐小雨便替他拎起机器，拉开房门，史记者走出去，唐小雨回头看姚总，姚总伸出两根指头，唐小雨点下头走出去。

姚总回身坐下，马光宝急颠颠地道："姚总，史记者这一拍，可不把咱们的名声毁了？"姚总说："慢慢来，慢慢来吧。"马光宝说："他都去拍了，咋还慢慢来呢？再说大头赵明明是毒死的，吆喝出去说是撑死的，兄弟他在那边咋安生啊？"姚总的脸色本来就阴晴不定，现在光剩下阴了，"大哥，该说的话，刚才我都说过了，撑死的毒死的，咱们听医院的听派出所的好不好？现在是法治社会了，法律不会偏向哪一方的。法律公断以后，大头赵真是毒死的，俞东起他逃不了，我姚伟也心甘情愿服法，就是把我枪毙了，我也绝无二话。但在处理阶段，我们不能随便下结论，也无权随便下结论，懂了吧大哥？"马光宝点头说："懂了，姚总，大头赵是毒死的，枪毙俞东起就行了，咋连你也要枪毙啊？"姚总说："我的大哥呀，我是公司法人啊，我是砍头的罪，俞东起顶多卸条胳膊，比我的罪轻多了。"

唐小雨敲了两下门走进来，气鼓鼓地说："姚总，你过去周旋吧，我不管了！"姚总问："怎么回事？"唐小雨一屁股坐下去，"他嫌给少了！"姚总说："他直通通地说少了？"唐小雨说："道貌岸然的，他还能那么说！他只说这事重大，跟领导不好交代，又说他最近炒股逢到熊市，钱借了一圈！"姚总把烟屁股摔进烟缸，烟屁股接着跳了出来，他一把捏碎，甩了出去。"他是闻着味过来的，不喂饱不行，你过去探探风，想要多少给多少！"唐小雨说："我不过去！这个人的嘴脸我早就看够了，再也不想见他了！"姚总说："小唐，你想干什么？最近你的情绪不对，我早就注意到了，但这个关口不能使性子！你以为我喜欢那个姓史的？姓史的喜欢我们？各取所需罢了！"唐小雨喘口粗气，噘着嘴走出去。马光宝像吃了一肚子苍蝇，吐不出倒不出，姚总苦咧咧道："马大哥，晓得咱们的难处了吧，咱就是网里的小鸟，谁都能把咱捏死啊！"这时老板桌上的手机响起来，姚总接起来："秦所好！给你添大麻烦了！好的，好的，我马上过去，见面再细聊，过会见！"他把手机揣进口袋，对马光宝说："大哥，我去派出所，你也该下班了，该吃饭吃饭，该睡觉睡觉，安心等结果。"马光宝说："姚总，这就算抓你进去了？"姚总拍了拍他的肩膀，"不是抓，是配合调查，富贵在天，生死有命，大哥这样替我担心，我心里真是好感动！"

马光宝疑虑重重地走出去，走进自己的办公室，接着又走出来，推开了唐小雨的房门。唐小雨坐在那里发呆，马光宝哭咧咧道："小唐，姚总去派出所了，怕是回不来了！"唐小雨说："我知道，大哥坐吧。"马光宝便在她对面坐下来，"小唐，你说他是不是出不来了？"唐小雨说："杀人偿命，出不来也是应该的！"马光宝一听，五脏六腑揪做一团，"是俺害了他，是俺和俞东起害了他，老天爷，让俺往后怎么活呵！"唐小雨咬着嘴唇，默默地望了他一会，喃喃道："你别担心，我刚才说的是气话，姚总他没事的。"马光宝撕扯着头发说："你别安慰俺了，俺是个粗人，可俺也晓得杀人偿命的道理，杀人就得偿命哩！"唐小雨的眼睛忽然湿了，她抽泣一声，趴在桌子上，脸来回地蹭动，抑制不住哭出了声，"都是你，都是你，原先俺干得好好的，人家让我怎么就怎么，你一进办公室，俺的心就开始乱，现在都乱得不知东西南北了！"马光宝也哽咽起来，"小唐你别难过，这样俺的心更难受了，都难受成碎块块了。"

晚饭时马光宝决定去派出所坦白认罪。他知道自己应该快点儿去，不是争取宽大处理，而是担心姚总把事情揽到自己身上，派出所糊里糊涂定了罪，姚总比自己会说，争执起来一定很麻烦，结果不一定争得过他。但马光宝还是磨蹭了再磨蹭，在屋子里看了一遍又一遍，临出门又给闺女打了个电话，给老婆王俊英打了个电话，啰里吧嗦地嘱咐了好多话，娘俩问是不是出了事，他说没事。他还想给大侄子马世才也打一个，划着圈儿嘱咐些什么，嘱咐他干上大官秘书不容易，老马家就指望他了，又一想大侄子心眼多，如果听出蹊跷，一个电话打回县里，把叔叔解脱出来那就坏了。

出了滨海小区，马光宝想走几步再打车，就沿着林荫道往西走去，往工业园派出所走去。他知道进了派出所，接着就是进监狱，再接着就是枪毙，这世界就再也见不上了，他要好好地看一下。他在县城多年，一直以为县城不如磨旺老家好，闹闹嚷嚷的没个清净时候，眼下才发现竟是这般的好，楼房安安静静，街道横平竖直，汽车跑来跑去，真是太好太好了。他就一眼一眼地看去，往心里边看去，喃喃道要是不犯罪多好，活在世上多好啊。

游戏规则

一

那年老秋我进了公安局，并不是因为犯了事让人家抓进去的。我虽然不懂法，又是个不大懂事的普通老百姓，都跨入新世纪这么多年了，我的脑袋里还只是盛着一点儿杀人偿命、欠债还钱之类的老掉牙的古典律条，实在落伍得可以了。但我这人善良，做点坏事别人不说话，自己先把自己判了。举例说吧，那是我二十七八岁时的事情，我遇上了一位只有在电影电视里才能见到的美丽姑娘，姑娘的美把我震动，我一时不知东西南北了，竟傻头傻脑地盯着人家看，一气看了十多分钟，或许是二十几分钟。为这事我判了自己两个月的监禁，两个月整整六十天我没有动妻子一下。所以我认为善良的人一般不会犯法，犯法也不会犯到格儿外头去。

明白说吧，我进公安局是去干工作的咧。这么笼统一说让人不好相信，其实不把事情说清楚我自己也没法儿信，就是把我打死我也不敢相信。公安局是个什么地方，像我这种无根无基又没上过大学的庄户主儿，想进那地方工作非常难。我曾经试过，试过许多回，那时候仍然在尝试着，盼望进一个饭碗牢固的单位工作，亲戚朋友寻遍了，亲戚朋友的亲戚朋友也寻遍了，结果一丝门路也没找到，金碗银碗单位的大门冷冷地朝我关闭着，内心深处我已经绝望了。但事情就这样出其不意地发生了。那天上午我跟妻子正在地里掰苞米，一辆小轿车拉着警笛跑出村，直接跑到我家的苞米地头上。俗话说做贼心虚，面对警车，我这个心里无闲事的人却发起了抖，竟一下子想到了那一次直视美丽姑娘的事。妻子也哆嗦起来，红着脸不知该咋办是好了，我猜想她心里也在极速推磨儿。

首先钻出车来的是我们的张支书，张支书一出车门就朝我们招手，嘴巴咧得天大，我没见张支书朝我这样笑过，简直要高兴坏了的样子。第二个下车的是一个中年公安，公安也朝我们笑起来，不过他的笑没那么夸张，是笑眯眯的，终于遇见亲人了的那种。我和妻子疑惑地走过去，张支书过来拍住了我的肩膀，"大刘哇，说出头你就出头了，一下子调进县公安局去了，以后咱们村出了事有说理的地儿啦！"接着他向我介绍旁边的中年公安，说公安叫程科长，往后就是我的顶头领导了。程科长握住了我的手，接连说了两个"你好"，然后就说我是个人才，十分难得的人才，公安局好不容易寻找到的人才。张支书打断程科长的话，"程科长，咱们先去吃饭吧，人才的事有空儿谈。"程科长说："好好，那就吃饭时细谈。"程科长是个容易激动的人，他没有等到吃饭，在车上就把事儿跟我详细说了，他说事情是这样的：县公安局缺一个水平高的写手，一样内容的稿件，人家局里出来的上了头版头条，光荣得要命，他们的却如同泥牛入海，连个回音也听不到。一样事迹的材料，人家的成了典型到处讲，他们的则进了废纸篓。眼睁睁把机关荣誉给耽误了。局领导便像搜扑犯人那样张出网去，把我当作那个高手捞进了网里。

要知道我已经三十三岁了，从泥窝尿窝的乡村忽然窜进了水光溜滑的城市，而且穿上了怪吓人的警服，干上了老百姓望而生畏的警官，当然是牛死了。可我的情况不完全是这样。牛气是牛气，但没有牛气到天上去。原因是我钻进了牛角尖，以为天下最好的活计是看书、写书，如能满足我这两大嗜好，把我当犯人看管起来也行的。假若不允许我看书写书，要我进城当县长我恐怕也得考虑考虑，结果肯定是坚持不受。话说到这个份上够露骨的了，我跑到县城里来端这只好饭碗，骨子里看中的其实是县城里的图书馆，是城市这个书卷味浓厚的文化圈儿。真正的目的是干私活，看书，写书。

目的不甚端正，并不等于说我是打算来滥竽充数、假公济私的。上面说过，我这人善良，吃着人家的饭，住着人家的屋，干的却是私活，我这人做不出这种事来。离开老家时我就计划好了，干私活只能在业余，也就是下班后，我要把星期天和下班后的工夫利用得滴水不漏。这话把我的妻子吓直了眼。我的妻子胆子极小，又亲我亲得不行，丈夫冷点热点几乎就会疼出她的泪珠子来。她拧着我的耳朵逼迫我答应不那样干，必须吃饱睡足了才能再想别的。妻子是被我以前的事情吓破胆了，以前有那么一回，我"开夜车"累晕了过去，她以为我死掉了，扑在我身上放声大哭。以后我再"开夜车"，她再也不能入睡，隔不多会就悄悄地推开书房门，看我还睁着眼她才放心。

况且局领导们对我很好，工作时间干私活就更不对了。局领导们对我的好，主要是通过程科长体现的。程科长大我八岁，四十出头，身体壮实，面相和善，一看就是一个称职的公安干警。程科长对我好得实在是没法子提。面试那天，他亲自跑到乡下去接我，报到这天，又亲自开一部桑塔纳去车站接我，警用小轿车在大街上呼啸而过，那快感真是美妙极了。车抵公安局，宣传科的人都跑下楼来迎接我，就像电视里下级迎接上级的场面，隆重而热烈，程科长在旁一一介绍，说这是某某同志，这是某某同志，我便跟同志们一一握手，有的同志握手还不能尽兴，索性展开双臂跟我紧紧拥抱。

跟同志们见面完毕，程科长又亲自陪我熟悉公安局的大体情况，看过局大院，看过局办公楼，连看守所也看过了，然后回到宣传科，分乘三部小车开出公安局大院，去四海酒家开欢迎宴会。这时我还不知道，四海酒家是公安局的定点饭店，一般的饭局都来这里。恰巧局领导们也在四海酒家。面试那天我跟局领导们见过面，局领导们平易近人，笑容可掬，没有一点架子，是我从未见过的好领导。这时局领导们听说我来了，兴冲冲地端着酒杯来到我们房间跟我碰杯。秦局长对我说："大刘，初来乍到会想家的，不用着急，半年内保证解决！"苏政委说："大刘呀，摘取省荣誉金牌，全靠你这如椽大笔啦！"程科长便举杯提议："来，为咱们找到了打开省荣誉金牌保险柜的金钥匙，咱们宣传科集体敬秦局长、苏政委一杯，干杯!"一只只高脚细腰的酒杯汇聚到了两位局领导跟前，苏政委摆了下手说："这一杯应该敬大刘的，敬咱们的大笔杆子，我的话没错吧秦局?"秦局长大手一挥说："对，没错，我赞成，来，大笔杆子，我先敬你。"秦局长的杯子伸向了我，一桌人的杯子伸向了我，敬过一杯又一杯。领导和同志们这般看重我，使我眼窝潮湿，可这阵脚我有点招架不住。我酒量不大，二三两烧酒就会被放倒的。结果半道上我便晕了过去。

　　醒来时已经是下午了，秋日的阳光红彤彤地照进窗来，窗外的说话声汽车的来去声隐约可闻。我发现自己睡在一间锃光瓦亮的大房子里，席梦思床、沙发、彩电、茶几、写字桌、电话机，我一下子想到了书里面讲到的总统套房。我想一定是烂醉如泥的我没法子往回弄，堂堂公安机关，怎么有法儿往里抬醉汉呢，领导们就暂时把我安置在酒店里了。第一天上班就喝成这样，这太丢人了!我急忙跳下床往外走去，结果没有走出去，原来门外边还有一间大房，这间大房无疑是书房了，只是书架上的书不多，多的是报纸和杂志，一摞摞一挂挂的，一大间屋子满满当当的。我是个嗜书如命的人，在家里时，一年也见不到几本新书，我还是第一次见到这样丰满的书房。肚子里的馋虫马上被勾上来了，我大步扑过去，饿汉似的横扫竖瞄起来。但我很快就失望了，书房里没有一样我喜欢的东西。我这人吃喝拉撒不甚计较，读书阅报可是挑剔的，一般东西难入我眼。我奇怪着，一大屋子书报怎么没一种文学类的呢，边想边若有所失地走出去。不料外边还是一间房，宽阔的老板桌，电话电脑，显然是办公室了，高级的那种。

　　走出高级套房，我发现这条走廊似曾相识，来是没来过的，这里不是我这个平头百姓可以问津的地方。难道我把电视画面跟现实搅混了?一时间茫然起来。正发着呆，程科长从隔壁的门里走出来，笑着对我说："大刘，你醒啦?"我说醒了，面皮紧跟着呼呼地发起了烧，人家程科长为照顾醉鬼，班都没上呢。我便腼腆地说："程科长，真不好意思，我的酒量太小了，咱们快回吧。"程科长一愣，说："回?

再回到四海去喝?"这回轮到我发愣了,我愣里愣怔地说:"程科长这不是四海?"程科长说:"这是咱们办公楼,怎么是四海呢,你不是上来过两回了嘛!"说着程科长摸摸我的额头,"大刘你酒还没醒吧?没醒就再回去睡,这套房子是你的了,干活休息一条龙,想啥干啥都没人干涉,不管以后有无房子,永远是这个条件,待遇还可以吧?"

我这个乡巴佬的嘴巴慢慢张圆了,这个套房真是给我的,至此我才觉出了担子的沉重。写通讯,整理典型材料什么的,对我这个发表过许多文学作品的人来说,自信是手里攥着的事情,可我还是觉出了担子的沉重。

二

第二天我就开始工作了,一上班就去程科长办公室要活计。程科长摆了几下手,说不急,金牌不金牌的不差这几天。他让我到街上转转,到下属单位转转,先把大环境搞熟,然后考虑工作的事。我很想出去转转。我老家离县城不算远,九十里地,来回二十块钱,可说来惭愧,因为不富裕,来一趟县城不容易,除非在村里快憋坏了,或者想新书想得不行了,就这样还得掂量好久车票钱才舍得出去。所以我不但想出去转转,而且想狠狠地转一转,结结实实地会会文友,结结实实地逛逛书店和图书馆,还有那满大街的书报亭。再说,穿上警服在大街上走着的感觉是相当好的,早上我去过一次大街,已经品尝到那种滋味,真的是相当的好。但我不好意思出去闲逛,公安局给了我这么高的待遇,士为知己者死,我得抓紧报答他们才对。程科长见我态度坚决,便说也好,等干出一番业绩把脚跟站稳了,有时间转县城。程科长便抱给我一摞材料,是近几年局里的立功报告、先进事迹备忘录,还有其他科员撰写的新闻报道之类。回到自己办公室,我便埋进这些材料里了,就这么开始工作了。在一天之内我便翻新出了三篇新闻模样的稿子,投给了相关报社。

我敢说天下再也找不到这样好的活计了。拿着公家的钱，干着自己比较喜欢干的事，上班时间由自己做主，纸笔不用花钱，投稿不用花钱，挣来的稿费还归自己所有，天下哪有这种好事儿呢。回想这之前的三四年时间，我的作品接二连三发表，冷不丁获得了省政府大奖，省里的高官把烫金证书双手递到我手上，而且说我为全省人民争了光，我便飘飘然了忘乎所以了，居然产生了去城里谋一份工作的念头。熟悉我的朋友也竭力撺掇我，说全县就出了你这么个作家，进城工作理所应该，如文联文化局什么的，适合你的地方多的是呢。我便挽挽袖子精神抖擞地上阵了，先去"文联"，再去文化局，没想到两家领导一律摇头，意思很明白，我想进去根本是不可能的事。我有点泄气了，想想自己的成就，再想想省领导的夸奖，我的气渐渐鼓起来，朋友们也不断地给我打气，说要放在八十年代，我一准就调到省里去了，主要问题是当今文学成就不跟政绩挂钩了。我的勇气重新鼓起来，我进了县委县政府，进了宣传部组织部，无望后我又一个局一个局地走，一个镇一个镇地走，走来走去走到目前，我像撒气的皮球基本没气儿了。

　　我唯独没有进过公安局，还有司法局、检察院、法院之类的地儿。我没想到公安局是这样的好，这样的重视人才。虽说我也觉得自己是个人才，但相比公安局给我的待遇，我还是觉得不大匹配，我甚至觉得人家公安局有点亏了。因此我又对干私活的欲望加大了打击力度，坚决不让它冒上来，星期天和晚上的工夫都搭上了，没日没夜地埋头在那堆材料里，搜索出东西来便敲敲打打，改编成这样那样的文章。有时候一天就能编出三四篇。只有在脑子累晕乎了时，我才骑上车子窜出去，瞅瞅书摊，逛逛书店，过一下书瘾。我知道，眼下我还不能够随便看书，但我还是腾出了二十分钟，去图书馆办了一个借书证，借回一本书。我把借书证珍藏起来，睡觉前拿出来看看、摸摸，享受一下。拜见文友也是见缝插针式的。在县城，我有七八十个文友，为了跟文友交谈一下，我要花二十元钱跑九十里地。能够和文友想见面就见面，对我来说是一种奢侈，就跟想看新书就可以买那样奢侈。如今奢侈的愿望变成了现实，县城里遍地是书，相隔最远的文友只有二里多地，想想真能把人乐死。

我甚至把特地赶来跟我相会的妻子也草草打发回去了。妻子是个可爱的妻子，这不仅仅因为她漂亮。我喜欢她的漂亮，但更喜欢她的温柔贤惠，我漂亮的妻子由于温柔贤惠而更加漂亮了。妻子来到时我们快要下班了，她选择这个时间来无疑是打算住一夜的。她说她想我，我说我也是。结婚十年我们没有分开过，一天不见面就要好好缠绵一下，以讨回一天的损失。但我的思念更深重一层，我还挂念着我八岁的小女儿。

我关上房门，拥着妻子走过书房，走进卧室，躺在了席梦思床上。缠绵了一阵，我们相拥着说起了悄悄话。我把我的吃住和工作情况说给妻子，工作很理想，生活也满意，食堂离这里一百来步，一顿饭十来样食物，基本上想吃啥就有啥。科里还雇了一位姑娘打扫屋子，开水也是她打。妻子感叹不已，说没想到外人养护我比她养护得还要好，只是外人不陪着住宿，夜里出了闪失没人救助，她悬心的只剩下这一点了。我开玩笑说，什么陪宿不陪宿的，这是公安机关，你说话可得注意呢。妻子便捶我，说："泥屁股还没洗净，就想花花事儿啦，我捶死你啊！"开心一会，妻子又说村干部也不跟从前那样了，张支书在大喇叭里说，大刘家的义务工免除，这费那费的免除，全力以赴支持高级人才的发展。乡领导来村里公干，总要由村干部陪着去我们家坐坐，说大刘是咱们乡的财富，精神财富，出这么个人物不容易，全县里才一个呢，所以一定要好好照顾。邻居们也好得没法子提了，二亩七分花生地，一下子涌进去二三十号人，半天工夫就拾掇利落了。这回轮到我感叹不已。我在老家的处境是尴尬的，因迷恋写作，写的又不是时鲜货，登出来也是登在一些没有订户的杂志上，没几个人看也挣不到几个钱，日子便始终停留在基本温饱状态。在老家，对手中无权腰里又没钱的人是很瞧不上眼的，况且我这么个大汉蹲在家里写字，富裕起来的乡亲们不解其故，断定我入了邪道，更是看不起我了，借张铁锨用用也会招来闲话，担心借出瘾来回头再向他们借钱。村干部是懂的，特别是张支书，他们懂得我在家里写字弄不好就要写出他们这块地盘去。这是他们不大愿意看到的，而我写的那些东西又不用盖公章，就更加使他们气愤了，久而久之，就把我视作了不服管教一类的人。找他们办点事，很难痛痛快快地办下来，一有机会就在大喇叭里指桑骂槐地数落我。我气愤，妻子也受不了，可我们忍了。我和妻子是不愿招惹是非的人。我只求能够安安静静地看书、写字，妻子只求能够让我安安静静地看书、写字。想不到仅仅这么几天，这一切都成往事了，更想不到他们把公安局看得这样重，面孔变得这么快，真是一世态炎凉呀。

我没有让妻子住下。女儿捞不着天天见到爸爸，应该给她更多一些母爱，让她时刻看到妈妈。妻子泪水汪汪地说她想住一夜，女儿由父母照管，再说女儿很快就睡下了，明天早上她就赶回去，女儿一睁眼就会看到妈妈的。我只好对妻子实话实说，公安局待我太好了，我要对得起他们，快点儿出东西，出一批东西后好挤时间干我自个的。一说这个妻子就不再坚持了，攥住我的手开始不厌其烦地嘱咐：不准饿肚子，不准熬夜，听见窝心话不准生气，看到坏人坏事不准瞪眼，总之不能吃亏。然后她就泪水涟涟地捧住我的脸，这里一口那里一口地亲。再亲下去我就要被她感动了，我一狠心摘开她的手，往外走去。走出办公室，妻子突然又记起一句话，说父亲再三叮咛，让我隔三错五地回家一趟，别忘了穿上警服，带上手枪，要是能够把手枪挂在腰带外头，那就更好了。妻子没说完便破涕为笑，我也开心地笑了起来。

三

事实证明我的自信心不是无来由的，十几天的勤奋劳动很快就得到回报了。市里两家报纸同时登出了我的一篇报道稿，晚报是一版，日报是三版。两份报纸我的书房里都有。这时候我已经知道书房里的报刊是用于投稿的，一共是一百七十七份。我拿上报纸兴冲冲地给程科长看，程科长不在科长室，郑副科长在，郑副科长朝我笑了笑，说程科长被秦局长叫过去了。我便把报纸留给郑副科长，意犹未尽地回了自己的办公室。

不大会儿，程科长敲门进来了。我抑制着激动情绪，尽量用平常的语调谦虚地说："科长，今儿发了两篇。"程科长喜眉笑眼地说："我看到了我看到了，老材料翻出了新产品，还发了一个头版，真不愧是大手笔啊！今年的省优部优，咱们局一准榜上有名了！"程科长给自己沏上一杯茶，在我对面坐下。我抽出一根烟给他，他说抽他的，说着摸出两盒中华烟撂我桌上，说是秦局长奖励我的，秦局长还强调说，继续下去的话还得重奖哩！程科长又摸出一盒泰山烟，拆开封套，掐出两根分我一根，他自己点上一根。我听说过中华但没闻过，我闻过泰山但没抽过，我小心地点燃泰山，吸了一口，味道果然好极了，我又吸了一口，深深地吸进肚子，慢慢地吐出嘴巴。

程科长还有话。就像才记起来似的突然对我说道："对了大刘，这篇文章好是好，只有大手笔才琢磨得出来，只是还有一点疏忽，不知你现在意识到了没有？"程科长的话我没很在意。这篇文章是歌功颂德的，思想政治不会出问题，这类文章只要思想政治不出问题就没大问题了，至多漏了个在程科长看来挺不错的小细节罢了。我就笑着问程科长疏忽在哪里。程科长笑着回道："大刘啊，看来你对新闻报道稿还不是太在行，这篇文章，你疏忽的是中心思想，也就是主题，没意识到的话你再读一遍看。"这一说情况就严重了，疏忽了中心思想还算什么文章呢，发表都不可能呢。同时我心里也有点不服气。不用重读，我自己写的文章短时间里基本上能背下来。这篇文章写的是官庄乡派出所里的丁所长，忍着风湿性关节炎的疼痛，一边打点滴一边侦破盗牛案的动人故事。主旨是赞扬把自己的生死置之度外的公安干警的高尚品格。疏忽在何处呢？我心里嘀咕着，茫然地望着程科长，担心遇上了个瞎指挥。我虽说一直在乡下，但因为读书多看报多，对官场上的瞎指挥还是很了解的。程科长乐呵呵地说："大刘，这不怪你，这个疏忽，是因为你对公安生活不熟悉造成的，是我这个宣传科长没有及时提醒你造成的——你疏忽的是，'在局党委的正确领导下，在局长政委们的直接指挥下'这一主题！"

我"哦"了一声，一时无话，心里道，果然遇上个不管懂不懂凡事都要插一杠子的官了。我不好直说出来。我这人就这样，只要别人不是出于坏心，不管他办出了什么错事，我都会给他台阶下。况且程科长是这么好的一位领导，错到天边去我也不好意思发脾气的。我婉转地提醒道："程科长，这篇文章写的是丁所长，要点在一个'病'字上，在一个'公'字上，再者，他组织侦破盗牛案，材料里说案件告破后才向局里汇报的，也就是说结案前局领导压根不知道这件事。"程科长乐呵呵地道："我晓得我晓得，我怎么会不晓得呢，但是大刘，丁所长是局领导培养提拔的对吧，没有局领导，丁所长就干不上所长对吧，丁所长干不上所长，就没有盗牛案的出色侦破对吧，你怎么会以为没有局领导的功劳呢？"我争辩道："程科长，要你这么说，还得把市局领导也写上，省厅领导也写上，公安部领导也写上，拉漏了一点就是疏忽了中心思想对吧？"程科长说："大刘，你在开玩笑？"我苦唧唧地道："程科长，我哪有心开玩笑，我是理解不了你的意思，不知道这个文章到底该咋写。"程科长沉吟一下，道："大刘，机关就是机关，机关里的所有人员，都是为主要领导服务的，具体到我们宣传科，就是一切要围绕主要领导转，否则就会处于被动，所以我把这个事给你指出来，文章里不突出局党委是不对的，何况一个字都不提。"

　　我懂了，程科长说得这样明白我怎么会不懂呢，懂了之后我反倒更加无话了。我身上的血液在四处流淌，怎么也找不到出口了，结果都涌向头部，我感觉脑袋有几百斤重，面皮快要涨破了鼓碎了。程科长看着我脸色，说："大刘，你好像对这事有看法？"我默了一晌，道："程科长，是不是往后的稿子都要这样写？"程科长点点头。我又道："这是局领导们的意思？"程科长望着我，没吱声。我接着道："这样巴掌大的东西，也值当如此看重？"程科长的眼睛慢慢睁大了，像不认识我似的，又像研究一个怪物似的，直愣愣地看着我。然后他长长地叹了口气，"大刘，你的心情我理解，很理解，我进机关的时候，比你年轻得多，比你更不适应，我是慢慢磨出来的，大刘，机关里得磨啊，把刺儿棱儿角儿磨光磨平，否则吃亏的是我们自己啊。"我没点头也没摇头，只是木木地望着程科长，紧紧地闭着嘴巴。我不敢再开口说下去了，我自己的脾气自己知道，我知道再说下去的话就会越说越不着调了，我不想因为这事影响了这只好饭碗。我这是老毛病又犯了，控制不住坏情绪了。每到这样的时刻，假如我继续说话，对方继续跟我对答下去，不用几句，我就会不顾一切地跳起来拍桌子的。许多事情我就砸在这个坏毛病上。其实多年来我找工作四处碰壁，也不能全怪人家那些领导们，也得怪自己顽固不化的臭毛病。如果我顺着人家那些领导的话儿说，跟随人家领导的眉眼儿走，人家口渴了赶紧倒水，人家瞌睡了赶紧递枕头，人家上下车了赶紧把手撑上去，人家手头紧巴了赶紧回家淘换去，现在我在机关里恐怕也是个人物了。我倒好，一发现人家领导有了那方面的意思，说不定人家不是那个意思呢，我就敏感地以为人家是那个意思了，我的脸就阴了冷了，敷衍了几句便拔腿而去。

所幸程科长没有继续谈下去。他转换了话题，谈起我的生活情况，说我妻子的工作局领导正在想办法，不久就会出结果的，最后请我中午去四海酒家喝一杯，庆祝一番，把中午所有的饭局都推掉，就我们两个，好好地庆祝一番。十几天来我已去过十几回四海了，宣传科里只要有客，程科长都要拉我过去。这一次是单独为我开的，无疑程科长想跟我深谈一下。但我拒绝了他，拒绝得还挺生硬。我说："对不起程科长，今天中午我有个约会。"这个搪塞自然是露骨的，程科长听出来了，他稍一顿，淡淡说道："那好吧，不耽误你。"说完拍拍我的肩膀就默默离开了。程科长显然有点不满意了，可我管不住自己，我把情绪控制到这个程度，不瞪眼不跳高已经很不容易了。

四

程科长离开后我便下了楼。不是为了挡掩程科长的耳目，是真的生出了约会的欲望，渴望尽快找一个文友倾心交谈。我没骑自行车，经验告诉我，在某些时候，坏心情是要靠消耗体力来治疗的。我一出大门便奔跑起来，警用皮鞋咔咔地点击着水泥地面，耳朵里呼呼生风。我要去找县人大的田浩。县城里七八十个可爱的文友，比较而言我最喜欢的是田浩。我和田浩，许多时候只用一个眼神就能达成默契，我认为这是很不容易的。他现在是人大秘书组副组长，组里的主笔。可惜这家伙调进机关后就远离了文学，连文学类的书都远离了。七八十个文友差不多都这样，文学改变了他们的工作环境，环境变化后却跟文学分了手，再也不跟诗歌小说之类的东西沾边了，似乎这些东西是钞票，用处很大，但花出去后就完事了。我觉得疑惑，又感到可惜，生存环境改观后，没有了后顾之忧正好可以大写特写了，怎么他们反倒丢脑后去了呢，真是匪夷所思可惜死了。我最感可惜的是田浩。这家伙悟性强、潜力大，努力一番是会成为一名作家的。我捉到空子就敦促他，进城后已会过他三回，通过七八次电话，这家伙却像喝了迷魂汤，一门心思地想干上正组长。他在副组长的职位上已待了三年，他说早就应该给他转正了。我据理力争，说："正组长、副组长跟文学有啥关系呢，怎么会耽误你看书写作呢。"田浩说："你还没真正进入机关，你不懂，我是不会再去掇弄文学了，我劝你也趁早洗手，把工作干好什么都有了。"这家伙有点胡搅蛮缠了，我也不是吃素的，打算继续劝导他，争取尽快把他拉回文学大道。

还没到下班时间，大街上人迹比较稀少。往日里，我进县城总是贴着墙根儿走。我的眼神儿不大好，怕惹出事端。或许是庄户模样的缘故，我每出远门总要惹出些事来，轻者挨一顿臭骂，重者吃一顿拳脚。有一回买车票时踩了人家的脚，人家挥起拳头依法索赔，我只好把仅剩的车票钱交了出去，九十里路我只得用脚走回去，害得妻子抱着我的脚哭了半宿，连说现在的人怎么这样呢，怎么这样呢！妻子说以后再也不让我出门了，非出不可她就陪着我，我向她下保证，以后小心、使劲小心肯定不会再出事了。眼下我心里火气冲天，脑袋里一团乱麻，竟然忘记了走路的凶险，跨着大步一个劲儿地跑，好像受了多大的委屈似的，胸口一哽一哽地想哭。

不想这一次真的出了事。斑马线上，一个小伙子骑车横穿马路，我视若无睹，像个木头人似的直梆梆地撞了上去，小伙子连人带车倒在地上，我也四仰八叉地躺了下去。我如梦方醒般打个冷战，顾不得自己的伤痛，抢上前去拉小伙子。小伙子坐起来，没破皮也没出血，脸面红红润润的，我心里的石头落了地，可紧接着又惊恐起来了，小伙子不会善罢甘休的，这遭恐怕不是三拳两脚的事了，不仅仅是医药费的事了！正惊恐着时，我又发现小伙子剃个小平头，嘴上一撮小胡子，是平日里我最怕的那种，我胸膛里的心快要哆嗦破了。果然，我刚战战兢兢地说了声对不起，小伙子就一拳打开了我的手，紧接着便送来了愤怒的咆哮："狗操的你瞎了——""眼"字刚蹿进嘴里，他的目光也到了我的身上，这个"眼"字硬给他咬住了，咽回肚子里去了。我依然惊恐着，忙又伸手去拉他，"对不起老弟，实在对不起，咱们快去医院看看吧，别伤了筋骨。"小伙子却咧嘴笑了，就我的手站起来，身子还没有站直，而是呈弓状弯曲着，对我说："大哥你忙，你忙，我皮实没事的，没事的。"事情似乎倒过来了，像他碰倒了我似的，小伙子扶起车子慌忙离去，脚一踮一踮地半天才骑上车。

我望着小伙子远去的背影愣在原地。我已经知道这是怎么回事了，五大三粗的健壮身子，警服从头武装到脚，他咋能不骇然。然而我没有感到幸运，更没觉出兴奋和喜悦，出现的只是茫然无措，和一种隐隐的痛楚。我一时不知该怎么办了，如木偶样站在那里，小伙子早就无影无踪了，我还是朝着他消失的方向望去。直到听到有人在喊我的名字，我才回过神来，呆呆地循声望去，一个人推着自行车在往这边跑。是马振声，我的另一位文友。

在县城的文友中，田浩是我最喜爱的，假如硬要我从中拣出一个我最不喜欢的人来，那么就是这个马振声了。马振声是县肉联公司的职工，干的是操刀斩肉的活，始终感觉不平衡，觉得这个世界亏待了他。平常他跟我一见面就发牢骚，说是公司太不像话了，至今也没有提拔他，简直是是可忍孰不可忍了，再这样下去他要走人的，想挖走他的单位多得很呢，担心公司领导脸上挂不住，他才迟迟没有离开。然后就唾沫四溅地批这点那，说，他们公司里的秘书狗屁不是，连标点符号都点不对，居然还能隔三岔五地发出文章来，全是公司里的肉喂出来的。要是他处在秘书位置上，市报省报他都懒得理睬，就算是北京的报刊还得看看是部级还是中央级。接下来他就向我透露谁谁又发表了一篇散文，这篇散文他大体浏览过了，文笔糟得没法子讲，不摸底细的人会以为编辑是个中学生，可是他摸底，他清楚那位作者往编辑部跑了多少趟。然后他就问我最近又有大作出来没有，得知我又发表了一篇什么，立即催促我快拿出来让他一饱眼福，他拿到手扫了几眼后便连连地吹捧起来，说我的文笔又提高了，离大作家的宝座只差几厘米了，可是他那份从骨髓深处涌出来的神情，恨不得能把我的名字挖下来换上他的名字。那份面红耳赤的神情，把他的内心世界都展现给我了。我觉得那神情实在是惨不忍睹，便借故走进另一间屋子，或者干脆起身告辞。因为他痴迷文学，十几年了没有发表过一篇文章，是个真心喜欢的样子，所以我继续同他保持着联系，见了面始终热情相待，还设法引导他想使他的心胸开阔一点，不要净踩别人的脚后跟，我以为那样的话对他的写作也会有所帮助。

马振声跑到近前瞪大了眼睛："大刘，你——当上警察啦？"

我的情绪还没恢复过来，就简单地点了下头，问他要到哪里去。马振声没有接我的话，可能是没有听到，他已经沉浸到自己的情绪里了。他惊呼了一声好，咔地支下车子，又惊呼了一声好，抢前来拾起了我的手，紧紧地握住："好，好啊，太好了，终于上来了，终于上来了！大刘，交警还是巡警？"我说是局宣传科。马振声哦了一声，脸跳动了几下，转而更加兴奋起来，"大刘，我说过的，是金子总会发光的，我的话没错吧？"我咧嘴笑笑，"振声，你这是要到哪里去啊？"马振声说："去一趟县委，他们约我去的。提拔我的事公司拖着不想办，县委领导火了，打算把我调出肉联！"我说："那你快忙去吧，我也还有点事，咱们改天再谈。"我不想谈下去是因为我看到这位老兄的眼睛不离我的警服，脸色已经开始快速变化了，内心的情绪随时要四分五裂泛滥开了，我眼下心情不好，实在没有力量面对这些事。

马振声却说不急，是县委请他去的，又不是他上赶着去的，急什么呢。"哎呀，起点不低呀，一步跨上了这么高的位置！大刘，公安局里边的关系？"我摇摇头。我知道面对马振声，这头摇也是白摇，可我还是要摇。马振声又道："那么是县委县府的了？"我忽然急了，我自己黑点白点没什么，可这事扯连着公安局，我不能平白无故让人家受冤枉，在这点上公安领导是清白无私的，往人家脸上抹一点黑就不是人了。我便正色道："振声，我进公安局，完全是正当途径，人家需要我这么个人，请你不要胡乱猜想，千万不要！"马振声不大乐意了："大刘，咱俩十多年的老朋友了，你怎么还这样见外呢？无缘无故进了机关单位，这种事我从来没听说过呢！你放宽心，放一百二十个心，钻进我耳朵里的话传不出去的，传出一个字你撕我的嘴！"我心慌意乱，欲言又止，我原地转了一个圈子，竭力按捺着坏脾气，说道："振声，我有事，挺急的，有机会咱们再细聊吧，可你要记住我的话，确确实实，我跟公安局都正大光明、光明正大，你要是胡乱怀疑，我、我我、我就没法跟你说了！"说完我拔腿就走。这时我才放纵开自己的情绪，任由心底的火苗儿燃烧起来，顿时烧起了漫天大火，但却没有了发火对象，我只好发泄到两只脚板上，使劲跺使劲跺。我最恨不相信我话的人了，好好地说出一句话来，怎么能随便怀疑呢。我认为这是一种不算轻的侮辱，甚至比耳光还要重些。咚咚咔咔地走出十几步远，我回了一下头，我看到马振声还扶着车子站在那里，呆鸭样伸着脖子望我，正如我料想的那样，他的脸已变成黑茄子。我知道他又在挖掘我的心理了，想我进了公安局，牛气哄哄了，不愿意理他这个前程黯淡的屠夫了，我没办法，随他去吧，我是一点办法也没有了。

五

离开马振声不多会儿我的步子就慢下来了。我开始后悔，后悔不该朝程科长要态度，不该对局领导们有情绪。他们爱才如命，为提拔我都受到连累了，怀疑幕后有事的肯定不止马振声一个，说不定认识我的人都在怀疑，一个普普通通的老百姓，一点手段不施怎么进了公安局，里边一定有猫腻。如此看来，局领导吃的冤枉大了去了！再说程科长错在哪里？新闻报道里突出局党委有什么错？没有局党委的正确领导，会出现丁所长那样好的基层干部？电视里常说，这个省里出了窝案，那个市里出了窝案，这就证明主要领导的重要性，主要领导黑，黑一窝，主要领导明，全单位都亮堂，凡事突出主要领导是对的。我越想越觉得对不起局领导，就转身往回走了，而且一下发起了急，恨不能一步跨回办公室，向程科长道歉。

　　局里刚刚下班，我随着人潮去食堂吃午饭，感觉脸上热辣辣的，不好意思碰见熟人，好在我没有看到程科长，也没看到宣传科的同事，他们大约去四海了。我埋头吃过午饭，灰溜溜地回到办公室，一支烟没抽完呢，我拿定的主意又改变了。我觉得这个歉没法儿道。总而言之，不管什么文章都要以局领导为主体，是有点儿不对，向程科长道歉，我觉得对不住我自己，有点儿昧着良心办事、向不良习气俯首低头的意思。我一只手捏着烟，大口大口吸着，一只手揪住了自己的头发，一下一下揪扯着。不一会办法就让我揪扯出来了：以后的文章内容，要以局领导们的事迹为主，起码是他们下过指示发过话的，这样突出局领导的问题就解决了，我个人和局领导们就都对得起了。怀着急于改正错误的心情，我立即动手干起来了。

　　我没有想到，三天下来我一篇东西也没写出来。局领导们的动人事迹不是没有，相反，一桌子材料中，局领导们的占了多半。写秦局长的就有六十多份，他患有冠心病，三十八次昏倒在破案现场上，情况十分危险，醒来后却拉不动他，直到破案才下战场。苏政委五十多岁，身体也不好，他患的是哮喘病，追捕逃犯总是带着氧气瓶，呼吸困难就赶紧吸几口，但在关键时刻他往往把生死置之度外了，因此休克过二十多次，有十几次险些没抢救过来，点滴一撤又上了第一线。事迹都很感人，读第一遍时我泪水不断。可是在着手谋篇布局捏合字句时，一想到必须遵从程科长的那两句话：在局党委的正确领导下，在局长政委们的直接指挥下——我脑瓜里的事迹就成了一盘散沙，怎么也捏不成个儿了。千遍万遍，遍遍如此。我发慌了，想到江郎才尽那句老话，我愈发毛躁，一把一把地撕扯自己的头发。

　　第三天上午，我正在抓耳挠腮地抠索着脑子，一位光头圆脸、身穿对襟大褂的中年男士走进屋来。男士知道我们不认识，一进屋就自我介绍，说他是县电视台新闻部的常编辑。原来常编辑是个文学爱好者，是我没见过面的文友，他听说我已经来到县城，特地过来认识一下。我的情绪激动起来了，赶紧把他让到沙发坐下，递烟泡茶，认真听他的讲话。常编辑慢条斯理地说，我的名字他早就听说过了，起初都是些莫名其妙的意见，说什么我的文笔糟得没法子讲，水平还抵不上一个中学生，然而却在几年里发表了一百多万字的文学作品，获得了省里的最高文学奖，进入了茅盾文学奖的候选名单，那全是土特产外加小红包的结果。常编辑不无疑惑，就找来我的文章看，一看就看进去了，文章才华横溢，韵味十足，潜力无限，只是在读着的时候有一点别样的感觉，不静下心来就很难进入，更难把握住主题，他吃不准这是缺点还是优点，所以今天来还有一个目的，那就是讨教。

　　我知道又遇上一位知心文友了，说不定是第二个田浩哩，我兴奋得坐不住了，起身围着常编辑走来走去，兴致勃勃地跟他谈起了文学。我们谈曹雪芹喝着稀粥创作《红楼梦》，还披阅十载增删五次。我们谈因爱恨深而有卡夫卡，中国的先锋派们蹲在书房里东施效颦无病呻吟永走不出象牙之塔。楚国亡而有《离骚》，漠视民间疾苦国家命运而制作出来的只能是语言垃圾。我们越谈越投机，越谈兴趣越浓，我感叹："常编辑，你也得动手写，不写太可惜了！"常编辑大呼："大刘，你会成为大作家的，一定会的！"我把忧愁都丢到脑后去了，一直跟常编辑谈到了下班，要拉他去四海继续谈，谈它三天三夜，过一把老瘾。常编辑说他还得回台里编辑稿件，今晚要用的，说到这里他一摸后脑勺，"对了大刘，我是带着任务来的，你得给我篇新闻稿回去交差。"我便找出一篇旧稿，写局领导的，常编辑看也不看就掖进包里，说今晚就念。

　　稿子果然在晚饭后当作新闻念了。我为又交到了一位既爱好文学又言而有信的朋友而感到高兴。但是这位文学新友勾起了我创作的欲望，使我的思绪更加远离了桌上的材料，亢奋地飞到不知什么地方去了。晚上我没能睡觉，脑子里始终明晃晃地旋转着，围着文学打转转，天亮后脑瓜板结成了一块黑乎乎的冰。我清洗完牙齿，把脑袋搁在水龙头下面，让拇指粗的水柱冲击了半小时之久，结成冰块的脑浆这才慢慢化开。头发还没有干透，程科长就进来了。我猜想他又是来表示祝贺的。本县里出来的文章我觉得不算什么成绩，所以我也没有给他们投过稿，不过昨晚那一篇实在是不错，常编辑一字未动，足足播发了七八分钟。

我等着程科长发话谦虚几句。我跟程科长的关系又恢复如初了。为那天闹情绪的事我虽然没向程科长道歉，但程科长从我的实际行动上看出了道歉的意思，见了面热络地打招呼，我日夜兼程地埋头写东西，程科长一定已经知道我悔过了，他没有跟我计较，甚至像什么也没发生一样，大老远就朝我笑起来了。昨晚出了一点小成绩，他一上班就赶过来道喜祝贺，我心里热乎乎的，遇上这样的好人是一大幸运呢！我站在那里等待着，脑子里考虑着谦虚的话。程科长进门后不曾说话，先返身关上房门，回身后我才留意到他的脸色，他脸上一点喜色也没有，反倒有些苦巴巴的，脸型比平日长。我的心忽悠一下悬起来，程科长的神情显然说明有事，然而能有什么事？昨晚那篇稿子通篇都是写局领导的，在三个文明建设的鼓舞下，县公安局面貌焕然一新，主题鲜明而又集中，应该没问题吧？

程科长板着面孔坐下来，我满腹狐疑地递给他一根烟，他默默地点燃，默默地抽了几口，然后沉沉地开口说道："大刘，你是个好人。"我茫然了，程科长怎么猛地扯出这么一句？我尴尬地笑了笑，无言以对。程科长的脸色愈发严肃了："大刘，我反复考虑，得提醒你一句，不然的话我这心就难安宁，这句话听起来也许不顺耳，你大约不愿意听，其实呢这种话我也不想说，很不想说，但我得对你负责，也得对得起我的良心，大刘啊，报道后你没去局领导家里走一走？"我的脑子嗡的一声响，眼睛发黑，天旋地转，木木地摇了一下头。程科长激动了，苦不堪言地道："怪不得，怪不得呢！大刘啊大刘，你让我怎么说你好呢，这件事情早就应该办了的呀，你是个聪明绝顶的人，我以为你早就办妥了呢！不错，公安局是缺一把好写手，可那是公事，是另一回事情，跟培养个人感情并不矛盾。大刘，个人关系搞好了，你游刃有余，搞不好，你路路不通！知道吗，昨晚那篇稿子你又写砸了!"

我愕然，挣扎着问："砸在哪里?"

程科长痛心疾首地道："你把主题弄颠倒了，秦局长是一把手，你却大写特写苏政委，只提了秦局长三五句!"

我想说，那篇稿子是写公安局思想政治面貌的，突出苏政委是顺理成章的事，秦局长应该能理解的吧，不会怪罪计较的吧。可我没说。我突然什么话也不想说了。一大堆话硬在我胸膛里，迅速聚集凝结着，凝结成了一块生硬的石头。程科长的话匣子却打开了，收不住了："大刘，我看出来了，你是个好人，难得的好人，当今社会几乎找不到的好人，所以我有话不瞒你，必须跟你推心置腹。稿子按规定要由我来把关的，我信任你，再说我以为你跟局领导们的关系搞妥了，他们背地里会指点你的，一般出不了错，出点错也没什么。没想到你给弄了个稀里糊涂，局领导不去亲近，稿件由着性儿写!这样下去整个宣传科都要受连累了!还有一点，你想一想，秦局长理解你的话，怎么着也好说，如果不理解，他是不是会怀疑你投靠了苏政委?是不是要怀疑你俩打算合伙做他?真是这样，苏政委自然会提携你，替你挡风遮雨防暗箭，但事实上他不会那样做，因你们俩也没私交，他会怀疑你傍上了秦局长，暂时做点小菜堵他的嘴，脚底下使大黑绊子!大刘啊大刘，看你的小说，什么样的心理都懂，什么样的环境都熟，怎么轮到自己了却这么不开窍呢!或许你是不想随这个俗，以为这么样做丢人，那你就错上加错了。我们进城是干什么的，我们是来奔前程的，只要对我们的发展有利，我们把腰稍稍弯一下有什么呢?你想想吧，好好想想吧，想想你老家那是什么日子，这机关工作是什么前程，要是觉得我这顿火发得在理儿，今晚上你就活动活动去吧。"

六

程科长离开好大一会了，我还坐在椅子上望着门口发呆。我想起来了，秦局长和苏政委两位领导，这些天我碰到过四五回，我恭恭敬敬问候过去，他们也回应，也点头，但那回应和点头是淡淡的，公事公办似的，有点儿拒人于千里之外的感觉，然后便匆匆忙忙地走过去了。回想刚来时的那些天，在走廊里或者大院里碰了面，他们老早就朝我摆正了亲切的笑脸，亲热地预备着接受我的招呼了，走近了时总要停下来笑眯眯地说几句知心的话儿，生活习惯不习惯，工作顺利不顺利，要不要把媳妇调上来，先随便找个工作凑合干着，等等，临去时还要拍拍我的肩膀，剩下的话都在这一拍上了，我热血沸腾、兴奋异常，咚咚咚地跑上楼，干劲冲天地投入工作。前后对比如此鲜明，敏感的我清楚地意识到了，我脑海里飘起了阴影，但很快就散去了，因为我没有做错什么，写丁所长的那篇小稿，根本不可能得罪他们。我甚至觉得我这是在以小人之心度君子之腹，为此而深深自责半天。

眼下全都明白了，原来不仅仅是工作的事儿，主要是没有及时向他们靠拢，稿件问题便被放大到千倍万倍了。我呆坐良久，痴痴地站起来，站到宽大的玻璃窗下，眼光掠过秋阳照耀下的水泥建筑群，向遥远的东南方望去。翻过蓝天下那座淡绿色的山脉，再起伏蜿蜒出去六十里山路，会出现一个绿树掩映的村落，这就是我生活过三十几年的村庄了。村落尾部，四间低矮陈旧的瓦房，一圈让风雨侵蚀得十分险要的土院墙，就是我的家了。我的家就像民兵排队，前边都是高大魁梧、威武壮观的汉子，队尾却是一个突然矮下两头的土孩子。面对此情此景，有时候我的脸上也会发烧，觉得愧为人夫人父，为了自己的一份追求，我把全家人害苦了。最对不起的是我的妻子。妻子一切围绕着我转，家里家外的活计，除了一个人干不动的，妻子全包了。去外头借钱借物也是她，有时回家后眼睛红红的，显然是哭过，但她不说。妻子才三十岁，过年时才做一身新衣裳，看着她那惹人爱怜的身段儿，我常常想要化辛酸为力量，为妻子而写作吧，抓紧时间写出让人们承认的作品，挣来大笔稿费，让妻子过上好日子。再不行就写电影电视剧，一年半载就富裕起来了，什么活也不准她做了，只管玩儿就行了。然而妻子却不。妻子说她觉得这小日子已经好得没法子提了。女儿可爱，两年学堂十多回考试，每回都给她夺个奖状回来！丈夫可爱，丈夫能写出一本子一本子的故事，省城里京城里，还把一本子一本子的故事印出来，发给成千上万的人看，这是多么了不起的事情。她说她有这么爷女俩守着，做梦都快活得想唱呢。说完一番话，妻子就换上一身更旧的衣服，梳梳头，拿上家什下坡做活去了。我是这个庄子里永远的新闻热点，我妻子在外头要面对我这个新闻热点，探寻、白眼、耻笑、冷嘲热讽，因村人们基本上见不到我，这一切要妻子独自承受。妻子觉得委屈，觉得村人们不该这样对待我，穷有什么错？又不是吃喝嫖赌，搞歪门邪道弄穷的。也有好多善心人，经常挤工夫替妻子出主意："大刘家的，让他这样蹲下去多会是个头？你看电视里的那个蒲什么龄，写了一辈子穷了一辈子，不中啊！你饿他三顿试试，看他出不出来干活？你把他的烟掐了试试，看他还知不知道挣钱？浪子回头金不换，三十岁转弯还不晚。"妻子就笑着对她们道："他说他就是愿意写愿意看，别的营生干不来，不写不看心里就难受，我看他写字也怪有意思的，那么大个人，认认真真地趴在桌子上，像小孩子那样一笔一画地写，三写两写就写成了一个有趣儿的故事，怪有意思的，愿意写就让他写下去吧，写不成有什么打紧，不打紧的。"日久天长，村人就也对妻子侧目而视了。近几年我的稿子写出来就能发表，外边的报刊就称我为作家了，但我妻子的外在环境仍没有改变，村人们认为，只要我还在庄户地就是个普通人，就还是他们嘲笑的对象。

山那边的小家在向我招手，我想家了。村人们可以笑话我，难为我，但他们无法左右我手中的笔，灵魂上我不用受他们的节制，更不用干下三烂的事儿。我可以充耳不闻地坐在书房里，在艺术的王国里自由自在地翱翔。回家的念头像潮水一样涌向心头，一浪强过一浪，无法阻挡了。我决定回家，立即回家。就这样，我决定，回家。我就是这么个人，一秒钟内就能决定一件事情。我开始整理屋子。办公桌上的材料都散乱着，书房里的报刊因为查抄地址，凡抽下来的都扔成了一堆。卧室里的被褥摊在席梦思床上，地上的袜子和鞋散发着臭气。我要给人家恢复原貌。回家呵，回到小女儿的身边去，回到妻子营造的爱巢去，回到那间我可以自由翱翔的小书房去。屋子整理完毕，我从抽屉里拿出县图书馆的借书证，我翻看着，我知道里面只填写过几个字，可我还是一页一页地翻看着，翻到最末一页，又从末一页往前翻去，缓缓沉沉地翻看着，两滴硕大的泪水吧嗒落在纸页上，我忙把脸歪到一边，用衣袖轻轻擦那泪滴，泪滴很快擦干了，纸页上皱起两朵淡淡的小花。我怕再有污损，把借书证慢慢揣进衣兜，往外走去。

还了借书证，我在管理员满腹狐疑的注视下走出图书馆，我的泪水又流出来了。我站在图书馆大门口，望着这座面目灰暗的三层楼，就像要把图书馆刻印在眼里似的，我睁大眼睛望着，泪水始终没断。许久后我狠狠擦了几把脸，骑上车子往田浩家走去。难以割舍的除了城里的书籍之外，就是我可爱的文友们了。七八十个文友，包括通过电话的，我才见到了二十几个。下次相见不知是什么时候，或许几个月，或许是一年，我必须晚走两天，把剩下的文友们都见一见。我也想再见一次马振声。此时此刻，对马振声这个文友我只剩下爱了。我要好好跟他谈一下，引导他多读一些文学名著，文学名著是一味良药，能排毒养颜、滋润心灵。

田浩家住在县人大后头的家属院里，我去到的时候他一家人正在客厅吃饭。他的家庭成员和我一样，田浩也是一妻一女。他们问我吃过饭了没有，我说没有。田浩便兴奋地站起来，扶扶眼镜对他妻子道："快，再加俩菜，我和警官先生喝几杯，当上警察了，不敢怠慢的！"往日里遇到这种时刻，我只会笑着坐下来，等着陪他喝酒。田浩好酒，量也惊人，一瓶进肚啥事儿没有。但他妻子不允许他多喝，一顿只许喝两杯，只有在我来的时候，他妻子才允许丈夫超量。可今天我止住了要去做菜的田浩妻："别麻烦了嫂子，我什么也吃不下，肚子不饿。"田浩妻赶紧顺水推舟道："那就吃饭吧，大刘也不是喝酒的人。"我说："好，吃饭。"田浩怔了一下，问我："出了什么事？"我说："没出事，是熬夜累，伤了元气。"田浩不再说话，默默地坐下，吃了几口饭就放下了筷子。我咬了口馒头放口里嚼着，费了好大劲才咽下去，田浩伸手把我手里的馒头拿掉，又拿掉了我的筷子，我的鼻子蓦地发了酸，控制着不让泪水漫出眼睛。

红杏花开

七

吃过午饭，田浩把妻子女儿赶进卧室，反过身来急颠颠地问我："大刘，出了什么事？"我说："田浩，我不想在公安局干了，我要回家。"田浩扳住了我的肩膀："怎么回事？"我说："主要是写稿不自由，不管局领导在不在场，主题必须围着局领导转。"田浩问："他们撵你了没有？"我说："没有。"田浩松了一口气，在我的对面坐下，掷了一根烟给我，他自己也点上一根，气哼哼地道："我知道了，你是想让局领导围着你转，人家不转，你就愤而炒人家的鱿鱼，这份狂劲儿真令人钦佩呵！"我抬起头看他。我没想到田浩会这么说话，他偷换概念地这么一说，就把不是派给我了。我以为在这里我会找到呼应的，说不定田浩会大声叫骂，掀翻茶几，敦促我赶紧离开那个地方。进城之前的那些年，我找他诉苦，他就是这么干的，还发誓说等他掌握了一定的权力，他要把我那个村庄的坏家伙们一扫而光，把全天下的坏家伙们扫光，把大官小官一齐撸成普通老百姓。今天他的矛头竟然朝向了我，不可理喻地朝我这个无辜者了，这是从何谈起呢。田浩接着说道："你说说看，文章主题必须围绕局领导转，这是什么不自由？这是你的义务啊！不围着局领导转，难道你想围着普通群众转？类似文章铺天盖地，你见过几篇以群众为主体的稿子？"我欲哭无泪地望着田浩，内心陷入痛苦之中，知道这个事不能把田浩说服了，我做梦也没有想到，对这件事情的看法我们是这样的不同，甚至是截然相反，具有天壤之别。但我必须把他说服，让他赞同我的观点。一千个人的白眼我可以置之不理，但这位挚友的一点误会会使我受不了的。因此我把程科长让我去局领导家里走一走的那件窝心的事也说了。这件事我本来不打算说的，也不应该说的，程科长一片好心，跟我说的是知心话体己话，即便对他没影响也不能外传的。

我的话还没有说利索，田浩就腾地站了起来，他起得太猛了，眼镜抖了两抖险些跌落下去，他倏地往上一戳，朝我很响地喷了一下鼻

游戏规则

子，然后愤怒地咆哮起来："你以为你是谁？即便是一个著名作家，就可以对领导不理不睬了？现在的气候你不是不知道，千成绩万成绩，跟领导没关系你狗屁不是！程科长提醒你，那是人家发了大善心，搁别人，管你开窍不开窍，管你二百五三百五，你干砸了你滚蛋，关人家什么事！"

我的眼睛睁大了，嘴巴张圆了，这是田浩？这是那个说起社会上的龌龊事儿便愤愤不已、掀破过两张茶几、摔碎过无数个酒杯的田浩吗？田浩愈加怒发冲冠了："我知道你是本事大了，自信一定能够成为大作家，老虎屁股摸不得了，你做梦呵！文化馆里两个搞创作的，只发基本工资了，下一步机构改革，就要一锨铲掉了！当今最烦的就是作家这些劳什子，如果不是考虑到稳定问题，早把这个行当取缔了，你还念念不忘当宝贝！公安局是什么单位，研究生挤破头都进不去，几十万块钱陪着都进不去，人家一个大子没花你的，一根烟没吸你的，佛肠菩萨心地把你调过来，你倒横挑鼻子竖挑眼，说人家的不是了，要跳出福窝回苦坑了！你忘记那几个干部对你的压制啦？忘记农村那片文化沙漠的荒凉啦？为这事你向我诉过多少回苦？因这么点子破事，你却说回去就要回去。你这叫好了疮疤忘了疼！"

我想说我没忘记，我怎么能够忘记，但我只是无声地回答了他。田浩变了，变得陌生了不认识了，无法跟他对话了。然而我不敢承认，我无法面对可能或者已经失去这个十几年的挚友的事实，这太残酷了。但田浩就是田浩，他最后一句话像利剑一样击中了我的疼处。老家的不快像密集的乌鸦黑压压地压向了我。自从我的小说开始发表，小说里时不常的有形象不佳的村干部出现，以张支书为首的村干部们，就正式把我视作他们的敌人了。他们一面伸长耳朵搜罗着情报，担心我突然跳出他们的手心，一面抓紧时间对我实行压制。大喇叭里讽刺的喊叫声，如滚雷一样响进我的书房。说什么，我村有那么一个人，家里穷得叮当响，他却不考虑摘掉穷帽子，只一门心思地想挣外快，我们告诉你，这叫不务正业，这叫癞蛤蟆吃天，劝你赶紧改邪归正，回到发家致富的正路上来。每逢这样的时刻，妻子只要在家，就会开大电视机的音量，弄得这里响那里响。平常妻子看电视，那声音总是近乎耳语的，走起路来轻手轻脚。我在书房里默默垂泪，不是让莫名其妙的村干部气的，而是让我的妻子感动的。妻子为支持家庭开销，买了六只母羊，一次出坡放牧啃了人家几口麦苗，不知怎么让张支书知晓了，他站出来替麦苗人家做主，罚掉我们五十元钱，大喇叭里连续广播了半个月。张支书他们还不断地扩大战线，按照发表我作品的杂志的地址，以我邻居的名义往那里写信打电话，说我是一个神经不正常的人，一个专门跟党对着干的人，一个见了美女就流口水的人，跟这个人打交道迟早要上当受骗！我听着编辑的电话，看着转过来的匿名信，我被气糊涂了，字写不下去，再好的构思也写不下去。我就想看点书，可两千余册书籍我已看过两遍了，我甚至连小女儿标着拼音字母的童话书都挨篇读过。我读的书村里借不到，乡镇书店里也买不到，书店里卖的是武打言情和养野物养虫子发家的书。这时候，妻子就会给我几十元钱，让我来县城买书，找朋友们玩一玩。妻子知道，只有新书和文友们，才能治疗我心灵的创伤。妻子的钱，是从那几亩地里挣来的，晚上蹬缝纫机绣花赚来的，她自己不舍得动一分。我实在没脸拿出去花，可我要是不拿，妻子就会更加伤心。拿上这钱出门时，我差不多总是泪眼模糊。

回家的念头就此动摇了。是的，家乡的路是艰难的。苦焦的，是不适合我这种人生存的，妻子也陪着我吃尽了苦头，仅仅为了妻子，我也得咬牙在这里干下去。这里的大门并非已经朝我关上，还四敞大开在那里，只要我闭闭眼，难为自己一下，道路就十分的宽阔。况且这次回家是吃回头草，滋味无疑会更加难以咀嚼、下咽。田浩看出我的心理活动了。我跟田浩就是这样，我们什么话也不说，心里想的什么脸上没有任何表示，但我们一眼就能看透。很多时候，我们坐在一起默默无言许久，却突然相视一笑，所有的话都在这一笑中了。田浩的神情缓和下来，他长长地吐出一口烟雾，沉沉地道："大刘，失去这次机会，你就永远是一条搁浅的船了，大刘呵，回头是岸，不要再清高下去了！"他吩咐妻子给我拿六千块钱、四条中华烟、两条南京烟。钱秦局长四千，苏政委两千，中华烟一人两条，南京烟是给我抽的。田浩进入县人大后，我抽过他数不清的香烟，有时一下给我十条二十条，我进入县城后他明确表示，抽烟事宜由他全包。田浩吩咐完妻子，对我冷冷道："你要不想去送，就把它们丢大街上去，从此咱俩谁也不认识谁！"说完他又给我出了一些主意，礼品什么时间送，见了人家怎么说，人家礼让该怎么办，等等，这是他十几年官场经验之精华，不知何故，说这些的时候田浩的情绪非常低落，仿佛跋涉了千里万里，体疲神伤，连说话的力气都没有了。田浩妻把物什打点进一个方便兜，田浩塞给我，便撵我出门。

　　走出人大家属院，我感觉茫然无绪，不知道要骑着车子到哪里去。我不想回公安局，此时的我疲惫不堪，我心目中的公安局，离这里十分遥远，一时间骑不到那里去。我推着车子，茫然地往前走。此时正是上班时间，大街上车流人流滚滚涌动，各种音响汇聚起来，持续不断地升腾扩散，撞击着耳鼓。这些物什和声响，也都跟公安局似的，离我是那么遥远，那陌生。我走着，机械地往前走着，就好像走在一个外星球上，跟地球一样的外星球上，一切都是熟悉的，但一切又都是陌生的，没法儿对接的。我走着，车前轮顶进了一个人的胯下，人家惊呼一声，怯怯地避开了。我视而不见，继续走着。就像我真的来自外星，我外星人的规矩自行车是可以随便往人家的胯下钻似的。我走着，随意地往前走着，车轮歪向哪里我就随向哪里，有两三次，交通警察的手臂剑一样锋利地指向我，接着又面条一样哑哑地垂下去，我目不斜视地走过去。我一直走到天发黑，唰地亮起来的电灯光惊醒了我，就像突然发觉自己还待在荒山野坡里一样，巨大的孤独感蓦地把我包围起来。我趴在车把上，头来回地晃动，冰冷的泪水哗哗地往外流。

八

　　拖着沉重的身子我走进空荡荡的办公楼，走进自己的办公室兼宿舍，我一屁股坐下来。我把脸转向宽大的玻璃窗，望着窗外高高低低的楼群，楼群里一方方的灯火像奇形怪状、杂乱无章的眼睛，也在莫名其妙地望着我。一会后我起身走动起来，越走越快，又猛地立住，飞起一脚把茶几边上的暖瓶踢倒了，嘭，响声响彻屋宇。我怔了一怔，泪水忽地鼓出眼睛。我弯腰抓起破了胆的暖瓶，高高地上举，举得不能再高时，死命地砸到了地板上，随着铁皮暖瓶壳尖锐的惨叫声，呜咽声不可遏制地滚出了我的胸腔。

我流着泪把田浩给我的中华烟分成两份，把钱也分成两份，一份四千一份两千，打点进两个档案袋里，然后换上从老家穿来的西装，抓起四千元的那一份，大摇大摆地下了楼。这是田浩指点给我的，一定要大摇大摆，千万不能露出藏头缩尾要去干龌龊事的样子。田浩还告诉我，你大摇大摆地走到秦局长家或者苏政委家的门口时，注意力就要投注进房门里边去，全神贯注地倾听，搞清楚里面有无外人，如果这时候听到楼道里有人上下，你就得大摇大摆地走开，或者往上走，或者往下走，然后回到门口仔细倾听，直到摸清屋子里确无外人后，你才能敲门或者按门铃。进门后，假若发现里边还是有外人，你就要设法把档案袋交给他们的老婆，敷衍几句话马上离开。如果屋里没有外人，最好把档案袋交到当事人手上。不管是交给当事人还是当事人的老婆，你都要装作很随意的样子，说朋友送来这么两条烟，你抽糟蹋了，就顺便捎了过来。这点一定要注意，否则你抓鸡不成要白搭米。

我拎着档案袋，装出一副找局领导汇报工作的样子，往局家属区走去，身子大摇大摆着，心里则凌乱不堪。这是干啥呢！滴水之恩当涌泉相报，心甘情愿地感谢他们，那是一种什么滋味！想感谢还没有寻到机会，他们就等不及了，就变换着法子讨要起来了，我便低三下四地送来了，这算个什么事儿呀！接着我又开始怀疑今晚我要去局领导家里走一走的事儿已经传出去了，街两边那些散步的人的目光都打在我的身上，灯光照不到的阴影里也潜伏着无数的眼睛，都是为了证实这件事情。传言果然不虚呵，堂堂公安局里的笔杆子，原来是靠这一手立身处世的啊！我处在眼睛的包围之中，感觉就像众目睽睽之下做贼一样，脚板发飘，手心出汗，心中愈发凌乱不堪了。

走进局家属区的巷道，我的胸腔里擂起鼓来了，咚咚嘣嘣地响，震得耳根子发麻，腿脚也不听指挥了，撇啊撇啊的胡摆跶。此时我很担心让警察们盯上，那样的话，他们会真的把我当作盗贼看待的，悄悄地尾随跟踪过来那就麻烦了。因为我知道，我这个大摇大摆的样子已经实在不成样子了，比小偷还小偷。我竭力镇静着往前走，拐过两道弯儿，我望见三楼秦局长家那白生生的灯火了，我老牛一样喘开了粗气，脑袋里轰轰直响，脚步完全乱了章法，简直要昏过去了，心里道进了秦局长的家门，我这脸往哪儿搁呢，递档案袋的时候这口咋开呢！这时我忽然想道，要是今晚秦局长家锁着门，或者是高朋满座，直到天亮就好了。那样，我今晚就用不着遭罪了。今晚不遭，明晚脱不了，可是明晚还隔着一夜一天，离着还很远很远。

这一晚我果真没能走进秦局长的家门。我在秦局长的家门口站过十几站，也许是二十几站，听到楼道里响起脚步声，我往楼上窜了十几回，往楼下溜了十几回。田浩叮嘱我在什么时候都要做到面不改色，大摇大摆，我也晓得这是对的，可一听到一点脚板声，我转身就窜，抬腿就溜，迅捷得后悔都来不及。我的双腿跑成了酸黄瓜，神经就要累断了，耳膜就要听破了，然而秦局长家里始终有外人。最后几次，耳朵听不到啥声儿了，但直觉告诉我，秦局长家里边还是有外人。不怕一万，就怕万一，万一真的有外人，把东西送砸了，秦局长恼了，我也难堪死了，那还不如不送呐。我这样开导着自己。看看手表，十一点半了，里边的外人一定是住下了，今晚这门肯定是进不去了。我理由充分地说服自己，怀着一种异样的心情往楼下走去。走出黑漆漆的楼洞，仿佛千斤重担卸下身，我的胳膊腿儿一下轻松了，这时我才真正做到了大摇大摆，我大摇大摆着走出家属区，大摇大摆着回到了自己的办公室兼宿舍，把档案袋甩到桌子上，把累散了架的身子撂到席梦思床上，舒心畅气地闭上了眼睛。我想睡，先把这一晚舒舒坦坦地睡过去再说。我的身子和心都很疲倦，疲倦到了极点，也瞌睡到了极点，仿佛一睡就能睡过去似的。我错了，我没能睡过去，眼睛反倒越闭越清醒了。脑子也失去了控制，我不要它想事情它偏要去想，一想就想到了明晚的情况。一想到明晚的情况，身心又飞快地沉没到苦水里去了，我苦苦地挣扎着，怎么也挣脱不出来了。我喃喃说这夜晚如果永远黑着就好了，那我就彻底解脱了。

我的盼望当然是异想天开、痴心妄想。天，无可挽回地亮了。我打起精神洗漱了一下，去食堂喝了一碗粥，回来后就坐在办公室里发呆。晚上的事情像磨盘一样压在我的胸口上，还在一盘两盘地往上叠加着。墙上的石英钟嗒嗒嗒地响，越来越响，催命似的。市声渐嚣，大院里不断有汽车摩托车的走动声，大楼里脚步声由稀疏到密集杂沓。我充耳不闻，耳朵里似乎只有钟表的嗒嗒声。我办公室的门被人推开了，我懒洋洋地转过眼珠去。程科长朝我点点头走进来。程科长基本像是一个陌生人了。他走到我的跟前，淡淡地说道："大刘，你昨晚没有出去？"我把脸转向窗户，没吱声。程科长轻轻叹了一口气："唉，昨天跟你说的那些话，就算我多嘴多舌吧。大刘，局领导说，公安局的材料都是保密的，他们让我锁进档案柜，你要用时再跟我要。"我说："好。"眼睛随之模糊了。程科长就把我已摞好的材料搬起来，走出门去。

我望着空荡荡的桌面，其实我的眼睛里没有桌子，我的眼睛里什么也没有了，有的只是灰茫茫的雾，其实也不是灰雾，是一片虚空，一片无可名状的虚空。渐渐我的身子也浸泡到这片虚空中了，我被托举起来，渐渐脱离了地面，晃晃悠悠地漂荡，我差不多要睡过去了。不知何时我听到了房门响，我就像没听到似的无动于衷，只管享受着虚空带给我的宁静。虚空太好了太妙了，天上地下只剩我一个人了，我什么也不用想不用做，虚空也不用我想什么做什么，真是太好了太妙了。这时我感觉我肩膀上着了一物，虚空被打破了，我回到现实中，抬头一看是程科长站在我身边，程科长不是一个人过来的，他身后还站着秦局长。程科长兴奋地对我道："大刘，秦局长看你来了！"我擦了擦眼睛，真的是秦局长，这个大院的一把手，整个大院都要围着他转的一把手。秦局长笑眯眯地说着话走过来了："大刘呀，你看你看，我整天就知道瞎忙了，这么些天了也没顾上来看看你，怎么样，都习惯了吧？"我看看秦局长，再看看程科长，疑心自己是不是在做梦，或者由虚空转进太虚幻境去了。程科长恢复了我初来时的热乎劲儿，秦局长比初来时还要亲切一些。我一时转不过劲儿来，僵僵地笑着，懵里懵懂地望着他们。

秦局长毫不见外地自动坐到我的对面，问我的吃喝情况、家庭情况，说他已跟方方面面打好招呼，我媳妇的编制问题快敲定了。最后秦局长才谈到我的工作情况，也就是宣传报道情况。秦局长大手一挥说："大刘哪，从今往后，那些豆腐块小稿让其他人写去，咱们专搞过瘾的！"说着他把脸转向程科长，道："小程，我看就写那个七一四凶杀大案吧，这个最过瘾了，写完后你们俩直接去北京送稿，这样发表得快些，也正好让咱们大作家逛一逛京城。你看怎么样？"程科长连连点头，同时嘴里连连应和着，并麻溜儿做着记录。秦局长接着道："不过先不忙动笔，这篇大文章要写出声色来，写出咱们公安战线的精神来，争取在全国打响。小程，你先带大刘去现场看看，多多地搜集资料，挖掘动人细节，告诉庞所长，慢待了咱们大作家我饶不了他！"程科长赶忙道："请秦局长放心，我们今天就下去，保证让大作家高兴而归！"秦局长站起来，说还要开党委会，拍了拍我的肩膀就慢慢踱出去了。

程科长让我抓紧准备一下，他回来后就上路，又趴我耳朵边追加一句："大刘，一定要抓住这次机遇！"说完便撵上秦局长陪着走了。我捣了自己一拳头，你错怪秦局长了，险些犯下糊涂透顶的滔天罪呐！幸亏昨晚没有去成，不然后果不堪设想了，把人家局领导侮辱到家了！这都怪程科长，不摸情况乱出主意，好心办出了坏事情。细想也不能埋怨程科长，他是让时下的社会风气熏染了。其实我也不例外，不然程科长的话我怎会立马相信了呢，立马就照办了呢。我侮辱了秦局长，我不能原谅自己，虽然没有构成事实，但我还是不能原谅，我要对自己实施惩罚，我当即决定：半月内不准读小说，写小说。对我来说，这个刑法比那个监禁要重得多，应该说是极刑了。

我快步走进洗手间，梳拢了头发，把脸重新洗过，快步回到办公室，把警服整理得一丝不苟，笔挺着身子坐椅子上，等程科长回来一块出去采访。坐着警车下乡，我这还是头一回，心早已扑通扑通跳起来了。十几分钟过去，程科长没回来。又十几分钟过去，程科长还是没回来。他可能让秦局长留下谈别的事了，我知道采访的事不那么

红杏花开

急，迟几个小时下去也行，明后天下去也行，我急是因为我想快点儿体验坐着警车下乡的快感。我甚至想采访完毕以后，请警车绕点道去我村停一下，让父母亲欢喜一回。

两个小时后程科长才返回来，我听到楼道里脚板声响忙伸出头去看，我已经往外伸过十几回头了，这会我看到真的是程科长回来了，程科长想回隔壁自己办公室的，看到我伸出的头便往我这边走来。程科长还没走到跟前，我就兴冲冲问了过去："程科长，咱们这就走？"程科长却是不急的样子，朝我笑了一下，走进门来，竟去沙发里坐下了，朝我摇了摇头。我的心忒儿一动，秦局长刚刚说好的，不可能再节外生枝吧？程科长缓缓地开了口："大刘，原来秦局长要走了，我刚刚知道情况，是内部消息，绝对可靠。秦局长是离岗是平调还没敲定，反正去处极不理想，挺糟糕的，他还想拼最后一把，活动到理想单位去，那篇大稿子是他其中的一个砝码。他根本不知内情，是大领导对他不感兴趣了，就是拼个鱼死网破，活动到天边去，他也没戏了，这辈子基本结束了。"说到这里程科长又笑了一下，住了口。

我说不出话。我只觉得手脚冰凉，一股说不清道不明的浊浪在我身子里翻滚。我也想笑一下，正经八百地朝程科长笑一下，我便开始咧嘴，但我的脸僵硬得厉害，嘴巴似乎封住了冻住了，我费好大劲才把嘴巴咧开，一下又咧大了，我感觉嘴角扯到了耳朵边，弄不好是一副龇牙咧嘴的狼相了。好在程科长没有注意，他在低着头想自己的，半天后他的头抬起来，依旧是缓缓慢慢地道："大刘，不瞒你说，我对秦局长是有看法的，怎么说呢，他这个人太霸道了，也太自私了，县局里的人，跟他打过交道的，恐怕没有一个人不盼他快点儿走。大刘，我什么也不瞒你，苏政委这人人情味浓些，我跟他走得稍近，在他眼里，我们是一条线上的人吧。这次班子调整，我多半会上去，很可能担任副职。我要上去，你的事就好办了，我说过，你是一个难得的好人，我要重用你，乌七八糟的事情，以后你就不用考虑了吧。不过，刚才讲的那篇大稿子还是要写，它能为局领导赢得巨大声誉，只是秦局长的名字就不必出现了。这不是人走茶凉，七一四案，他只是笼统地下过几句命令罢了，那几句命令，说好听点是废话，难听点就

游
戏
规
则

是标准的瞎指挥。"

我"哦"了一声，身子里浑浊的浪涛汹涌进脑子，脑子顿时被冲击成凄凉的荒滩，我蓦地抓起了我的水杯，朝程科长投去，动作是那般麻利那般简洁、而且准确，我把水杯一抓一投，杯里的水连同残茶便哗地冲到程科长脸上去了，我清清楚楚地看到了程科长脸上盛开的黑乎乎的怪花。事实上这是我的想象，细点说是我抓起水杯时的念头，我把水杯投出去的瞬间下意识地把投击方向改了，或许没有改只是手哆嗦了一下，反正黄黄的水线贴着程科长的耳朵边飞了过去，那朵七零八落的黑花开在了白生生的墙壁上。

九

下午两点多钟，我已经站在汽车站了。我的心情如同百年枯井，异常平静。我异常平静地看着进进出出的汽车，异常平静地听着售票员揽客的吆喝声。去我家乡的是一辆大巴，约三个小时一趟，这辆跑起来浑身乱响的大巴车我是认识的，它快要跑进县城跑到我的身边。

我摸出手机打开开关。上午离开公安局时我把手机关掉了。那杯茶水投出去后我一秒钟也没有停留，立马把我的东西收拾起来，提上皮包出门。程科长始终呆坐在那里，他被那杯茶水惊呆了，我出门时他还没有恢复过来。我跑下楼去跟办公室说我不干了就出门骑上自行车往外走去，走出局大院径直往汽车站跑去。这时，我还没有对投向程科长的那一杯茶水后悔。眼下想来那杯水不是朝着程科长去的，到底指向哪里现在也没想清楚。我也不曾留恋我那七八十个文友和县城里如海的书籍。我也不想跟田浩打招呼，我想跟他说几句的念头在脑子里一划就过去了。跑到维客商城附近时手机响起来，我摸出来一看显示的是程科长，便把手机挂断了。眼下我不想说话，什么话也不想说，只想快快回到老家去，越快越好。手机又响起来，一看还是程科长，便又挂断了。紧接着又响起来，我知道还是程科长，便不去管它了，手机响了一阵自动停下来，躺在衣兜里再没有动静。我没想到程科长会发动文友们向我开火。我走到转盘街时手机又响，以为还是程科长，就任凭它响去，却响起来没头了，一阵紧接一阵。我掏出来要按拒接，一看是田浩打来的，便改按了接听键，田浩像发狂的狮子劈头盖脸骂过来："你他妈的犯了哪门子神经，你在哪里是？不是在汽车站，马上给我滚过来到我家里来，要不我就派车去接你！"我慌忙挂掉了，接着按了关机键。暂时不能去汽车站了，田浩一准会蹲在那里拦截我的，我得赶紧躲起来。我便调转车头往相反方向骑去，我找了家小饭馆整整消磨掉五个钟头。

我一打开手机，信息就像炒豆子一样接二连三往外蹦，一口气蹦出八十多个未接来电、五十多条短信。电话数量程科长第一，田浩排第二，剩下的都是我的文友，马振声也来过三遍。短信也是程科长最多，田浩次之，其余也都是文友们的，马振声是两条。程科长短信的意思是让我回去，天下没有翻不过去的山，翻过几座山后道儿就平坦了。他的短信从命令式到恳求式，一条比一条软。田浩自然也是让我回去，但语句正好跟程科长相反，一条比一条强硬，而且语言粗俗不堪，哪句解气说哪句，哪句狠毒说哪句，投弹似的狂轰滥炸。这个家伙基本疯掉了。但最后一条短信，却奇怪地从天上跌落到地下，一下子软成了水：你这混蛋，我知道我无法改变你了，过来一下吧，陪我喝几杯酒，给你弄点钱和烟带上。马振声的第一条短信是：大刘，听说你离开公安局了，是真的吗？第二条是：大刘，你怎么不回话？请不要觉得丢脸，更不要自卑，农民乡亲十几亿，是我们国家大多数！我在看其余文友的内容时，又蹦出一条新短信，是程科长发的：大刘，你知道吗，我在你办公室流泪，你如果还有一点同情心，就请你回来吧，回到我身边来吧。

我的眼睛潮潮的了，再也看不下去短信了。我关掉手机，默默地看了一会，便把它揣进衣兜。为分散自己的注意力，我把潮潮的目光投向街道，投向等车的人群，投向一辆一辆的汽车。中午已经过去，车站渐渐迎来坐车高峰，人群比先时更密集更杂乱了，大街上的车流人流也稠了许多。汽车站早就不是庭院式的了，院墙早已拆除，跟大世界直接接轨了。跑我家乡的那辆大巴，大老远我就看到了它。它转了两个弯，来到了我的面前。我把自行车推到它跟前，拿出票，准备上车。

我实在想不到这个时候会看到自己的妻子。一声喜悦的惊呼在车门口响起，我还在发愣，妻子已经跳下车门朝我扑过来了："嘻嘻，你咋知道我今儿要来呀？"我的眼睛蒙上了水雾。我想念妻子，可妻子今天来得不是时候。我所经历的事情，一句话两句话无法说清。妻子抓住了我的手，"看把你恣的，都恣成傻瓜蛋了，不怕人笑话！还有更恣的呢，告诉你，我这趟来就不走了！"妻子撩一下鬓发，小声来说道："张支书托了咱王乡长，王乡长托了毛副县长，把我安排进电影公司去了，女儿的学校也找好了，下星期就接过来！"

我的心让妻子的话捏碎了，忍不住哭出声来。妻子一怔："咋啦？怎么哭了？谁欺负你了，啊，谁欺负你了？"我的胸膛更堵、鼻子更酸了，我咬紧牙关抑制着不再哭，向旁边望去，向我的自行车望去。妻子循着我的目光，一下就发现了她熟悉的自行车，以及车把上挂着的从家里带来的起毛的皮包。妻子似乎明白了："公安局不能干了？不能干了咱就回，咱就回嘛，还用哭？"

我一把抱住妻子，头使劲往妻子的肩头里埋着。我什么话也没说，妻子就知道我在这里受委屈了，不能让我再待下去了。回到村里去怎么办，她要面对的是什么样的现实，现实比先前无疑更不如意，妻子统统不去想，她只想不能让我受委屈，我受一点儿委屈，她就不答应，她就要张开她那稚嫩的翅翼把我往小巢里揽："咱们回，咱们回嘛！"

我的脑子里乱成了糨糊，各种思想蜂拥而至，纠缠不清，说不清道不明，没有一点头绪。我只是感觉到了疼，刻骨铭心地疼。大巴车要发车了，售票姑娘站在车门上招呼了几声，眼光朝我们投过来，又专对我们招呼了几声，客车便晃晃悠悠地开走了。我仍旧伏在妻子的肩膀上，紧紧地抱着她，没有去想走不走的事，似乎妻子就是我的家，我到家了。

漂亮故事

一

　　魏运红漂亮得要命。先前，亲戚朋友这么说，平安巷里的老邻故居这么说，现在电视里的审美专家也这么说了。省电视台一年一度的选美大赛，在人欢马炸的热潮中落下帷幕，魏运红得了最高分，第三届"东方靓女"的桂冠基本落到魏小姐的头上了。这个消息轰动了藏马县。

　　最激动的自然还是老魏家。平常，人们都说魏运红是个美人儿，家里人也觉得她怪惹眼，万没想到竟是如此的出格。省城选美的消息传过来时，好多人撺掇魏运红走一趟，魏运红很快动了心，回家征求意见。哥哥魏运升大力支持，当即决定陪妹子一块儿去，说是如今这年头儿，是个机会就得试一试！老子魏光宝竭力反对，泼冷水道，"天下美女那么多，哪能轮到你个民间女子头上！去省城光路费就好几百，票子不是从天上落下来的！"魏运升耐着性子跟父亲解释，发现不管用，便脸一抹直戳老子的疼处："我们的厂子半死不活，我眼瞅着要失业了！运红初中毕业三年，至今还蹲在家里吃闲饭，看你往后拿什么来养活我们！你要职无职，要钱无钱，只知道死过日子，乱插杠子，你晓得什么叫机遇吗？如果运红竞选成功，咱们这个家就是一步登天了!"魏光宝经不住儿女吃白食的惊吓和一家人一步登天的诱惑,终于痛苦万状地打开了他盛钱的樟木匣子。

魏运红居然一炮打响了。魏光宝听说后兴奋得发了一个昏,好半天才缓过气来。"东方靓女"这顶帽子,傻子也晓得它意味着什么,它意味着辉煌的前程和大把大把的金钱哩。魏光宝的腰杆子不由自主地拔高了三寸,看人的时候眼珠子往天上翻了,嘴里的香烟也自然而然地上了一个档次。最牛的是儿子魏运升,整天喜气洋洋的,高兴了就嘲笑讥讽老子几句,做老子的也不跟他计较。

没想到最终的结果是魏运红,名落孙山了,一家人从美妙的天堂掉进了昏暗的地狱。紧接着就传来了魏运红落选的原因。主办方声称:魏小姐终被淘汰盖因其整体素质欠佳,主要欠缺的是内在文化素质。评委们大都年迈体弱,老眼昏花,追光灯眼花缭乱,因此就被魏小姐外在的美迷惑住,稀里糊涂地给了她最高分。小道消息则说:"东方靓女"大赛的主办单位醉翁之意不在酒,选美是幌子,弄一笔票子才是正经。凡知情的参赛小姐,背后都有一二位财神爷替她撑腰掌舵,白日里赞助主办单位,黑日里财神爷领着小姐去赞助单位的领导。靓女的阶梯是用金砖铺成的哩!像魏小姐这样仅凭美貌就想夺名次,那跟睁着眼做梦没啥两样呢!

没经过风吹浪打的魏运红被这场变故一下子搞垮了。她认为自己受到了嘲弄,但又不知道该埋怨谁,找哪个人说理去,她只能伤心地哭泣,眼瞅着把自己哭成了个病恹恹的林黛玉了。哥哥魏运升跟妹子不一样,妹子落选的原因传进耳朵后,他就跟他的父亲吵上了。他宣判似的一口咬定,落选原因不管属于哪一个,都是由不称职的老子直接促成的,老子是罪魁祸首。他们兄妹俩初中毕业,只差二三十分而未能进入高级中学,如果花几万块钱把高中读完,即使考不上大学,起码也有了一份谋生的资本。老子却死活不花那个钱,还满嘴谬论,说上高中就是为了考大学的,既然肯定考不上大学,还上那高中干吗呢,钱多得没地方丢了还是怎么着!现在好啦,兄妹俩要终生享受这张狗屁不值的初中文凭了!他们那个半死不活的铸造厂,最近就要解散一部分职工,听说第一批名单里就有他魏运升,而且赫然高居榜

红杏花开

首！要是有一张高中文凭，人家会这样挤对他么！妹子更惨了，四处求职，人家一看文凭就大摇其头，眼前出了这么个不用文凭的大好机会，却仍然断送在文凭手里。假若妹子握有一张高中文凭，他们还能找到文化素质欠佳的借口么？至于妹子失利的另一个原因，那更是老子的罪过了。兄妹俩启程时，老头子拉着个吊丧脸，把差旅费算了一遍又一遍，那模样就像在剜自己的心摘自己的肺。儿子反复强调如果入围必须打点，嘴皮子快磨破了，好歹争取到了五百块钱。省城里，妹子在台上连战连捷，台下可急坏了他这位哥哥。他知道，妹子的分数上去，就得找有关人员意思意思了。这也怪他这个当哥的，对妹子的美貌估计不足，只是想碰碰运气，早知道是如此这般，就是把父亲那个油头污面的樟木匣子砸了，他也要把家里的全部积蓄都带上！事到临头后悔也不中用了，他只好买了几百元钱的礼品，硬着头皮进了那个最大的头儿的家门，结果让人家当成叫花子轰了出来。

　　天大欢喜到头来竟是一场空，老子魏光宝同样是十二分的烦恼，又无端受到了儿子如此猛烈的攻击，真是拉肚子偏给泻药吃，他简直要气疯了。扪心自问，他也觉得狗儿子的指责不无道理，略微有些心虚，但他不能怯阵，老子要是输给了儿子，那成何体统，往后的家长大权就无法施行了。然而儿子的质问他无法反驳，他便避开儿子的正面进攻，揪住了儿子的尾巴稍子，一个劲儿地揭露不肖孽种的旧疮疤。他拍桌子打板凳地狂吼，"你要是能抵得上老子的一根汗毛，也早就成家立业了，是个人物了！老子花钱花物，叫你去上学，你却只晓得去讨老师们的欢心，打同学的小报告，给老师抹桌子擦黑板，进了考场却成了呆子，挣了个小二百五的外号回来！老子托人把你弄进厂子，你老毛病不改，整天只知道请客送礼巴结领导，床子上的手艺不长进还倒退，年年都是废品尖子！老子跟你这么大的时候，已经是八级工匠了，带了三四年徒弟了，结婚六年整了！你呢，别的先不说，你的媳妇在哪里？是不是连你的丈母娘也还没下生啊？"

　　这场窝里斗，父子二人的阴暗面基本都见了阳光。儿子甚至把父亲在三十二岁那一年，同厂里的一位女工闹恋爱，差点儿把母亲蹬掉的花花事儿都揭发了出来。魏光宝气得眼睛里金星乱冒，拳头一攥一攮的，要不是顾虑到医药费问题，他就要重拳出击让逆子尝尝他的厉害了。

老魏家的女主人不敢对男人说三道四，她只能劝说自己生养的一双儿女。却是女儿越劝泪越多，儿子越劝火势越旺，女人正愁得没法子，没想到，战云密布的屋子里突然放了晴，那父子俩重新喜笑颜开乐不可支了，腰杆子也再次挺立起来了。这个大转折是红娘们给带来的。

魏运红落选不几天后，红娘们几乎是从天而降，蜂拥而至，而且给介绍的主儿，都是往日里不敢攀扯的。单位里干事的大小是个干部，自个儿闹腾的，腰里至少缠着几十万几百万元。往常里，闭上眼睛随便摸一个，魏光宝心里也会乐开花，现在却一律被他不屑一顾地回绝了。哼，也不撒泡尿照照，想让他老魏当丈人，他们也配？女儿是全省甚至全国最美的美人儿，退回到百年前的老社会，一准是一个皇帝娘娘呢！随随便便就想娶了去，简直是癞蛤蟆想吃天鹅肉，比睁着眼做梦还荒唐还可笑哩！

父子俩早已言归于好，把他们的嫌隙丢向了爪哇国，并很快结成了统一战线，扭成一股绳儿替魏运红"把关验货"。魏运升把未来妹夫的"质量"制订出非常明确的标准：领导干部，正科级以上，而且关系盘根错节，前程明显看好。大款，起码一千万元以上，同样也得是后台坚硬，旱涝保收。否则的话一律免谈！魏光宝以权威的口吻深表赞同，心想这个熊儿子在不犯脾气的时候，脑子还是很好使的，甚至比老子还要好使一些。

二

焦守德一亮相就显示了身手的不凡，他没用红娘们出场，亲自出马登门拜访来了，并且也没有挑明来意，只是说听朋友们谈论，老魏家的日子挺困难的，他就想过来交个朋友，说得堂皇一点就是资助一把吧，也算是响应号召献点儿爱心吧。魏家父子知道天上不会平白无故掉肉包子，这个大款爷八成是奔着运红来的，过来牵线搭桥的，高枝儿竖到眼前来了！父子俩乐滋滋地钻进了焦大款的超豪华奔驰，一路哼着曲儿奔向舒尔大酒店。

来到富丽堂皇的舒尔大酒店，焦守德流利地点了一桌上万元的酒菜，潇洒地给了服务员小姐一千元小费。在家里咤咤风云的魏家父子，面对从未踏入过的五星级酒楼，以及花钱如流水的这位大款，他们只有瞪眼喘气的份儿，两个人使劲地镇静着自己，努力做到不给人家丢脸。

宴会开始了。焦守德依然不说找他爷儿俩来干什么，在劝吃劝喝的间隙，只随意地聊些闲话。他说人生不容易，要想生活得顺心遂意就更不容易，人人都有一本难念的经，不知不觉就聊上了他的事业和家资。他说他经营的远东集团总公司，虽说已上了明星企业的排行榜，手中也积攒了几个亿了，在一般人的眼里够眩目的了，但是在他自己的心目中呢，却像小孩子过家家玩泥巴一般不过瘾。他的计划，最起码也要搞它几十个跨国公司，让亲属们都干上经理，跟外国佬儿平起平坐。魏家父子就像在聆听一位世纪伟人指点江山，压根儿插不上嘴。这时候焦守德靠近了主题，他说家有千事，主事一人，他的摊子越弄越大，都大上天去了，可是老焦家拨拉来拨拉去，硬是找不出个主事的贤内助来，经过调查研究，运红姑娘可以担此重任，因此焦家有意同老魏家联姻，但不知魏小姐是否已拣就高枝。

魏家父子以为，焦守德是在给他的儿子或者是侄子什么的做媒，四只眼睛不约而同地泛出了绿光，只是不知道焦守德想把运红说给哪一个。倘若是他的儿子，了解一下这个儿子是不是痴巴，是不是断胳膊少腿，这门婚事就该敲定了。如果是他的侄儿之类，那就不忙把话说死，他们首先要搞清他在焦氏集团的地位和财权。父子俩正这样想着，忽听焦守德慢腔慢板地道："虽说我已经离了婚，但如果魏小姐的确已拣就高枝，那也就不必勉强了，我再另做选择就是了。"原来他介绍的是他自个儿！父子俩的思路顿时中断，一时间说不出话来了。父子俩自然清楚，说财权论地位，嫁给总裁焦守德，比嫁给他家族的任何成员都理想十倍二十倍。问题是，焦守德已经六十岁了，从他那不太小的眼袋和秃得锃明瓦亮的脑瓜子来看，这或许还是一个有所保留的岁数。他在婚姻方面的名声也不太好，在这座小城，他傲视众生的财力和高速度的离婚频率同样出名，因此驮着一个"职业新郎"的不太好听的外号。父子俩有点拿不定主意了。把运红许配给焦守德，外人会不会造谣生事，说他们贪图的是钱财呢？运红她本人会不会同意呢？

焦守德不急着让魏家父子表态，他慢言细语地谈起了他的婚姻。他说在世人眼中，他可能是一个对婚姻不太负责任的男人，其实世人哪里知道他内心的苦处？每一次离婚，他都经过了艰苦卓绝的思想斗争，没办法，那些女人太低俗了，如果继续维持下去他实在是受不了，只好离了。他常常痛苦不堪地思索：为什么进入他生活领域的，都是些智商低下的俗不可耐的女子呢？命该如此，还是他的眼光过高，抑或是这个城市的女子都差强人意？半月前跟第十五任妻子离婚时，他揪心撕肺地发誓再也不续娶了，他再也承受不住第十六次离婚的痛苦了！可是静下心来一想，偌大的家业，竟没有一个正宗的子女来继承，又着实不甘心，不甘心啊！

魏家父子登时发起急来，焦老板六十岁的人了，这个年龄的人最容易得病的，说归天就归天了，他归天之后，辛辛苦苦经营积攒起来的一家家工厂、一张张存折，竟被前妻及其子女瓜分了去，这不是白忙活一场么，这一辈子不是白活了么！父子俩受不了了，就跟自家的产业眼睁睁被别人哄抢了似的那般着急、那般心疼，父子俩争先恐后地发起话来，他们劝阻焦守德万不可草率从事，随便断了续娶的念头。爷儿俩不由自主地改了称呼，不喊焦总焦老板了，魏光宝喊起了"守德"，魏运升称起了"焦哥"。

"守德，可不能把家业丢给外人呐！"

"焦哥，才貌双全的女子并非没有呢！"

焦守德深有同感地点点头，"我跟运红小姐如果真能结成夫妻，那就说明咱们两家有缘分。运红小姐帮我管家理业，我帮运红孝敬父母和兄长。父母亲虽说还是正当年，但是养下了两个好孩子，理应享清福了。过些日子，我到花园新区弄块地皮，花个一二百万盖一幢小别墅，请你们去住，日用开销往后都算我的。运升弟呢，想进远东集团帮我，我双手欢迎，如果喜欢自己闯荡，城里城外的大小单位，尽你挑选。"

魏家父子不由自主地张大了嘴巴，喘开了粗气。

"魏叔，运升弟，我还要去会见日商，今儿不能多陪了，你们慢慢吃。"说着焦守德打开精致的小皮箱，取出两个砖头样厚的红纸包，"这是今儿的辛苦费，跟婚事没关系的，二位别多心，也别嫌少。"

焦守德的脚步声还在响着，父子俩就把各自的红纸包搂到了自己跟前，三把两把地撕破封皮，把新崭崭的票子卡在手里，唰啦唰啦地清点起来。不偏不厚，不多不少，一个纸包六万块。六六大顺，焦守德取了个吉利数。二六一十二，合起来就是十二万元，好大的一个吉利数哇！父子二人的四只眼睛同时鼓突出来，发出荧荧的绿光。

爷儿俩仔细把票子跺齐，用餐巾包起来，显然是没有心思吃饭了，然而面对满桌子的山珍海味，不吃实在觉得可惜，带走又怕给焦守德脸上抹黑，于是就抓起筷子，捡那不认识的物件往嘴里送。这当口魏光宝的眼珠子忽然一转，一伸手把儿子的那捆钱划拉过来，同时敏捷地跳开了身子，"你小孩子手里可不能有钱，想花的时候再问我要吧。"

魏运升也跟着跳起来，瞪眼说："你这是干啥，这钱是给我的！"边说边追了过去。魏光宝搂着两捆钱，围着桌子转圈儿，理直气壮地说道，"这是给我女儿的！给我女儿的……"魏运升喘吁吁地追着，急赤白脸地喊叫，"你怎么这么不讲理！焦哥明明说是跟婚事没关系！"魏光宝知道这样追逐下去，他难逃狗儿子的鬼爪，于是他迅速脱下外套，把钞票裹了进去，紧紧地抱在胸前，狗儿子要想得到钞票，除非把老子打死了，他谅狗儿子也没那个胆量。他把头一昂站下了，这才气哼哼地回答儿子那句话："跟婚事没关系？焦老板以前咋不送你东西呀？你小子可不要胡搅蛮缠哩！"

魏运升晓得魏光宝的脾性，他知道这钱眼下很难到手了，只得回家再想别的办法了。他咽了口唾沫，恨恨地道："你真是个老财迷！

这点儿钱算什么？要真能跟焦家结成亲戚，百万千万都不在话下的！但你不要高兴得太早了，我运红妹子不点头，一切都等于是墙上画饼！"

"什么，这么好的主儿她还会不满意？"魏光宝以为儿子在有意扫他的兴，"她是金枝玉叶，还是县长的女儿、市长的孙女？"

三

事儿果然被魏运升说中了，父子俩一唱一和，把焦守德往外一端，尽管是曲里弯儿地端出来的，却依然遭到了魏运红的断然拒绝。

其实，魏运升还把焦守德的情况做了些小小的修补，把焦守德那个有所保留的岁数适当地压了一压，说成是四五十岁，财富翻了十番，几个亿增至几十个亿。离婚之事不大好收缩，因为焦守德的名声太大了，说没离过不行，无法掩人耳目，实话实说又太惊心，就轻描淡写地一句带过，说是因县城里的女人太埋汰，焦大哥经历过不幸的婚姻。冷丁听来，天下再也找不到这般可心的主儿了。没想到魏运红还是没往心里搁，居然以为他父子俩是在开玩笑，嬉皮笑脸地回复道，"焦守德真那么可爱，那就拜他做干爸吧，下次竞选东方靓女，请他做咱们的后盾！"

"哥哥不是跟你闹儿戏啊！"魏运升着急地道。

"你正经八百给老子说！"父亲黑虎着脸跟随道。

魏运红俏丽的眸子慢慢地睁大了，一直睁大到了极限，"你们，真想让我嫁给一个这样的人？"她哕里哕嗦地说着，睁大的眸子里忽地涌出了两股泪水，她胡乱抹了两把，抽泣着跑出了客厅，跑进了自己的卧室。一家人跟着跑进来，魏运红不管不顾，一头扎到床上放声大哭。

心软的母亲跟着哭出了声，忍不住想发表自己的看法，哽哽地道，"那个人好是好，就是岁数太大了，离婚回数太……"一句话没说完，魏光宝劈手捉住了她的手腕子，捽捽打打地把她拖进了客厅，手指头戳点着她的鼻尖命令道："从现在开始，你要再对红儿的婚事插一句话，我就把你的猪嘴扇烂！"老伴赶紧点头答应，可是，或许她觉得这桩婚姻太不对头了，头还没有点利索，肚子里的话又不由自主地溜出了口："他爸，咱红儿才十九岁……"魏光宝说到做到，立马挥起巴掌，给了老伴两记响亮的耳光，"你他妈的知道个什么好歹！从现在开始，什么屁也不准你放了，就是咳嗽也给我咽肚子里去，听到没有？"老伴含泪点头说，"知道了。"

镇压住了老伴，魏光宝快步回到了女儿的卧室，发现女儿已经不那么长声大气地哭号了，坐在床上抽抽搭搭地抹眼泪，儿子坐在床沿上心平气和地劝她，魏光宝略略放下些心来，焦躁地摸出一根烟抽起来。

"对了，这就对了，哭不解决问题，有话咱们慢慢说嘛。"魏运升疼怜地道，"不同意也不要紧，这桩婚姻八字还没一撇嘛……"

魏光宝一听这话发了急，一摔烟大声道，"你胡扯，谁说八字还没一撇……"魏运红又呜的一声哭了起来。魏运升狠狠地瞪了父亲一眼，语调却是温和的："爸，你不要这样，我妹子不是个糊涂人。"说完便示意父亲出去，魏光宝不想出去，他怕儿子嘴上没毛办事不牢，把事情弄砸了，却又担心狗儿子犯了性子往外拖他，因此便转过身去，不再插嘴了的意思。他知道儿子跟老子一条心的时候，心眼儿比老子多些，可是看到儿子好长时间不发言，怎么着也按捺不住说话的欲望了，就再点上一根烟，勉强堵住了自己的嘴。熊儿子真有耐心，直到运红完全止住了哭声他才开口。

"运红，你对焦守德不满意，其实呢，就因他离过婚和岁数大一点这两点子事。粗粗听来，这两点子事似乎是个缺陷，可是仔细一想，不但不是缺陷，而且还是个难得的大优点哩！妹子你想一想，古今中外，闹离婚的多半都是哪些人？都是些呼风唤雨的大人物嘛！黎民百姓，吃了上顿愁下顿的，就像你哥这号的人，能找个媳妇就算烧高香了，压根就没有离婚的资格哩！你哥这个档次里的人，一百个童男子捆一堆，你能跟他们？既是大人物，又年纪轻轻没结过婚，这种情况自然更好，但妹子你要知道，嫁给这样的大人物纯粹是在冒险呢，是在拿着自己的青春开玩笑呢！大人物都有永不满足的特点，又有职位和金钱替他撑腰，因此，头几任妻子无论怎样出色，都无法满足他不断求新的欲望，过个三二年就把她们蹬开了。对于大人物来说，四十左右这个年龄段全是危险区！这个年龄段以外就保险了，特别是五十岁以外，性情已彻底稳定了，万不会再去想三想四了，而且由于是老夫少妻，他还会把年轻的妻子供在头顶上，当星星月亮一样伺候着！嫁给五十岁以外的大人物的女人，说穿了，是赢了其他跟自己同样出色的女人，自己拣了个大便宜！妹子，哥哥给你说句掏心窝子的话，如果焦守德还不满五十岁，还没有结过婚，就是砍了哥哥的头，哥哥也不会允许你嫁给他的！我不能眼睁睁地看着自己的亲妹妹遭受感情的折磨，眼睁睁地看着自己的亲妹妹跳火坑！"

魏运升这一番声情并茂的演说，首先把老子魏光宝打动了，他要是红儿，这会儿出嫁都行哩！嘿，熊儿子的嘴巴子真他娘的厉害！他不知道，儿子为了这篇演说词，几乎抠干了脑浆，调动起了所有的知识库存，还细读了几部花花作家制造的花花书，反复推敲才定稿的。魏光宝喜滋滋地想道，听了这么顺耳朵的道理，木头人也会开窍的。看红儿，果然被说动了的样子，低垂着眼睛，抿紧着嘴唇儿，手指头一个劲儿地抠挠床铺。熊儿子也看出来了，得意地扫了老子一眼，信心百倍地等待着妹子开口。

运红缓缓地抬起头来，看看哥哥，又看看父亲，头又垂了下去，轻声说道，"哥，爸，道理我听下了，可我没法儿照着去做，富贵跟人相比，我觉着人更重要。也许我就是个穷命，你们别劝了……"

魏光宝忽地跳起身来："你你你……"

魏运升的眼睛里也蹿出了恼怒的火花，但被他及时地止住了。他把父亲按到椅子上，使了一个眼色道，"爸，你别发火，妹妹一时想不通，怪只怪她年幼无知。她还是个学生性儿嘛！妹子……"

"哥，你不要再说了，不要再说了！"魏运红嘤嘤地哭起来，"这事我永远都不会想通的，永远都不会的！"

魏运升捺着性子道，"运红，姑娘家都想找个年轻英俊的，贫点富点不太计较，这种心情我理解。这是姑娘们找主儿时的通病，这种通病是要命的！过上几年苦日子，年轻英俊没影了，有的只是没日没夜的操劳！外人你不知道，咱妈你该清楚吧？咱妈才六十岁，你看她熬成个啥样子了？皮肤粗糙得像老树皮，脸盘子揪皱得就像个麻团儿，还指望谈情，指望说爱？下辈子吧！如果嫁给焦守德那样的主儿，眼下定准还水灵灵的呢，再来他个二次恋爱，保证还可以剔剔挑挑！你看电视里人家那些老歌星……"

"哥，我不听了不听了！"魏运红心烦意乱地哭说道，"焦守德天样好，我也不可能嫁给他，你就别白费唾沫了！"

"我打死你这个犟种！"魏光宝忽地扑向女儿，魏运升急忙一把薅住了他的后脖领子，借着这股劲儿把他拖了出去，不准他再瞎掺和。魏运升走回屋来，他也没道理可讲了，耐心也就冲破极限了，嗓门一下子高了上去："运红，你要对自己的美貌负责！你拥有这副美貌不容易，随便处理太可惜了！你别不识数，没有这副美貌，你倒赔钱也攀不上焦守德的！"

"哥呀，别再说了，妹子求你啦！"

"我是你哥，有开导你的义务！"

"你这个不知好歹的东西，是不是喝下迷魂汤啦！"魏光宝跑进屋子，儿子急忙拦了上去，老子捞不着近前打女儿，气得又蹦又跳，"守德家是个啥，整个儿一个福窝哩！离过婚，岁数大点，那算个啥毛病！过去的皇帝，媳妇成千上万，都快归天的岁数了照常娶来娶去，娶到哪一个，哪一个就欢喜得要死。这些女人图的个啥？还不是图了个吃香喝辣、穿绸着缎，有花不尽的金银财宝！老子实话说给你，今儿你答应也得答应，不答应也得答应！"

"运红，你就答应了吧！"

"你们是在逼我了？"魏运红惊讶了，泪汪汪的大眼睛睁得大大的，"你们是不是花了焦家的钱？是不是想跟着沾光？"

"运红，你都扯到哪儿去了！"

魏光宝跳过来，质问道，"花钱咋啦？沾光咋啦？我一把屎一把尿把你拉扯大，跟着沾点光还不应该？要不我养你干啥！"

魏运红被她父亲的话惊呆了，紧接着就愤怒了，"原来你们是财迷心窍了！你们咋不想想，我跟个老头子同床共枕是个啥滋味！你们走，我不想听到你们再说一个字，你们都给我出去！"

魏运升悻悻地道："话不要说得这样绝！我劝你还是静下心想一想吧，我们不会眼睁睁看你错过这次机会的，坚决不会！"说完，他劈手捉住老子的手腕子，死拖硬拉地把父亲弄出了妹子的卧室。

四

老魏家从此就开始了不见硝烟的战争。父子俩绞尽了脑汁，嘴皮子都要呱嗒碎了，硬是没有取得丝毫的进展。魏光宝终于用上了拳脚。魏运升想，动嘴不管用，动动手或许会产生效果，因此就用不加劝阻的方式表示了他的认可。第一次挨打，魏运红哭了个天翻地覆。第二次挨打，她不哭不闹了，嘴也不顶了，变成了一个毫无知觉的木头人。父子俩有点束手无策了，难道这个女人真是个穷命？看到红儿日渐消瘦，终于瘦得脱了形，做母亲的受不了了。她实在是想不通，那焦守德千般好万般能，但女儿不愿意没办法，咋能把人整成这个样子呢！更为苦恼的是发言权已被取消，她不能多嘴，只能偷偷地哭泣，用眼泪表达自己的意见。

焦守德每隔几天就来一回，回回都拎着大包小箱，瞧瞧牌子，一律是闻所未闻的珍贵货色，临走时，还要付给魏光宝一笔因占用时间而理该如此的数字惊人的小费，外加一些馋死人不用偿命的慷慨许诺。碰巧跟魏运红撞了面，魏运红扭头就走，焦守德也不计较，权当没有看见，悄悄咽下满口的津液，同他的魏叔和运升弟该咋说还咋说。

送走亿万富翁，魏家父子回屋后大都是四目相对、抱头枯坐，四只眼睛红得都快燃烧起来了。焦守德已经给过四十几万了，给的货物几乎积满了小货仓，但父子俩却丝毫没敢动用。他们明白，没有运红的那句话，吃进肚里去的东西还得吐出来。魏光宝尤为痛心这一点，在他的记忆中，到手的东西还从未让它溜走过。想到本该属于自己所有的这么一大宗钱财，到头来居然要送给别人，他吃不下饭、睡不成觉，难受得直想上吊！他实在想不通自己的女儿是咋回事，莫非让黄鼠狼缠住了不成？

魏运升到底比他的老子有学问，脑筋活络，这天后半夜，他正在床上辗转反侧，揪头发捶脑袋地想办法，忽然思得了一计。他急忙翻身下床，悄悄来到了老子的卧室，发现老子也没有睡，躺在那里锁着眉头瞅天棚。魏运升把他拉出屋子，兴奋地道："爸，有办法了！"

魏光宝顿时来了精神，"什么办法，你快说！"魏运升就附在老子的耳朵边如此这般嘀咕起来，魏光宝听着听着睁大了眼睛，突然变脸道，"你咋想出这么个毒法子，她是你亲妹子！"魏运升不满地道，"你怎么这样说话，亲妹子不亲妹子还用你说？关键是咱们的目的是为红儿好，用啥法子都没有错的！"魏光宝苦恼地搓起了巴掌，"事是这么个事，可是……"魏运升有些生气了，"你可是什么！眼前明明是一座富贵山，可运红她就是不往上爬，咱为何不能推她一把呢！这分明是帮助她嘛，亲属们应尽的义务嘛！"魏光宝沉吟良久，一跺脚道，"这话在理，就这么办了！运升，赶早不赶晚，天亮后你就去找焦守德！"魏运升说，"反正也睡不着了，我这就去找他，早完了早利落。"说完他回屋穿好衣服往门口走去，魏光宝忽然想起一件事来，忙追上去道，"运升，不要再跟老子玩把戏，小费得了多少就是多少，要再掖着瞒着，我调查出来跟你豁上！"魏运升敷衍了一声便走出了家门。

初秋的下半夜，天气很凉爽，也很冷清，大街上偶尔有汽车驶过，剩下的就是白马河水那永不停息的奔腾声了。魏运升一路紧蹬着，自行车飞似地奔向滨河小区。滨河小区在白马河的东边，是一方新近崛起的高级住宅区，楼房的外观和装备都是一流的。焦家的祥安别墅很好找，一幢四层的小洋楼，一方独一无二的相当宽敞的大院落，大门口灯火辉煌。魏运升每次来到这里，都会立马生出一种紧迫感，而眼下，又加进了一层亲切感和自豪感，这座豪华的府邸是妹子的啦，妹子和哥哥没有什么大区别，妹子的也就等于哥哥的！他异常激动地摁响了门铃。身材魁梧的保镖打开了院门，发现来人是有可能成为家主第十六任大舅子的魏运升，脸上立时堆满笑容，慌忙摸出手机把信息传到了楼上。楼上回话即刻客厅里相见。

魏运升来到客厅里，保姆马上端上了水果和饮料。十几分钟后，焦守德出现在房门口。尽管他精心梳洗过，强打着精神，却抖落不掉刚从睡梦里醒来的那份惺忪的倦态：眼珠子稀浑，眼袋就像两只小气球，皮肉松弛得如脱离了骨头似的。这副面目魏运升还是第一次见到，暗暗想道，焦守德保留下的年龄可能不是一个小数字！接着他心里头又感慨起来，这家伙的年纪比父亲都大了，却还能娶得上十九岁的黄花闺女，而且还是个美女群里的美女！魏运升的肚子里隐隐地燃起了不平的妒火……

焦守德是个心急而面不急的人，商场情场都是这样。他晓得魏运升半夜来访一定有急事，而且八成是好事情，但他不问，也不朝着这方面去说。他说他的事业。他说他今儿又萌生了一个计划，决定再上一个子公司，估计年利润可在两千万元以上，接着便开始详谈起来。魏运升熬他不过，瞅了个缝隙，十分勉强地把话题转到了妹子的事情上，"焦哥，依着运红的脾气，这事短时间怕是成不了。但咱们都挺忙的，不能老拖下去，更不能眼睁睁地看她下嫁给普通老百姓。父亲的意思是，想请焦哥把生米煮成熟饭。"

焦守德的眼球亮了一下，但他没有说话。

"女孩子一般都把贞操看得很重，我妹子在我那封建父母的教导下，跟男孩子拉拉手都耳热脸红，一旦那个了，定准就会铁了心。"

焦守德道，"这件事，按说我是不能做的，我并非找不到妻子，这样做太伤体面了。不过，我已经从骨子里爱上了魏小姐，俗话说，只要目的纯正可以不问手段。那就恭敬不如从命吧！"

魏运升往前凑了凑："焦哥今晚有空吧？等运红睡下后……"

焦守德摇头："这样不妥。万一魏小姐被那个后依然不从，告到公安局，我不就成了强奸犯了么，这样不行。"

魏运升道，"这个焦哥放心，有我们作证呢！"

"你不懂法呀？我跑进女孩的卧室去，只那事实就已经足够了！"焦守德想了想，"这样吧，小弟真有诚意，就把魏小姐请到这里来吧。"

魏运升爽快地道，"行！焦哥什么时候去接？"

"我不能去接，这件事的任何环节，我一概不能插手。公安局可不是吃素的，因此我只能在家里被动地恭候。小弟懂我的意思了吧？"

魏运升点点头，心想这么个搞法儿，如果运红被那个后依然不从果真张扬起来，焦守德是很容易洗刷的，他们老魏家的声誉可就惨了！魏运升的脊梁沟里飕飕地冒起了冷气，暗暗地恨起了妹子。

焦守德说给了魏运升一个行动步骤，供对方参考，并送给他一包美国进口的安眠药，自然还有一笔跑腿儿费。离开祥安别墅，魏运升就着路灯清点了跑腿儿费，一共是六千元整。他把两千元揣进口袋，另四千元掖进了皮鞋里，鞋垫子扔掉了，钞票充作了鞋垫子。

五

那是一包乳白色的粉末儿，焦守德说服用后可连睡十个钟头，天塌地陷也吵不醒的。晚饭时魏光宝依照计划吩咐老伴，把粉末儿下进女儿的粥碗里去，老伴哆哆嗦嗦地捏着纸包，提心吊胆地说，"他爸，如今的假药那么多，咱们会不会把红儿给药死呵？"魏光宝吼道，"卖给焦家人假药，活腻了也不敢那样做的！你弄去吧，别的事不用你操心！"男人一恼，老伴就不能有话了，她低眉顺眼地走进厨房，准备投药。可是拆开药包后，她怎么着也倒不进粥碗里去了，脸色蜡黄蜡黄的，托着药面的手一个劲儿地抖。儿子魏运升始终躲在门旁边瞧动静，看到母亲这般不顶用，怕母亲把药弄撒了，慌忙抢向前去，把药面儿接在自己手里，将母亲拨拉到一边去，气哼哼地道，"妈，我来弄，你回屋躺着去吧，吃饭的时候也别出来了！"

魏运升和魏光宝父子俩一个正面打锣，一个旁边敲鼓，让魏运红顺顺当当喝下了那碗大米粥。魏运红放下碗筷，把身子转向了正在播放着新闻联播的电视。最近一段时间，省城选美和焦守德求婚两档子事把她弄得焦头烂额，跟家里人坐一堆感觉就像受刑一般，因此她总是放下筷子就离开，至多磨蹭个三两分钟，算是给家里人的一点面子。自然，父亲和兄长也从不给她好脸看。然而这顿晚饭，父子俩却一反常态，不但和颜悦色，面目可亲，而且异口同声地劝她回屋躺一躺，说她这些天的身子骨儿太瘦弱了，人在太瘦弱的时候，最好的办法就是躺下来养一养。魏运红心里道，哥哥和爸爸今天才算说了句通情达理的话，她郁闷已久的痛苦情绪瞬间转化成了满腹的委屈，鼻腔忍不住发起了酸，强忍着泪水离开了小客厅。

父子俩登时紧张起来。魏光宝忧心忡忡地道，"那点白面儿真那么管用？要是半道上醒过来可就毁了！"魏运升不理会老子，他抬着手腕，全神贯注地看手表，掐时间，神情儿就像一位临战前的将军。焦守德说定的时间刚到，魏运升就一个箭步冲出屋子，冲进了魏运红的卧室，打眼一看他心里乐开了花：妹子和衣躺在床上，已经进入了香甜的梦乡，脸上还挂着两串亮晶晶的泪珠儿，可见正想着事儿便被药物麻翻了，那点药面儿还真他娘的管用！魏运升按捺住兴奋情绪，抱起妹子往外走去，吩咐魏光宝带上被子。母亲大哭一声扑过来，摇晃着女儿的身子，号丧似的大放悲声，"红儿是不是被药死了，啊，她是不是被药死了啊？红儿呀，你这个不听话的苦命娃哪……"魏运升腾不出手来推母亲，气得一个劲儿地大声叫唤，"妈你这是干啥！跟你说过千万遍了，咱这是为红儿好，望你们当爸当妈的好！"母亲哭着说，"这个俺知道，可俺就是觉着这么个弄法儿太狠毒了……"魏光宝不耐烦了，大吼一声道，"你知道个屁！"说着他从儿子身边挤过去，一把捉住老伴的手，把她拽进了卧室里，哐一声带上了房门，骂骂咧咧地道，"日的，哪有你臭娘们儿的发言权！"父子俩扫清了道路，匆匆走出屋子。

走出楼洞，一看停在楼门口的是一辆丑陋不堪的脚踏三轮车，魏运升立时傻了眼。父亲大包大揽说车子由他操持，原来是怕儿子租汽车浪费钱，居然弄来了这么个破玩意儿！路上遇见熟人脸往哪儿搁？车子走进焦守德富丽堂皇的祥安别墅像什么样子？魏运升气得连连跺脚，但一点儿补救的办法也没有了，只能一边往车斗里安排妹子，一

红杏花开

边跟不成器的父亲打嘴仗，"这个家，穷不死也让你给寒碜死了！"魏光宝寸步不让，因为他的理由是相当充分的，"你烧包什么，老子不知道往脸上搽粉好看？等你富裕得赶上了焦家再烧包也不迟！出租车那得多少钱？我现在哪有闲钱送给出租车！这辆车，我只破费了两根烟，预借时一根，拉车时一根！告诉你，穷日子只能这么过！"魏运升听不下去了，"你咋不想想今儿咱们干的是啥事！你就是租一架飞机，焦守德会让你掏一分钱？"魏光宝被儿子气得哭笑不得，接过话道，"小运升啊小运升，你怎么这样不开窍！租架飞机，焦守德付十万块钱的租机费，可那钱给了人家了，打了水漂了，咱爷们捞不着一分一厘呀！咱这样两脚拉了去，他给十元，咱就净赚一百毛哩！算账过日子，你还早哪！"

魏运升气得眼睛发黑，却无法跟这个人理论下去了，发现老子的手抓住了车挡板，显然想坐车斗子里去，他蹬起车子就跑了起来。魏光宝打个趔趄，险些跌倒在地上，他骂了句什么，稳住身子后撒脚跟着跑去。魏运升越看越生气，回头吆喝道，"力气又不花钱，你搭把手不中？"老子知道狗杂碎在找碴了，狗杂碎骑得飞快，他随着跑都有些不跟趟，磕磕绊绊、跌跌撞撞随时都要倒下来，还得领受儿子莫名其妙的训斥，肚子里的火同样是越弄越旺，因此儿子丢一句，他就顶一句，"拉你的吧！"

一路上，父子俩唇枪舌剑，却没有耽误赶路。三轮车就像吃了兴奋剂的老牛似的，不顾命地直着脖子往前蹿。

六

脚踏三轮车跑进祥安别墅，保镖简短地打个招呼，影儿似的引导着父子俩抬着魏运红进楼。魏光宝抬着女儿的腿，不知咋回事，刚走了没几步他的身子就摇晃起来，身子上像叮满了蚂蟥，一种莫可名状的滋味急剧地泛滥开来。他的脑袋越垂越低，步子越来越乱，心里叫唤着，这是干啥？这他娘的是干啥哩！到了三楼，看到焦守德站在卧室门口迎候。他身着考究的休闲服，皮鞋和头发锃明瓦亮，只有神态不像新郎官，基本上面无表情。魏运升抱着妹子的脑袋汗流满面地走到跟前，想给焦守德递笑脸，嘴咧了几下没有咧开，倒是焦守德的嘴角浮出了一丝不易察觉的笑。

魏氏父子把毫无知觉、任人摆布的魏运红搁到席梦思床上，魏运红仍然睡得香甜无比，俏丽的脸蛋上笼罩着只有纯情少女才有的那种恬静的光晕。魏光宝背过身去，一下一下地掐拧着自己的大腿。魏运升也感到不得劲儿了，一种从未体验过的滋味漫涌而来，这种滋味大约叫作苦涩。

焦守德让保姆带他二人出去吃夜宵，他轻轻地关上了房门。这轻轻的关门声让父子俩打了个寒战，他们本能地转回身子，怔怔地瞪视着这扇暗绿色的小门，魏运升紧紧地咬住了嘴唇，而老子魏光宝已是老泪纵横。

魏运红醒过来时，天快要亮了。她睁开眼睛，想打个哈欠，身子竟像被捆住了似的动弹不得。她这才蓦地发现，自己的身子赤条条，被同样是赤条条的焦守德箍缠着躺在床上！她的脑壳里轰然响个巨雷：他是咋进来的，这是怎么回事？魏运红手忙脚乱地把焦守德的胳膊腿下死劲推出去，紧跟着便哭叫起来："爸爸妈妈，快过来呀，你们快过来呀！……"

焦守德也坐起身来，摇摇头叹了口长气，平静地说，"魏小姐，你先不要激动。别说爸爸妈妈听不到，就是听到了他们也不会过来的。你仔细看看你是在什么地方，这是我的祥安别墅。"

"啊！"魏运红更加惊慌了，"你这个流氓，你竟敢绑架我！"

焦守德不生气，他拉住魏运红的手，心平气和地道，"魏小姐，请你坐下，等我把话说完，你再发火也不迟。"

魏运红被拉着坐下来，在焦守德的怀里挣扎着。焦守德一边搂抱着她，一边抬高些嗓门道，"运红，我承认我爱上了你，爱得几乎要发疯了！但无论怎样疯狂，我都不会动用低级下流的手段，我焦守德是个素质很高的人！今晚这件事，是父亲和运升一手操办的。他们买通了我的保镖和保姆，把你悄悄儿送到了我的床上，我因为爱得太深，怎么克制也没克制住……"

魏运红哪听得下，父亲和哥哥就算鬼迷心窍，也不可能干出这种事情的！她愤怒地打断焦守德的表白："你放屁！……"

焦守德叹息着道，"想骂你就骂吧！现在咱们来看一段电视，刚录的。"他抓起遥控板揿动了几下，彩电和影碟机便相继工作起来。

电视屏幕上的画面即刻把魏运红抓住了——自家楼门外，父亲和兄长把她弄上了脚踏三轮车——大街上，哥哥蹬着三轮车飞跑——三轮车跑进祥安别墅，她被抬下车来，哥哥抱着她的头，爸爸抱着她的腿，走过院子，踏上楼梯，步入卧室，放在了席梦思床上……

"你们……你们好糊涂哇！"魏运红悲鸣一声，头一歪昏了过去。

焦守德松开了箍缠在魏运红身上的胳膊，把她摆弄得舒展开来，头枕在他的臂腕里，轻轻地抚摩着她，徐徐道，"运红，不要怪父亲和兄长，他们的目的是让你过上好日子，错只错在心太急了一些。要怪就怪我吧，我不该控制不住自己的感情，我太自私了！……"

魏运红瘫软在焦守德怀里，只管哭着。焦守德明白怀中女基本上没辙了，窃喜之余，一股疼怜之情袭向他的心头。姑娘不慕荣华富贵的高贵情操，在物欲横流、拜金之风盛行的今天实在是难得，太难得了！可惜被那两个二百五给毁了！焦守德深知自己的情趣，不管魏运红的美貌多么出众，气质多么高雅，他对她的迷恋都不可能持续太久。他相继打发走的那十五位妻子，除了第一位模样平常外，另十四个可全都是艳压群芳的花魁哩！他已经养成了吃着碗里的瞅着锅里的、这山望着那山高的习惯，改不掉了，也不想改了。他认为风流人物理应如此，要不怎么会称之为"风流"呢！

温存着时，焦守德发现自己的这身肥肉跟魏运红那修长而精致的身子对比起来太不雅观，就伸出手熄灭了电灯。然后继续感化怀中女，"红儿，咱俩的年龄是有些悬殊，但我会用全身心来爱你的。你等着看，我要让你过上天下最好的日子，我有这个能力，也有这份心情。"

魏运红答应了这门婚事。

她整个儿被这个男人睡了，最最看重的贞操被这个男人拿去了，她哪里还能有别的选择呢。再一个，她看出焦守德是个不错的人，岁数问题，就跟他的财富扯平了吧。财富对于人来说总而言之是个好东西……

这时天早已大亮了。焦守德抑制住内心的狂喜，请魏运红在这里住几天，说要好好儿给她补一补身子。魏运红正好不愿意见到任何人，尤其是她的父亲和兄长，她怕见到后替他爷儿俩难堪，于是就在焦府住下来了。没事的时候，魏运红就专心致志地说服自己原谅爸爸和哥哥。她对自己道：他们归根结底是为你好呀！使用这样的法子，是没法子的法子，是恨铁不成钢的结果。说到私心，他们的确有那么点儿，然而谁没有一点儿私心呢？如果你魏运红没有私心，那就应该为了自家人能够脱贫致富、过上一步登天的富贵日子，高高兴兴地嫁给焦守德才是，你却为了自己的幸福而推三阻四！

魏运红在祥安别墅一直住到举行婚礼。焦守德软语细抚的体贴和温存，开国大典一般隆重结婚仪式的荣耀，把魏运红心灵的创口抚平了，同时也原谅了自己的父亲和兄长。她甚至觉得，如果哥哥爸爸不采取那样的极端措施，她很可能要错过一桩理想的婚姻……

七

魏运红出嫁后的第八天，老魏家的庭院式高级住宅楼破土动工了。宅基地选在平安巷与宏光街的交汇处，距离老魏家只有两百多步路。

新女婿焦守德的意思是，想把这幢小楼建在花园新区。花园新区跟焦府所在的滨河小区隔河相望，也是一个风景秀丽的地方。魏氏父子到那里走了一趟，观察了一番，当即便把焦守德的建议给否了。花园新区也是个富贵之乡，单门独院的别墅居多，富丽堂皇耀眼夺目，老魏家的小楼若是立身其中，就像一滴水落进了大海里，鹤立鸡群的感觉到哪里去找？况且一张熟面孔也没有。父子俩在这方面看得很透彻：摆阔气，只有在比自己矮三头的熟人眼前才最够味儿！焦守德也

红杏花开

只好依从。

基于双方都心照不宣的那个原因，魏宅的筹建与焦府的婚礼是同步进行的。焦守德到底是焦守德，住宅的筹建丝毫没有影响到他的蜜月新婚，跟新娘魏运红缠绵的间隙，他几个电话打过去，平安巷尽头的那一块一般人不容易弄到手的地皮便划到老魏家的名下了。然后又几个电话打出去，公司秘书很快同建筑公司签妥了建造合同：包工包料，从开挖地基到房内装修一包到底，总造价一百五十万元，十月底交付使用。

魏氏父子非常清楚，建筑公司不敢跟焦守德玩把戏，他们只等着喜迁新居就行了。然而父子俩放弃了这份清闲。父子俩截至目前尚未当过官，这个机会他们不想放过，况且隔行如隔山，不认真盯着的话说不定真会打马虎眼的。工地上搭盖简易棚时，父子俩吩咐施工队长多盖了一间，他们在这一间的门口挂出了一块大木牌子，上写：魏氏住宅工程指挥部。屋内摆上了一张写字台、两把木头椅子，又从老宅引来了一根电话线，问魏运红要了一部电话机，像模像样的指挥部便展现在眼前了。天不亮父子俩就赶忙跑过来上班，二人面对面坐在椅子上，手里捧着新购的磁化杯，眼睛望着窗外边忙忙碌碌的苦力们，以及在苦力们的操作下日渐增高的楼框子，那个舒服劲儿真是没法子提了。

喝足了茶水，他们就叼着香烟走出指挥部，亲临现场视察、指挥。魏运升背着双手，挺着小肚子，眼睛上扣着墨镜，墨镜下的嘴巴子好生利害，张嘴就是一串领导词儿！魏光宝第一次发现儿子竟有这么高的领导才能，他兴奋极了，自豪极了，熊儿子真他妈的够派儿哩！可是日子一久，魏光宝渐渐觉出了不对头。爷儿两个在一起，儿子健壮得就像一头牛犊子，老子干干巴巴像一根瘦牛筋；儿子颐指气使，口若悬河，老子无话可说，搜肠刮肚说上几句，说完一想又全是儿子的语意重复！更为严重的是，工地上的一张张笑脸总是先递给儿子，把老子放在了后边，捎带着给一点儿，有时候干脆把他给省略掉了！这成何体统，一把手变成了二把手，甚至成为一把手的老随从了！魏光宝的肚子里就有了不平之气，这个狗儿子，要不是沾他魏光宝女儿的光，哪能这样神气活现！手里的私房钱，已经攒得没数了！铸造厂那边，没用人家辞他，他就把工作证摔进了厂长室！女婿守德一连给他联系了八个新单位，他都大摇其头，眼瞅看全城没有盛下他的地方了！魏光宝越想越来气儿，看儿子愈看愈不顺眼，忽然想到：狗儿子呆在这里干什么？这里根本没有可管的事儿，有事儿老子一个人也就处理了，而狗儿子正是奔前程的年纪，却整天泡在这里喝茶抽烟，装腔作势地耍威风，这分明是不务正业嘛！魏光宝决定寻个事儿发一顿火，把这个可恶又可笑的大公子从工地上打发出去。

魏光宝用心瞅了几天，没有捏住狗儿子的短处。这事可草率不得，弄不好，把狗儿子惹火了，被摔出工地的不一定是哪一个呢。魏光宝正发愁时，魏运升却自动走开了。他通过跳舞认识了几个姑娘，把兴趣转移到石榴裙上去了。魏光宝在高兴的同时，又禁不住感慨万端：奶奶的，钱真是个好东西！退回到两个月之前，行将失业的儿子都有打光棍的危险，如今一勾就是几个，苍蝇逐臭似的扑过来了！这样想着时，魏光宝的眼前就浮现出一个妙人儿，妙人儿细溜溜的身段，胸脯子鼓鼓的，白净的瓜子脸儿，真是要多好看就有多好看呢！那是他三十二岁那年的事儿了，正如儿子所揭露的那样，这个妙人儿险些让他跟老婆离了婚。现在这个妙人儿在哪里呢？

儿子离开工地，指挥部里的魏光宝只剩一样遗憾事了，桌子上的电话机，三十多天里没派过一次用场。堂堂一百五十万元资金的这么大一个工程指挥部，怎么能不利用电话发号施令呢，怎么会没有一点事情通过电话请示汇报呢，真是不可思议啊！心痒难熬时，魏光宝就胡乱摁几个号码，威严地吆喝几声，过一顿虚瘾。他也曾经想过真格地打一次电话，过一顿实瘾，向施工队长讨一个电话号码，过问一下材料的质量问题，但一想到这边一打电话公司那边就记账，只好作罢。虽说他早已抽上了名牌香烟，每顿饭都有几个不错的小碟儿陪着，但内心深处始终牢守着一条古训：大烟得抽，日子要过，不该花的一个子儿都不能花！

没想到这天上午，电话机突然叫起来了。魏光宝吓了一跳，清醒过后他大喜过望，老虎扑食般扑向电话机，一把将话筒攥在了手里，平了平心这才开口说话，用的是新近练习多遍的官腔，"喂，这里是魏宅工程指挥部，我是总指挥长魏光宝！你是谁？"

电话里回道："我是红儿她妈。你是她爸吧？"

原来是自己的老婆！魏光宝一听就火了，老宅离这里一二百步路，她居然用上了电话机！这样随便是不行的，必须严令禁止！

"三两步路打电话，你的腿就那么金贵？"

老婆拖着哭腔说，"她爸呀，你快回来吧，红儿一回家就躺在床上流眼泪，我磨破嘴唇也没问出一句话，看来是出了大事了！"

魏光宝身子一软，一身官气顿时泄了个精光。

八

魏光宝走进女儿的卧室，发现母女俩在无声无息地流眼泪。魏运红躺在床上，紧咬着嘴唇，任凭泪水流过面颊，流进乌云般的头发里。她的母亲坐在床沿上，身子抖动着，泪眼模糊地望着女儿。

"红儿，你爸回来了。"运红妈按了几下眼窝说，"啥事儿快说吧，好好说，不要惹你爸生气。"魏运红哽咽着道，"爸、妈，我真没事，你们去休息吧，我想单独静一会儿，过会儿我就回去。"

魏光宝焦躁起来，都哭成这个样子了还说没事，纯粹睁着眼说胡话嘛！他使劲地捺着性子，以免脾气发作。自从女儿跟焦守德订婚，他在女儿面前就不想使性子了。然后问女儿道："红儿，守德骂你了？"魏运红摇头。父亲又问："他打你了？"魏运红还是摇头。魏光宝的火有点压不住了，"他的家里人难为你啦？"魏运红依旧摇头。魏光宝连咽几口唾液，把蹿到嘴边的难听话压回肚子里去，"他们没打没骂也没难为你，那你是嫌饭菜太可口了，别墅太舒坦了吧？"魏运红抽泣了一声，使劲抹了一把泪脸，大声道，"爸呀，求求你甭问啦！我什么事也没有，就是吃糠的命不能沾白馒头，烧包的！"话没说完她身子一翻朝向了墙，再不给父亲一个字。

她是存心想气死我哩！魏光宝急得团团转，搁在往常，他早就巴掌上阵了，可眼下却是敢怒而不敢言，甚至连一句重话都不敢说。女儿嫁给了亿万富翁，他明明知道那依然还是自己的女儿，可是说来奇怪，他一站到女儿面前，就感到自己矮小了，说话也有点低三下四了。女儿的身上就像陡然增添了一层高贵而又逼人的光圈，不由他不肃然起敬。恭敬都唯恐不及，哪里还敢乱说乱道，更不用说动手动脚了！魏光宝急成了热锅里的蚂蚁，心想要是运升在家就好了，这个熊儿子准有办法。

魏运升直到下半夜才回家，他叼着烟棍子，哼哼着茂腔曲儿，一摇三晃地走进屋来，电灯下一张大方脸红光满面。魏光宝瞧着他那副容光焕发的得意样子，知道狗儿子在外头玩得痛快，直想扑上去给他一顿拳脚。但他忍住了，而且很快像得了救星那样，忙不迭把红儿的事情嘀咕给了儿子。魏运升还没听完脸就发了青，就像正在舒舒服服地洗着热水澡，冷不防头上浇下来了一桶冰凉的水，咧嘴瞪眼地木住了。

这个不识数的女人是不是把焦守德给惹恼了？魏运升镇静着自己，快步走进魏运红的卧室。魏运红还和衣躺在床上，痴呆呆地垂着眼睛，跟生了大病似的。魏运升握住了她的手，动情地道，"妹子，先睡觉吧，天大的事情也不如身体要紧哩！"魏运红的嘴唇动了动，眼里慢慢地汪满了泪水。魏运升打开被子，盖在了魏运红的身上，催促说，"快睡吧，啊，睡吧，有事明儿再说。"泪水滚出了魏运红的眼睛，魏运升替她揩抹了几下，自己的眼圈也红了。自责的情绪就像一把钝锯，在他的心头上来回地拉着。这股情绪起源于那个夜晚，他父子俩把运红抬上那张席梦思床去的时候，这是第二次出现了。魏运升拢了拢妹子散乱的头发，嗓门涩涩地道，"红儿，心里搁不住的那就说出来吧，说出来就痛快些了。妹，哥知道你受了委屈……"魏运红一伸手抱住了她的哥哥，身子剧烈地抽搐着号啕起来。

今儿早饭后，焦家的小保姆拿到工钱，打点完行李后，却又磨蹭来磨蹭去的，似乎又不想走的样子。魏运红以为她恋旧，就挽留道，"要是没做够就接着做下去吧，为什么非要离开不可呢？"焦家时下的三个小保姆，魏运红最喜欢这一个，这一个却突然提出要走，魏运红怎么留也留不住。小保姆一抿嘴唇，终于下了决心的样子，急急地关上房门，小声对魏运红道，"运红姐，我看不惯这家人的做派，实在待不下去了。运红姐，你是个好人，临走我要给你留个话。"魏运红诧异地问她什么话，小保姆沉沉地道，"焦守德不是个好人！"魏运红的心立时悬起来，催她快点儿说。

小保姆就说，焦守德根本不是在娶妻子，他娶的是玩物儿。跟他离过婚的那十几个妻子，模样一个比一个漂亮，可是都没过上一年，最短的才过了四个月。他玩够了却又不舍得丢开，就一人一套房子养着她们，暗中做他的情人。他霸占着她们的身子，还要她们为他赚钱，他说他娶她们养她们开支太大了，长期下去他实在承受不起。他做买卖做惯了，做什么事情都不想让钱财吃亏，投进去多少，过后都要想法子捞回来。他不用前妻们去上班，只用她们招待客户，陪伴远东集团的重点客户，是让她们用热身子陪哩！小保姆忧心忡忡地结束道，"运红姐，焦守德在你这任妻子身上下的本钱最重，等他新鲜过这阵子，就会开始整治你了，加倍地往回捞钱的。你要喜欢这种富贵日子，那就凑合着过下去吧。要是想过正常日子，那得赶紧想法儿脱身，焦守德这个人心肠毒花招又多，你斗不过他的！"

魏运升听完后放了些心，什么事情也没发生，其实只是一场虚惊。然而肚子里的那把钝锯分明已经割破了他的心脏，一阵阵的剧痛使他心尖发颤。沉默半晌后他关心地道，"红儿，焦守德眼下欺负你没有？"

魏运红哽咽道，"没有……"

"那哥就放心了。"魏运升吁了口长气，"妹子，焦守德那些年的不检点行为，我早就给你暗示过了，年轻体壮的大人物，性情不稳定那是无法避免的，焦守德已经过了那个年龄了，放心过你的日子吧！再说，小保姆的话不能够轻信，主人的事情奴仆怎么会那般清楚呢？很可能是胡诌的。"

魏运红道，"这一点我也想过了，有可能是编出来的。焦守德除了离婚太频和年纪太大这两点，眼下还看不出有啥不好。既然已跟他过到了这个地步，只能过一天算一天，出了事儿再说了。"

"把心放平，不会出事儿的。"魏运升给妹子掖了掖被子，"焦守德真敢把你怎么着，我轻饶不了他！"说到这里，魏运升突然觉得悲壮起来，不由得捏紧了拳头，眼睛瞪成了两团火球。

安慰好了妹子，魏运升回到了自己的卧室，站到窗前默默地祷告起来，希愿焦守德果真像他所说的那样，已经过了荒唐的年龄……

大人物们的荒唐心理，这几天魏运升有了亲身的体验。他通过跳舞一下子结识了四个女孩，跟这个好着时，觉得不如跟那个开心，跟那个好上了，又感觉不如跟另一个欢快，还没怎么着，就开始喜新厌旧了。

躺到床上时，魏运升很快就被那四个女孩的倩影控制住了。他翻来覆去，用想象的办法跟女孩子们做着他想做的事情，把身子弄得热燥燥的，手脚急颤颤地胡蹬乱挠。他太渴望了，他投入了那么多的精力和财力，什么招数都使尽了，至今却连一个吻都没有接成哩！

九

老魏一家欢天喜地地按时迁入了新居。

这座既仿西洋又仿古的庭院式住宅楼，把平安巷和宏光街都镇住了。居民们热烈地谈论着，有羡慕的，有妒忌的，也有挖苦嘲笑的。

魏光宝实在按捺不住兴奋，自己跟自己苦斗了几天几夜，结果还是从那只樟木匣子里摸出了几张钞票，置办了三桌酒席，把巷子里能够说上话的人都请来同喜了一番。人们把他恭维得心肝叶子直颤悠，比做了神仙还要舒坦。他原打算把女儿女婿也请过来待几天的，那豪华奔驰在巷子里一跑，在宅院里一停，自然又是一番轰动。可惜这阵儿焦守德正忙，抽不出身，女儿染了点风寒，正在家中调养。魏运升跑去看望了一下，见妹子慵懒地躺在床上，但不用吃药打针，父子俩也就没有挂在心上。

日子过下来，魏光宝渐渐觉着家里多了一样东西。他仔细端详，新宅子新家具，样样高级，样样顺眼，只有扫视到老婆子时，才感到颇不舒服。原来多余的东西就是她！魏光宝确定了这一点，他的老伴便越来越刺眼了。松松垮垮的五短身坯，近乎浮肿的阔脸盘子，干巴巴的一把子说黄不黄说白不白的头发，而且邋里邋遢的，什么营生都弄不利落，端菜上饭搞得漓漓拉拉，菜里常常吃出她的头发丝。在这之前魏光宝吃出老伴的头发丝，他总是把发丝上的油星儿吮吸干净，然后搁在桌上了事。现在他一吃出来就直犯恶心，筷子一摆就骂娘，有时还把那只盘子扣到老婆的头上去。他对老婆简直无法容忍了，这样的女人怎么配生活在这个家里呢，这就像辉煌的金銮殿里养着一头猪哩！愤怒着时，见儿子牵着妙龄女郎出双入对，那女郎要多摩登就有多摩登，要多水灵就有多水灵，他眼中的老婆子就更加丑不堪言了。他暗自喟叹，老了老了，这方面热火不起来了，辜负了这幢金銮殿似的小别墅了！转念之间，又想到了焦守德，自己的岁数比他还要小哩，怎么就热火不起来了呢？看人家守德，娶了一个又一个，吃着锅里的瞅着锅外的，还都是些万里挑一的天仙女！现在他魏光宝已经腰缠万贯，应该是找一找乐子的时候了！于是，再想起那个瓜子脸儿的女职工时，他的心里就有了一种异样的感觉，这种奇妙的感觉他已久违多年了。

那个女职工是他的徒弟。他干的是车工，有一手全厂称道的绝活，二十多岁就开始带徒弟，那个姑娘是他带的第三个女徒弟。当清楚地意识到那个女徒弟想同他建立那种关系时，他起初并没有很动心。那时他正一门心思地过日子，挖空心思地算计着怎么样才能让一家人吃得饱一些。却又挡不住年轻他十多岁的漂亮女徒弟的诱惑，于是二人便开始了频频的幽会。谁知这种事情就像投井，一跳进去就不能自拔了，他们从拉手很快发展到了拥抱、接吻，又很快发展到了耳鬓厮磨肌肤相亲，他的心被女徒弟结结实实地拴住了。哪一天不见女徒弟的面，心里就空荡荡的怪难受，干什么都打不起精神，一见了面，心心念念地想拥抱她亲吻她……

回到家里，苍蝇挠他一下他就发起火来，拍桌子打板凳，老婆一说话就跟她吵起来，每次吵起来，他都嚷嚷着要离婚，说这日子他是一天也过不下去了！疙疙瘩瘩地过了半年多，就在他被女徒弟撩弄得魂不附体，果真想到了离婚时，女徒弟却突然提出不跟他相好了。决定分手那晚，女徒弟泪水汪汪地对他道，"魏师傅，对不起，俺忍了好多天了，今儿怎么也忍不住了，俺……不能跟你结婚。今晚这顿油条，咱就不吃了。"女徒弟说到"油条"二字时，语气稍稍重了一些，魏光宝一下子全明白了。

他们的幽会一般都进行到下半夜，因此就养成了进夜食店吃油条的习惯。走进夜食店，魏光宝总是说自己不害饿，只给女徒弟买，而只给她买两根，并解释说这顿饭是多余的，不敢多吃，吃多了肯定要伤胃。那年头口粮有限，人偏又能吃，他知道这两根油条只够女徒弟塞牙缝。但他不敢让女徒弟吃饱，她吃饱了，他一家子人就吃不饱了。望着女孩渐去渐远的细瘦的背影，魏光宝原谅了女徒弟。人家把嫩身子献出来，却连顿饱饭也挣不到，还谈个啥劲儿呀！他没有采取措施，他看得很清楚，要是采取措施的话，他还能把女徒弟扳转来。然而那起码要管人家吃够油条，一晚一顿油条，一年下来就是个吓死人的数字。两个人就这么着散了伙。

这天上午，天清气朗，暖意融融，是冬日里难得的一个好天。魏光宝终于拿定了主意，要去见那个女徒弟。他去发廊请温州姑娘做了个发型，回家洗了个热水澡，穿上了那套金利来西装，在立镜前走了几个来回，然后就骑上他的幸福牌摩托车，去见他当年的女徒弟了。他已经盘算好了，如果女徒弟想跟他重续旧好，他就把她娶过来，只有她才配得上他魏光宝，才配住这富丽豪华的大宅！至于手头的老婆子呢，也不撵走她，想享福的话，就在这里住下去，让她当个保姆。三十来年的夫妻，这样安排对得起她了。不想在这里待，那就请她另选高枝吧，反正他魏光宝是没法子跟她过下去了。

就在魏光宝青春焕发的这些日子里，儿子魏运升的追逐也有了突破性的进展。舞厅里结识的那四个女孩，有眼无珠，枉披了一张美人皮，竟相继被魏运升给抛弃了。魏运升没觉得绝望，有青山就有干柴，有金钱就有美女。正在这时，那个决定他一生命运、自称田娜的女人走进了他的生活。这个靓艳逼人的年轻女人，把魏运升一把拖进了飘飘欲仙的温柔之乡。

十

魏运升没想到这份激动来得如此迟缓。

他原以为现在的他，看中哪个女孩，只需把手一招，那个女孩就会兴高采烈地投进他的怀抱。他魏运升是谁，是亿万富翁的大舅哥哩，他看中了谁就是抬举谁哩！因此在跟四个女孩轮流交往着时，他始终端着大爷的架子，摆弄着富甲天下的做派。他请她们跳舞，吃夜宵，参观大宅子，从没忘记给她们陪同费，一给就是一百二百，俩指头把钞票从口袋里捏出来，一挥手就送了出去，随意到极点洒脱到极点。但是，他想跟她们的肉体发生关系的话题他却是一个字都不提。由他提说那太掉价儿啦！他想用不着多久，她们就会自动拜倒在他的脚下的，或眉目传情，或佯作倦态、醉态、晕态，倒向他的怀抱。他密切地留意着、观察着、等待着。然而奇怪，四个女孩就跟商量好了似的，只礼貌地陪他跳舞，接受他的邀请、馈赠，不用说倒进他怀抱的动向，就连真正的秋波似乎也未曾传递过一回。魏运升按捺不住了，终于有些悻悻了：怎么，难道四个家伙全是呆鸟，要眼睁睁地瞅着他这位大款从身边溜走么？还是对自身的姿色信心不足，怕遭到拒绝因此没有胆子高攀？魏运升想着想着就开始可怜她们了，唉，没见过大世面的女孩儿呀，咱运升哥是个不难亲近的大款呐，那么，只好向你们暗示一下了！

向第一位女孩子暗示时，魏运升没有放下架子，一支曲子跳毕，他揽着女孩子回到座位上，一坐下就居高临下地道，"这种玩法我腻烦了，咱们换个别的地方乐乐吧！"女孩好奇地问，"换个什么地方？"魏运升大手一挥道，"三星五星，大小宾馆随你挑！"女孩的眼睛睁大了，说，"你想干什么？"魏运升不满地道，"你糊涂得真可爱！到宾馆里去还能干什么呢？"女孩忽地站了起来，颤颤地说道，"魏运升，这么多天来你没说过出格的话，我还以为你是个君子，原来是一个伪君子！"说完女孩一甩胳膊，跑出舞厅了。魏运升愣住了，呆坐了半天也没回过神来，这是怎么回事，是这个妞儿有啥毛病，还是款爷们的身份落价了呢？

向第二位女孩子传递心声时，魏运升吸取了教训，不那样直露了，而且放下了款爷的架子。他掏出两千元搁在女孩的脸前，试试探探地说他爱她，已经爱到了骨子里，睡里梦里都想跟她做爱。女孩子笑吟吟地啜着饮料，没有说什么。魏运升以为这遭成了，也是想那事儿想得太痴迷了，他一伸手环住了女孩的脖子，嘴巴凑上去就要亲吻。女孩一口唾沫啐到他的脸上，紧接着又一把推来，魏运升没防备这一手，咕咚跌了个仰八叉。女孩冷冷地道，"手里有了俩臭钱，就不知道自己姓啥了！告诉你，女人用钱是买不到的！用钱买到的，那不是女人，是一堆腐肉！"

女孩子关于腐肉的理论，让魏运升别扭了好多天，曾一度促使他想，正正经经地谈场恋爱结婚。他继而又想，光亮堂堂的豪宅，大把大把的金钱，派什么用场呢？物质财富原本就是供人享受的，否则辛辛苦苦地创造出来有啥用处？而在他这个年纪，最大的享受莫过于跟美女们同床共枕了。瞧瞧焦守德吧，为了能享用到他的妹子，他费了多少心思，花了多大的代价！听说焦守德是一个把金钱看得极重的家伙呢！于是魏运升再次鼓足了干劲，向第三、第四个女孩使出了花拳绣腿，结果跟上两个女孩的反应差不多，均以失败而告终。他这才意识到，女孩子并非都是商品，有钱就能换到的，也并不都是面团子，想怎么揉捏就怎么揉捏。魏运升从天上掉到了地上，只得睁着一双火辣辣的眼睛到处溜达着饱眼福了，基本上绝望了却又不甘心就此罢休，欲望难抑时就去找个妓女什么的解决一下。

田娜小姐的出现无疑是一场及时雨。那天晚上，这个女人一出现在舞厅里，魏运升的眼睛就直了。进出舞厅这么多天了，他还从没见过这么水艳的女性呐！她修长的身段，细柔的腰肢，桃花般灿烂的脸蛋儿，一头厚密柔软的披肩发，一袭黑色的曳地长裙，浑身都是迷人的韵味儿！魏运升不知不觉露出了痴态，口半张着，明晃晃的涎水流了下来。但这时的他已经失去了自信，何况是面对这样一位如此出色的女性！他想他只有望美兴叹的份儿了，甚至连邀她跳舞的念头都没敢转动。舞曲响起来了，他不知道被一个什么女人牵进了舞池，僵硬地跳动着，眼光始终打在那个美人儿的身上。

没想到第二支曲子响起来时，美人儿竟款款地来到了他的身边，矜持地道，"这位先生，请赏光好吗？"魏运升登时喘开了粗气，由于太慌乱，起身时把椅子带翻了。美人儿偷偷一笑，向魏运升伸出了纤纤玉手，魏运升战战兢兢地接住，腾云驾雾似的走进了舞池。他怎么也控制不住自己的情绪了，跟美人儿接触的两只手一个劲儿地抖，还动不动就踩到人家的脚上。女人并不在意，似乎完全陶醉在舞曲里面去了。她微仰着脸儿，眸子半睁半闭，还梦呓似的断断续续地喃喃着。她说她叫田娜，今年二十九岁，因只顾事业，连个人问题都未解决，所以就隔三岔五地来舞厅碰运气。她原来在海藻集团公司做财务工作，四年前迷上了炒股，便辞职做起了专业股民，运气还算不错，一万多元钱的投入眼下已经翻到了七位数。她对魏运升说，她好像在哪儿见过他，看到他的第一眼心里就动了几动，或许这就是所谓的缘分吧！魏运升快活得就要晕过去了，难道魏小姐是想跟他……谈恋爱？对了，俗话说饥不择食，她都二十九岁了，二十九对姑娘来说可不是个小岁数，说不定她比他还着急哪！这可能是天赐良机，万万不可错过了！他揽在田小姐腰上的手试探着用了用力，田小姐的身子果然半推半就地偎了上来，脸儿羞涩地抬了抬，又赶忙埋下去，正好抵在了他的膀头儿上……

第七天上，魏运升和田娜小姐的关系便敲定了，商定五一节结婚。这天下午，田娜把魏运升请进了她的家。这个家在滨河小区，跟焦守德的祥安别墅只隔着两条街。这是一套高级住宅，四室二厅，房子的装修和厅室的设备都极其华贵，魏运升看了后既兴奋又惭愧。兴奋的是这套房子连同房子的主人都将归他所有，黄金屋和颜如玉一齐得了，惭愧的是想到人家一个女孩子居然闯荡出了这么一番大业绩，而他这个大男人，要不是妹子攀上了高枝儿，几乎是一个乞丐呢！感叹着时，田娜从浴室里走出来，美丽的胴体朦胧在半透明的睡衣里面，越发动人心魄！魏运升张大了嘴巴，田娜朝他温柔地一笑，七天里他们什么都做过了，就剩下那一件事情没做了，他们言不由衷地说了几句不相干的话，便紧紧地拥抱在了一起……

风雨过后，田娜鸟儿般依偎在魏运升的怀里，轻柔地抚摩着他，一边儿细声细语地呢喃着，"运升，我是你的了，你也是我的了，往后咱们得相互关照哩。你这样闲下去是不行的，坐吃山空，况且你的财富也没有积成山。进单位薪水再高也发不了财，我看你也下海炒股吧！"

魏运升早就对怀中女的活计感兴趣了，那活计既轻松又刺激，转眼之间就可以发大财。一个女流之辈都做成了百万富翁，何况他是个大老爷们儿！只因身心都被田娜占据，所以还没来得及深想。炒股跟陪伴这个女人相比，自然是后者更富诱惑力。现在经田娜一提，他马上就动了心，"发财谁不想呢，只是我对玩股票一窍不通，怕一时间做不来。"田娜点了他一指头，娇嗔道，"傻瓜，你怀里不是躺着个老师嘛！……"

第二天，二人就走进了本城的证券交易所。魏运升不敢多买，田娜也不允许他多买，只投进去了两万块钱的资金。然后便双双回到了田娜的家，一边儿缠绵着，一边儿用电话遥控着股市上的行情。田娜是大户，有专人跟她联络的。第四天上，田娜指令抛出，魏运升一下子赚了九百元！魏运升欣喜若狂，发财做爱两不误，天底下居然还有这等美事！接下来，田娜又指导着他相继做了三次，二十天不到，两万元本金翻成了四万六千元！这时候，田娜说要让他过一把瘾，让他把归他支配的三十几万元全部投进去。魏运升有点儿犹豫，股市风险他并非不知，这笔资金是他的全部家当，是跟父亲斗智斗勇积攒下来的，来之不易哩。田娜说，"我的傻蛋啊，吃不准的事情我是从来不去做的！这样吧，半月之内，你要赚不到五万元，未婚妻给你补上！"魏运升仍然有点儿犹豫，但还是把所有积蓄全部押了上去。

十几天过后，当田娜的代理人敲开田娜的家门，把三十几万元本金和六万元的股息摊在桌子上的时候，魏运升简直不敢相信自己的眼睛和耳朵了，十几天的时间，六万元巨款就到手了，这跟弯腰捡钱还有什么两样！代理人刚刚离去，魏运升就兴奋地把田娜揽进了怀里，没鼻子没脸地亲吻起来，尔后气喘吁吁地道，"娜娜，你的智谋我服了！让我做回更过瘾的吧，做个五十万的，我能搞到这笔钱！"田娜道，"炒股哪有这么冲动的？像你这样早晚有一天会跌跤的！股市里六万元算个什么，一次赚一二百万都不稀奇！你只管等着就行了，机会来了时未婚妻自会告诉你的。现在顶要紧的是镇静，你去洗个澡吧，今晚咱们好好玩玩，给这次小小的胜利庆贺一下。"

浴室里的水声响起来后，田娜便关上了房门，飞快地打开手机拨出一个号码，就跟换了一个人似的娇滴滴地道，"焦大老总呀，这个土包子已经被我彻底弄住了，什么时候开涮你只管安排吧！啥，这么容易？我的大老总呀，娜娜这副美貌，什么人征服不了呢，只有你焦大老总不拿它当回事呀！我说大老总，你可得说话算话呀，不然娜娜可真就恼了！好了，土包子快洗完了，娜娜又得去演恶心戏了！再见，我的大老总！"

十一

其实，早在魏运红的娘家人喜迁新居之前，焦守德就开始对魏运红冷淡了。尽管早就有了思想准备，但魏运红还是感到了揪心撕肺的难受，难道小保姆的话这么快就开始应验了？过了些日子，焦守德竟然开始在外头过夜了，每周只回家住个一晚两晚。做妻子的清清楚楚地意识到，丈夫的身心已经给了其他女人。但她没有撕破脸皮。她想婚姻是人生最大的事情，轻易不能往破裂里闹的，离过婚的女人就不是正经女人了。她趴在丈夫的怀里哭泣，想用这个办法来感化丈夫。焦守德起初还支吾搪塞，说妻子的美貌是经过美学专家们鉴定的，他怎么还会看上别的女人呢！后来干脆向妻子摊了牌，"运红，实在对不起你，我这个脾气改不了了，把身心拴在一个女人身上，我永远做不到的。事到如今只能请你原谅了……"

魏运红就彻底绝望了，她接连哭了几天几夜，向焦守德提出了离婚的要求。这样的日子怎么能过得下去呢！焦守德淡淡地回道，"实说给你吧，离婚是早晚的事儿，但眼下我还没有往这方面考虑，因为我还没有物色到能够取代你的女人。但是你不要搞错，我所说的离婚跟你所说的有些不一样。我所谓的离婚是，办过离婚手续后，你仍然住我的房子、花我的钱，咱们暗中仍然是夫妻。业余时间，让你做一些力所能及的工作，挣的钱一律归你。这样安排的原因有两个，一是舍不得你，离婚后我肯定还会时不常地想你的，所以不能让你离去；二是娶你的代价太大了，让你走实在对不起我自己。你当然也可以不服从安排，但是你不能忘记，站在你面前的是焦守德，焦守德的拿手戏就是让他的对手乖乖儿就范！"

焦守德还在说，说到了迫妻就范的具体措施，把魏运红说得毛骨悚然。他不单要整治她一个人，娘家人也要捎带进去，这个家伙是个彻头彻尾的恶棍呵！魏运红六神无主了，决定等他提出离婚时再看，那时或许会想出脱身的好办法。事隔不久的一天上午，焦守德忽然提出想请她陪一个外商。他说这个外商能让他的公司打进欧洲市场。他还说这个外商年轻英俊许多好莱坞的女明星都想陪伴他。魏运红还没听完便号啕大哭。焦守德皱眉道："撒泼干啥，不愿意就拉倒嘛！这种事情，开头总是有些难度的，以后再说吧。不过我相信你会喜欢的，甚至还会着迷呢！"焦守德再没有提这个外国佬，魏运红以为这事就这么过去了。这天晚上，临睡前焦守德还跟她温存了一会儿，搂着她进入了梦乡，可第二天早上一睁眼，她发现搭在她胸脯上的竟是一只黄毛丛生的大白手，转脸一看，躺在她身边的竟然是一个满脸胡子的外国人，她尖叫一声滚下床来……

魏运红回到了娘家。这一次她不顾天不管地，一路哭着跑回来，一进家门就把满腹的委屈哭诉给了母亲。母亲一把把女儿揽进怀中，声泪俱下，"红儿，这一次，你爸爸就是把我打死，我也不放你回焦家了！你这过的是啥日子呵！"母女俩抱头哭了一阵，魏运红渐渐地止住了，母亲的哭声却是更大了，"红儿呀，你还不知道，自打你嫁给了焦守德，咱家这日子也不像日子了！你爸和你哥，不知是跟焦守德学的，还是有了钱烧的，他们变得我快认不出来了！你哥哥，一睁眼就往头上抹油、身上喷香水，溜出去一门心思地玩姑娘！最近这段日子，听说找了个天仙女，家都不回了！你那个爸爸，虽说没往家里领女人，可我看得明明白白、清清楚楚，他那颗老心也花了！搬进这新宅子后，他每一天都要骂我几回，我要是讲几句理，他伸手就打，抬脚就踢，根本不把我当人了！他们爷儿俩倒是不常闹了，各人忙各人的，可是昨儿中午，爷两个不知嘀咕了些什么话，忽然打了一顿死仗！打完后又一齐跑出去，天黑透了才回来，身子湿得就像个水鸭子！今儿个天还不亮，爷儿俩又对骂上了，骂完又跑出去了。我偷听了几耳朵，好像是你哥哥弄丢了钱，你爸爸跟他豁上了。红儿呀，你看咱们这个家成个啥样子啦！……"

父子俩回家时天已黑透，两个人的身子依然是湿淋淋的，正是三九严寒天气，爷儿俩冻得龇牙咧嘴，哆哆嗦嗦、摇摇晃晃要倒下来的样子。听说魏运红回来了，他们衣服也不换了，跟着跑进客厅，魏运升拖着哭腔唤了一声"妹子哇……"一句话没说完，居然朝着魏运红扑通跪下了，"妹子哇，救救哥哥吧，你要是不救，哥哥定准活不成了！……"

九天前，田娜告诉魏运升，过大瘾的时刻到了，她让魏运升三五天内筹集起三百万元现金，一次性投入股市。她兴奋地说道，"这次还跟上次那样，半月内赚不到一百万元，未婚妻给你补上！"魏运升深信不疑，发愁的是本金，他说他只能搞到五六十万元。田娜道，"井里无水四下里淘，只要办法想到家，路子总会有的。这次机会可千万不能错过了！"

魏运升就猫逮耗子般忙上了。他首先向他的妹夫焦守德求援。焦守德遗憾地说，"你来的真是巧！我刚刚贷了两个亿开辟欧洲市场，大陆公司的活动资金都困难了！不过你不用愁，如果真的赔不了，你可以打着我的旗号出去借，另外，你还可以把两处房子都押给银行，贷一笔款。"魏运升如同醍醐灌顶，立马如法炮制，很快得到了二百五十余万元现金。然后他又把他老子的樟木匣子偷偷撬开，把五十三万余元的存折以及几百块零碎钱盗了出来。这样，加上他自己积攒的和凭他自己的关系借来的，总数竟超过了四百万元。昨天早上，他和田娜把四百多万元现金打点进小皮箱，骑上摩托车驮着田娜兴冲冲地奔向位于东城区的证券交易公司。

他们骑行到白马河大桥上时，不提防后边赶来了一辆大卡车，摩托车突地被撞翻了。魏运升飞离车体当场昏了过去，等他睁开眼睛四下里看时，不见了抱着一皮箱现金的未婚妻田娜！他惊出一身冷汗，正要喊叫，忽听桥下有人在呼喊他的名字，他急忙探头张望，发现田娜站在河水里在挥舞着胳膊哭喊他。田娜被撞到河水里去了！魏运升双脚一并跳了下去，田娜大哭着说，"运升，手提箱没了，快摸吧！"魏运升的脑袋嗡地涨成了大抬筐：皮箱不沉底，河水一米多深，流速如此之急，到哪里去摸？果然，两个人摸了大半天，一把一把地抓出来的都是些垃圾！田娜绝望地哭倒在魏运升的身上，"运升呀，这都怪未婚妻，怪未婚妻呵！你找把刀子杀了我吧！"魏运升这时才认真想到丢失那笔巨款的可怕后果，他眼睛一黑昏倒在了河水中。

十二

魏运升盗走了其父的全部积蓄，以为父亲短时间内发现不了，等到发现时他的票子也就赚回来了。他没有想到，那只樟木匣子父亲每天要搬出来三回。怕失窃倒在其次，主要是他每天不看上几回心里就要发痒，就像刚结婚那阵子看老婆一样。这天中午，魏光宝喜气洋洋地回到家里，哼着小曲儿打开了存放樟木匣子的大衣橱。他没有理由不快活。虽说那天去找女徒弟遭到了严词拒绝，但他很快就想开了。女徒弟现在不稀罕他的钱，人家现在稀罕的是自己的丈夫和孩子，这个理儿讲到天边去也没错。他的兴趣就转移到舞厅里面去了。舞厅是个好地方，只要花上钱，侍姐和舞女就把你陪上了。他知足了。他并不是个花花公子，如果他能娶到焦守德手上的那样一个老婆，他绝对不会产生一丝外心的。现在他有了外心，这不能怪他，怪老婆太老太丑太没味道了。他就这样知足了，短时间换不成老婆，就出门去跳跳舞，进门观赏观赏大宅子，抚摩抚摩越积越厚的存折。

当他把樟木匣子从大衣橱底层搬出来，发现挂锁不翼而飞时，眼睛一下子直了。他哆里哆嗦地揭开盖子，巨额存折没了，几百块零花

红杏花开

钱也没了，他绝望地叫了一声，"俺的亲娘呀！"便一屁股瘫坐在了地上，呜呜地哭了起来。清醒一些时，他立时就想到了儿子。他跳起身来，喝问在厨房里做饭的老婆狗儿子什么时候回来过。老婆在那边回答着时，这边魏运升正好进了门。惊恐万状的他一看这阵势，更加慌了手脚，知道纸里包不住火，只好硬着头皮低声下气地把炒股、丢款之事说了出来。魏光宝大吼一声，"老子让你害死了！"话音未落就呼地扑向儿子，拳起脚落地猛揍起来。魏运升知道这祸闯大了，丁点儿也不敢还击，只一味地左招右挡着。魏光宝忽然住了手，怒声喝问道，"你刚才说什么？那钱掉进白马河里去了？"魏运升赶忙点头，魏光宝咆哮道，"那还不快去捞啊！"

魏运升跪在魏运红跟前，把丢失巨款的事儿细细说过，求妹子同焦守德打个商量，把这个天大的窟窿给堵上。魏运红一时无言以对。魏光宝也给女儿跪下了，"红儿，我的好孩子呀，这笔钱全靠你了，不行就先把你的私房钱垫上吧！你哥的债务还不上，咱家这日子就没法过了！"

魏运升的脑袋一磕到地，"妹子呀，哥求你了，给你磕头了！"

亲人的遭遇唤起了魏运红强烈的同情和怜悯。她原本就是一个重情的女人，哥哥磕头已经使她受不了了，现在连父亲也给她跪了下来，这怎么让人承受得起呵！她异常艰难地咽下一口唾沫，仿佛把自身的苦难吞进肚子里去了。她把地上的爷儿俩拉起来，勉强笑道，"爸，哥，不要这样，没有过不去的火焰山，办法总会有的，我这就回焦家去想办法。"

"你不能回去！"躲在旁边的母亲突然哭叫起来，"我死也不放你回去！……"魏光宝吃了一惊，因为老伴从来没有这样无法无天过，他看了看老伴儿，确认属实后，立马勃然大怒了，一个耳光扇到了老伴的脸上，接着便拽上她往外拖去，一边骂着，"他娘的，你是不是吃错了药了！"老伴一使劲挣脱出来，哭嚷道，"你听听红儿过的是啥日子！"老伴后退了几步，一口气把红儿的遭遇复述给了爷儿俩，"我问你，是钱要紧，还是人要紧？今儿你想让红儿回焦家，就先把我这个当妈的打死！……"母亲一反常态的悲壮之举以及运红所遭受的非人折磨，把那爷儿俩惊呆了。

魏光宝颤声问道，"红儿，这都是……真的？"

魏运升瞪圆了眼睛，"他妈的焦守德……"

"他娘个蛋的，老子豁出去了！"魏光宝一拍桌子，"红儿，你只管待在家里，看姓焦的敢把你怎么着！欠债，老子卖血来还！当初只想到他岁数大点儿，性子花点儿，哪知道他是这么个畜生哩！"

魏运升挽起了袖子，"我这就找狗舅子算账去！"

魏运红惨然一笑，说道，"爸，哥，妈说的话，都是我胡编排的。焦守德岁数太大，名声又不好，我思来想去还是不想跟他过下去，担心你们反对，就编出了那么一通瞎话。其实什么事情也没有发生。"

父子俩半信半疑，嗫嚅道，"运红，瞒天瞒地，可不能瞒自家人……"

"红儿你不能回去！"母亲又哭起来，"你从来没给妈说过谎！"

"妈，这次我真的撒了谎，对不起……"魏运红把母亲揽到胸前，紧紧地搂住，脸又转向了那父子俩，"爸，哥，我吃完晚饭就回去，我会好好过下去的。但我得求你们答应一件事。"

父子俩疑疑惑惑地看着魏运红，点了头。

魏运红道，"爸，请你以后不要再难为妈妈，好吗？"

父亲的脸顿时赤红，垂下头来，"你放心……"

魏运红又对向魏运升，"哥，请你以后往正道上走，行不行？"

魏运升泣不成声，"妹，哥听你的……"

吃过晚饭，魏运红安慰好了母亲，毅然离开了娘家。她的泪水洒了一路，走到祥安别墅时依然不能止住，她只好站在墙外头，直到止住了呜咽声才打起精神走进了院门。夜已很深了，楼房里的人早已安睡了。魏运红轻手轻脚地走到自己的卧室门口，轻轻地推开了房门，目光一撒，她呆住了。在粉红色的灯光里，焦守德搂着一个女人正在做爱！她不知道这个女人就是跟魏运升私订过终身的那个田娜，更不知道这个田娜是焦守德的第十四任妻子林燕萍，近期正在打穴挖洞地创造复婚的机会。魏运红只以为她是焦守德的情妇，气得眼睛阵阵发黑，他竟然把情妇带进了卧室，而且连房门也不关，他把妻子当成什么啦！魏运红正要扑过去，一人给他们一记耳光，跑了几步却忽然顿住了，她记起了处在水深火热中的那父子俩，他们正急等着她的解救呵！魏运红把脚一跺，转身往外走去，这时床上的女人嗲声嗲气地对焦守德道，"焦总，这个女人真有教养呀，门都不敲就进来了！"焦守德黑虎着脸没作声。魏运红止住了步子，胸脯剧烈地起伏着，他们欺人太甚了！田娜穿好衣服，迈着台步目不斜视地出门了。

焦守德也下了床，出去了一会儿，回来时手里握着一根擀面杖。他嗵一脚把房门踢死，阴沉着脸对魏运红道，"今儿早上你晾了我的客商，这会儿又出了我的大丑，你这是不想让老子在社会上混了！今天先给你上一堂小课，你给我跪下！"魏运红紧紧地咬住了嘴唇，泪水汩汩地流出眼睛。

焦守德一面杖敲在她的膝盖上，魏运红咕咚跪倒在地上，哭声随之滚出胸腔。焦守德又敲了一下，随之就连连地敲打起来，敲一下吼一声，"说，往后还发不发贱，听不听老子的安排！"钻心的疼痛和聚积了数月的悲愤终于使魏运红暴怒了，一刹那间，她什么都不想、什么都不顾了，她蓦地撑起了身子，昂头朝焦守德撞去，焦守德由于太虚胖，又因未曾防备，仰面朝天倒在地上，擀面杖也跌出了手。魏运红一把抄起擀面杖，下死劲朝焦守德的面部打去，嘴里疯叫着，"我打死你这个害人精！打死你这个披着人皮的畜生……"其实打了两三下就已经把焦守德打得不出声了，但魏运红依然在奋力地喊叫着、击打着，直到焦守德满脸开花脑浆崩流。

魏运红在外头蹲了一夜。天麻亮时她回到了娘家，她跟娘家人说焦守德在舒尔大酒店请客，请家里人都去。娘家人欢天喜地地出去了。魏运红走进厨房，关紧了门窗，拧开了液化气的阀门。在液化气滋滋的喷吐声中，魏运红泪流满面地喃喃着，"妈，爸，哥哥，红红不想活了，也不能活了！焦守德的东西都是脏的，不给你们留了……"随着一根火柴的闪亮，这座既仿西洋又仿古的超豪华建筑嘭的一声变成了一片火海……

红月亮

一

　　鲁国栋走进红月亮的那个傍晚，妻子张端端没有任何预感，照常推着自行车走出酒厂大栅栏门，一看门口没有鲁国栋，她便摸出手机给鲁国栋打招呼，响过两声后急忙掐断。这是小两口约定好的，国栋若是在路上便不回了，要是还没有下班就回一声。说起来，两口子进城六七年了，几个月前又结成夫妻，租下了自己的房子，奇怪的是他们始终感觉不踏实，始终觉得生活在异地他乡，处处藏危伏险，一不小心就会出事情。两口子就制订出若干条文，一定不跟陌生人交往，上班之余尽量待在家里，出门办事必须成双结对，尤其是张端端，上下班由鲁国栋护送就不用说了，即便是大天白日，张端端也不能独来独往。

　　张端端等了一下，手机没动静，知道鲁国栋已经在路上了。她支好自行车，打开手包找出化妆盒，对着镜子仔细地审视起来。其实收工后她已经打扮收拾过了，从头发到高跟鞋，直收拾得没有丁点差错才罢休。张端端不是不自信，她自小就是个美人坯子，可以说是在人们的赞叹声里长大的，鲁国栋动不动就唱赞歌，"端端你打扮什么呢，你就是脸上抹了锅底灰，身上披着破麻袋片子，你那打眼的脸蛋儿也掩藏不住，细苗苗的身条儿会更带劲儿！"张端端不管这些，依然是抽空儿就想化妆，就算夫妻俩缠绵在一起，转脸的工夫她就想照镜子。

张端端一边描画着自己，一边一眼一眼地留意着街面，十几分钟过去了，鲁国栋没有过来。她眨巴了几下眼睛，又摸出手机打出一遍招呼。国栋的厂子离这里只有二三百米远，统共五六分钟的路程。又是十几分钟过去，鲁国栋还是没有出现。张端端的眼睛睁大了，她匆忙收拾起化妆包，正式给鲁国栋打电话，手机嘟嘟嘟响了三声，接着吧唧一声挂掉了。张端端的脑袋噌地胀成大抬筐：他拒接我的电话？什么意思？她骑上车子往化肥厂那里跑去，脑子比车轱辘转得还要快，这是咋回事儿，莫非国栋出事了，跟别人撞了车，还是手机被偷了？不祥的浪涛拍打上心头，张端端更加慌乱，哽哽咽咽地哭起来了。

化肥厂门口什么人也没有，铁栅栏门紧关着，大院里只有一个保安，领着四五条大狗在那里溜达。张端端还没有骑到跟前，大狗们就汪汪叫着扑向大门，保安抽出警棍跟过来，一看张端端，就问她有什么事。张端端说找鲁国栋。保安说鲁国栋早已回家，眼下厂子里就两个保安十条狗，九月是化肥厂淡季，订单越来越少，职工不用加班，按时上下班。保安还想说下去，张端端便生硬地道声谢谢，随即给鲁国栋打电话，电话竟然关机了！张端端的心弦倒松动了些，手机关机，说明手机不在国栋手上，国栋发觉手机没了，或者干脆发现了盗窃手机的人，他追踪了去，结果没有找到手机，只好转头去酒厂寻妻子，发现妻子不在便找回家去，说不定正在家里猫抓狗咬地发急呢。

两口子的家在西城区，是一间南屋。藏马县改市没几年，周边的住户还是庄户模样，跟普通庄户不同的是这里家家户户都有南屋，主要是出租挣钱的。两口子起初想租两间，面子上好看，住起来也宽敞舒坦些。后来琢磨，这里不是他们的家，宽敞窄巴无关紧要，他们的家是某个地界的楼房，现在要紧的是挣钱攒钱，争取尽早搬进真正的家。一间南屋月租五十元，一年就是六百元，整整六张大票儿！两口子就拿定主意，租下了一间南屋。知道是临时住所，但又知道搬进那固定住处还山长水远，日子不敢算计，两口子就对这临时住所精心布置起来。他们去了几趟旧货市场，咬牙买下一张六成新的双人床、五成新的煤气灶，又狠狠心扯了一丈全新的窗帘布。回家后，双人床靠北墙安放，煤气灶靠南墙安放，中间拉上不透明的布帘子，小巧玲珑的家便展现在眼前了。两口子立时感觉出了美气，他们里屋瞅瞅看看，外屋瞅瞅看看，怎么也瞅不够看不赢了。回想从前，国栋跟鲁家庄的伙伴住一起，端端跟厂里的姐妹住一起，两个人想说个私房话，得到屋外或大街上去说。想搞个小动作，得在大街小巷里寻觅半天，动作着时也不敢完全投入，时不时地眼观六路耳听八方，一有风吹草动拔腿就跑。小家收拾停当以后，他们首先请了两天事假，结结实实地度了两天蜜月。两个人的工钱不是小数字，加起来一天五十多元呢，除非病得走不动路，他们从来不舍得耽误，现在两口子不管不顾了，迟疑不多会就决定了请假。两天里他们足不出户，除了吃喝拉撒，其余时间大都是在床上度过的。他们觉得这日子真好，想说啥就说啥，想干吗就干吗，自在得像个皇帝，真是太好太好了。

鲁国栋不在家。张端端想他八成回家发现妻子不在，便转身去外头找了。她一下就想到了鲁国盛和鲁国宾。国盛国宾也是鲁家庄人，先前他们俩跟国栋住一起，住了五六年，关系好到难分难解，国栋离开后，他们几乎每天要碰一面，胡扯海唠半天才作罢。国盛国宾始终住在那间南屋里，跟这里只隔着三趟房子，抬抬腿的工夫就到了。眼下张端端破例用起了手机，先找老三鲁国盛，问国栋去没去他们那里。鲁国盛回说他不在家，在废品公司，国栋没有跟他联系过。张端端又找到老大鲁国宾，鲁国宾说他刚回家，家里什么人也没有。张端端的眼泪又下来了，国栋他跑哪里去了呢，丢了手机胡跑个啥呀，找个电话一打妻子不就找到了！想到这里张端端的眼睛突然发了直。国栋他不会是丢了手机，那样他早就通知妻子了！张端端不敢往深里想了，锁上房门往鲁国宾那里跑去，一边奔跑一边拨通了鲁国盛的电话，哭着说："国盛，国栋不见了，你快点帮着找找吧！"鲁国盛说："好好，我刚结完账，这就出去找，没事的，嫂子，你千万别担心。"

鲁国宾把小屋子弄得烟雾腾腾，张端端推开房门就咳嗽起来。鲁国宾正趴在灰不拉叽的木头床上，嘴里不住地吸着香烟，眼睛直勾勾地盯视着床上的小本子。张端端说明了来意，鲁国宾头也不抬地说："没事，一个大男人，他能跑哪里去。"张端端说："大哥，国栋他从没这样过，我担心出大事了，你快去找找吧。"鲁国宾说："行行，还剩最后一组数字了，我弄好了就去。"张端端说："都什么时候了，你还有心鼓捣你那破彩票，那就快忙你的吧！"鲁国宾抬起头来，吃惊地道："端端，还真是丢了啊？"张端端说："你没看我急成啥样了！"鲁国宾慌忙跳下床，"端端，你待在家里，我出去找。"张端端说："我也去，咱们分头去找。"

他们走出屋子，就在鲁国宾回身锁门时，听见鲁国盛的破三轮车嗵嗵嗵地跑过来，他们打眼望去，不但望见了驾驶三轮车的鲁国盛，还望见了站在车斗里的鲁国栋。张端端呢喃道："你这个活祖宗啊，"说着身子一软蹲在了地上。

二

鲁国栋没有告诉国盛国宾他去了红月亮，在红月亮里见到了鲁国美，随口编造个理由敷衍了过去。鲁国栋的胸腔里像塞满了乱草，胸腔外压上了磨盘，他心里堵得慌乱得慌，而且越来越堵越来越乱了。事情来得太突然，他不知道应该怎么办，只知道这事不能告诉任何人，他得把它深深埋在心底下，永远烂在自己肚子里。他也不想说给张端端。端端是女人，女人一般嘴碎，不管什么事情，遇上茬口顺嘴就会说出去。然而回到家里后，情绪波动得太厉害，他怎么也伪装不下去了，端端一迭连声地问，他只好捶胸顿足地说出实情。

鲁国栋所在的化肥厂附近，有一段区域是红灯区，不管南屋北屋、东屋西屋，隔不多远就挂一块牌子，洗头房，洗脚房，按摩室，婚介所，红娘酒吧，县城里人大都晓得，她们做的是皮肉生意。鲁国栋上下班要从这里穿过，来化肥厂半年多的时间里，他眼里耳朵里塞进不少皮肉场上的事。他发现，这些场所二十四小时营业，白天里房门是闭着的，懂行的男人一推就进去了，房门随即关上。天一落黑可就火起来了，屋门口彩灯闪烁，大牌子也通了电，火赤赤的，大老远就望得见，女人们干脆站到了屋门口，光胳膊露大腿，咧着红粑粑的嘴唇朝路人笑。鲁国栋听说，皮肉店成员有姐妹关系，有妯娌关系，也有母女关系，最可怕的是还有夫妻关系，丈夫做老板护场子，妻子在丈夫眼皮下花枝招展地接人，把自己的身子一次一次地送出去。鲁国栋咋也想不明白，这些人的脑子是怎么一回事，是傻了痴了呢还是昏了糊涂了，他想不明白。

鲁国栋走进红灯区就要皱眉头，脑子里横想竖想，有时也向那些店子瞥一眼。这天下班后也是这样，就要拐出红灯区时，他瞥见了一个熟悉的女人身影。那个女人在胡同里，距离比较远，他只能瞅到个大体轮廓。鲁国栋的眼前浮现出鲁国美的影像，影像飞进胡同，跟女人的身影叠印在了一起。鲁国栋的嘴巴张大了，不由自主地跳下车子，使劲地看那女人，还是看不清楚。女人是出门送客的，跟身边的男人说笑了一会就回屋去了。鲁国栋推起车子往那条胡同里走去。女人像极了鲁国美，简直就是鲁国美，他熟悉极了的鲁国美，但他相信那不是鲁国美，不是鲁家庄的鲁国美，不是三婶家的宝贝闺女鲁国美。

三婶家的鲁国美比鲁国栋小两岁，是出了五服的兄妹关系。鲁家庄是个大村，三婶家住村南头，鲁国栋家在村东北角，所以直到长大成人，国栋国美来往很少，只是碰了面说个话，不碰面也不念不想，跟普通邻里关系差不多。两个人开始熟悉起来，是鲁国美大学毕业的第二年，也就是去年的正月。这时鲁国栋已经在藏马市待了五年，虽说做工场所一年三换，但毕竟是在城市待住了，起码在鲁家庄人眼里是这样的。正月初二这天，三婶领着鲁国美来到国栋家，要求国栋给国美找个工作。鲁国栋一时无言以对。三婶是个苦命人。据父母亲说，三婶是当年全公社挂号的大美人，担任民兵连长的三叔，托公社武装部长做媒才把她娶进家门。三婶生国美时难产，送县医院做了剖腹手术，大人孩子保住了，但落下了终生疾患，从此以后再不能生育。三叔跺跺脚跟她离了婚，不久又订下了新媳妇，就要结婚的前几天，三叔野外演习让手榴弹炸死了。从此鲁国栋没了这个三叔，三婶拉扯着国美过起了苦日子。国美也真替做娘的争气，不但身段模样得了娘的灵气儿，出奇的俊秀，脾性儿绵绵顺顺的，未开口脸先红了，而且脑瓜子也特别好使，顺顺溜溜地考进了大学。鲁家庄人说，好人终归得好报，三婶的福要应在闺女身上了。鲁国栋只听说国美毕业后找不下工作，没想到她落魄到这个程度，居然要托他这个打工仔找活计。三婶苦巴巴地说，她一个妇道人家，没根没路儿，国美的正经工作是不指望了，只指望像国栋他们这样能够在城里站住脚，然后找一个好主儿就结婚。鲁国栋心里不是滋味，默默点头应承下来。临去三婶又特别嘱咐，城里人野，国美是女孩，模样打眼，国栋要好好照料她，最好国栋在哪里国美就在哪里。这一点鲁国栋能够做到，他便使劲地点头应承。

那时鲁国栋在一家肉食加工厂工作，他买了一条烟给老板，把鲁国美给安排了进去，又请女工把国美安插进了合租的宿舍。鲁国栋是装卸工，国美的活计轻松些，立在案板前拾掇猪下水。几天后国美向国栋提出，这个活计太脏太累挣钱太少，没有干头。鲁国栋告诉她，打工的工作也不容易找的，工资都差不多，不敢随便辞工，只能是找好了地儿再说，他们向来都是这么做的。其实鲁国栋早就不想干了，加工厂苦累不说，要命的是他们的营销策略，他们专门收购病猪死猪，好多死猪都发紫发黑发霉了，经过化学药品的处理，变成各种食品运送出去。鲁国栋看着恶心，想想人们吃进肚里的后果，常常汗毛直竖。

二十几天后国栋带国美转入一家服装厂，国美的活计是修剪布头布绺儿，国栋依然是装卸工。进入这种厂子国栋主要为国美考虑的，服装厂多半是女工，管理层也大都是女性，女人的发展占优势。工资跟肉食厂相仿，但脏累程度要轻得多。谁知不多天后鲁国美又叫起了苦，说整天坐在那里剪来铰去，实在是没意思，没意思透了，能够挣钱也好说，一月就挣个七八百，什么年月能积攒下钱。鲁国栋只好拿那套老话开导她。其实这时的他倒想在这里干下去。虽说这个老板也有点心术不正，专门仿制名牌服装，什么牌子火造什么牌子，但服装毕竟不是食品，不会损害身体。国栋想干下去是因老板喜欢老实人，上班三天就给国栋提了工资，私下还说熟悉情况后就提拔他做班长。鲁国美安抚不住，倒越发浮躁得紧了，似乎一天也待不下去了。鲁国栋又开始考虑跳槽，一个多月后，他领着鲁国美离开服装厂，走进藏马市印刷公司。

一年多光景，鲁国栋带领鲁国美进出了十六七个单位，要不是国美应聘房地产部门经理成功，他们还会继续下去的。这时鲁国栋早已明白，国美是心里不服，也可以说是心理不平衡。她一气上了十六年学，硬扎扎的大学本科生，却跟小学中学毕业生甚至文盲混到一起，她咋能做得下去呢。鲁国栋看到鲁国美就暗暗叹气，如果做着村干部的三叔活到现在，就跟鲁家庄现任村干部那样，不会眼睁睁看着国美吃屈遭罪，说不定没毕业就安排妥帖了。鲁国栋就改变了方略，给国美寻找真正的工作，机关或者办公室工作，他明明知道不会有结果，还是遇见熟人就打听。万一呢，万一碰巧了呢！他还把鲁国盛、鲁国宾也发动起来，把关系不错的弟兄姐妹都发动起来，满县城里寻找真正的工作。鲁国美应聘部门经理成功的那天，他高兴得骑着车子胡跑了半天。

鲁国美找到了理想的工作，而且一下就成了干部，她正热火火地在房地产公司做着呢，那个女人怎么会是她，即便没有找到正经活计，国美也不会去干那种营生的。鲁国栋沿着巷道往里走了几十步，看到那女人进去的门面叫作红月亮婚介所，心里道可能不是做皮肉生意的。婚介部门也有做那路生意的，况且是在这个区域里，但不可能个个都是吧。这个红月亮的门面不大，看上去挺洁净的，从玻璃门窗里望进去，看到门面房也不大，中间摆着桌子椅子，三四个年轻女人聚拢在一起闲谈，装束艳乍乍的不大像好人，但大体还过得去。鲁国栋没发现那个女人，就越过门面房往里看，他看到了一条小走廊，走廊灰蒙蒙的，隐约看到两边一个一个的小门，再往里就是一团漆黑了。这时他的手机响起来，他似乎没有听到，他的注意力在里边，在那个女人的身上。今晚他必须弄清楚，那个女人跟国美一样到什么程度。过会手机又响起来，这回他听到了，担心屋里的人发现他，他慌

红杏花开

忙按了拒接，接着干脆把手机关掉了。

　　鲁国栋往前走了几步，支下自行车，人走到斜对面的商店门口，眼睛盯着红月亮。几支烟的工夫，一个中年男人若无其事地走向红月亮，走到门口迅速往周边瞥了几眼，推开门走了进去。鲁国栋大步走过去，躲在窗跟前往里瞧，他看到，女人们把男人簇拥起来，说笑了几句什么，一个女人握住了男人的手，笑吟吟地往走廊里牵去，推开一扇小门进去了。那个女人还是不在。鲁国栋退回到路那边去，不多会儿又一个男人走进红月亮，鲁国栋又急忙跟过去。一个钟头左右，红月亮进出了四个男人。第五个男人进入时，鲁国栋看到了那个女人，那个女人的手搭在男人脖子上，两人半搂半扶地进了暗房。鲁国栋的脑子里炸了雷。其实雷声早就在滚动着、轰隆着了，这时才蓦地炸响开来，他被炸傻了击懵了，眼睛愣直，棍子样站在那里一动不动。

　　他不信也得信了，那个女人就是鲁国美。

三

　　鲁国栋对张端端说他后悔死了。国美进房地产之前的日子里，他天天跟她见面，该问询问询，该嘱咐嘱咐，有些话不知反复了多少次，他也没感觉多余。就这他还是放心不下，往往夜里又跑一趟，看国美好好的这才踏实。国美做了经理以后，他起初也是挺挂念的，担心她一个人在那里孤单，出了事儿没人料理，还担心她没当过干部，可能会出差错，手下人是不是听话。他连着去了几回，一回比一回放心。国美坐在宽敞明亮的大办公室里，打电话，吩咐事儿，面不改色心不跳的，不知道的还以为她做了很多年了。国美也不让他再挂念，说她也是见过些世面的，这个工作她能够胜任。这时的国栋似乎才明白国美不是普通庄户女孩，她在县城里上过三年高中，在省城里上过四年大学，无论头脑和见识，应该都比他这个初中生高明，而且不知高明多少倍。国栋的心弦松动下来，不紧着往那里跑了，变成三五天去一回，渐渐十天八日去一回。这期间端端进入了他的生活，他几乎把国美丢脑后去了，想起来时就打个电话过去，最近十多天，居然电话也没有打。要是还跟先前那样联系着，国美怎么会走进红月亮呢！

张端端叹一口长气，唉，没想到鲁国美也走上了这条道儿！现在的人真是不敢想了，没法提了，只要能挣到大钱，什么手段也能使出来。停一下又劝说鲁国栋："国栋你别太伤心，这事怪不得你。出了五服的兄妹，说近不近，说远跟街坊邻居差不多，你那样帮衬拉扯，对得起她也对得起三婶了。"

鲁国栋说："我对得起人家个啥呀！鲁家庄打工的这么多，近枝本家也不少，三婶单单把闺女托付给我，结果闺女进了妓院，我对得起人家个啥哇！"

张端端说："国栋，你就是天天盯着她，夜夜守着她，但凡她起了那个心，你也管不住的！你仔细想想，是不是这么回事？"

鲁国栋说："要是提早知道，我就能管得住，我咋能管不住呢！"

张端端说："算了，我不跟你争了，你也别再放心上，说不定人家国美高兴着呢！现今哪有什么丢人的事，你那里出假化肥，我那里造假酒，还有假羊肉假牛肉什么的，哪还有丢人的事，没钱没势才丢人哩。"

鲁国栋说："端端你说得不对，国美不是那号人，我猜她是着了人家的道儿上了贼船，咱们得想办法弄她出来。那种地方我不能进，进去了不好出来，让熟人瞅见就更说不清了。你进去不要紧，先找国美探探情况再说。"

张端端说："熟人瞅见了我就能说得清？我不去。我更不让你去，那种脏地方我不准你沾边，这是最后一次！国栋，别再瞎操心了！"

鲁国栋说："端端，你就去一次吧，求你了中不中？"

张端端终于答应了，"好吧，抽个空儿我去一趟。"

鲁国栋说："端端，夜长梦多，现在就去吧，我陪你。"

张端端说："我还没缓过气来呢，都是你！"

鲁国栋说："我骑车子驮着你。"

张端端点了他一指头，嗔怪道："你这个人，媳妇重要啊还是别人重要？刚才不接电话还关了机，屁也不给一个，原来是在为别人忙活，我还没跟你算账呢！"

鲁国栋站起来，"不说笑了，没那个心，咱们快走吧。"

他们家离红月亮婚介所比较远，大约有四五里地，鲁国栋的车子骑得又急，驮着张端端跑到那里时已是浑身是汗，头发都湿了。鲁国栋在离红月亮十几步外停下车子，张端端一个人往红月亮走去。张端端的心早已跳起来，脸红耳热的，腿脚也不听使唤了，一步一摇晃。走到近前她捶打了几下胸口，呼一口长气，推开门走进去。坐在写字桌两边的几个女人没有动，有些好奇地望着她，一个女人开口问道："姐妹，来找男友的吧？"张端端说："不是，我来找人的。"女人说："找谁？这里就我们几个，看清楚了，这里是婚介所。"张端端说："我找鲁国美。"几个女人狐疑地对视一下，女人说："你找错地方了，这里没这个人。"张端端说："俺是她嫂子，俺知道她在这里。"女人说："请问你怎么称呼？"张端端迟疑一下，道："张端端。"另一个女人起身往走廊走去，一会后走出来，对张端端说："你过来吧。"

女人把张端端领进一间屋子，带上门走出去。鲁国美站在屋子里，双手绞来拧去，脸上一阵青一阵白，望着张端端说不出话。张端端一时也无从说起，过去握住鲁国美的手，使劲攥了几下。鲁国美的眼圈红了，哆嗦着嘴唇说："嫂子，俺对不起你，对不起国栋哥了！"张端端心里五味泛滥，"妹子，事情已经这样，咱得想开点，别再折腾病了。"鲁国美点点头，"嫂子，你坐吧，我给你泡茶。"

张端端坐进沙发，默默打量着这间屋子，打量着鲁国美。屋子约有三十几平方米，双人床外还有一圈皮沙发，一个木茶几，一个大书架，书架里一半是书，一半是古董啥的，书架旁边是一株半人高的花树，张端端叫不上花树的名字，只闻到一股淡雅的馨香。鲁国美好像换了一个人，皮肤更白更嫩了，头发做成了大波浪，高档衬衫和短裙随意挺括，身段越发柔娜秀美。四处打工时鲁国美也俊俏出众，但不如眼前这样光艳逼人，甚至还隐约透着一股子高贵气。张端端心里感叹，这大概就是老故事里说的高级妓女了。

鲁国美把茶水递给张端端，斜对着坐进沙发里，看了张端端一眼，头低下去，轻声道："嫂子，本想瞒着你们的，没脸见你们了。"

张端端说："不是在房地产公司干得好好的吗？"

鲁国美顿了一下，道："面儿上是挺好的，面儿上。"

鲁国美说，其实在进房地产公司之前，她的心就已经凉了，灰了，死了。母亲一个人，一把屎一把尿地把她拉扯大，又供她上中学上大学，母亲吃的苦只有做女儿的知晓。母亲把鲁家庄借遍了，亲戚朋友借遍了，还下过跪磕过头。她暗暗起誓：将来毕了业，一定让母亲过上好日子，鲁家庄里最好的日子！没想到毕业后母女俩的日子更加艰难，她们睁开眼睛就往外跑，求亲告友，烧香拜佛，花钱比上学还多，到头来却是两手空空，正经工作的影子也没找到。看着那些有钱有势有门路的人家，初中生高中生都端上了金饭碗银饭碗，母女俩干瞪眼没办法。跟着国栋来到县城后，一家一家地往下干，她越干心里越难受，这样下去，自己前程无望不说，母亲手里的饥荒多少年也还不上，更甭提让母亲享福了。这时她就想到了豁出去。豁出去这事是她的大学女同学点拨的。这个女同学在本地找工作四处碰壁，一竿子撑到了深圳，不久就加入了卖身者的队伍。女同学在电话里说："鲁国美，赶紧把大学里那套人生哲学收起来吧，成者王侯败者贼，而且得趁早，不然你死定啦！"她想想自己的经历，知道女同学的话不虚，但她始终犹疑着，走不出那一步去。房地产公司应聘的成功，让她看到了曙光，鼓起了生活的风帆，暗想天下还有公道，弱者还有生存的空间，幸亏没有鲁莽从事，跨出那一步去，否则要后悔一辈子了。她万万没料到，这家公司招聘的不是公关部经理，他们招聘的是三陪女。这个老总几乎是个文盲，他的经营策略除了送送送，还是送送送，送红包送楼房送别墅，送东西的同时送女人。公关部其实是三陪部。她入职的第一天，老总就直接向她挑明了工作性质，最后特别强调，他不会勉强她，中国女人多得是。她气得浑身发抖，手一抬一抬的，直想甩到老总脸上，最终还是忍了。她想，找这么个工作不容易，干不下去时再说吧。几天后老总让她上场了。客人是副市长，主管土地审批事务，老总指示必须满足他的全部要求。毕竟是地方高官，酒局开场后，副市长的注意力一直在鲁国美身上，却不肯屈尊俯就，试图引导鲁国美主动向他靠拢。鲁国美正好就坡下驴，往相反方向引导，只让副市长点到为止，抚摩了几下她的头发和胳膊。第二次宴请的是国税局局长。老总说这位领导有恩于公司，公关经理亲自上，全力作陪。局长也算地方高官了，但这个局长一入席就换成普通面孔，挽挽袖子撸撸胳膊，上来就跟鲁国美干了三杯，接着就佯做醉态胳膊搭向鲁国美的脖子，话语和动作越来越下流。鲁国美晓得这人难缠，就也佯做醉态见机行事，能挡就挡，能避就避，这个局长太露骨太放肆了，鲁国美防不胜防，到底让他摸了胸吻了唇，她看看不行，干脆把自己灌醉倒在地上了事。如此十多回宴席陪下来，老总很不满意，说这样不行、不行、不行，要不是看你潜力大我早撺人了！最后一次陪的是银行的一位科长。老总说这个人不入流，让鲁国美作陪，是为了历练她。这位科长似乎没见过漂亮女人，一上场眼睛就绿了，黄段子一个连一个地往外倒，手也不闲着，竟然伸进了鲁国美的内衣。鲁国美忍无可忍，一个巴掌扇过去，科长被打成了木偶，捂着半边脸望向老总。老总跳起来，咆哮不止，连续吼出十几个滚字。鲁国美出去后就拨通了女同学的电话，女同学说你真是不见棺材不掉泪，让她立马飞深圳。她回到宿舍去考虑，母亲在家她不能远行，便在县城里寻摸地儿，几天后寻找到了红月亮。红月亮招牌正经，容易掩人耳目，档次要比那些洗头房什么的高得多，顾客大都是有头有脸的人物，出手大方，身子也比较干净。她又考察了几个地方，没有发现更理想的，于是就在红月亮安顿下来了。

张端端心里道，国栋还在那里捶胸顿足，以为鲁国美掉进了火坑，人家这里却没有丁点悔意，还好像落进了福窝窝，你就是用汽车往外拉，鲁国美也不会回头了。但国栋的话她不能不听，她得想办法劝她。她开始思谋说词，思谋了半天，没有找到说服鲁国美的话，她一时尴尬起来，朝鲁国美摇了摇头。鲁国美苦笑一下，也莫名其妙地摇了摇头。又沉默了，两个女人同时低下了头。

四

　　张端端在红月亮待了两个多钟头，出来时街巷里空荡荡的已经没了行人。鲁国栋在书报亭旁边等待，看到她一个人出来，赶忙推着车子迎过来，急颠颠地道："端端，问出眉目来了吧？"张端端说："几句话说不清，回家细说吧。"鲁国栋说："先说个大概吧。"张端端说："大概也得说小半天，上车吧。"鲁国栋不让，"不是说把她约出来我跟她谈谈吗？她不想出来？"张端端说："你这人怎么这样？几句话说不清就是说不清，再说，说了这么久的话，我累了。"鲁国栋意犹未尽，看张端端实在不想开口，只好跨上自行车驮着她往回走。

　　回到家里，张端端对鲁国栋道："国栋，国美文文静静的，咱以为她淑女得了不得，其实毕业没几天她就想着下水了！"

　　鲁国栋眼巴巴地望着妻子，等待她说下去。

　　张端端便把两个女人的对话简要说给丈夫。"国栋你听听，是不是她骨子里就是那样的人？一遇上困难就想到干那个，我看她骨子里就是那样的人。她还挺会找理由，我倒没话反驳她了，好歹说了她几句，她只是摇头。我说出去再跟国栋说说话，她让我转告你别打扰她，让她安安静静地做下去。"

　　鲁国栋道："端端，你没有说到国美心里去。怎么没话反驳她，就是要饭，渴死饿死，那条路也不能走！不行，我得去找她。"

　　"国栋你想干啥？"张端端有点不乐意了，"三更半夜的你跑那种地方去？再说人家把话砸给我了，你再去就是讨没趣，就是故意难为人家！"

　　鲁国栋粗喘一声，"我打电话把她约出来。"

　　张端端说："你打吧，你劝吧，我睡了。"说着起身坐到床上，脱去鞋子外衣，抖开被单躺了下来。鲁国栋坐马扎上打电话，打了一遍没接，再打一遍那边关机了。鲁国栋对着手机发愣，张端端发话道："国栋，干了一天活，你不累？快点睡吧！"鲁国栋好似不曾听到，又痴坐了一会，这才坐到床上脱衣服。

第二天早上，鲁国栋睁开眼睛就给鲁国美打电话，手机还是关机。他晓得那一行早上是休息时间，甚至睡到中午，他还是一遍一遍地打下去，直到张端端在幕帘那边喊他吃饭。吃过早饭，他把妻子护送到酒厂，又给鲁国美打一遍电话。他阴沉着脸往化肥厂骑去，走进化肥厂大门时他就想到了请假，今天说什么也得见到鲁国美，她要不出来他就进红月亮找她。进化肥厂后鲁国栋请假时，装卸班长很痛快地答应了他。挨到中午下班，去食堂随便吃了点什么，鲁国栋骑上车就往红月亮跑。一个上午他给鲁国美打了十几个电话，鲁国美有时关机，有时拒接，有时敷衍他几句，她不想见鲁国栋，也不想听他说话。

鲁国栋稍作迟疑便走进了红月亮。鲁国栋一走进红月亮，一股脂粉气便扑鼻而来，这股脂粉气浓浓的，混合了各种化妆品的味道，他觉得有点恶心。屋子里的女人比昨晚看到的多，三四个坐在桌子边，四五个这里那里地站着，嗑着瓜子说闲话。看到鲁国栋进门她们一齐站过来，嘻嘻笑着问好，一条胳膊搭上他的肩头，说不清什么味道的脂粉气更浓烈了，鲁国栋赶紧退后一步说他找鲁国美，鲁国美是他的妹妹。场面一下淡下来，女人们回过头各干各的去了，只剩下张端端说过的那个三十多岁的管事的女人，张端端说她叫赵春花。赵春花对鲁国栋客气地道："你就是张端端的老公吧？"鲁国栋说："是，请问鲁国美在哪个房间？"赵春花说："不巧，她去青岛办事去了。"鲁国栋不大相信："不对吧，吃饭的时候我们还通过电话。"赵春花说："她跟你说在红月亮吗？"鲁国栋说："没有，大姐，我有急事，让我见见她吧。"赵春花笑了，"你这人真奇怪，她不在我怎么让你见她？你有事可以直接打电话跟她说嘛。"鲁国栋说："她几时回来？"赵春花说："这个她没说。"

直到三天后的中午，鲁国栋才见到鲁国美。鲁国栋要带她去家里，鲁国美说不，她领他来到了舒泰大酒店，要了一个单间。他们走进单间坐下，鲁国美就开口说："国栋哥，今天我答应见面，是想求你一件事，求你以后不要再管我了，你就是说破天我也不听的，只会给我添烦添乱，求你了国栋哥！"

　　鲁国栋苦哀哀地看着她，任她说下去。端端说得不错，国美的确更漂亮了，漂亮得光芒四射、惊心动魄，端端还说她心态良好，对自己的选择挺满意，这点他没有看出来，他看出来的是国美掩藏不住的哀伤。这份哀伤早就存在，但那是挂在脸上的，说笑起来也就烟消云散了，眼前的哀伤是印在脸皮上，刻在骨子里的，时刻都凝聚在那里，又竭力想掩饰掉，看上去就更为凄恻揪心。

　　鲁国美的央求告一段落，鲁国栋火溜溜地说："国美，你就不担心三婶知道了气死？"鲁国美打个哆嗦，"妈不会知道的，知道了我也不会承认，闺女的话她信。"鲁国栋说："别人吐唾沫，戳脊梁骨，你心里好受？"鲁国美说："他们爱怎么就怎么去吧，我管不了那么宽。国栋哥，这些事我都想过了，想过几百遍了，你伤不着我的，我铁了心了。"鲁国栋狠狠地喘了一口气，"鲁国美，你难道不要脸了？"鲁国美冷笑一声，"你以为我还有脸？一大科本毕业生，找不到像样点的工作，自己的前程不说，想让母亲享点福都做不到，你以为我还有脸？我的脸早让猫舔了狗啃了狼吞了！"鲁国栋沉沉地道："那么，你觉得眼下的活计理想了？"鲁国美说："当然。"鲁国栋抬高了声儿道："你撒谎！你在骗我，你在骗你自己！"鲁国美说："随你说吧，我不和你争了，也不听了，你说给自己听吧。"鲁国栋说："你以为我说服不了你就算了？你以为我会放你回去？"鲁国美说："你想干啥？"鲁国栋说："我要把你绑起来，我走到哪里你跟到哪里，不然就把你绑回鲁家庄去！"鲁国美立时气出了泪水，抽泣着说："那我就死给你看，我不开玩笑，我说到做到！"鲁国栋说："就是死，也比做那个好！不要胡说八说了，你准回不去的！"鲁国美站起来，道："哥，我死了，你不后悔？"鲁国栋说："不后悔！"鲁国美说："当真？"鲁国栋说："我是个男人！"鲁国美后退几步，朝着墙壁猛然撞去，鲁国栋慌了，拦挡已来不及，便朝鲁国美的腿部扑去，一把抱住了她的双腿，两个人同时倒在地上。

　　这天中午鲁国栋喝醉了，他醉得很凶，哭一阵笑一阵的，一个劲儿地往嘴里倒烧酒，鲁国美怎么也阻拦不住，直到他趴在桌子上不省人事。他不知道怎么离开大酒店的，怎么回到家里去的。他被手机铃声吵醒，睁眼一看是在家里，自己躺在床上，屋子里已经黑糊糊的了，这间屋子黑得早。他摸出手机喂了一声，手机里响起了鲁国盛的声音，劈头就问："国栋，国美做妓女到底是咋回事？"鲁国栋忽地坐起来，脑子里嗡嗡响，"你是听谁说的？"鲁国盛说："我想买几箱好酒送人，害怕弄到假货，就去了端端那里。"鲁国栋的手抖了起来，"端端告诉你的？"鲁国盛说："怎么，远点近点，咱们都是老鲁家人，你还想瞒着我们？"鲁国栋平静了一下，"国盛，这事就到你这里为止，千万别再往外说了。"鲁国盛说："国宾哥也知道了。"鲁国栋拍打了一下床沿，"你的嘴可真快，赶紧说给国盛哥，把嘴巴锁住，传三婶耳朵里去就毁啦！"关掉手机，鲁国栋瞪着眼睛直喘气。

张端端回家后，鲁国栋立时问她，"你怎么把国美的事告诉国盛了？你怎么能这样呢！"张端端说："国美跟你们都是弟兄姊妹，差不多远近，告诉他怎么啦？再说你也没说过让我保密，你嘱咐过吗？"鲁国栋说："这个事还用嘱咐吗？几岁孩子也知道不能往外说的！你的肚量咋这么浅，咋一点事儿也盛不下呢！"张端端眼圈红了，"今天发了一百块钱奖金，俺兴冲冲割了一斤肉，想回家包饺子给你吃，一进家就挨上这样的训，还是为了别人的事。"鲁国栋叹了口气，不由得低下声来，"端端，你是轻看了这件事，国美是我带进城来的，这件事像山一样压在我身上哩！"张端端嘟囔说："我错了还不行吗？以后把嘴封住，大小事不往外说了。"

张端端坐马扎上生了一会儿气，还是动手剁肉包饺子。今天她的心情好，一下要了一斤肉，本想明晚再包一顿的，眼下心情变了，她把猪肉整个儿撂在案板上，挥动菜刀剁了起来。包饺子是大事，往日里鲁国栋也要帮忙的，而今脑子被鲁国美的事塞得满满的，他怎么也打不起精神了。

五

　　吃过晚饭不多会，鲁国宾和鲁国盛就串门来了。他们几个几乎每天晚上都要碰面，不是鲁国栋去他们那里，就是他们俩来这里。另外一周还要大聚一次，弟兄三个轮流做东，一个菜也行，三个两个也行，主要是热闹一下。聚会地点一般在国宾国盛那里，乐和到多晚也不要紧。张端端看他们来了，脸色晴朗起来，问他们要不要吃饺子。鲁国盛说："吃，怎么能不吃，嫂子你快端出来。"鲁国宾说："弟妹你别听他胡咧咧，我们吃得饱饱的了，留着你们明早吃吧。"

　　他们围着小桌坐下来，鲁国栋给他们倒水喝，张端端端出两盘饺子摆在他俩跟前，又摆上醋碟子。鲁国盛端起醋碟往饺子盘里倒了些，抄起筷子拌拉拌拉，一口一个地吃起来。鲁国宾不好意思动手，张端端一个劲地劝，鲁国盛也跟着说："不吃拉倒，老拿自己当外人！"鲁国宾怪不得劲地拿起筷子，夹一个饺子送进嘴里，边吃边问起鲁国美的事，"国栋，国美做妓女是多会的事情？"鲁国栋皱眉说："大哥，国美是咱们的妹子，你们别妓女妓女的，听着不刺耳朵？"鲁国宾讪笑道："时下都这样叫，叫顺嘴了。"鲁国盛接口说："那叫什么，叫小姐？"鲁国盛比鲁国栋小几个月，鲁国栋就直接发火了，"国盛，吃你的饺子吧，都啥时候了还有心开玩笑！"张端端拉着长腔儿道："你们快别提国美的事了，再提人家就要夺筷子了。人家正急得抓耳挠腮，就跟国美是他送进去似的，因为我把事说给国盛听，刚才还给我甩脸子呢！"鲁国栋苦咧咧地道："端端，原来你还是没当成个事！三婶的脾性儿我跟你说过，再婚改嫁都以为是丢人现眼的事，所以一直守寡到现在！开初几年，男人们想占她便宜，对她动手动脚，她抓起菜刀什么的就拼命，有一回还险些跳了井！这样一个烈性人，知道了闺女的事还有个活？怕是当场就气死了！"

　　鲁国宾听了直点头，"国栋的话对，咱们得把嘴关严！国盛，别光顾吃，就你嘴杂，国栋的话听清楚没？"鲁国盛道："放心吧大哥，我的嘴巴上张着网哩，话再稠也是经过过滤的！"张端端禁不住笑起来，看了鲁国栋一眼，忽然又不笑了。鲁国栋说："国美的事我真犯了愁，咱们都想想办法吧，说什么也得把她弄出来！"几个人都不作声了，揪扯着眉头想法子。鲁国宾和鲁国盛把饺子吃完，张端端也忘了问他们饱了没有，不饱的话饭橱里还有，起身就把空盘子端走了。

　　几个人攥拳瞪眼地想了半天，也没有寻思出什么好法子。鲁国宾说："她自己愿意，咱们还怎么治她，没法子治了！"鲁国盛说："赶明儿我找找人，看能不能进红月亮，送点礼把国美给开除了！"鲁国栋苦笑道："你除了找人就是送礼，红月亮又不是个单位，谁开除谁；再说那里边国美最俊俏，一定是他们的摇钱树哩！"他们几个人里，数鲁国盛脑子活泛。起先他也在厂子里打工，半年后瞅上了收废品的买卖。他收废品不是一门一户地瞎撞，更不去大街小巷地呼喝，他首先是找人。盯上一个单位，他先把这个单位管理废品的人打听清楚，夜里便拎着礼品登门去了。单位里管废品的人一般是传达，再不就是保安，也有办公室主任，这种主任往往是个大小通吃的贪子，小钱还磨不着眼，逢到这种单位鲁国盛便略过去。铺好一条路，鲁国盛再去铺另一条，哪个关系户的报纸文件啥的攒够了，便给鲁国盛打电话，鲁国盛就蹬上车子奔了去。几年工夫，他由自行车换脚踏三轮车，前不久竟买了一辆二手机动三轮车。他的买卖越搞越红火，鲁国宾也渐渐跟着沾光，电话接二连三收到时，他便让鲁国宾抽空帮助搬运，工钱总是往高里算。鲁国宾开玩笑地说："我说国盛啊，你干脆开个废品公司得了，我给你当总经理！"鲁国盛说："我开公司，你这号的给我提鞋我也不用，我怕把我的鞋提破了！"鲁国盛老是这样，嫌鲁国宾脑子不够用。鲁国宾四十五岁了，老家一个爷爷，一双父母，还有老婆孩子，都张着嘴等食吃等钱花，上高中的儿子花得最厉害，简直是个无底洞。几年前他盯上了彩票买卖，眨眼间就可发大财，就一边打工一边买了起来，一买就是几十元，天天如此。鲁国栋和鲁国盛看看不是个事，连续给他上课，说你买也行，一次只能买一两张，隔三岔五地买一回，要是不听话陷进去，你一家六口可就完了！鲁国宾想想他们的话对，再说手里也没太多闲钱，就给自己规定一天买一张，最多买两张。但在中了一百元二百元，或者差点儿中了大奖时，他的头脑又立马发热了，几十元几十元地买，几天后才慢慢冷下来。

鲁国宾和鲁国盛离开后，鲁国栋突然跳起身来，兴冲冲地对张端端道："端端，有办法了，我想出好办法了！"张端端白了他一眼，"吓我一跳呢！什么好办法？"鲁国栋眉飞色舞地道："写举报信！公安把红月亮查封了，国美她想干也没地儿干了！"张端端说："查了红月亮，还有白月亮黑月亮，人家还愁没地方干？"鲁国栋说："先逼她离开红月亮再说，她去哪里我举报到哪里，早晚把她的心弄凉了！"张端端说："这是个好办法，你快点写吧，只是你的好心准得不着好报，国美不骂你就算不错了。"鲁国栋说："只要她能出来，把我骂死也行的！"张端端要往里间去，忽然又住了脚，"对了国栋，你别写名字，这样国美不怨你。"鲁国栋点点头。

鲁国栋出去买了一个信封、一沓信纸、一支圆珠笔，回家后就趴在小桌上写了起来。他写红月亮婚介所挂羊头卖狗肉，做的是皮肉买卖，姑娘家在里头遭罪不浅，城里边的男人也被他们害苦了，请赶紧过去封门吧。写完装入信封，他在封皮上写上市公安局收。这时他忽然想到，要是这封信公安局收不到呢，收到了又忘记了呢？得再写一封给市领导，索性来它个保险的，法院检察院什么的都给一封吧，有一块云彩下雨就结了。鲁国栋又跑出去买信封，一下买了十个。回家敞开屋门，张端端走出幕帘，说："国栋，我看这信就别写了吧，净浪费邮票。"鲁国栋问为啥？张端端说："你想啊，县城里的红灯区是个人就知晓的，还能瞒得了公安局？公安局肯定不管了！"鲁国栋说："这你就不知道了，干哪行务哪行，他们有对付公安局的路数呢！"张端端点头说是这么个理儿。鲁国栋便埋头写了起来。

第二天早上，鲁国栋把举报信投进邮筒，心里一块石头落地，只等着红月亮关门歇业了。他估计，信件今天到达单位，明天领导读到，后天红月亮就不存在了。考虑到国美出来就得有事做，他所在的化肥厂不理想，活计太累，加之竞争激烈，造假情况越来越严重，国美一定看不惯，鲁国栋立马开始联系地方，跟张端端、鲁国宾、鲁国盛说了，跟熟悉的人都说了，一天下来无结果。为确保国美离开红月亮就有工作干，鲁国栋还是去求了自己的老总，老总应允。

第三天下班后，鲁国栋拐个弯骑向红月亮，看看关门没有。红月亮还没有关，透过门窗玻璃望进去，女人们还若无其事地待在那里，该说说该笑笑。鲁国栋气哼哼地道："你们自在不了多会了，最迟不过明后天，你们就要戴上铐子去蹲几天了。"自语到这里他突然住了嘴。是了是了，公安局过来查封，就得给她们戴铐子，还得罚款，八成还得上电视，这不是把国美娘俩给毁了吗？鲁国栋顿时落进了冰窟窿，身子瓦凉，哆嗦不止。这可怎么办呢，泼出去的水收不回来，公安们随时都会过来的，说不定已经在路上了。他后悔死了，他怎么这样傻呢，咋会想不到呢！好大会儿，他的脑子才清醒了些，慌忙掏出手机找到鲁国美，喘吁吁地道："国美，你听我说，公安们快要去抓你们了，你赶紧离开那里，躲到我家里去！"鲁国美说："国栋哥，你以为公安们说来就来了？你想得也太天真了！我的事，请你以后不要再管，否则我就没有你这个哥！"电话吧唧挂断了。鲁国栋又按出去，那边关机了。他想冲进去拉她，走了几步又停住了，国美不发话他进了也见不到的。他急得团团转，撕头发捶脑袋，一点辙也想不出。一会后他去报亭那里蹲下来，公安来了时他要抢先跑进去，那时国美就会相信他了。他战战兢兢蹲在那里，睁大了眼睛，高竖起耳朵，密切注视着来去的车辆，巷子口一有红灯闪烁，他就头皮一麻吓个半死，好半天缓不过气来。

六

鲁国栋的日子难熬了，一睁开眼睛，鲁国美的事情就砸进脑子：红月亮出事了吧？连忙起床骑上车子跑过去看，看到红月亮好好的这才放心。不管是走在路上着班还是吃着饭，凄厉的警笛声动不动就响起来，所有的响动几乎都变幻成了警笛声了。有几回干脆走进了梦里，他梦见红月亮被捣毁了，公安们押着国美她们走出门，国美哭成了泪人，电视台记者们可劲地拍可劲地问，电视里转眼播放出来，三婶一看眼睛一直，咕咚倒在炕上死掉了。他抱着三婶的尸体号啕大哭，说三婶我对不起你也对不起国美，我不该放国美自己出去闯荡，放她出去后不该不管不问了。鲁国栋哭醒过来，再也无法入睡，翻来覆去折腾到天亮。张端端唉声叹气地道："没想到你是这样一个人，走进死胡同里出不来，自家的日子难上天了，吃不敢吃喝不敢喝，钱攒不下几个，房子连想也不能想，也没见你急成这样，为八竿子打不着的事，你倒水漫墙火上了屋，俺真是没法子说你了。"

三四天过去，红月亮依然没事儿。鲁国栋的心依然悬着，依然是抽空儿就往红月亮跑，下午下班后就跑过去紧紧盯着，时刻预备着抢在公安前头跑进屋去。这晚轮到鲁国宾负责聚餐，鲁国栋没那个兴致，在红月亮待到半夜才离开。又三四天过去，红月亮还是风平浪静，鲁国栋的心渐渐放下了，鲁国盛请客日子到来，鲁国栋才彻底把这码事放下。这天鲁国盛特别激动，不但下了电话通知，而且是中午时分下的，鲁国盛按捺不住兴奋地道："国栋，今晚咱们下馆子，开雅间，吃大餐，开洋荤，地点就定在醉八仙酒家！"鲁国盛胡咧咧惯了，鲁国栋没当回事，下班后去酒厂门口接张端端，转头往鲁国盛他们那里骑去。半路上鲁国盛又来了电话："国栋，醉八仙你知道吧？就在珠山街西头路北边朝南门，麻溜点儿啊！"鲁国栋说："真是醉八仙？"鲁国盛说："醉八仙醉八仙！"鲁国栋满腹狐疑，"端端，国盛在醉八仙请咱们。"张端端说："真的啊？这个家伙一定发了洋财了！"

醉八仙是个不小的酒店，宽阔的门面灯火辉煌，门脸前停满小轿车，鲁国栋越发疑惑，领着张端端走入大厅，问服务员鲁国盛在哪里。服务小姐鞠躬道："先生女士请跟我来。"两口子没遇到过这阵脚，对视一眼，扭怩着身子跟服务员走去。服务小姐领他们走上三楼，在一个房间门口停住，敲了敲门推开，鲁国盛满面春风地迎过来，服务小姐问他道："先生您还有什么吩咐？"鲁国盛把手一挥说："你先忙去吧，有事我再叫你。"服务员出去，鲁国栋对鲁国盛道："国盛，你真是胡闹，怎么来这里吃饭！"鲁国盛说："怎么不能来这里吃饭？一样的地球，一样的国家，咱怎么不能来这里吃饭呢！"鲁国栋说："能不能退掉？能退的话赶紧走！"鲁国盛说："你想丢咱老鲁家的脸？"鲁国栋懒得搭理他了，气哼哼地坐下去，再不想说话。张端端接口说："俺的亲娘，服务员把咱们当成官儿了，俺的手心都出汗了哩，钱真是个好东西，真是个好东西啊！"鲁国盛端起茶壶倒水，笑嘻嘻地道："嫂子，国栋哥，今儿咱们吃的是公款哩，兄弟我一文钱也没花！"

鲁国盛眉飞色舞地说了起来。他说文化局里的勤杂工刘达德是他的关系户。这个刘达德不一般，他管着卖报纸卖文件啥的，还管着整幢大楼的水电维修，许多人就把他当成一个人物，经常请他吃顿饭什么的。刘达德骨子里是一个小人，他经常倒腾些铜的铝的铁的水电器材出来，时常把没用过的也拿出来，鲁国盛从他那里赚钱不少，送他的礼品就格外重些，还请他吃过两顿饭。刘达德也是为把这条路子砸实，逢到有人请他吃饭，他就把鲁国盛拉上。大前天晚上文化馆请他进了国旅大酒店，他为了显摆一下，把鲁国盛叫去了。国旅是县城里最高级的酒店，进出的大都是领导干部，鲁国盛真是开了眼了。酒席结束后，他不舍得离去，背着手到处溜达，服务员敞开哪道门，他就赶紧跑过去往里看，他看到，一桌一桌的席面，剩菜一堆，有些盘子动也没动，有几桌子只动了三两个菜，有一桌好像一筷子没吃。鲁国盛的脑筋立即开动起来了，找一下这里管事的人，拉上关系，是不是可以隔三岔五地过来，把这些剩菜拾掇回去改善生活呢？鲁国盛马上行动，瞅上了一个面善的女服务员，凑上前去攀谈起来。他很快打听明白了，剩菜的处理归一个小头目管，是个女的，官名叫作大堂经理。第二天傍晚，他拎着礼品直奔大堂经理家。经理听完他的话连连摇头，说是剩饭剩菜已有人承包，不可能把可吃的挑出来送别人，不可能。鲁国盛知道礼品薄了，可他想要的只是那么一点，礼品重了不合算，还有什么好法子呢，把这个大堂经理一举拿下？眨眼间他请客的日子到了，他便找到那个面善的女服务员，求她给对付一桌菜，女孩痛快地应了，只是强调就这一次。两个人一个房间一个房间地打包，装了一蛇皮袋，鲁国盛扛在肩上走出国旅，直接走进吃过几顿饭的醉八仙酒家，分一半货物给经理，回锅费招待费啥的便全免了。

"嫂子、国栋，咱们今晚吃公款的话不错吧？往后还得继续吃哩！"

张端端捶了鲁国盛一把，"大兄弟，你可真是个人物，可惜没当上干部，要当上干部天下就是你的了！往后国栋和国宾哥聚餐的事也归你管了中吧？"

鲁国盛说："这还用说，以后咱们周周吃公款！还有老家来了人，遇上事请人吃饭，只要是摆席的事儿，一律公款招待！"

鲁国栋心里道国盛真是有两下子，时下这样的人吃得开，国盛是顺应了潮流了，嘴里则道："你快闭嘴吧，别编弄了。哎，国宾哥怎么还不来？"

鲁国盛说："一定又让彩票绊住了，我再给他打电话。"说着摸出手机找到号码拨出去，"喂，大哥，怎么回事，我们就四缺一了！"鲁国宾回道："你们开始吧，我马上就到，马上就到。"鲁国盛关上手机说："在路上了，先上着菜吧？"张端端说："上吧，看看你都弄了些啥。"鲁国盛便拉开门大声喊服务员上菜。

不一会大圆桌就摆满了，是十二个大菜，七八个小凉菜，一大盆汤。他们指认了一圈，只认识四种东西，余下的都叫不出名字。鲁国盛问他们："你们猜这一桌得多少钱？"张端端说："得四五百吧？"鲁国盛说："四五百？只说盆子里的海参鲍鱼，你四五百只能看看哩！"张端端和鲁国栋张大嘴巴说不成话了。鲁国盛得意地道："享福的日子来到了，往后咱们就等着吧！"他又掏出手机找到鲁国宾："大哥呀，不是马上到吗，你马上到哪里去了？"鲁国宾说："快到了快到了，你们先吃着。"鲁国盛说："你老大不到我们怎么吃，脚上加把劲啊！"

红杏花开

服务员把鲁国宾领进屋子。鲁国宾气喘吁吁，满脸通红，进屋后就一屁股坐在椅子上，拍打着大腿道："老天爷，俺的老天爷，俺差点儿发了大财，三百万，三百万呐！"鲁国盛嘲笑说："是不是只错了两三个码子？"鲁国宾说："不是，不是，码子一个没错，不是码子的事啊！"听的人奇怪了，齐声问："那是咋回事？"鲁国宾使劲拍了一下大腿，"怪俺手里紧巴哇，也不是太紧巴，怪只怪俺太小气了！"鲁国盛说："你还卖起关子来了，快说嘛！"鲁国宾说："俺在家里算来算去，这遭就买这个号，到了彩票站俺又谋算了一下，觉得家里的号不把握，得再买一个，迟疑半天俺没舍得那两块钱，就把家里的号取消了。你们猜怎么着，三百万大奖，一个码子不错，就是在家里算计下的那一组啊！老天爷，真要了俺的命了！"

几个人七嘴八舌地议论起来，鲁国盛说："这个彩票看来得买，不定哪天就发了横财了！"张端端说："这是眼皮底下的事，你买一辈子，可能赔一辈子，冷丁买一回，说不定就中了，所以我想起来时就买一张！"鲁国宾说："端端你说得不对，通算起来，还是买的多机会多，光靠撞大运不行！"鲁国栋说："你们别吵吵了，端端的话不错，高兴了就买一张，千万别当成营生干！国宾哥，你今天买了多少？"鲁国宾说："我买了八十块钱的，八八八发发发，这个想法是在彩票站上冒出来的，以后我不干后悔的事了，脑子里冒出什么我就买什么！"

鲁国宾说着彩票，忽然转向鲁国美的事，"国栋，国美让公安局抓起来没？"鲁国栋说："没有，弄不好政府不管这档子事了。"鲁国宾说："我想到一个好办法，请黑社会的人去震唬红月亮，红月亮保准关门倒闭，国美还不会受牵连！"鲁国栋摇头说："恐怕不那么容易。"鲁国宾说："容易得很！海王彩票站你们大概不知道，黑社会因他们不愿出保护费，一生气把小屋给砸了，砸了三回，昨天海王正式关门了！"鲁国盛非常赞成，插嘴说："国栋，这是个好法子，那些地方最怕地痞流氓了！明儿我就托人找他们！"鲁国栋想了一下说："那就试试看，不行再另议。"张端端说："国盛，请他们帮忙得给钱吧？"鲁国盛说："嫂子，当今社会，关系就是钱，钱就是关系哩！再说那些狗攘的讲义气，三句好话就能撑死，让他们干啥就干啥！"几个人越说越对，竟然把吃大餐的事情丢脑后去了，菜都凉透了才忽然想起来。

七

鲁国栋的心让鲁国盛拽去了，第二天中午就给鲁国盛打电话，火溜溜地道："国盛，你不是说今天就跟黑社会联系吗，怎么还没个动静？"鲁国盛说："好我的小哥哎，今天联系不一定今天出眉目呀，黑社会我没有直接的关系，得人托人，你别急，办妥了我马上告诉你。"鲁国栋不能不急，鲁国美的事儿像石头样压在心头上，感觉越坠越沉重，他恨不能立时就把它给摘除了。好歹挨到傍晚，他又摸出手机问了过去，鲁国盛苦咧咧地回道："国栋，远点近点国美是咱的妹子哩，咱们几个跟她一样远近哩，今儿我不知花去了多少手机费，你别再这么样折磨我了。"鲁国栋想想也是，求人办事是最难的了，况且他们要找的是黑社会的人，一天两天怎么会联络得上。鲁国栋还是担心鲁国盛不上心，过不多会就忍不住想催促他，他便改成了发短信，隔不多久就发几句话过去，有时候半夜醒来，没睁眼就手忙脚乱地去摸手机，张端端被弄醒过来，一个劲儿地唉声叹气。

三天后的上午鲁国盛的电话终于来了。鲁国栋正在厂子里制作化肥，把三种颗粒状的化肥搅拌一起，一种新的复合肥便制作成功，然后装入印制着名牌商标的蛇皮袋。淡季里订货量少，厂老板便挖空心思开拓创新，努力降低生产成本，把普通化肥搅拌成优质品牌是其中一桩。鲁国栋顾不得厂房里的嘈杂，掏出手机就按下了接听键，"国盛，事儿办成了吧？"鲁国盛说三两句说不清，他让鲁国栋中午去醉八仙大酒店细谈，今中午他要请一个客户，下班时把张端端和鲁国宾也叫去。鲁国栋已经走出厂房门，大声说："成就成，不成就不成，几句话怎么说不清，你快点告诉我！"鲁国盛说："我的亲小哥哎，真的几句话说不清啊，吃饭时你就知道了。"鲁国栋说："那你过来说吧，现在就过来。"鲁国盛说："我脱不开身。"鲁国栋说："你在哪里，我这就过去。"鲁国盛说："我正跟一位领导谈事情腾不出空，挂了吧过会醉八仙见。"说完吧唧一声挂掉了。鲁国栋对着手机喘了口粗气，无可奈何地回去制作化肥，越想心里越生气。国盛他是掏挖到了不花钱的菜肴，不知咋样显摆是好了，也想学那公家人的派儿，是点事情就要去饭桌上谈。鲁国栋又撂下铁锹几大步奔出门去，摸出手机气哼哼地道："国盛，中午我有事去不成醉八仙了，黑社会的事你想说现在就开口，不想说你就永远搁肚子里吧！"

电话里的鲁国盛嘟囔了句什么，让鲁国栋稍等，过会便老大不满地述说起来，首先声明他只好长话短说了。他说三天里他托人联系过十几个黑帮头，他们一听说红月亮就摇头，粗说细说都不管用。原来红月亮由吴天成罩着，吴天成是县城里最大的黑帮头，没人敢招惹他。鲁国盛动用了最有来头的关系户，好歹把自己介绍到吴天成跟前去。吴天成倒是挺痛快，听明白鲁国盛来意，张口就要十万块，十万块到账，红月亮当天关门。最后鲁国盛害牙疼似的说道："国栋，黑帮是不能指望了，不过你不要着急，我还有别的办法，我听说吴天成也有不敢得罪的人，是政府的人，最不敢得罪的是公安，也不是不敢得罪，是不想得罪，反正只要找到政府的人，吴天成就没别的话了，我的关系户多半是政府的人，我保证会找进去的。"鲁国栋知道这条路基本没戏了。国盛说他的关系户都是政府的人，那些人除了看门的就是把门的，能办成什么事，他的话他从来就是听半句留半句，不敢全信他的。他这位兄弟喜欢吹嘘，胳膊大的事情说成梁檩粗，不管三七二十一，先把大话吹出去再说，听信的话什么事也耽误了。鲁国栋没心干活了，动不动就拄着铁锹发呆，管事的说风凉话他也听不见。

十一点多钟时鲁国盛又来了电话，鲁国栋一看显示就掐断了，紧跟着铃声又响起来，鲁国栋只好接起来，没好气地说："国盛你是咋回事，我不去了就是不去了，只管陪你的领导吧。"鲁国盛说："你发啥火啊，不是吃喝的事，是国美的事，我想出更好的办法来了！"鲁国栋说："啥办法？"鲁国盛说："咱们弟兄仨出马装扮地痞流氓！"鲁国栋心里一动，"怕不行吧？"鲁国盛说："只要装得像，定准行。我要招待客人了，晚上咱们再细细合计。"鲁国栋说："还等什么晚上，我马上过去！"

鲁国盛请的是环保局的两名保安。鲁国栋去的时候国盛和保安都到了，国盛大大咧咧地相互介绍，把鲁国栋介绍成化肥厂的鲁主任，把保安介绍成环保局科长。不多会端端也过来了，国盛把她说成了张经理。鲁国栋问国宾哥怎么没来，国盛说他陪着几个大客户去县政府吃喝去了。外人在场鲁国栋不便深问，敷衍了事地陪着两个保安吃喝起来。鲁国盛一会领导一会科长地礼敬着，两个青年保安被撺弄到半空去，云里雾里找不到北了，他们说环保局的废品往后没别人的了，他们还要给归口单位下指示，所有废品一律上交鲁老板。环保局是个什么衙门，打一个电话给那些单位，他们没有废品得麻溜地拆门卸窗哩！两位喝得红光满面，趔趔趄趄，欢天喜地地离开了。张端端朝鲁国盛竖起大拇指，说："大兄弟，我是越来越不认识你了！"鲁国盛得意扬扬，却谦虚地道："没办法，都是让口饭逼的，要不神经病才伺候这些小土鳖！"鲁国栋没心说这些，把话题生硬地拽到鲁国美的事儿上，"国盛，快说说你的想法，咱们当地痞能行？"

张端端的眼睛睁大了，问鲁国栋："你说什么？"鲁国栋拍拍她的手说："你别打岔，听国盛说话。"鲁国盛眼珠亮亮地道："只要咱们不露馅，红月亮的买卖肯定黄了！县城里的帮派数不过来，新帮派不断地往外冒，世面上的人弄不清真假，咱们就弄出个比吴天成来头还大的样子，一次不行两次，两次不行三次，末了儿吴天成也不敢罩了，红月亮也就吓破胆了！"张端端要哭起来了，"国盛你出了个什么好主意！你想过没有，你们跟他们会打起来的，不知道会打成什么样子，说不定会去蹲公安局！不行，说啥也不行，坚决不行！"鲁国栋说："端端你不说话好不好？我们又不是没脑子，会不知道个轻重？"

鲁国盛说："国栋说得对，嫂子你只管放一百二十个心，国栋少一根汗毛就找我！"又转脸对鲁国栋道："国栋，咱俩没问题，保证装啥像啥，我担心的是国宾哥，他脑子太笨了，就咱俩去吧，看上去又不是那么回事。"鲁国栋说："不要紧，国宾哥也不是笨得要命，教导一下估计能成，不行就不让他说话，光让他瞪眼睛。对了，国宾哥干啥去了？"鲁国盛顿了一下，苦咧咧地道："国栋，弄不好坏事了，咱又得给这位老兄开开会了！他说亲戚那里一笔饥荒到期了，人家急等着用，问我要了三千块钱回老家去了。国栋，咱们只晓得他日子紧巴得够呛，可没听说他欠过钱，你听说过吗？"鲁国栋摇了摇头，"你是担心他借钱买彩票去了？"鲁国盛点点头，"说不定这家伙根本就没出城，躲在哪个彩票站里撞大运呢！国栋你还不知道，自打那天险些中了大奖，国宾哥就有点疯癫了，脑子时时刻刻都在彩票上，你跟他说个话，一遍两遍他压根听不到，吃饭时筷子头动不动就戳进鼻子里，有时候半夜三更一撩被子爬起来，摸出小本子写码子，躺下后嘴里咕咕哝哝老半天才睡。"鲁国栋说："这是个事，瞅个空子要好好敲打敲打他，就今晚吧。"这时张端端忽然叫唤道："对了，这个事你们干不成的！"国栋国盛莫名其妙地看向她，国栋说："国宾哥今晚不回来？"张端端说："我是说你们装地痞的事，你们没法儿干。"两个男人齐声道："为啥？"张端端说："国栋去过红月亮，红月亮的人认识他，那个领班赵春花跟他说过好多话！两个男人你看我我看你，知道这个事难以继续了。"张端端趁热打铁道："这条路你们走不通的，别白费脑筋了，另寻思别的法子吧，是个法子就比这个强，装地痞混子，俺是越寻思越害怕！"

　　两个男人垂头丧气地离开酒店，分头各干各的去了。张端端心里的石头落地，骑上车子去酒厂上班。秋天快要过去，酒厂情况跟化肥厂正好相反，正逐渐迎来销售高峰，名酒制作事宜已经全面展开，茅台、五粮液等传统品牌订货量最大，厂老板高兴得合不上嘴。只是苦了工人，车间头儿的吆喝声像鞭子一样督促赶着催赶着，一班下来骨头都软了。下班后张端端没有了力气化妆，随便抹拉了几下骑上车子走出大门，按了几下手机，不一会鲁国栋就走了过来。国栋说今晚他不在家里吃饭了，他要跟国盛一块出去找国宾哥，国宾哥的脑子不敲打敲打不行了。张端端让他快去快回，走到住处胡同口国栋拐弯朝国盛国宾那里骑去。

　　张端端回家躺了一会，起身随便做了点什么吃了，饭桌也懒得拾掇，回到所谓的里屋和衣躺下来等国栋。国栋他们是不是又去寻思解救鲁国美的法子去了呢？想想鲁国宾的事也是一件大事，火烧眉毛的事，说不定是真的敲打他去了。张端端的心稍稍安静了些，长长地叹了口气。她其实没有生国栋的气，她知道国栋是个好男人，鲁国美来县城后的波波折折，她越发看明白了这一点。她只是觉得心烦，自己的日子够难的了，又凭空生出这么一档子事，而且断断续续没了头儿！不能这样下去了，必须尽快设法把国栋拦住。

张端端迷迷糊糊躺那里想着，突然听到房门哐的一声开了，她以为是鲁国栋喝醉酒了，搜亮电灯要出去扶他，脚还没有伸进鞋寡里，两名壮汉已经站到她脸前了。壮汉身穿花里胡哨的衣裤，头发披散在肩膀上，密实实的络腮胡一指多长，所剩不多的脸面又扣一副大蛤蟆镜，几乎只剩下鼻子了。壮汉一站好就拔出一把明晃晃的匕首指着她的鼻尖，另一名壮汉瓮声瓮气地喝道："不许动，动就做了你！钱搁哪了？"张端端魂不附体、抖若筛糠，"俺、俺家没钱。"壮汉冷笑道："你说什么，难道一毛钱也没有？"张端端哭起来了，"有，有几十块。"说着她从口袋里摸出一小卷钱往前递。壮汉一把夺过去，刀尖戳了戳她的鼻尖，说："大宗的钱在哪里？现在开始你说一个不字，我就割去你脸上一样东西！"张端端捂住脸嚎啕大哭，"大哥，你们放过俺吧，求求你们放过俺吧，俺不是有钱人家啊。"这时一名壮汉变过声来说："行了行了，国盛把你嫂子吓毁了。"说着他把张端端的手拿开，"端端你睁大眼睛看看我们是谁？"张端端听出是国栋的声音，睁大眼睛瞧瞧他们的面目还不敢相信，两个男人就把假发揭去，把络腮胡子撕去，鲁国盛嘿嘿笑着说："小嫂子，要不是国栋心疼了，我还要逼你脱衣服看更大的笑话哩！"鲁国栋得意地道："咋样？老婆都认不出来，外人更没门儿了吧？"张端端气不打一处来，抓起床沿上的刷子打他们，两个男人笑着跑出去，她举着塑料刷子追出去，"你们这两个混球，拿这样的邪法子要我，今天我让你们要个够，不打死你们我不姓张了！"

八

第二天夜里哥仨就把事情干成了。鲁国宾是头天晚上回到出租屋的，鲁国盛打电话得知他已回来时那场戏刚演完不多会，两个人正在满脸堆笑地给张端端赔不是，听说鲁国宾回来两个人拔腿就出去了。见到鲁国宾两个人劈头就问这些天是不是在昏天黑地地买彩票，三千块钱是不是都花光了。鲁国宾赌咒发誓说："没有，三千块钱的确还给了亲戚，不信的话可以打电话问。"鲁国盛说："问什么问，找个人帮着说句假话还不容易！"鲁国栋："说，国宾哥你可千万要想清楚，一家人都指着你哩，你要不往好草里赶天就塌了！"鲁国宾让他们放心，他走的道儿比他们多，他知道哪是阳关道哪是死胡同。国栋国宾心里装着整治红月亮的事，就没有往深里说，敲打了一会草草收兵，转而谈起装扮地痞流氓的事。鲁国宾说这法子好，省下钱又省下了麻烦，跟道儿上的人纠缠一起，以后说麻烦就是麻烦。两个人便着手教导鲁国宾，其实他们都没有做过地痞流氓，甚至是提起类似事儿就打怵的主儿，所以当老师的教起来毫无章法，只是仿着电视电影里的那些做派灌输，模样要狠，出口要粗，翻来覆去主要这两样。鲁国宾不得要领，糊里糊涂地学习，学了半天感觉越学越不像，就不耐烦地说："不用你们教了，俺比你们会！"说着表演了一番。鲁国盛说："不像不像，不过比方才进了一步，大哥就是大哥啊！"鲁国栋想出个办法，让鲁国宾扮演老大，什么也不说，最好一个字也不说，只管弄出凶恶样子就成了。鲁国宾就照这个演了一下，国栋国盛觉得还行。

第二天夜里十点多钟，三位披挂整齐向红月亮出发了。他们在街口放好自行车，不紧不慢地往红月亮走去。三个人的装扮是这样的，鲁国栋是重点，戴了长发套和大蛤蟆镜，脸上粘了络腮胡，鲁国宾是瓦亮的光头套，嘴唇上粘了小胡子，鲁国盛只扣了副蛤蟆镜。这时红月亮已经过了旺时候，门口只剩下闪烁的彩灯了，房门紧紧关闭着。鲁国栋紧走几步，透过窗玻璃没有看到鲁国美，就回身朝那两人招了招手，三个人在门口聚齐，捶打着胸口吸气鼓足了劲头，鲁国栋一把推开了房门。三个人昂首挺胸地走进去，几位小姐笑吟吟地迎上来，鲁国盛朝他们挥了挥手，恶声恶气地道："坐回去别动！"小姐们一看不对，乖乖地坐回去，赵春花乐呵呵地走过来，还没开口就让鲁国栋的刀子逼住了。鲁国盛哈着腰对鲁国宾道："大哥请坐。"鲁国宾鼻子哼了一声，坐在了长条椅上，怒目圆睁看着正前方。国栋国盛一边一个保驾，国栋握着尺把长的杀猪刀，国盛攥一截拇指粗的钢筋。赵春花显然是见过世面的，依然不惊不慌，赔着小心道："三位哥哥，有啥吩咐请尽管开口。"鲁国盛说："你旁边去，喊你们老板来！"赵春花说："不好意思，俺就是老板呢。"鲁国盛说："那就喊吴天成，麻溜儿喊去，我今儿要试试他的骨头硬到啥程度！"赵春花说："哥哥哎，吴天成是哪一个，俺不认识哩！"鲁国盛说："明儿我卸他一条胳膊，断他一条狗腿，你就认识他了！"赵春花说："爷啊，你可别吓唬俺，俺的胆子太小了，爷你有话请说，俺保证做得了主。"鲁国盛俯身在鲁国宾耳朵边，煞有介事地胡乱嘀咕了几句什么，鲁国宾冷冷地点下头，鲁国盛便挺直身子对赵春花道："看你还识相，俺家老大同意了，抽筋扒皮的事以后说，现在我来通知你，从今儿起，红月亮归俺们保护了，保护费一月三千，现在先收半年的，三六一万八，四舍五入，拿两万过来，立马！"依照事先估计的程序，眼下到了紧要关头了，赵春花一定不肯痛痛快快地拿钱，这就必须野蛮起来了，面相嘴头上的野蛮如果不奏效，那就得抢铁棍比画刀子，哥仨相互嘱咐了又嘱咐，万万不可伤着人家，家具也不能乱砸，实在不行就砸碎一两把椅子，捅破几块玻璃，要还不行那就只有灰溜溜地撤了，说明此路不通，他们不是干这种事的料子。

他们万没想到赵春花立马答应了，笑嘻嘻地说："是这样啊，几位爷该早说才对。明人不做暗事，俺们这行是得保护，至于哪位爷保护，自然得选择人气旺的啦！只有一点，小店里不存钱，明儿取了给您送过去，爷要方便过来取也行。"三个人一时间对答不上了，答应下来走人好像不对，继续动粗没理由了，更不对。还是鲁国盛见多识广，关键时刻又跟鲁国宾咬了一阵耳朵，鲁国宾莫名其妙地点点头，鲁国宾便对赵春花说道："本来那钱必须拿走的，老大看你比较开通，放你一马，明儿这个点儿这个地儿拿钱，见不到钱就见血！"

三个人大摇大摆地离开红月亮，走到自行车前一下露出原形，一齐咧开嘴巴大笑起来，拍胸口打屁股的几乎笑瘫了。鲁国栋说，怎么这么简单，是不是做了个美梦啊？鲁国盛说，明儿我不收废品了，我要拉队伍去，扛上一杆枪，一个门一个门地遛腿就行了！鲁国宾说："真是容易得离谱，我也啥啥不想干了！"鲁国栋说："别混说了，骑车走吧，咱们找个馆子喝一壶去！"

三个人找到一家羊肉馆，一下要了三斤羊肉、两瓶白酒，他们吃着羊肉喝着烧酒，决定明天晚上拿到那两万后，立即翻脸加码，逼赵春花再拿两万出来。估计三五回顶多五七回后，红月亮就扛不住了，只得考虑歇菜了。

鲁国栋醉醺醺地回到家里，张端端正神不守舍地等在外间，鲁国栋按捺不住兴奋，一进门就把敲诈红月亮的事说了。张端端感慨万千，说看来现在就是这么个社会啊，红道黑道老百姓两头怕，撞在他们手里就没辙了，只有乖乖地挨宰。可惜她不是男人，不然她也刮个葫芦头挣大钱去，是条路子就比苦力工强哩。第二天早上醒过来，张端端还没有忘记昨晚的话题，说："不能这样了，我们也得想法子挣大钱了。"鲁国栋吓一跳，说："你还真想干黑社会啊？"张端端说："你想哪里去了，看看电视里淌血俺就晕了，下辈子吧！俺是说咱们不能闷头挣这千儿八百了，咱也得想点大的，不行就开个店什么的！"鲁国栋说："别胡想了，也不是没想过，干大事要大本钱，赔进去就要血命了！"张端端哀叹一声起身做饭，吃过饭二人一起去上班，一路上还是东一头西一头地胡思乱想，直到走进车间忙起来才渐渐把乱事丢开。

张端端所在的是包装车间，也就是把瓶装酒打点进各式各样的包装里去。这几天是真忙，一站到案台前就不住手了，加之车间主任对她有看法，时常鸡蛋里挑骨头，空纸盒没抓好歪倒在案板上，车间主任就吆喝着跑过来了，"张端端你干什么呢干什么呢，不想干了就说话，拿东西撒什么气！"张端端常常气得流眼泪。这天上班没多会，车间主任就朝她叫唤道："张端端，大门口有人找，快去快回！"张端端放下活计往外走去，走到他身边时他白她一眼道："不知道哪来的这么多穷事！"张端端鼻子发酸，咬住嘴唇匆匆走过去。

走出大门张端端没发现熟面孔，她转身想进传达室问一问保安，突然间身子就被几个人擒住了，一只手捂住了嘴巴，一只手蒙住了眼睛，她被拖离了地面，感觉拖上车去按坐下来，车门嘭一声关上，车子突突突地跑起来。张端端以为又是国栋他们在搞恶作剧，再一想不会，国栋他们的事儿已经闹成了，不会再吓唬她第二遍的。这时张端端才感觉到了恐慌，她想喊喊不出，想看看不清，挣扎也是徒劳，她呜呜地哭起来，泪水哗哗往外流。

十几分钟后汽车停下来，她被架出车子，上楼再上楼，眼睛上的手拿开时，张端端发现已经站在一间大办公室模样的屋子里了，面前是一张宽大厚重的老板桌，桌子那边的皮转椅里，坐着一个三十岁左右的男人，男人瘦骨嶙峋的，脸型稍长，剃着小平头，面皮白净，眉毛淡淡的，眼睛不大不小，冷眼一看就像一个没吃饱饭的书生。张端端略略平静些，哭着道："你们想干什么？"瘦男人笑着道："你说呢？"张端端说："我怎么知道？快放我出去，有什么事在外头办，我不是不好说话的人。"瘦男人道："你说得对，我也看出来了，不过你那男人不大好说话，还有你男人的那俩兄弟，我说的没错吧？"张端端豁然明白了，有些委屈地说："一人做事一人当，你凭什么找我头上？"瘦男人说："你是他老婆，对不对？打你比打他的肉他的骨头还让他疼，对不对？"张端端哆嗦起来了，"他们的事我不知道，跟我没关系，求你放开我吧，我回去就管住他们，再也不去红月亮了！"瘦男人说："晚了，太晚了，太晚了。"张端端绝望地道："那你说该咋办，俺听你的，你说咋办就咋办。"瘦男人说："那你听仔细了，本来呢，今天只打算要你一只耳朵，你男人一根脚筋，你男人的那两个弟兄一人一只手，看到你后我又把计划改了，看你面子，那三个男人的零件暂时不取了，你那只白嫩嫩的耳朵呢，当然暂时也不忍心割除了，就只剩下了一件事，请你陪我睡一睡，再请你陪我几十个弟兄睡一睡，好不好？"张端端扑通跪下了，声泪俱下，"大哥，你饶了我吧，好大哥亲大哥，你饶了我吧饶了我吧。"瘦男人说："在这个地方，你只管哭只管闹，哭上天去闹上天去，也没人打扰你，哭吧，好好哭一哭吧，不过过会再这样我可就不乐意了。"张端端果真放开喉咙大哭起来，心里说鲁国栋天杀的你可把俺害死啦！

九

鲁国栋接到张端端的电话是下午四点多钟，张端端让他马上回家，家里出了急事。鲁国栋说他不能回家，他要跟国宾国盛一起吃晚饭，完善一下今晚去红月亮的事，什么事回家后再说。张端端哭着道："那你忙活外人的事情去吧，你的老婆投井跳崖去了！"鲁国栋一听不对，赶紧骑上车子往家窜。

跟鲁国栋通上电话时，张端端已经回家半个多小时了。她昏天黑地地回到家里，一进门就给鲁国栋打电话，手指哆嗦得厉害，怎么也按不对号码了，她走进里间，扑上床去大哭起来。哭了一阵，又哆哆嗦嗦地拾起手机，按了几下还是一团乱麻，她把手机摔在床上，脸埋在铺上哭出了声。她是真的累了，身子几乎累瘫了，二三十个男人轮流折磨，十几个人时就坚持不住了，最后几个她几乎昏了过去。但眼下找不出丈夫的号码，找出了也按不出去，不仅是因为累，还因为她不知道到底该怎么说，丈夫听说后是什么模样。丈夫把她的身子看得比什么都贵重，现在这个身子脏了，简直比粪坑还脏了，她觉得最对不起的是丈夫。

鲁国栋回到家里时，张端端已经能够控制自己，表面已经平静下来了，脸洗过，头发梳过，只是眼睛红汪汪的，一看就不对劲。鲁国栋盯着妻子的眼睛，问出了什么事，同时心里想道，八成又挨酒厂那两个混球的欺负了！酒厂里的车间主任和生产副厂长，前一阶段想诱惑端端做情人，遭到端端严词拒绝，几次三番后两个家伙恼羞成怒，一有机会就给端端穿小鞋，国栋正给她寻找新地方。

张端端张了张嘴想说话，结果涌出口的还是哭声，她扑进鲁国栋怀里，紧紧地抱着他，哭声像山崩地裂、撕心扯肺，愈哭声音愈大。鲁国栋慌了手脚，摇晃着她说："别这样别这样，什么事慢慢说，是不是那两个东西怎么你啦？"张端端哽哽咽咽地道："不是人家，是你，是红月亮，俺没法活了！"鲁国栋一头雾水，但也预感到了些什么，"端端，你快说，到底怎么啦？"张端端就把绑架她的事说了，不过她只说挨了瘦男人的糟蹋，其余二三十男子做了省略。

鲁国栋立时粗喘如牛、青筋暴绽，拔腿就往门外跑去。张端端一把拽住了他，"国栋你要去哪里？"鲁国栋吼叫，"我要把瘦猴子打死，把红月亮老板打死！"张端端哭着说："你找不到他的，找到了也打不到的，他有二三十号人呐！"鲁国栋说："我去报案，让公安局的人收拾他们！"张端端说："这案也报不得哩，他说了，要是咱报了案，他就先把我做了，再把你们弟兄三个做了，随后还要去老家找麻烦，咱们毁了，咱们几家人都毁了！"鲁国栋说："你放开我，我说啥也得找他算账，端端你快点放手！"张端端搂住了他的身子，"国栋，俺的好丈夫，你先消停消停，报仇的事慢慢说。瘦猴子是个马蜂窝啊，咱几个庄户人捅不得，招惹不起！他还说，你们的脚再踏到红月亮，他就挑你们的筋断你们的骨！国栋哇，咱死也就死了，可不能连累家里人哪，更不能连累国宾哥国盛弟两大家人哇！"

鲁国栋转起了圈子，就像锁在笼子里的猛兽，他找不到发泄的地儿了，"端端，你受到了这么大的欺负，难道咱就闭闭眼吞肚子里？！"

张端端说："不吞肚子里咱还能咋着？咱跟人家碰，碰碎的只能是咱自己，人家的汗毛怕也动不着。国栋，俺只求你一样事，国美的事咱管不了，以后就随她去吧，咱关起门过自己的日子，红的黑的咱都不沾边了，行不行？"鲁国栋悲声道："俺把妻子都搭上了，俺还管个啥啊！"说完他放声大哭。

这时外头响起了敲门声，鲁国栋知道是鲁国盛，他已经来过几遍电话了，鲁国栋便道："我再跟弟兄们商量下，这口气说什么我也忍不下！"张端端抓住他的手，"国栋，我挨糟蹋的事，就别跟他俩说了，妻子求你了！"鲁国栋看着妻子凄楚的泪脸，默默地点只头，走过去把门打开。进来的是鲁国宾和鲁国盛，鲁国盛一进门就嚷起来，"你们小两口想干啥，电话不接，拍半天门也不开"，他还要继续嚷下去，一看两口子的脸色顿住了，"你们怎么啦，好像哭过？"鲁国栋说没事没事，情急中他脑子里冒出谎话，"国盛，国宾哥，是这样

红杏花开

的，今天吴天成去找端端下过狠话了，如果咱们再踏进红月亮一步，他们就要把端端……把端端那样了！"鲁国宾急道："那咱们不敢干下去了！"鲁国盛说："他娘个蛋的，莫非昨晚他们跟踪了咱们？"鲁国栋点点头说八成是这样的，"还有，这事国美也知道了，国美说如果咱们再难为她，她就死给咱们看。"寻死的事不是鲁国栋编出来的，国美当他的面这样干过。鲁国宾接话说，"俺就早说过，人家自己乐意，咱们不该掺和的。"鲁国盛看看鲁国栋再看看张端端，叹口气道："那就把这事丢脑后去吧，现在做妓女的一堆，好像不算丢人了。"鲁国宾说："那我先回去了，我手头有事。"鲁国盛说："不忙走，再坐一会，说说别的话。"鲁国宾说："我的事挺急的。"鲁国盛说："不就是彩票的事嘛，哥哥你是不是有点疯魔了？"鲁国宾红了脸说："今天真不是彩票的事，我回去了，咱们说话有日子。"话没说完人就已经出了门。鲁国盛朝他喊道："事完了马上回来，我有事说，你听到没有，大事啊！"鲁国宾早已远去了，鲁国盛摇了摇头，对鲁国栋道："大哥这样下去是个麻烦，我看得想点办法，不行就把他的钱由咱们掌管起来，花一块给一块，必须说出怎么花的，你看行不？"鲁国栋木木地点下头说："改日跟他说说。"鲁国盛眨巴了下眼睛，看看鲁国栋再看看张端端，试探地对张端端道："嫂子，吴天成那狗杂碎没敢动粗吧？"张端端一笑说："没有，当着车间那么多人，真的没有。"鲁国栋插话说："国盛，你还有别的事？"鲁国盛的眼珠亮起来，"国栋，嫂子，我准备干大事业了，不，是我们，我们要干大事业了！"两口子木木地望着他。鲁国盛说："这是我今儿下午突然想到的，开一家大酒店，一家基本不用本钱的大酒店，进一块赚一块，进十块赚十块，一年光景咱们就发了！"鲁国栋说："国盛，快别胡说八说吧。"鲁国盛说："我没有胡说八说，你想啊，咱们把县城里大酒店的关节都打通，剩菜剩酒可就海啦，再次卖出去的话可就赚老鼻子啦！嫂子，你炒俩菜吧，过会把国宾哥喊来，今晚咱们好好合计合计！"鲁国栋说："国盛，这事以后说吧，端端今天太累了，又受了惊吓，想早点歇着。"鲁国盛脸上飘过一丝疑云，说："那好吧，我也得仔细思谋思谋，你们歇着吧，我走了。"

鲁国盛离开后张端端就躺上床去，抹一阵眼泪发一阵呆，下半夜时才昏昏沉沉地睡过去。鲁国栋始终没有上床，从里间走到外间，来来回回转圈儿，一把一把地撕扯头发，好像要把脑袋揪下来。办法总算让他撕扯出来了，不是凭空想出来的，是记起来的曾经用过的老办法，写举报信。鲁国栋找到了出气口，胸膛不那么憋闷了，他找出上次剩下的信纸，立即埋头写了起来。他写吴天成那个黑帮无恶不作，横行霸道，敲诈勒索，抢劫强奸，犯他们手里的人苦不堪言，苦水往肚子里流，凡鲁国栋听说过的，不管真假，都一一写进信里。第二天鲁国栋又搜集到一些新材料，说吴天成是现任县长哥哥的把兄弟，县长哥哥不便出面的事情，就交给吴天成去处理；吴天成遇到政府的关坎儿，便托县长哥哥操办；背地里人们叫吴天成地下县长，管县长哥哥叫太上皇。鲁国栋立即把这事写成举报信，寄给了县委书记，又寄给了市检察院。打这以后，鲁国栋就把这码事当成一桩活计了，挖空心思地打听吴天成的事，随后马上写信发出去。

张端端三天后才打起精神去上班。三天里她都是躺在床上，想想那天受到的非人折磨，她有苦说不出有怨不能诉，泪水动不动就冒出眼睛。她一天三时五时地烧水洗澡，一洗就是半小时一小时，身子被搓擦得生疼，身子里的脏污似乎渐渐清除出去了，她慢慢感觉不那么脏了，加之鲁国栋从没有嫌弃过她，反倒更加体贴入微，睡觉时总把她搂在怀里，她下床的时间越来越多了，终于鼓起了出门的勇气。她走进酒厂大门，尽量避免跟熟人碰面，尤其不想见到车间主任，偏偏碰见的第一个熟人就是车间主任。她刚刚走到包装车间门口，车间主任就从里边跑出来了，冷笑道："你还知道来上班，是不是走错门儿啦？"张端端说："我请了假的。"车间主任说："你跟夏副厂长说去吧，你被提拔到天上去啦！"

张端端知道他们把她开除了。他们这两个东西终于如愿以偿了。张端端的拳头倏地捏紧起来，想结结实实打到车间主任的脸上去。以前受到这个小人百般嘲弄，她从未想过还击，她是来这里挣钱的，只要他们不开口撵人，吃点屈就吃点屈吧。现在她的火一下就蹿出来了，她清楚，即便自己还跟从前那样逆来顺受，磕头作揖地求他们，他们的心也不会软下来。除非把自己的身子给他们。张端端的拳头一提一提的，就要忽地挥出去了，结果却松动开来，朝车间主任呸地吐了一口唾沫，吐完她转身就走，朝夏副厂长所在的办公楼走。她知道姓夏的也想羞辱她一下，以解心头之恨，但她的工资还在厂里，她不能不去见他。

走进办公楼时张端端的心动了一下，咦，想办法借夏副厂长的权势整治车间主任如何呢？比较起来，姓夏的还不那么可恶，他朝张端端发出试探遭到白眼后，只是把脸打得高高的冷冷的，跟他打招呼他只是拿鼻子哼一声，其他方面就没有什么了。不像车间主任这样，有事没事的，屎啊尿的劈头盖脸就泼过来砸过来。张端端越想越对，但在想到具体细节时她的脸腾地烧起来了。事情明摆眼前，要想得到姓夏的帮助，就得满足他的所有要求。她摇了摇头，心里道这事连想都不能想的，自己已经对不起国栋了，不能再变本加厉地伤害他。奇怪的是这个念头游动在脑子里不走了，而且毒蛇样愈盘愈紧，上到二楼时她又想开了，她想自己的身子已经污秽不堪，再加一次还是个污秽不堪，对不起国栋的事儿，一次两次十次二十次性质是一样的，而这一次跟上二三十次有大不同，这一次她的付出有回报，她会把车间主任那个小人整趴下，还会在酒厂扎下根，说不定还会当上干部呢，当上干部那就好了，她要好好待承国栋，不行就什么活计也不让他干了，只管这里那里地玩耍就行了。就这么张端端把这一步跨出去了，她要用同样的代价把损失补回来，为自己也为吃了暗亏的丈夫鲁国栋。

十

十几天下来，鲁国栋的举报信没有结果，地下县长吴天成毫发无损，他没有停手仍继续搜集材料大写特写，对其余事情仍处于麻木状态。鲁国盛见面就谈无本大酒店的事，越来越认真越来越起劲，谈过些什么鲁国栋转头就忘了。对鲁国宾也是这样，这个人的心整个儿在彩票上了，甚至整天整夜不见影子，显见是四处筹措资金去了，两位当弟弟的找过他好多回，可找他干了些啥说了些啥，鲁国栋同样是转头就忘了。有时候鲁国美的影像也来到他的眼前，马马虎虎地停顿一下就过去了，没留下丁点痕迹更没有带起些许涟漪。

这天上午九点多钟，鲁国栋正在车间里搅拌制作复合肥，手机响起来，他一看是鲁国美，便按了接听键，他没觉得奇怪，因为她经常给他打电话，平常极了。其实她很久没有跟他联系过了。他接起来便干巴巴道："有事？"电话里的鲁国美拖着哭腔说："国栋哥，我妈来了，她想见见你，我们眼下在黄海酒家，请你现在过来好吗？"鲁国栋说："我有事，请原谅，再见。"他揣起手机继续弯腰撅腚地搅拌化肥，没有去想鲁国美为啥让他过去，脑子刚要去想就咬牙切齿地挡了回去。手机又响起来，他一看是鲁国美，他还那样干巴巴道："你还有事？"鲁国美嘤嘤嘤地哭起来了，"国栋哥，我妈怀疑我了，非要看看我工作和住宿的地方，你快过来帮帮我吧，不然我这遭死定了，妈妈也活不成了！"鲁国栋冷冷地回道："这还不好办，你领三婶去看就是了。"说完吧唧把电话掐掉了。他挥动铁锨搅拌化肥，动作越来越大，来了神力似的，好像不把劲儿使出来就会疯掉，突然他把铁锨插进化肥堆，大步出了屋子，骑上自行车往外跑去。跑进大街时鲁国美的电话又来了，"国栋哥，我妈是专程来探听事儿的，单凭说话打不消她的疑虑，妹妹求你了！"鲁国栋粗声道："我在路上了！"他正要掐断电话，眼睛眨巴了一下又继续道，"不过我不是去帮你演戏的，我是想去看一看，你在母亲面前如何撒谎。除非你答应我，从现在开始离开红月亮！"鲁国美哑了一下，沉沉地道："好吧，我答应你。"

三婶是实在人不会伪装，鲁国栋走进黄海酒家一看她就是来探听事儿的。三婶先握住他的手说感谢话，感谢他这位哥哥给妹妹找到好工作，活计轻松挣钱不少，月月给做妈的送钱，还送那么多的钱，邻居们见面就夸呢！没等鲁国栋敷衍，三婶就又急颠颠道："俺这么大年纪，没见过城里工作睡觉的地方，你俩领俺去瞅瞅吧。"鲁国栋说："三婶，你不提俺们也要请你去瞅瞅的，咱们这就走吧。"三婶忙不迭地往外走去，鲁国栋趴在鲁国美耳朵边说："我都安排妥了。"鲁国美咬咬嘴唇说谢谢。鲁国栋不再理她，就跑前边扶着三婶下楼。

他们俩陪同老人参观了化肥厂，具体说是化肥厂传达室，鲁国栋说还有三个钟头下班，下班后再让老人到里头看看。老人哪里能等三个小时，说望几眼就中了，说了一会话就要离开。兄妹俩又领老人进了女工宿舍，宿舍够窄巴，两层床位，中间只有半米的过道。老人却非常满意，说人多热闹，出个什么事儿还可以相互照应。老人的心彻底放下了，再次回到黄海酒家老人眉开眼笑，这回是真正的高兴了。老人不好意思地对他们道："不瞒你俩说，美美你捎回家那么多钱，俺私下里老犯嘀咕哩，动不动就想到咱村那几个走了邪道的女孩，俺这胸膛就压上了磨盘，眼扑扑要憋死了！这回俺放心了，回家能睡着觉了！"兄妹俩敷衍着她，做出的笑容越来越僵硬。老人家说："孙老四的那个三闺女你俩该认识吧？"两个人点点头。"高中上完没几天，就跑青岛干那个去了！唉，世事没法说了，没法说了！"兄妹俩点头应和。老人家说："前些天咱村还出了一桩古怪事，不知多少贼摸进村里，一个黑日偷了十六家，古怪的是家家都留下一张纸，说是实在没办法了才偷的，过些天一定偿还，一块钱还两块，一斤粮食还二斤，只要是偷走的物件都还双倍，说话不算话的话天打五雷轰。你们说古怪不古怪？"兄妹俩说确实太古怪了。

吃过午饭，鲁国美要打的去车站送母亲回家，兄妹俩落后几步，鲁国栋说："别忘了你说过的话。"鲁国美说："不会。"鲁国栋说："国美，你知道我现在想干什么吗？"鲁国美说："知道，你想打我一顿。"鲁国栋说："不，我想打我自己，把我自己一拳打死！"鲁国美的眼泪立刻就下来了，她狠狠地擦了几把，搀上母亲。鲁国栋看着母女俩坐进出租车远去，他真的举起巴掌扇了自己一个耳光，暗暗骂道你算个啥东西啊，你把国美带进了烂泥坑，又编出谎话骗老人，还领受着老人的感谢话，你到底算个啥东西啊！他骑上车子往化肥厂走去，车子东一头西一头，心里猫爪狗咬般难受。骑出一段路后，他想到国美应承离开红月亮，如果国美不糊弄他的话，这一趟也算办了点人事，心中的块垒慢慢松动了些。

下午下班后，鲁国栋去酒厂接张端端，路上他就把三婶来过的事讲了。他本想接着说今晚他得去红月亮看看，看看国美是不是真的离开了，话到嘴边又咽回去了。端端的精神还没有恢复，他得时刻注意，不能给她添烦添堵。回到家里，张端端说有点累，躺一躺再做饭，鲁国栋赶紧说："你快躺着吧，我来做饭。"张端端说不用，她躺一会就好。鲁国栋不听她的，留在外间动手做晚饭。张端端躺在床上，听着丈夫在水盆里的洗菜声，泪水汩汩地流出眼睛，默默地对着外间道："国栋，俺对不住你，俺不是以前的俺了。"那天她走进夏副厂长的办公室后，没多会两个人就拥抱在了一起，夏副厂长把她抱进了里间床上，男女关系就这样开始了。但整治车间主任的愿望没有实现。姓夏的说别看此人心胸狭窄小肚鸡肠十分猥琐，但他很会走上层路线，不但跟厂长关系铁硬，而且在社会上结交了一批显要人物，动他的话会带出很多麻烦。姓夏的只把她调进了酿制车间，提拔她做了班长，工资翻了一番。这要是正常的进步，张端端一定高兴坏了，须知工资涨十块二十块也很难的，当班长的事更是不敢想。现在她却是心静如水，甚至想跟姓夏的中断关系，跺跺脚离开这个鬼地方。继续往深里一想，要离开的话她就吃大亏太不划算了，况且换到另一个单位，猴年马月也不指望能挣到这么多的钱。横想竖想她拿不定主意，接到姓夏的电话便龌龊起来，走三步退两步地去赴他的约会。回到家里便被自责的潮水包围住，她想自己的身子虽说脏了，再多做多少回还是那个脏，倒不如多做几回为这个家出把力，但总之这种事是肮脏的哩！她只好尽量不跟丈夫面对面，晚上睡觉尤其遭罪，往往下半夜时还大睁着眼睛。

鲁国栋看出妻子的反常了，但他认为是由于那天的事情造成的，那是一件大事，一年半载恐怕也不会过去。吃过晚饭，他陪着妻子说了一会话，照顾她躺进被窝，说他要出去跟几个工友办点事，然后就出门骑上车子直奔红月亮。正是晚饭时候，大街上的人流车流还是不断线儿，鲁国栋见缝插针地往前骑，耳朵也不清净，汽车声大街两边商铺的喇叭声把耳朵塞得满满当当的。

鲁国栋猜断今晚他会白跑一趟，他打算连续监视十天，那时才会

红杏花开

知道鲁国美是否真正改邪归正。他没想到当第二个顾客走进红月亮时，他就发现了鲁国美，鲁国美牵着那个男人走进廊道单间去了。鲁国栋愤怒了，一股黑血直冲头顶，他一下就愤怒到极点。鲁国美她这是干什么，拿话不当话也就罢了，在他这里她说过的谎话已经够多，单说她刚刚支应走了母亲，那位蒙在鼓里的母亲多么可怜，她的脑子居然没发一点热，母亲前脚离去她后脚就接客了！鲁国栋摸出手机就给她打电话，那边随即就挂断了。鲁国栋又打，即边又挂断。鲁国栋的恶气出不来，便骂骂咧咧地发起短信，说，你怎么这么无耻？一会短信发过来：我已走得很远很远，回不到原来了，除非进机关当干部，否则什么也干不下去的，我已废了。

　　鲁国栋痴呆地蹲下去，死命揪扯住了自己的头发。此时他眼里的鲁国美忽然变成了小孩子，这个小孩子被他带进荒山野地，小孩子迷路了，怎么也回不到家里了，只好在野外住下来，孩子渐渐变成了野孩子。鲁国栋的眼睛潮潮的，他望住红月亮，觉得他无法离开这里，他要就这么悄悄地离去，等于把小孩子丢在野地里不管了。这时，一个中年男人鬼鬼祟祟地走进红月亮。鲁国栋的愤火烧到这种男人身上去了，他噌地站起身，拳头一攥一攥的，直想冲进去把那家伙打个稀巴烂。天下怎么还有这种东西，花钱进去来那么一下，到底有啥意思，按理说应该恶心极了。这时他看到一位老头磨磨蹭蹭走过来。老头六十多岁，面目黑黑的脏脏的，衣服邋里邋遢，估计是个农村里的光棍。老头靠近了红月亮，使劲咳嗽了几声，吐出几口痰，又哧了两把黄鼻涕甩出去，顺手抹了抹干草样的头发，这才推开门走进去。鲁国栋一下就想到了鲁国美，想到鲁国美跟这个脏老头的那种事。鲁国栋像掉进了大粪坑，身上爬满密密麻麻的蛆虫，他跳起身推开自行车，跨上车就猛蹬起来，似乎不快点儿逃离这个地方，他就会被粪汤淹死、蛆虫拱死了。

十一

　　半道上鲁国栋热昏昏的脑子让秋风吹凉了，能够比较清醒地想事情了。他想鲁国美的事不能这样丢开，如果这么丢开他这辈子就没有清净日子了，他还得想办法往日光里拽她，甭管有无办法他都得用心去想，从现在就开始想。他想回家后别惊动端端，泡上一壶浓茶，呆在外间里慢慢想，多会想出法子多会上床。骑进胡同时他发现自家外间里亮着灯，知道端端打床上下来了，显然是又想起那天的事了，只好到外间透透气散散心。疼怜的苦水泛上心头，鲁国栋的眼睛湿了。这次无论想出什么办法，首先要把端端保护好。

　　鲁国栋走进家门，张端端迎着他说："国栋你怎么啦，脸色咋这样难看？"鲁国栋说："没事，跟几个工友谈个买卖想挣点钱，买卖没谈成反倒吵了一顿。"说完心里骂道弄不好鲁国栋你也不是人了，说谎话眼睛不眨就出来了，这些天你吐出的谎话怕有一拖拉机了。张端端叹口气道："国栋，这些天俺看清楚了也想明白了，咱们小百姓就是个草命，咋样扑通也扑通不出个大响的，往后就别难为自己了。"鲁国栋点点头，"端端，你该躺床上去，睡不着也该躺着，那样身子舒坦些。"张端端说："俺知道，俺送人来着，国宾哥刚走。"鲁国栋出口就说："他是不是来借钱？"张端端说："不是，就是来随便坐坐，说了点闲话。"鲁国栋说："千万别借给他钱，这段时间什么理由也不能借给他，不然的话就是往火坑里推他了，他没提彩票的事？"张端端："说还能不提，他还在买，不过看上去没那么疯魔。"张端端也撒了谎，鲁国宾就是来借钱的，借五百块。鲁国宾说这些天让国栋国盛两个狗东西敲打糊涂了，什么事也跟彩票挂钩，把他卡得死死的。他一月得给上高中的儿子三百块，家里的三个老人二百块，这个月他还了一笔老饥荒，实在周转不动了。张端端一下就想到了彩票的事，但她没怎么犹豫，给了鲁国宾一千块。她想国宾哥要还有一线路，也不会向她这个兄弟媳妇开口的，万一他不是买彩票呢，就算真的是去买彩票，这一千块钱算她的了，挣了他就还，赔了算她打了水漂。其实他们两口子比国盛国宾的日子还紧巴，结婚拖下的债务还撂在那里，房子的事虽遥遥无期但早晚得买，平日里不敢去想，一想就头大。好在她的工资翻了番，姓夏的又给她这个班长一些特权，每个月里都有几笔外快，她把钱看得不那么重了。

这天晚上鲁国栋白白喝淡一把茶叶，脑子始终是清醒的，清醒得明晃晃过了头，整治红月亮的办法也没想出来。两天后他想到了公安局，一想到公安局办法便雨水样哗哗出来了。对于地痞流氓，红月亮不那么打怵，还可以敷衍可以设法反击，但面对公安局，那种场所就一点辙也没有了，警察说啥是啥了。反黄的事电视里经常演甚至天天都有，警察一冲进去里边的人就吓直了眼，从没见那些人说过一个字的硬话，一律是磕头作揖地请求宽大，至于怀疑警察真假的事更没看到过听说过！鲁国栋兴奋得抓耳挠腮，继续考虑，警服警装的事好办，他在服装厂干过，那个服装厂仿制过许多牌子的服装，虽说没有造过警服，但他们一准弄得出来。不多会救出鲁国美的细节也出来了。警察扫黄，罚款抓人还要勒令关门，他们不敢那样搞，那样一搞就露馅了，他们冲进去以后，要借着赵春花搪塞抵赖的机会假装被她蒙骗了，狠狠镇唬她们一番走人，同时说明要把派出所里她们的身份证在电视里连续播放，让全社会监督他们。鲁国美听说后肯定不敢继续逗留了，肯定会尽快找个地方打工，以备母亲前来检查。

此时是下午三点多钟，鲁国栋兴奋异常，等不到下班，就摸出手机对鲁国盛说立即见面。鲁国盛说他在国旅大酒店通关节，走不开，正好他带点好酒好菜回去，就晚上醉八仙吃公款吧，把端端国宾哥也叫上。鲁国栋说这次不能让端端去，具体见面再说。鲁国栋的心思不在活计上了，好歹熬到下班，风风火火把张端端送回家，撒个谎脱身出来，骑上车子往醉八仙猛跑。跑出胡同跑不动了，大街上车顶车人挤人，半天骑不出几步路，鲁国栋干脆锁上车子跨开了步子。

鲁国栋跑进醉八仙，走进单间，国宾国盛已经到了，两个人正红红着脸顶嘴。鲁国宾说："你不找理由吧，你是寻上了那么个门路，不知咋谝弄是好了！"鲁国盛说："我知道又耽误你发横财了，现在是千紧万紧，不如你那破彩票要紧！国栋来了，你问问他是不是有事？"鲁国栋说："行了行了，吵吵什么！"接着就把装警察镇唬红月亮的想法说出来了。鲁国宾说："还弄啊？"鲁国栋说："大哥，不弄不行啊，不弄咱们怕是就没有那个妹子了！"鲁国盛也不大情愿，说："俺正在设法拉拢国旅大酒店的大堂女经理，这个大堂女经理拿不下，咱们的无本酒店就是墙上的饼！"鲁国栋不乐意了，脸一沉说："你们都忙，就我是个闲人，那就忙你们的去吧，我一个人干！"鲁国盛赶紧赔笑说："你看你这个人，俺说过不干了吗？没说过吧？国宾哥你说过吗？"鲁国宾当了真，生气地说："俺说没说你听不到？"鲁国栋说："好了好了，谈正事吧，你们再仔细想想，还有什么遗漏没有？"鲁国宾说："没了没了，想好了就快点下手吧，早弄完早利落。"鲁国盛说："遗漏还不少，第一，这事你瞒着端端，是不是想害死她？"鲁国栋说："我想过端端了，警察不是地痞，红月亮不会怀疑的，再说事成后她白天在厂里，晚上跟我在一起，这个时期决不让她独自动半步！"鲁国盛说："第二，吃一堑长一智，为预防跟踪，我们必须找好第二个红月亮，这个红月亮必须有后门，你们猜为什么？"鲁国栋说："别卖关子，快说！"鲁国盛说："咱们镇唬完红月亮后，接着去第二个红月亮检查，其实是从后门开溜了，跟踪的杂碎是不是就被甩掉了？"鲁国栋点头称是，鲁国宾说："你这个人，歪门邪道的事头发梢子里都是心眼子，俺真服了你了！"国栋国盛不由得笑了起来。

鲁国栋便紧锣密鼓地开始行动了，第二天中午就奔了他曾经呆过一段时间的那家服装厂，找到了一个管事的哥们，说有人托他搞三套警服。管事的哥们摇头说不行，三套警服挣不到钱，跟所担风险太不成比例，要是批量生产自然无话。哥们给了鲁国栋一个手机号，说这个人肯定做，一条龙服务，帽徽肩牌啥的就不用跑第二家了，就是贵点儿。鲁国栋转头就跟这个人联系上，约定晚上在夜来香茶楼见。下午下班后鲁国栋把妻子护送回家，跟妻子说几个工友又瞄上一个买卖，让妻子关门休息，他可能要晚点回家。打这以后，每天晚上他都要出去做他的买卖，剩张端端一个人在家，直到他们扮演警察走进红月亮的那个晚上。

一个人在家，张端端越来越觉得自由自在，似乎房子一下大了许多，她喘气顺当了，眼睛也不会那么东碰西撞的了，感觉越来越好。她很少去想国栋正在做着的买卖，他们这种人，买卖做上天去，也就是千儿八百的事。有时候她也想国栋不仅仅是做买卖，或许借着买卖的由头出去散心解闷去了。妻子失去贞操，最在乎的是丈夫，如此看来国栋对妻子不那么看重了，说不定内心深处已经有了厌恶情绪，那就随他去吧，反正他不会提出离婚的，离了婚很可能要打光棍呢，更甭提娶到她这样年轻貌美的女人了。张端端主要心思在夏副厂长身上，她已决定跟这位副厂长保持关系。这几天，张端端出去采购了一回原料，几百步的路程，她坐着厂里的汽车跑了个来回，八百块钱回扣揣进腰包。

这天夜里，张端端睡醒一觉，发现鲁国栋还没回家，按亮手机看看时间，十二点半了，她也没有很在意，叹息一声看来国栋也不是以前的国栋了，弄不好做买卖的话全是假的。她合上眼睛，不多会又睡过去了。再次睁开眼睛时天已亮了，身边的被窝还是瘪的。她对着天蓬发了一会怔，一撩被子坐起来，大睁着眼睛喘开了粗气。鲁国栋他这是干什么，妻子的身子脏了，他咋不想想是怎么脏的，要不是他引狼入室，妻子怎么会脏！幸亏她当时多个心眼，只说瘦猴吴天成上过她的身，要是把实情全讲出来，鲁国栋无疑就把她当垃圾了！张端端抓起鲁国栋的枕头，使劲砸到了地上，她望着窝在墙旮儿的枕头笑了，夫妻就是这么回事啊，什么情啊爱的，那是想索取对方身上的东西，一旦对那些东西失去兴趣，翻脸就不认人了，说到家都是为了自个儿！

张端端饭也不吃了，刷牙洗脸整理头发，细细地描嘴唇画眉毛，打算收拾完了之后就上班。往后这个家她也想回就回，不想回就在外头住下了。这时她的手机响起来，抓起来一看号码陌生，就以为是夏副厂长打来的。夏副厂长是个有心人，上班时间以外联络她，从来不动用公开号码的手机，以免节外生枝。张端端按了接听键，柔声说："我是端端，你是哪位啊？"不想手机里传出了鲁国盛的声音，"端端，大事不好了，我们扫黄扫出祸事来了！"张端端说："你们扫黄？"鲁国盛说："端端我无法跟你细说，我们哥仨眼下在派出所，我好歹跟一个警察搞通关系，借他手机给你报信，我们哥仨被逮捕了！"张端端的脑袋嗡地大了，"什么事你快说！"鲁国盛就粗略地把装扮警察进红月亮扫黄的情况说出来，鲁国盛说他们哥仨来了霉运了，他们冲进红月亮，正在按计划进行时，不料真警察也来扫黄了，假警察撞上真警察，他们当场就被铐起来了。张端端眼睛发黑，手脚发软，手机吧嗒掉在桌子上，她拾起来哭着说："你们是不是出不来了？"鲁国盛说："出来出不来就看端端你的了。他们拷问了我们一夜，还要接着拷问，问我们犯没犯过别的事儿。我能出去就好办了，可我出不去。端端你快点儿活动，喜欢钱的送钱，喜欢物的送物，越快越好，送进检察院我们就完蛋了。"张端端大哭着说："我没钱，我不管，有钱也不管！自己还活不出个人样，倒去帮别人救别人！你们去死吧，死在派出所死在监狱里吧，我张端端是小民百姓，我还要过日子！"

　　扣掉电话，张端端趴在桌子上放声大哭。原来鲁国栋瞒天瞒地，是在为鲁国美的事忙碌。天下哪有这种人，他把妻子都搭上了，还是一门心思沿着黑道儿往前走，现在好了，他把自己也搭进去不说，还把人家国盛国宾也拖进了深渊。

十 二

　　张端端想到的第一个人就是夏副厂长。夏副厂长门宽路广，工资外快不少，请他帮忙应该没问题。她骑上车子就往厂里奔去，心里直庆幸阴差阳错开辟出这么一条路子，不然这一次就天塌地陷了。来到车间走来走去等到上班，她打开手机跟夏副厂长打了个招呼，便匆匆忙忙往办公楼走去。

　　张端端一入房间就被夏副厂长抱住了，这里那里地亲吻，张端端回应着，等他告一段落，便把事儿说给了对方。夏副厂长马上抓起电话打出去，说了一会，放下电话对张端端道："端端你嫁了个什么男人？"张端端说咋啦？夏副厂长说："他们不但犯有假冒警察罪，还犯有敲诈罪、盗窃罪、行贿罪，是一个标准的黑社会团伙！"张端端说："不可能，我了解他们，绝对不可能！"夏副厂长说："可能不可能你说了不算。"张端端说："咋办啊夏哥，你快想办法救救他们吧！"夏副厂长说："这不是一般的罪，二三十年怕出不来，除非我是个通天的人物，再就是花钱了。"张端端说："中中，花多少钱都中！"夏副厂长看了看她，"端端，你知道得花多少钱吗？"张端端问多少？夏副厂长伸出三根指头，"起码得三十万，一年一万。"张端端嘴哑了，眼直了，身子哆嗦起来了。夏副厂长说："端端，我看你就不要作难了，他们那种人，说白了就是些社会渣滓，监狱里蹲蹲也好。不说我帮不上这个忙，就是帮得上我也不想帮，为了社会的清正文明，他们应该受到法律的严惩！"

张端端走出办公楼时眼泪下来了，夏副厂长的话不知有多少虚多少实，反正他不想用心去帮，这一点明明白白。同时说明她在他心中的位置一般，也说明她的相貌差着一截，否则她飞个媚眼儿过去，意思是想要天上的星星，姓夏的也会忙不迭搭梯子的，明知摘不到他也会尽全力去做的。张端端推上车子往厂外走去，走到大街上还是没有骑上去，只管推着车痴痴呆呆地往前走。张端端清楚，姓夏的这条路走不通，等于所有的路都堵上了。进城打工六七年来，因为两眼一抹黑，他们最怕的就是出事情，出点事情就够喝一壶。四个月以前，他们俩还没结婚，一天晚上国栋骑摩托接她回宿舍，半道上让一辆小轿车撞翻，摩托车摔坏了，好在人没事，对方的车人都没事。小轿车在不该拐弯的地方拐弯，错误明显，但交警一个劲儿地找他们俩的麻烦，连训带呵斥。这种事他们俩经历过了，赶紧找人，他们知道什么也找不到的，他们还是绞尽脑汁地找。处理结果很快出来，他们俩赔偿三千块，摩托车没收。夫妻俩再也不敢骑摩托车了。

张端端想到了鲁国美。她知道鲁国美也是两眼一抹黑，手里怕也没几个钱，但事情是因她惹起，她得设法筹钱刨路子，没钱没路子就把她自己送上去，反正她也是干那一行的。张端端是两天后的中午想到鲁国美的。两天里张端端跑酸了腿，说干了嘴，所有的熟人跑遍了，熟人的熟人也跑遍了，一丝门路也没寻找到。鲁国盛又给她来过两遍电话，说是事情越来越麻烦，警察动用了邪法子，哥三个把犯法的不犯法的都坦白了，国栋说他装过地痞流氓，国盛说他给机关管废品的送过礼，数国宾哥最可怕，居然跑老家去盗窃过三回！一向嘴硬喜欢充好汉的鲁国盛哭起来了，请张端端赶紧活动赶紧跑，不然的话再见面就出大事了。

想到鲁国美，张端端马上就掏出手机打电话，连打三遍都被挂断了，张端端骑上车子往红月亮窜去。心里一遍又一遍地道，这遭鲁国美要不听支使，你就捶死她，扯碎她，撕巴撕巴吃了她！她一头火骑到红月亮门口，发怒的小花豹子样冲进去，扬拉着手说："鲁国美呢，她在哪里，让她快点出来见我！"屋子里的四五个女人一看来者不善，缩在原地不敢吭声。赵春花也有点发怯了，赔着笑脸道："妹子，别这样叫唤，坐下慢慢说，鲁国美不在，我打电话给你找找看。"张端端伸手把她拨拉开，快步走进廊道。这里她来过一次的，鲁国美的房间大体记得，但具体是哪一扇门却记不清楚了。张端端便站在廊道里喊起来，"鲁国美，你给我出来！"喊到第三遍靠左边的小门开了，鲁国美低垂着头把她拉进去，一脚将房门踢上，狠狠地把张端端拉坐到床上，"嫂子你这是干啥，你还让不让我活啦？我说过我的事不用你们管了不用你们管了，你们以为我是说着玩的？"

张端端爆发了，本来她的火气没这么大，现在一下子成了通天烈焰，她跳起身来，一巴掌扇到鲁国美的脸上，还不解气，接着又挥出一掌。紧跟着便连哭带说地诉说起来，一边诉说一边指责，"鲁国美，你听明白了吗，为了你，我让二三十个畜生强暴了，一个连一个啊！现在国栋他们又把自己送进去了，上半辈子是出不来了，你要还有一点人味，这红月亮你还呆得住么！"鲁国美哽咽道："我再在这里做下去就不是人了，畜生都不如了。"张端端说："我不是说这个，我是说你得出去筹钱，出去通关节救人！"鲁国美说："我的钱没敢全给妈妈，多半留在这里，我先拿给你。"说着她擦了几把眼泪，从床底下拖出一口小皮箱，按了一会密码打开箱盖，把几沓百元票抓到床上，共是六沓，她又翻出一小沓存折，打点到一个方便包里递给张端端，"嫂子你先出去跑着，我过会再出去。"张端端说："这是多少？"鲁国美说："大约七八万块。"张端端说："没想到你攒了这么多，不过也还差得远，国美，我瞎人一个，找不上庙门，怎么送还得你想法子。"

鲁国美想了一下说："我先打几个电话摸摸路，嫂子你出去一下好吗？"张端端说好好，她打开门走出去，随手把门带严。看走廊里没人，张端端把耳朵贴在门缝上听起来，她听到鲁国美已经打起了电话，字儿词儿听不清楚，只听到嘀嘀咕咕的，撒娇撒痴的，一会笑了，咯咯咯的，声儿甜甜蜜蜜，一会又恼了，不是真恼，是嗔怪小孩子的那种，嘴里骂着心上疼着。张端端感叹不已，要是走在大街上，单看鲁国美出众的外表，谁也想不到她还会这副腔调，更不会想到她是干那个的。张端端想好好听一听，耳朵更紧地贴上门缝，她以为对方的电话要打好多好久，不想鲁国美把门打开了，喘口气说："成了。"张端端说："送给谁？"鲁国美说："嫂子，你回家等着去吧，国栋他们很快就放出来了。"张端端说："真的？"鲁国美点点头，"嫂子，回去说给几个哥哥，我今天就离开红月亮。其实离开的心早就有了，我是想找到理想的工作后就离开，结果拖拉到了今天。"

哥儿仁从派出所出来，在鲁国栋的出租屋欢呼雀跃了一阵，在张端端冷冷的注视下很快就清醒过来了，他们本想好好庆祝一番的，结果饭没吃水也没喝，就灰头土脸地解散了，从此一连十多天没有正经八百见面。鲁国宾是不好意思见面，他回老家偷盗的事已经传扬开来，屋子也不敢出了，干活回家就坐在马扎上发呆，他知道彩票还得买下去，身上的债务已经成山，而且是火烧眉毛的，单靠打工哪一年还得上，但一张两张地买无希望，大批量买又资金紧张，他有点走投无路了。鲁国盛是一头扎进无本酒店的事里去了。他把保安传达什么的都得罪了，废品买卖已做不下去，因此无本酒店的开张愈发十万火急，恨不能不吃饭不睡觉，一气把那个大堂女经理拿下。鲁国栋的情绪比那两位还要糟糕，他们哥仁这一闹，等于把鲁国美的事闹公开了，虽说她已离开红月亮，但公安不会放过她，一定会去调查她，查来查去就把事情传进鲁家庄了。还有就是妻子端端，他的哄骗伤透了她的心。他苦口婆心地解释，低三下四地赔罪，说什么她都听着，但不回一句嘴，似乎什么也没听到，起头还冷着脸子，渐渐地脸上什么表情也没有了。事隔三天后端端开口了，她自语般地对他说："我心里不好受，要回娘家散散心，可能要多住几天。"鲁国栋哑哑地说："好，我送你回去。"张端端不用他送，执拗地骑上车子去车站坐车了。

十几天后的一个早上，鲁国栋病恹恹地骑上车子上班，鲁国盛的电话打过来，让他立马去醉八仙酒楼，有天大消息要宣布。鲁国栋顺手向厂里请了假，揣起手机往醉八仙赶去。骑不多远鲁国宾就吆喝着撵上来，喘息着说："国栋，八成国盛把那女经理拿下了，你说他这酒店靠不靠谱？"鲁国栋说："到了那里再说吧。"这些天他做什么都没情绪，国盛那酒店他也想过，稍微想想就作罢了。

鲁国盛早已等在醉八仙雅间里，一个人时他就笑得合不拢嘴，见到国宾国栋时嘴巴咧得更大了，好歹合拢嘴唇说出话来，"小哥，大哥，你们立即辞职，立即打开手机跟你们领导辞职！"鲁国宾说："你不说清楚我不敢辞！"鲁国栋说："八字有了一撇了？"鲁国盛说："一撇？整个八字都谋划妥帖了！林经理，就是那个大堂女经理，不但让我拿下了，而且拿成一家人了，跟咱们仨的关系一样铁了！你们猜林经理是什么人？她是政协主席的填房老婆啊！林经理不但支持咱们开无本酒店，国旅大酒店的剩菜剩酒都归咱们，她还要给咱们联系其他酒店，还要帮咱们贷款，帮咱们租房子。眼下她已经帮咱们取好了店名，还请到了一位大师，啥样的东西到他手里转眼就鲜亮无比，还会制作比真的还真的羊肉牛肉驴肉！"

鲁国宾说："这都是真的？"

鲁国栋说："你给林经理送了多少礼？"

鲁国盛一下子笑翻了，"呵呵，呵呵呵，林经理是怎么拿下的，说出来你们肯定不信，一句两句话也说不完，今天就不说了。现在我宣布任职名单，对了，还没说店名，店名叫做天外天大酒店。张端端任大酒店总经理，负责全盘工作。鲁国栋任副总经理，负责酒楼内部所有事务。鲁国宾任副总经理，主抓采购运输原料，也就是去各酒店拖运剩酒剩菜，要神出鬼没，绝对保密。鲁国盛任副总经理，这个人会拉关系，所以主抓公关，也就是去各单位特别是政府部门拉客。"

鲁国宾说："国盛，你不是开玩笑吧？"

鲁国栋说："国盛，林经理怎么会这么样帮你？"

鲁国盛又笑上了，上气不接下气地，看上去他真是想说，又不愿意说。到底没能忍住，在鲁国栋去厕所时，他悄悄给鲁国宾漏了一下，首先嘱咐不能说给国栋，国栋有点假正经，听了去会对林经理有看法。说到这里他又笑了一气，然后才开口道："大哥，说来挺简单的，小弟去给林经理送礼，一次比一次重，林经理油盐不进。昨天晚上又去，林经理竟撇开我去洗澡了，我坐那里越想越气，越想越绝望，这条路走不通，我这辈子恐怕就完了。林经理洗澡出来，披着浴衣坐那里说，你要没别的事，以后请不要再来了。我一听脑子糊涂了，加上洗过澡的她更加水灵俊俏，细苗苗白生生的身子隐约可见，我竟稀里糊涂地扑上去把她摁倒了，一边跟她做那事一边心里发着狠，我叫你不松口，我叫你不松口！做完我才知道大祸临头，提上裤子就跑，你猜怎么着？她扑过来把我紧紧搂住了！"

鲁国宾喃喃说："古怪，俺想不明白，太古怪了。"

鲁国栋解手回来，对鲁国盛道："国盛，大酒店真开起来的话，这个总经理给国美吧？"鲁国盛说："怎么给她？不行，非端端不行！"鲁国栋说："国盛，我担心国美反复，不会离开那一行。国美想望的是好工作，当上这个总经理，她就不会再胡思乱想了。"鲁国盛沉吟好久，老大不愿地点了头。鲁国栋说："我还有个提议，酒店名改成国美大酒店，咋样？"鲁国盛说："这个名比那个好，定了！"

二十几天后，国美大酒店开张了。鲁国栋和鲁国宾还是觉得像做梦，无法相信，可不信也得信了，三个人兴冲冲地干了起来。只是一正一副两位女经理迟迟不能到位，鲁国美在老家暂时不回来，张端端在娘家也说还得住些日子。三天后鲁国美回城了，回城不是为担任总经理，而是进了县国税局，国美已经是国税局干部了。又两天后，张端端给鲁国栋发来短信，说她已到了深圳。这时鲁国栋还不能知道，张端端在深圳整了容，然后便安营扎寨，奔起了她的远大前程。